隠岐伝説殺人事件

内田康夫

角川文庫
23005

隠岐伝説殺人事件　目次

プロローグ 7
第一章 流され王の島 19
第二章 笑う死者 66
第三章 血の字の祟り 105
第四章 仕組まれた偶然 149
第五章 二番目の甕 185
第六章 軍隊が来たころ 216
第七章 盗掘者 249
第八章 美術品移動 276

第九章　警部の名推理　313
第十章　孤独な探偵　344
第十一章　死者の住む屋敷　376
第十二章　白倉教授の死　414
第十三章　禁忌の島　439
第十四章　最後に笑う者　475
エピローグ　508
あとがき　513

プロローグ

タクシーは大きな門の前で停まった。てっぺんに赤銅を被せた、たぶん檜と思われる、木製の太い門柱が、乗用車が擦れ違えるほどの幅を空けて、デンと聳え立っている。

「このお屋敷ではないですかねえ。ほかにこんな大きな門のある屋敷はありませんよ」

運転手に言われて、貴恵は車を下りた。門柱に表札は出ていないが、たしかにこの巨大な門は特徴的だ。

貴恵はおそるおそる門を入った。大きな木製の門扉は奥へ向かっていっぱいに押し広げられ、そこから玉砂利の道が続く。

道は十メートルばかりでイチイの木が何本も繁る植え込みにぶつかり、左手のほうへ迂回してゆく。門前から直接には建物が見えない設計のようだ。

植え込みをめぐると、蔦を絡ませた洋館が見えてきた。ポーチの上がテラスになっているほかは、ほとんどが平屋で、ずいぶん大きそうな建物だ。壁を被い尽くすほどびっしりと繁った蔦の様子からいって、建ってからかなりの年数を経ているにちがいない。

玄関ドアについている、ライオンの顔のノッカーをコツコツと鳴らすと、すぐにドアが開けられた。

上品な白髪の、小柄な老人が現れた。

「貴恵様でいらっしゃいますね？」

ドアを開いたタイミングからいって、すでに待機していたのだろう。それにしても、名前をファーストネームで呼ばれるとは思ってもいなかったので、貴恵は嬉しくなった。

「はい」

貴恵が頷くと、老人は「お待ちしておりました」とドアを引き、中に入れてくれた。

ドアを入ると、そこはホールで、足下はいきなり赤い絨毯だ。慌てて靴を脱ぎそうになった。しかし老人は靴を履いたまま、すまして歩いてゆく。どうやら万事、西洋式の習慣になっているらしい。

ホールを通過した奥にマホガニーの立派なドアがある。老人はドアを開け、黙って道を譲った。

ドアの向こうは、奇妙な部屋であった。

部屋そのものの造作には、それほど変わったところはない。部屋の広さだとか天井の高さなどは、たしかに、ふつうの日本家屋には見られないものだが、外国映画に出てくる古い洋館なら、これくらいの部屋があっても、それほど不思議ではない。むしろ、日本の、しかも東京の真ん中に、これだけの規模の邸宅があることのほうが、よほど不思議だ。

「こちらでしばらく、お待ちくださいますように」

老人は言って、壁際のソファーを差し示した。

「どうもありがとうございます」

貴恵が礼を言うと、黙って深くお辞儀をして、ドアを閉めて行ってしまった。

貴恵はソファーに坐り、あらためて部屋の中を見回した。

まったく奇妙な部屋であった。

天井近くまである丈の高い窓は、見るからに重そうな、臙脂色の緞帳のようなカーテンに覆われ、陽の光りはわずかに洩れ入る程度である。

そのカーテンや壁の模様が色褪せているところを見ると、たぶん建築後半世紀以上は経っているだろう。貴恵はもちろん建築にはとんと疎い人間だから、外観を見ただけでは気付かなかったけれど、大正から昭和十年代——太平洋戦争以前にかけて建てられたもので、ひょっとすると、その頃は華族が住む屋敷だったのかもしれない。

終戦によって地位も財産も失った旧皇族や華族たちの多くは、ヤミや進駐軍関係など、時流に乗って儲けた新興成り金の連中に家屋敷を売り渡したという話を聞いたことがある。そういう歴史の重みのようなものすら、この古い建物は感じさせる。

しかし、そういうことだけなら、とりたてて奇異だとか奇妙だとか言うにはあたらないだろう。奇妙なのは部屋の周囲に林立するように置かれた時計である。

柱時計というのか、それとも置き時計と呼ぶべきなのか、貴恵には知識がない。小さい物でも床から二メートル前後、大きい物なら三メートル近い高さはありそうな、巨大な振り子時計が、ざっと見渡しただけで二十——いや、三十はあるかもしれない。

見るからにアンティークな、精緻な彫刻を施したものばかりだ。文字盤にはメーカーの名前らしきものはプリントされていない。その代わり、ライオンや鷲など、イギリス貴族の紋章のようなマークや、花文字のアルファベットで人名らしきものが書いてある。どこかの王侯貴族が特別注文して作らせた品——といった印象があった。

それにしても、これだけの時計を集めるのだから、この家の主人はかなりのマニアにちがいない。

それらの時計が壁面を隠すように、ズラッと並んでいる光景は、壮観を通り越して不気味でさえあった。しかも、並んでいるだけでなく、全部が動いている。ゆっくりと、当然のことながら、同じリズムで振り子が揺れている。

文字盤の数字はさまざまだが、時刻は十時六分を少し回った辺りを指している。指示されたとおりに、貴恵がこの家の門を入ったのが十時ちょうどだったから、おそらく、すべての時計がピタリ、正確に同じ時刻に調整されているにちがいない。

それにしても、時計屋の店先でも、これほどみごとに揃っているのは見たことがない。長針短針が揃っているばかりでなく、どうやら、振り子の動く方向までもが同じらしい。振り子の長さは長短あるので、あるものが一往復するあいだに、何度か往復するというバラつきはあるけれど、それも、ある瞬間にはピタリと一致する。

「カチッ」という、それぞれの振り子の小さな音が、何秒かに一度やってくるその瞬間には、およそ三十倍に増幅して、部屋全体を揺るがすように鳴り響く。

振り子の音だけでもそれだから、これがいっせいに時報を鳴らす時は、いったいどうなるのだろう。貴恵はぜひとも聞いてみたいものだと思った。

「お待たせいたしました」

背後で声がした。振り返ると、その声の調子から受ける印象にぴったりの、痩せた老人が立っていた。きちんと、上下揃いのスーツを着て、蝶ネクタイをしている。いかにもこの屋敷に相応しい、執事か家令かといったイメージだ。

「ご案内申し上げます。どうぞこちらに」

しかつめらしくお辞儀をすると、下げた頭を完全には上げ切らない恰好で、回れ右をして部屋を出て行く。

貴恵は急いで彼に従った。

リノリュームを張った廊下の中央に、約五十センチ幅ぐらいの赤いカーペットが敷いてある。執事の足音はほとんどしない。貴恵もそれを真似て、泥棒猫のようにそっと足を運んだ。

長い廊下であった。角を二度、曲がった。距離にして百メートルほども歩いただろうか。外観を見た時もそう思ったが、まったく、いまどきこんな広い家が東京に建っているという事実は、貴恵には驚き以外の何物でもなかった。

大きな二枚ドアの前で執事は停まり、軽くノックをした。中からかすかな応答があって、ドアは観音開きに開けられた。

顔つきをべつにすれば、案内の執事とそっくりの恰好をした老人が立っていた。

「どうぞお入りください」

室内の老人はほとんど無表情に言った。老人の慇懃(いんぎん)さから、それなりの礼をつくしていることは分かる。しかし愛想がいいという感じではなかったり主人にそう命じられれば、たとえ相手が三歳の幼児であろうと、同じ角度で頭を下げるにちがいない。

貴恵が部屋の中に入ると、案内の老人の手でドアは外から閉められた。

「どうぞご覧ください」

部屋の中の老人がおごそかに言って、テーブルの上を右掌(みぎて)で示した。案内の執事もそうだったが、この老人も名乗ろうともしない。そういう個人的な挨拶(あいさつ)をしてはならないというのが、こういう家の「しつけ」というものか——と、貴恵は妙なところに感心した。

貴恵はテーブルに近寄って、用意された椅子(いす)に腰を下ろした。

「わたくしは隣室に控えておりますので、お済みになりましたならば、お声をお掛けください」

老人に言われ、「はあ」と頷(うなず)きかけて、貴恵は（あれ？——）と思った。テーブルの上のものが、自分が依頼したものと、違っているような気がしたのだ。貴恵が頼んでおいたのは『おちくぼものがたり』の、江戸期の版と伝えられる本である。そういう本があるということで、白倉(しらくら)教授の紹介で、ここを訪れた。

しかし、目の前に広げられているのは、巻物であった。

『おちくぼ』がどういう形態のものなのか、まったく予備知識のないまま来たのだが、いずれにしても巻物の体裁であることはなさそうに思える。

「あの、お願いしたものは、ここにあるのがそうなのでしょうか？」

貴恵は一応、念のために訊いてみた。

「はい、申しつかりましたものはこれでございます」

老人はすまし顔で言う。「申しつかった」というのは、主人から——という意味なのだろう。それならば、どうやら間違いはないらしい。

「お約束は午前十一時四十五分まででございますので、お声がいただけない場合には、そのお時間に戻って参ります。ではどうぞごゆるりと」

老人はもう一度、頭を下げると、貴恵が入ったのとは反対側の、奥のドアを開けて、部屋を出て行った。

貴恵はあらためてテーブルの上のものを見た。中国製らしい、黒檀の華奢なテーブルである。その真ん中に、ネッカチーフほどの、柔らかな白い絹の布を広げ、そこにポツンと巻物が載っている。

巻物はいちばん外側の表紙に金襴を用いた豪華なもので、和紙に金箔を散らした題簽に何やら文字が書いてある。美しい平仮名文字なのだが、最初の「す」だけがかろうじて読めて、ほかの文字が判読できない。貴恵の先入観には当然、『おちくぼものがたり』があったのだが、掠れ具合がひどいためばかりでなく、とてもそうは読めない。

それにしても、こんな巻物一巻を出して、それで『おちくぼものがたり』研究の参考にしろというのだろうか？――

なんだか狐につままれたような感じがした。あるいは、ばかにされているような――といったほうがいいかもしれない。

白倉教授の話では「二時間足らずの時間では、全部にザッと目を通すこともできないが――」ということだったのだ。しかし、こんな巻物なら、かりに十メートルあろうと、三十分もあれば見終わってしまうだろう。

(仕方がない、とにかく見てみるか――)

貴恵は巻物を結わえてある房のついた紐を解き、とびらを開いた。

意外にも、これは絵巻であった。

外側と広げた二巻き分ぐらいまでは、表装もかなり傷んでいるが、そこから先の辺りからの程度はそう悪くない。

最初の絵は琴を奏でる姫君である。十六夜の月が軒端にかかる絵柄で、秋草の繁る屋敷の縁側近く、姫君が琴を弾く。傍らにはおつきの命婦らしい女性が、袖口で口の辺りをおさえ、何やら風情ありげな様子を見せる。

屋敷の垣根の外には、公達が一人、扇子で顎の下を隠しながら、琴の音に耳を傾けている。

「なあにこれは？……」

貴恵は思わず声を発した。王朝絵巻風の巻物は『おちくぼ』の物語でないことは確かなようだ。

さらに巻物を広げてゆくと、月は雲居に隠れ、雲の下の屋敷では、公達に抱かれた姫のはじらう顔がある。十二単衣（ひとえ）の裾（すそ）の乱れが悩ましい。

「なあにこれは！……」

貴恵はふたたび声を発した。

「源氏じゃないかしら……」

『源氏物語』だとすれば、文字どおりの王朝絵巻であるのが当然だ。急いで表紙の題簽（だいせん）を見ると、外題（げだい）の文字はどうやら「すゑつむはな」と読めそうな気がした。つまり『末摘花』だ。

（間違えたわね——）

貴恵にはすぐにミスと分かった。執事か、あるいはその主人か、とにかくこの巻物を倉庫から出した人物が、間違いを犯したにちがいない。

（しょうがないな——）

貴恵は苦笑した。これでは折角、一か月もかかって、白倉教授のコネを使い、旧華族のツテを辿（たど）って、この屋敷で閲覧させてもらうところまで漕（こ）ぎつけた努力が、すべて水の泡ということになる。

これまでの信じられないような手数を考えると、隣室にいる執事を呼んで誤りを指摘し、資料を取り換えてもらう——といった生易しい手続きではすまないような気がする。

かといって、あの手続きをもう一度繰り返すというのもしんどい話だ。白倉教授だって迷惑にちがいない。

（諦めるとするか――）

どうも、出だしからこんなありさまでは、『おちくぼ』とは相性がよくないらしい。

修士論文のテーマに『おちくぼものがたり』を――と希望した時、白倉は、面白いところに目をつけたねえと褒めてくれた。

『おちくぼものがたり』などに手を出す学生は、あまりいないどころか、白倉のゼミでは初めてのことだという。

「単に修士論文としてでなく、きみがその気なら、ライフワークとして手掛ける対象として、私も勧めたいね」

そうして曾我家を紹介してくれた。曾我家というのは、有名な「富士の裾野の仇討ち」で、工藤祐経を討った、例の曾我兄弟の一族に連なる名家で、終戦後一時、没落したけれど、先代が遣り手で家運を盛り返したという資産家だそうだ。

曾我家の長女が白倉の教え子で、白倉の世話で結婚した。

その相手というのが、国立博物館の館員で、元華族という家柄だ。その関係を辿ると、門外不出のような、思いがけない資料にお目に掛かれるというのだった。『おちくぼものがたり』に関しては、五反田・池田山の某家に、未発表の資料がある――と教えて、紹介してくれた。

「行けば分かるようになっている。ただし、某家といっても、名前などは明かしてもらっては困るのだそうだ。場所と日時だけ聞いておいたから、訪ねて行ってみなさい」

白倉教授はそう言っていた。

女子学生風情が、たやすく訪問できる相手でもなければ、見せてもらえる資料でもないことは確かだ。それを、いくら相手のミスとはいえ、もう一度、交渉し直すというのは、ちょっと考えただけでも難しそうだ。

もちろん、日を改めて見せてもらうことは可能かもしれない。しかし、その間で交渉してくれた人々の、それぞれの立場を考えると、気の毒で、とても申し出る勇気は湧いてきそうにない。

早い話、ミスを犯した使用人の誰かは、主人からこっぴどく叱られるか、場合によってはクビになるかもしれない。こういう屋敷では、信賞必罰、処分はさぞかしきびしいことだろう。

貴恵は完全に諦めムードで、手のほうが勝手に動いて、ただなんとなく絵巻を広げていった。

目的外ということをべつにすれば、絵巻それ自体は興味を惹くものであった。源氏物語絵巻は、角川書店で出している豪華な絵巻全集で見たことがあるだけだが、話によると、日本にいくつかというほど、稀少価値の高いものだそうだ。

ここにあるのは、そういう高価なものと較べてどうなのか知らないけれど、ずいぶんと年代物らしいし、やはり相当な値打ちがあるのだろう。

そういうことはともかく、美しい絵巻であった。金箔をふんだんに使ったせいばかりでなく、繊細な筆遣いや彩色の妙には、描いた作者のなみなみならぬ才能を感じさせる。

貴恵はアテ外れも忘れ、うっとりするような気分で絵巻をたぐっていった。

いきなりドアが開いて、先刻の老人が入ってきた。表情がひどく強張っている。

貴恵は思わず、不作法を咎める目を向けた。

老人は物も言わず、テーブルの上の巻物に手をかけ、巻き戻しにかかった。慎重にやろうとするのだが、手が震えて思うようにいかない。

貴恵は呆れて、身を引くようにして、その様子を眺めているばかりだった。

やはり間違いに気がついたらしい。

そのことはいいけれど、それにしても、なんて礼儀知らずな仕打ちなのだろう――。

貴恵は腹が立ったが、文句をつけるような余裕もないほど、老人はただならぬ様子に見えた。

巻き戻しが終わると、ようやく落ち着きを取り戻したのか、老人は肩で大きく息をついて、「失礼をばいたしました」と、深く頭を下げた。

「どうぞお引き取りくださいますよう」

言葉は慇懃だが、反駁を認めない容赦のなさがあった。貴恵はその語調に驚いて、立ち上がった。

第一章　流され王の島

1

　飛行機は中海（なかうみ）の上に着水するのではないかと思わせる低空まで下りて、右に旋回した。キラキラ光る水面の、漣（さざなみ）の一つ一つまでがはっきり見える高さである。こういうのが浅見（あさみ）には耐えがたい恐怖なのだ。

　シートの肘掛（ひじか）けを掴（つか）む手に、無意識のうちに力が入った。

　しかし、飛行機は何事もなく、米子（よなご）空港の殺風景な滑走路に下り立った。

「どうしますか、船にしますか、それとも飛行機で行きますか？」

　行きがかり上、なんとなく引率者的役割を買ってしまうことになった佐田（さだ）教授が、シートベルトを外しながら、メンバーの顔を見回した。

「そうですねえ、できることなら飛行機にしてもらいたいものですねえ」

　カメラマンの徳安（とくやす）が、ジュラルミン製のカメラケースを膝（ひざ）に抱えて、いちはやく反応した。徳安にはほかにも重い荷物が二つある。船で行くとなると、荷物を持って、タラップを上がったり下りたりするのがつらいにちがいない。

「私もそう願いたいですな」

肥満体の長野(ながの)博士が同調した。助手の石出(いしで)も、もちろん異議はない。残るは浅見ひとりである。全員の視線がこっちを向いて、浅見は、せっかく離した肘掛(ひじか)けを、もういちど摑(つか)み直した。

「浅見さんも、べつに問題ないですよね」

佐田教授が軽い調子で言った。

「はあ……」

浅見は頷(うなず)いたが、憂鬱そうな顔になったらしい。

「飛行機、嫌いですか？」

「はあ、ちょっとばかし……」

「だったら、私の睡眠薬を飲むとよろしい。強力なやつですからな、すぐに眠くなる。着陸しても気がつかないと困りますがね。ははは……」

窓の外を覗(のぞ)くと、梅雨(つゆ)の晴れ間ということで、滑走路には陽炎(かげろう)が立ち昇って、見るからに暑そうだ。

「やはり飛行機がいいですな」

佐田は最後の断を下すように宣言した。

「これからでも、切符は取れるのでしょうか？」

浅見はおそるおそる、消極的な異議申し立てを試みてみた。

「大丈夫でしょう。昨日の時点では満席でしたけどね、今日は天気もいいし、キャンセル続出ですよ、きっと」

佐田は楽観的なことを言っている。なんでも、隠岐へ行く船は天候によって欠航する危険性があるので、もしもの場合の代替手段として、あらかじめ飛行機を抑えておく客が多いのだそうだ。

隠岐行の乗り継ぎ便は、待ち時間もたいしたことはなかった。佐田の予言どおりキャンセルが続出したらしい。ちっぽけなプロペラ機だが、機内はガラガラで、五人全員が窓際の席を取れた。

「まったく、満席が聞いて呆れますなあ」

長野博士はシートから溢れそうなボディを揺すって、「あははは」と笑った。

プロペラ機はフワッと飛び立った。こういう離陸なら、飛行機嫌いの浅見も平気だ。飛行高度も三千かそこいらだそうだ。のどかな爆音を響かせて、深みどりの日本海を越えて行く。ほんの三十分ばかりの飛行距離であった。上がったと思ったら、まもなく美しい島が見えてきた。左側の窓から覗いていた浅見が見たのは小さな島が二つ三つ、寄り添うように浮かんでいる風景だったが、しばらくして、飛行機が旋回すると、右の方向にそれらの島を一つにしたほどの規模の、大型の島が接近してきた。

「あれが島後、空港はあの島です」

佐田教授がメンバーに教えてくれた。

隠岐はその「島後」と、「中ノ島」「西ノ島」「知夫里島」の三つの島をひっくるめた「島前」とに分けられる。

「島後」「島前」を「トウゴ」「トウゼン」ではなく「ドウゴ」「ドウゼン」と濁って発音するのが妙な気がするけれど、隠岐の歴史に詳しい佐田教授の話によると、平安時代の頃までは、役所の公文書に「道後」「道前」と書いたという説がある。かつては、たとえば「北海道」のように、「隠岐道」と呼んだ時期があったというのである。出雲側から見て手前の三島を「道前」、奥の島を「道後」と称したのだが、いつの頃か、役人が「道」を「島」と誤って書き、以来、それが通用するようになったのだそうだ。

島後の海岸線は変化が多く、切り立った岩場ばかりが目立つ。緑に覆われた島に、白い波が寄せる景色は、たとえようもなく美しかった。

島の南端の山地を平らにした滑走路に、飛行機はフワリと舞い下りた。

飛行機を出ると、空から降りそそぐ陽射しは強く、路面も焼けているにちがいないが、ゆるやかに吹く海風が心地よい。

「いやあ、いい気分ですなあ」

暑いのが大の苦手という長野博士が、眩しい空を仰いで、嬉しそうに言った。長野は日本美術史研究の世界では、トップクラスの人物である。還暦を過ぎたはずだが、動作や表情が子供っぽくて、親しみが持てる。度の強い黒縁眼鏡のせいもあるのかもしれない。

一行は二台のタクシーに分乗して港へ向かった。港まではほんの数分。ただし、船が到着するまでは二時間も待たされた。これでは、時間的なことだけをいえば、船で来るのとまったく変わりはない。

石出助手が奔走して、時間つぶしのできる小料理屋を探してきた。座敷を貸してくれるというので、五人はコインロッカーに荷物を預け、人通りの少ない港街を、ゾロゾロと歩いて行った。

先頭の石出は小柄で銀縁の眼鏡をかけている。眼鏡はもちろん、身につける物のほとんどがブランド物だそうだ。浅見の目から見ると、眩しいほどのナウい青年である。

そのあとをカメラの徳安が行く。ほかの荷物はロッカーに仕舞ったが、もっとも重いカメラケースだけは携帯しないと気がすまないらしい。左に体を傾けて、いかにも歩きにくそうだ。

佐田教授も長野と年齢は近いはずだが、こっちのほうは、洗練されたダンディな紳士である。白いテニス帽をかぶり、長袖(ながそで)のスポーツシャツ、紺色のスラックスにメッシュのエナメル靴――と隙(すき)がない。さすが、女子大の人気教授という感じがする。

長野博士は対照的に野暮(やぼ)ったい。洒落(しゃれ)っ気を出そうにも、救いがたい肥満ということもあるが、それ以前に、服装や身嗜(みだしな)みにまったく構わない主義なのだろう。おそらく年間を通じて着ているらしい、地味な霜降りのスーツに、少し緩みがちの上、色彩感覚のズレがはなはだしいとはいえ、この暑さにもかかわらず、律儀にも、ちゃんとネクタイを締め、黒い靴を履いている。

服装に構わないことでは、浅見も人後に落ちない。相も変わらぬブルゾン姿だけれど、長野に較べれば、こっちはまだしも、若さという武器があるから、ラフな恰好もそれなりに魅力がある。

しかし、いずれにしても、この五人が一列になって街を行く有り様はまるで判じ物だ。その証拠に、土地の子供が二人、呆れ顔で、いつまでも見送っていた。

小料理屋のおばさんも、客が次々に二階に上がって行って、最後に浅見が靴を脱いでいる傍らで、なかば呟くように訊いた。

「お客さんたちは、どういうご商売です？」

「何に見えますか？」

「そうやねえ……テレビ局の人たちと違うやろか？」

「へえっ……どうしてですか？」

「カメラの箱みたいなんを持ってる人もいてるし、おたくさんは俳優さんみたいやし」

「ははは、僕がですか？　そりゃ嬉しいですねえ」

「そうかて、お客さんは男前ですよ」

「参ったな、照れるなあ」

浅見は赤くなって、階段を昇って行った。

昼は空港の待合室でサンドイッチを食べただけだったので、うな重を注文して、佐田と長野の両先生と徳安カメラマンはビールを飲んだ。浅見と石出はあまり飲めないクチだ。

東京のうなぎはほぼ二つ切りにして供するのがふつうだが、関西から西では、蒲焼を一寸角ぐらいにブツ切りにして出すのが多いらしい。味のほうもいくぶん淡白で、それはそれで旨いのだが、なんとなく油抜きしたような感じで、物足りないといえなくもない。

「こういうのは、どちらかといえばわれわれ老人向きですな」

佐田はご満悦であった。たしかに、関西のそういう料理の傾向は、ひょっとすると上流階級の老人の嗜好に合わせた、食文化の現れなのかもしれない。

ビールの入った老人二人は眠くなったと言って、ほんとうに畳の上で横になってしまった。徳安が街や港の風景を撮りたいというので、浅見も付き合うことにした。

島後には四つの町村があり、港の周辺は「西郷」という町である。港の施設とホテルとスーパーのほかには、取り立てて大きな建物もない、ささやかな街だ。夏の観光シーズンまではまだ間があるので、通りは閑散としている。

「のんびりして、いいところだなあ」

徳安は街の景色をファインダーで覗きながら、溜め息をつくような声で、言った。

「しかし、一年中住むとなると、退屈で我慢ができないでしょう」

「いや、そんなことはない。さっき空から見たけど、被写体になりそうな風景はいくらでもあるし、一年間腰を据えて撮りまくったら、いいアルバムができると思いますよ」

「二年目からはどうします？」

「あ、そうか、それが問題かなあ」

「もっとも、後鳥羽上皇は十九年間もいたんですけどね」

「ふーん、そうなんですか、十九年もねえ。そら、退屈だったろうなあ」

徳安はのんびりしたことを言っているけれど、後鳥羽上皇にしてみれば、退屈どころではなかったにちがいない。

承久三年（一二二一）五月十五日、後鳥羽上皇は近畿十四州の兵を集めて、鎌倉幕府・北条義時追討の院宣を発した。「承久の変」である。

後鳥羽上皇の軍は結局、幕府軍に敗れるのだが、兵力は幕府軍の十九万に対して、わずか二万一千、たった十分の一だった。こういう無謀な戦争をやって勝つわけがない——と、後世の人間なら、大抵は考えるのだけれども、渦中にある為政者は、おうおうにして、こういう過ちを犯す。太平洋戦争にしてもそうだ。

昔の軍歌に「吾は官軍わが敵は、天地容れざる朝敵ぞ」というのがある。テレビの終戦記念日特集番組などで、時折放送される、例の「学徒出陣・雨中の大行進」のシーンで、背景に流れる勇壮なマーチはこの曲である。さらに、現在の自衛隊の行進する際にも、この曲が使用されていることを、存外、知らない人が多い。まったく、懲りない面々はいつの世にもいるものである。

ちなみに、この歌の先を紹介すると、次のようなものだ。

　敵の大将たる者は　古今無双の英雄で
　これに従う強者は　共に剽悍決死の士

鬼神に恥じぬ勇あるも　天の許さぬ反逆を
起こせし者は昔より　栄えしためし有らざるぞ
つまりは、相手がどんなに強くても、正義は必ず勝つ——ということらしい。その場合、正義とは相対的なものであることを、当事者は忘れている。

太平洋戦争では、日本は単に無謀な侵略戦争を仕掛けた——というだけではない。アメリカを中心とする欧米各国の植民地政策、経済封鎖に耐えかねたという事情もあった。しかし、後鳥羽上皇の挙兵は、あまり道理や正義から発したものとはいえないようだ。

挙兵の直接の動機になった事件の一つとして、その前の年、後鳥羽上皇が寵愛していた白拍子・伊賀局に与えた、摂津の国長江倉橋の荘園の地頭が、伊賀局を侮辱したため——という、おそろしく卑近なものもある。

後鳥羽上皇は天才的な政略家であったという説がある。和歌、彫刻など、芸術的なことは何をやっても一流だった。そういう独裁的感覚の持ち主である上皇が、新興勢力である北条幕府ごときに、政権をほしいままにされていて、我慢ができるはずがない。

そもそも、北条家などというのは、源氏の統領・頼朝亡きあと、源実朝を騙し討ちにして成立したようなものだ。そんなやつらに指図されてたまるか——という、鬱ぼつたる不満や悪感情が爆発したのが、承久の変だと思ってまちがいない。

取り巻きの中には、後鳥羽上皇の無謀を諫めた者もいないわけではなかった。院司藤原光親のごときは「諷諫十数度に及ぶ」というほどである。しかし、えてして、こういう場合には、諫める立場の人間は疎んじられがちなものだ。ワンマン社長は反対されることを極度に嫌うものである。ごもっとも、アンタは偉い――と迎合する佞臣どもがはばをきかせ、悪政はどんどんエスカレートする。

かくて承久の変は勃発したが、後鳥羽上皇側にも必勝の確信はあった。それは何かというと、洛中洛外の僧侶を全員集合、必勝祈願をさせたからである。ホトケがバックについているのだから、負けるはずがない――という信念が、後鳥羽上皇とその一派を打倒北条に駆り立てた。

嘘みたいな話だが、太平洋戦争でも、日本人の大半が、「わが日本は神国なり」と必勝を信じていたのだから、あながち笑うことはできない。イランにしても、アッラーの神を信じて戦っているのだ。

六月十五日――承久の変はわずか一か月で事実上の終結を見た。

幕府は後鳥羽上皇を出家の上、隠岐の島に流した。さらに、順徳上皇を佐渡に、土御門上皇を土佐に移した。皇軍の全面的敗戦であった。万世一系の天皇家に対して、たかが伊豆の郷士上がりにすぎない地方武家が、圧倒的勝利を収め、武家政治を確立した。まさに歴史的瞬間であった。

2

西郷の街の中心に黒曜石細工を売る店があった。つややかな輝きのある、それこそ真っ黒な石である。それをさまざまに細工して、小さいものはネクタイピンや数珠、大きいものは置物、彫刻などにして売る。

「隠岐には黒曜石の産地があるのです」

店番の女性が説明した。

もっとも、浅見と徳安に買い物をする意志はまるでなかった。単なる冷やかしで覗いたのだが、オフシーズンとあって、ほかに客はいなかったし、船が着くまで、当分、新しい客が入ってくる気配もない。女性も、二人が買う様子のないことぐらい、見極めがついているのだろう。説明する口調には、期待感のようなものは籠められていなかった。

「黒曜石は硬度が五・五度、ですから、傷つきにくくて、いつまでも光沢を失わないのです」

バスガイドのように、物慣れた調子で喋る。まだ二十二、三歳ぐらいだろうか、目の大きな、顎が尖った、少女のような雰囲気のある女性だった。

店の中央の大きなガラスのショーケースの上に、新聞紙を広げ、その上に小さな黒曜石の破片が散らばっている。直径が二、三センチの薄い断片である。細工したあとの破片を、サンプルとしてお客に見せているのだと思って、浅見はその一つを指で摘み取った。

「ツッ！……」

浅見は指先に痛みを感じて、慌てて断片を放した。

人差し指の先から血が滲み出していた。

「あ、だめですよ、お客さん」

女性が急いで浅見の手を取って、いきなり指を口に銜えた。あっという間の出来事であった。

女性はチューッと音を立てて血を吸い、口から出した指を持って、じっと見つめ、「もう大丈夫」と笑った。

「黒曜石のこういうの、すっごく切れるんだから、むやみに触ると危ないんです」

幼児を窘めるような口のきき方をして、ようやく指を放した。

浅見は吸われた指の恰好で、上に向けたまましばらくあっけに取られていた。徳安カメラマンは少し離れたところから、ニヤニヤ、面白そうな顔をして、こっちを見ている。

気がついてみると、ショーケースの上の新聞紙は、いたるところに切り傷がある。なんのことはない。黒曜石の断片の切れ味を試すために、そこにそうしてあるのだ。

「黒曜石は、この隠岐の島でも、島後の北の外れの一か所でしか産出されないのです。その採掘権をうちで握っていて、兄が一週間に一度ぐらいの割合で、採掘に出掛けて行っております」

また女性のガイドが始まった。

「どうも、うまいことやりましたねえ」

店を出ると、徳安は浅見の腕の脇をつついて、冷やかした。

「私も怪我をすればよかった。それもほっぺたの辺りをね」

「そういうつもりで怪我したわけじゃありませんよ」

浅見はムキになって、言った。傷の痛みはなかったけれど、女性が銜えた感触が、まだ指先に残っていた。もちろん、こういう経験は生まれて初めてのことだ。それをいとも簡単にやってのけたあの女性は、どういう神経の持ち主なのだろう——と、多少、いまいましくもあった。

鰻屋の二階にもどると、教授たちはようやく目を覚ましたところだった。そろそろ時刻もいいということで、港へ向かった。

快速連絡船「コバルトアロー号」は想像していたのより、はるかに大きく、しかも美しい船であった。船体は赤と白のツートンカラー、船首から船尾まで、まさに名前どおりの「矢」を思わせる、流れるような鋭いスマートなデザインであった。

船足も早い。四百人乗りの巨体が、まるでモーターボートなみのスピードで、滑るように波を切ってゆく。

「快適快適、これなら飛行機じゃなくてもよかったなあ」

肥満の長野博士が子供のようにはしゃいでいる。

「ただし、荒天には弱いそうですよ。季節風の強い冬場は、たしか欠航するんじゃなかったかな」

佐田教授が言った。

「ところで、そろそろ中ノ島に到着しますので、現地での心構えのようなものについて、一応、打ち合わせておきます」

佐田は真顔になって、全員の注意を喚起した。

「どうも、私自身そうなのだが、こういう旅先に出ると、浮かれ気分になりがちでしてね。先方はともかく、中央の学者やマスコミが来るというので、期待しているわけで、あまり軽々しい振る舞いに及ぶと、顰蹙を買うことになりかねません。しかも、研究の対象が後鳥羽上皇の遺跡という、いわば、尊き御方が関わっていることでもありますので、充分、厳粛に真面目に行動したいと、まあ、このように思っておる次第でして」

演説口調で喋っているうちに、当の佐田本人がニヤニヤ笑いだした。

「そうは言っても、たまにカミさんのそばを離れたとなると、やっぱり羽を伸ばしたい気分にはなりますがなあ」

「そうそう」

長野がすぐに同調した。

「あたしも呑んべえでねえ、美味い酒、美味い魚なんかが出ると、すぐ意地汚くなってしまうから、まったくそういう意味では自信が持てませんなあ」

ダンディで痩せ型の佐田の場合には、多少、ジョークを感じさせるのだが、長野が言うと実感そのものだから、聞いている者はおかしくてしようがない。カメラの徳安などは、遠慮なくゲラゲラ笑った。

船は個別の椅子が前向きに、横十二列、縦三十列ほど、ズラッと並んでいるタイプだ。周囲のお客が、賑やかな五人組に、びっくりした目を注ぎ、中には非難するように見る者もいた。

「ほらほら、もう顰蹙を買っているじゃないですか。この船のお客のほとんどは、地元の人ですから、注意しないといけない」

佐田は慌てて徳安を窘めた。徳安はペロッと舌を出して、「すみません」と謝った。

わずか三十分あまりで船は中ノ島の菱浦港に着いた。

「ほらほら、あれですよ」

佐田教授が、うんざりした顔で岸壁を指差した。

〔歓迎　後鳥羽上皇遺跡発掘学術調査団御一行様〕と書いた横断幕を上げて、十数人の人が出迎えていた。

「では真面目に行きますか、真面目にね」

長野は荷物を石出助手に任せると、大手を振って、真っ先にデッキを出て行った。石出はバッグやら資料ケースやら、自分の荷物だけでも大変なのに、それと同じ量の荷物を押しつけられ、大迷惑である。

徳安はもともと大荷物である。浅見は携帯用のワープロと、着替えの入ったバッグだけだったので、石出の荷物を一つ、分担してやった。

「あ、どうもすみません」

石出は恐縮して、ペコンと首を前倒しするように、お辞儀をした。大学を出て三年目、現在は大学の研究室にいるという、長野とはおよそ対照的な、学究肌の青年だ。

チャランポランなことを言うようで、さすがに長野と佐田は、出るところに出ると、きちんとするものである。単なる肥満体の長野が、がぜん恰幅のいい鷹揚な大学者、痩せた銀髪の佐田は上品な秀才型の研究者に見えるから不思議だ。二人とも、町長以下、出迎えの群衆の前で、いとも優雅ににこやかに、堂々と振る舞っている。

島後には一つの島に四つの町村があるが、中ノ島には「海士町」だけ。この島の北側の西ノ島には「西ノ島町」。西側の知夫里島には「知夫村」が、それぞれある。

後鳥羽上皇が流されたのは中ノ島で、十九年のあいだ、上皇はついに一歩も島を出ることなくおわった。

後鳥羽上皇の百年後、この島に後醍醐天皇が流されたが、天皇のほうはすぐに島後へ移り、さらにそこを脱出して因幡へ渡り、ついに建武の中興を成功させた。

時代が異なるとはいえ、あれだけの権勢を誇った後鳥羽上皇が、いったん勢威を失うと、ケチョンと逼塞してしまったというのは、意外な気がする。幕府の側も、心底恐れたのは後醍醐より、むしろ後鳥羽上皇のほうで、旗上げはもちろん、生霊による祟りがあるのではないか――と戦々恐々としていたフシがある。

後鳥羽上皇を隠岐まで送る道にしても、途中、ゲリラの奪回工作があることを警戒して、真贋二つの道程を用意し、本物の後鳥羽上皇は、兵庫辺りからひそかに、海路をとり、広島県尾道に上陸させ、現在の三次付近を通過して北へ向かった――という説が残っている。

しかし、後鳥羽上皇は決起しなかった。栄耀栄華を極めた身が、ろくな産物もないような島の不自由な暮らしに甘んじるという、その落差のはげしさには、そぞろ哀れを催すばかりだ。

もっとも、後鳥羽上皇も最初のうちは敗れてなお、意気軒昂たるものがあったらしく、隠岐へ渡ってくる船路で、あまりにも海が荒れたために、海神を怒って詠んだと伝えられる、有名な歌がある。

われこそは新島守よ隠岐の海の荒き波風心して吹け
この歌のほか、上皇は隠岐でも作歌に勤しみ、これまた有名な「遠島御百首」というのを遺している。上皇は小倉百人一首に「人も惜し人も恨めし味気なく世を思ふゆゑに物思ふ身は」の歌があるように、当時を代表する歌人の一人だった。

「名月記」を書いた藤原定家は、上皇に可愛がられ、ある時は歌道の師匠として、ある時はライバルとして、絶えず宮中に参内し、上皇の相手を務めていた。最後には歌道の考え方の違いが元で、喧嘩別れ（実際は上皇に遠ざけられた）してしまうのだが、逆に、そのことは上皇がそれほどに優れた歌人であったことを物語っている。

その後鳥羽上皇は、配流十九年目の延応元年二月二十二日、六十歳で逝去した。

上皇の遺体は島人の手で荼毘に付され、遺骨は従者であった北面の武士・藤原能茂が首に掛けて、京都郊外の大原に運び、西林院出堂に納められた。

ところが、後鳥羽上皇の遺骨のほとんどは、隠岐に残されたのではないか——という説が強くなった。能茂が「首に掛けて」運んだのでは、遺骨の全部を運ぶことは難しかっただろうし、あるいは遺髪程度ではなかったかという説すらある。

それでは、遺骨の大半はいったいどこに埋葬されたのか——という謎が生まれた。

後鳥羽上皇の隠岐における行在所は、海士町中里の源福寺であった。

源福寺は明治の廃仏毀釈の際、取り壊されて、現在は礎石の一部を残すのみだが、かつてその境内だったところを掘ると、食器のかけらのようなものが出土することがある、ひょっとすると、その地中深くに、何かが埋まっているのではないか——という噂は、かなり以前からあった。

そこで、町が主宰して、そういう噂を確かめ、仮説を立証するための、学術調査が行われることになり、その主要スタッフを東京から招くことになったというわけだ。

3

港のすぐ前に旅館があった。旅館といっても、この島では、民宿に毛の生えた程度のものが多いのだが、その中では比較的ましな規模を持つ旅館であった。

女将がむやみに威勢がよく、「さあさあ、どうぞ」と先に立つ。新築の二階に五人の部屋が取ってあった。中の一つは広間といってもいい大部屋で、浅見はその部屋をあてがわれた。

「えっ、この部屋に一人で寝るのですか？」

浅見は雨戸もない部屋を眺め回した。いつのまにか夕暮れ時になっていて、ガラス窓の外は薄暗い。これが深夜になると、いったいどういうことになるのか、想像しただけで身の毛がよだつ。

「こちらのお客さんは、夜、仕事をなさるというもので、このお部屋にしました。ここなら、パソコンを叩いても、音がうるさいということもないでしょうし」

女将は自慢そうに言った。パソコンではなくてワープロなのだが、とにかく、そういう配慮をしてくれたのでは、いまさら断るのも具合が悪い。

まもなく、その部屋で歓迎の宴会が始まった。町長以下、助役、教育長、商工観光課係長、小中学校長、郷土史家などが、それぞれ歓迎の挨拶をし、そのあと、佐田と長野の両教授が返礼を述べ、やがて乾杯と、しだいに賑やかなことになった。

「こちらは浅見光彦さん。今回の調査の記録を執筆してくれるルポライターです」

佐田が紹介した。

「今回の発掘調査は、単に学術的意味ばかりでなく、文学的要素における関心の度合いもきわめて高いものがあります。また、とくにこちらの町のご依頼にもあったことですが、副次的なと申しますか、派生的な効果として、隠岐の観光資源にも繋がることを期待されているやにも聞いておりますので、浅見さんに大いに健筆を揮っていただきたいと、かように考えております」

（苦労人の佐田教授らしいな——）と浅見は感心した。

後鳥羽上皇の遺跡発掘は、たしかにそれ自体の意義はある。しかし、それ以上に大きいのが、佐田の言ったとおり、「観光資源に繋がる」話題性の発掘にあるのだ。

隠岐の人間は酒豪が多いそうだ。一行の案内を担当する商工観光課係長の野田は、三年前までは東京の建設会社に勤めていたのだそうだが、Uターンして町役場に潜り込んだ。その理由というのがふるっていて、東京では思い切って酒を呑めないから——というのであった。

「隠岐の酒は美味いのです。それに、なんぼ呑んで、ぶっ倒れても、誰も文句言わないところがよろしいですなあ」

もっとも、教育長がバラしたところによれば、野田はどうやら、東京で酒の上の失敗があったというのが真相らしい。

「まあ、しかし、今夜のところはお疲れでしょうから、この辺で」

町長がそう言って、早めに切り上げなければ、現実にぶっ倒れるところまで、宴は続いたのかもしれない。

客たちが引き上げ、一行のスタッフもそれぞれの部屋に戻ると、いよいよ、ガランとした部屋に浅見一人ということになった。

五十畳ほどの広間の中央に、ぽつんと、忘れられたように布団が敷かれてある風景は、なんとも心もとない。ワープロを叩く気分ではなくなった。

電気を消すと、部屋の闇が、ガラス窓を通して外の闇と一体となったような錯覚を覚える。

船のマストの明かりだろうか、遠い空間でユラユラ揺れる赤い灯が、まるでヒトダマのように見える。浅見は慌てて電気を点けた。

それでも、さすがに疲れていたのだろう、こうこうとした明かりの下で、浅見はいつのまにか、眠った。

翌朝九時に、野田係長が迎えに来た。

「まず島内をご案内します」

黒塗りのクラウンを二台仕立ててきたのだが、佐田、長野両教授は「見物より、発掘現場を見たい」と言った。仲間内ではけっこう馬鹿げた会話を楽しんでいるけれど、仕事となると、さすがに学者である。物見遊山に来たわけではない——という顔をした。服装もスポーツシャツに綿ズボン、それに登山帽と、完全な作業着姿である。

結局、浅見と徳安の二人が野田の運転で島めぐりをすることになった。

もっとも、浅見にしろ徳安にしろ、まだ何も手をつけていない発掘予定現場を見たところで、しようがないのだ。

クラウンは3ナンバーで、シートには白いカバーが掛かっている。たぶん公用車で、中央から来た視察団やら、代議士先生やらを乗せて走るためのものなのだろう。そういう車に乗るには、あまり風采のいい客とはいえなかった。

二台の車は、旅館を出てしばらくは並んで走っていたが、やがて教授組は左へ、観光組は右へと、それぞれ道を折れた。

「ここが海士町最大の水田地帯です」

左側に広がった平地を指差して、野田は言った。「最大」と言うけれど、ちっぽけな土地である。

「海士四千石といいましてね、昔はよかったのですが、いまは減反政策が止まることを知らない情勢で、斜陽の一途を辿っているありさまです」

野田は残念そうに言った。

「海士町にかぎらず、隠岐の過疎化はいまもなお進行中でしてねえ。空港のある島後はまだしも、この中ノ島や西ノ島、知夫里島など島前三町村では、高校卒業と同時に島を出て、関西、東京方面へ就職する若者が、いぜん、あとを絶ちません」

「海士町にはいま、何人ぐらい住んでいるんですか？」

「海士町の人口は約三千五百です。しかし、いぜんとして過疎傾向に歯止めはかからないような状況でしてねえ。何よりも、島に、若者の足を引き止めうるような、これといった働き場所がないことが過疎の最大原因であるわけですよ」

車は登り坂にかかった。野田は忙しくハンドルを切りながら、饒舌に喋る。東京の建設会社に勤めていたそうだが、ことによると営業マンだったのかもしれない。なかなか口の達者な男だ。

「農業以外の海士町の主要産業というと、何なのですか？」

浅見はあまり気の乗らない質問をした。

「大したものはないですねえ。四方八方みんな海だからといっても、白イカや養殖漁業もいまいち、パッとしませんしねえ。なんといっても、一次産品は安い輸入物に押されて、ジリ貧傾向にあるのです。かといって、加工品も運搬費の点で、本州産のものや輸入物と太刀打ちできないし、弱ったことです。わずかに、名物の隠岐牛だけが、やっとこ採算ベースに乗っているか、といったところですがね、これだって、飼育頭数がたった三百頭程度では高が知れてます」

どうも、野田の話を聞いていると、だんだん気が滅入ってくる。

「そうすると、いったい海士の経済は何によって賄われているのでしょうか？」

浅見は業をにやして、訊いた。

「これですよ、これ」

野田はフロントグラスの前方を指差した。

「は？　どれですか？」

助手席の浅見も、後ろの徳安も、一緒になって首を突き出した。野田の指の先には何もないように思えた。

「道路ですよ、道路」

野田は、あまり嬉しそうでない言い方をしている。

「道路？……道路がどうかしましたか？」

「はあ、道路と港湾ですかねえ」

「コウワン？」

「港ですよ、港。離島振興法というのがありましてね、離島の過疎対策のような意味もあるのでしょうか。道路・港湾の整備改良事業というのが盛んに行われておるのですよ」

「あ、なるほど……」

浅見はそれで納得できた――と思った。

車が山道にかかって、行けども行けども、細いながら立派な舗装道路が続いているのに感心していたところだった。

「そういえば、道路がよく整備されていますねえ」

「整備どころか、この狭い島のいたるところ、小さな岬の果てまでも、四通八達していますよ」

野田はなんだか自嘲ぎみに言った。

「それと、港ですねえ。ほら、左手のほうの崖下を見てください。こんなちっぽけな入江にも、ちゃんと防波堤があり、船が着く港があるのです。中にはたった一軒の家のために、港を建設し、道路を通したところもあるほどですからねえ」

「しかし、そこに住んでいる以上、仕方のないことでしょう」

「いやあ、ありがたいことをおっしゃる。われわれ離島の人間にとっては、涙が出るような言葉ですなあ。しかし、中央の人たちには、ほんとのところ、腹立たしい気持ちでいる人も多いわけですよ。こんなつまらないところに税金を使われては、たまったもんじゃないとね。公平に見ると、私もその意見のほうが正しいと思う時があります。そんな辺鄙な場所は放棄して、街のほうに移ればいいというのも、当然の議論でしょう。ところが、それでは島は滅びるのです。不便なところに道路を通して、その道路や港の建設費で島を潤すのが第一。さらに、その施設を管理維持するための補助金を、通年の予算に計上できるし、何よりもそこに、島の人間の働き場所ができるというメリットを見逃すわけにはいかない。まあ、言ってみれば、貧しい離島の生活の知恵というわけですかなあ」

厳しいものだ――と、浅見は思わずにはいられなかった。隠岐の島の対岸には宍道湖がある。例の干拓事業で三百億という膨大な予算を投入した淡水化計画が、結局、ヤマトシジミの保護や、コメを取り囲む環境の変化などの理由で、事実上、頓挫することになってしまった。

いまにして思うと、あれはいったい何だったのだろう？　あの金で儲けたヤツは誰なのだ？――と、国民の多くは遣り場のない腹立たしさを覚えるだろうけれど、その土地その土地に住む人間にとっては、切実な生活の糧になっているのかもしれないのだ。

「やあ、きれいですねえ」

徳安がすっとんきょうな声を発して、少なからず暗い気分になっていた、車内の空気を救った。この男の陽気さや調子のよさは、天性のものなのだろう。

岬の突端近い高台の上で道は途絶えていた。その向こうにはコバルトブルーの海と、さらにその向こうに屏風のように並ぶ島が見える。

「あれが知夫里島、その右に連なるのが西ノ島です」

車を下りて、野田が説明した。

「この中ノ島を含めて、三つの島が海を囲むようにしているのが、よくお分かりになると思います。島と島とのあいだはきわめて接近しておりまして、じつは、その海峡部分を網でシャットアウトして、一大養殖漁場にしようという、壮大な計画もあるのです」

「へえーっ……」

徳安は感心しながら、しきりにシャッターを切っている。半分ホラ話みたいな感じもしないではないが、実際、その気を起こさせるような、まん丸く仕切られた海であった。

「こんなきれいな海に恵まれているのなら、観光資源は豊富なのじゃありませんか?」

浅見は素朴に訊いてみた。

「はあ、私もそう思います。しかし、実際にはそう簡単にはいきません。たしかに自然には恵まれておりますがねえ、本土からの距離がありますのでねえ。それと、秋から冬にかけて荒れ狂う、風と波が悩みの種です。まあ、なんですねえ、そういう島だからこそ、後鳥羽上皇も流されたわけだし、本土へ帰還することもできなかったというわけでしょうかねえ」

とたんに、浅見の想いは後鳥羽上皇の感慨に乗り移った。こうして岬に立って、明けても暮れても吹きつのる雪混じりの風と、泡立つような海を眺めていれば、さすがの後鳥羽上皇も気落ちして、再起の望みを失ってしまったのかもしれない。

そのあと、野田はさっき言っていた「小さな港」や、その周辺に散らばる集落、後鳥羽上皇が上陸した場所、腰掛け石などを案内して、最後に牛のセリ市を見せてくれた。

隠岐は闘牛の島であることを、浅見ははじめて知った。小型だが、なかなか力のある、しっかりした体格の牛を産するのだそうだ。

セリにかけられるのは子牛で、純粋の和牛ばかり。「隠岐の和牛は肉質のよさで日本一です」

野田はここで意気盛んに自慢した。もっとも、牛自慢だとか馬自慢だとかいうのは、それぞれの土地で日本一だと思っているらしいから、あまりアテにはならない。

セリ市を最後に役場のある集落に入った。ちょうど昼飯どきであった。

4

後鳥羽上皇の行宮(あんぐう)であった源福寺跡は海士町海士字(あざ)中里にある。港からの道が、役場の集落を過ぎて、少し行ったところの右側に、こんもり茂る杉木立の奥がそれで、手前の木立の中には、後鳥羽上皇御火葬塚。さらにその向かって右側に隠岐神社がある。後鳥羽上皇の遺跡はここに集中しているといってもいい。

源福寺は天平年間、聖武天皇の勅命によって建立されたと伝えられる。鐘楼、仁王門、六坊が建ち並ぶ名刹であったが、前述したように、明治初期の廃仏毀釈の騒ぎの際に、焼失した。

その跡地は荒れ果て、杉の木が生い茂り、地上は苔生している。

源福寺跡には、わずかばかりの礎石等が残るばかりだ。その礎石から西の方角へ三十メートルほど行くと、その部分だけ、なぜか杉が生えていない十メートル四方あまりの空間がある。

そこが今回の発掘作業現場であった。

午後から浅見と徳安も、佐田、長野、二人の学者を中心とする専門家グループに合流して、現場に立った。学術調査を行うために、地元の大学関係者や学生、それに一般の考古学、古美術などに関心のある人々が、いずれも無償で発掘作業に参加するという。

現場周辺には、そういう関係者の人々ばかりでなく、日頃、学術とは縁のなさそうな地元の人間や、たまたま隠岐を訪れている観光客までが詰め掛け、固唾を飲んで遠巻きにして見物している。

発掘する場所には簡単な柱を立て、ロープで仕切った。上から見ると不等辺四角形の部分である。その俯瞰図と傾斜の状態などを、町の測量士が図面に写し替えている。

「ここだけが杉が生えないというので、昔から何か地中にあるのではないかと、恐れられている場所です」

作業を傍観しながら、野田が浅見に説明した。

「じゃあ、早速、周辺の取材をしてしまいましょう」

浅見は徳安を促して、現場の模様や作業関係者たちの顔や様子、周辺の野次馬まで含めた光景をカメラに収めさせた。

いよいよシャベル、ツルハシなどを使った発掘が開始された。場所が後鳥羽上皇御火葬塚の隣だけに、ブルドーザのような道具は使えないそうだ。しかし、モチは餅屋とはよく言ったもので、簡単な掘削道具だけでも、たちまち三十センチ以上の深さに掘り進んだ。

そこから先は慎重な作業になる。シャベルの先が、地中の何か固い物にぶつかると、あとは竹の箆のような道具での手作業で掘り、ただ石ころであることが分かると、またシャベルを使う。

土地は幾重にも腐葉土で覆われたとみえて、比較的柔らかな地質であった。その分、作業の進捗が早いこともあって、夕方までには場所によっては一メートル近くまで掘り下げることができた。

第一日はそこまでにして、作業班は宿舎に引き上げた。もちろん、まだこれといった収穫は出てきていないけれど、佐田、長野の両教授は思ったより能率が上がったことに満足して、上機嫌だった。

その晩は作業に参加した全員が揃って、町の公民館で、町長主宰の親睦パーティーが開かれた。

そのパーティー会場で、ちょっとした騒ぎが持ち上がった。宴なかばで、人々が打ち解けあってきた頃、突然、招かれざる客が乱入したのである。

会場に当てられたホールのドアが開いて、老人が一人入ってきた時は、誰も特別の関心を抱く者はなかった。

いや、役場の人間や、地元の消息通は、何か面倒なことが起らなければ――と思ったらしい。

しかし、調査隊員や大多数の人々にとって、老人は見知らぬ顔だったし、たとえ知っていても、まさかそういう騒ぎになるとは考えてもみなかった。

老人は入ってくると、真っ直ぐ町長のそばに歩み寄り、いきなり町長の頭をポカリと殴った。それほど大きなダメージではなかったけれど、町長は驚いて上体をのけぞらせた。

その胸倉を摑んで、もう一つポカリとやった。

傍らにいた秘書が、慌てて老人の前に割って入った。

「何をするんだ！」

町長は頰を抑えて、怒りの声を発した。

「分かっとるじゃろ」

老人は怒鳴った。痩せている割りには、なかなか迫力のある怒声であった。

「掘ったらいけん言うとるじゃろ。掘ったらいけんのじゃ」

「あほなことを……いいから、連れて行け」

町長は相手にするのもばからしいと言わんばかりに、秘書に顎でドアの方向を示した。

「逃げる気か」

老人はなおも食い下がったが、若い役場職員が三人がかりで連れて行った。

「どうも、お見苦しいところをお見せしてしまって」

町長は苦笑いをして、両教授をはじめ、周囲にいる人々に頭を下げた。

「どういう御仁ですか？」

佐田が訊いた。町長は自分の頭を指差して、

「なに、ちょっとここがおかしいじいさんでして、発掘作業の話から、自分が除け者にされているのが、面白うないのとちがいますかなあ。いろいろ、難癖をつけてきよるのですよ」

「掘ってはいけないとか、そういうようなことを言ってたようですが？」

「はあ、何か分からんのですが、後鳥羽上皇のお墓を暴くのはよくない。祟りがあるということを言うて……なまじいっこく者のじいさんだけに、どうも、しつこくてかないませんな」

「まあ、そういうことを言う人は、どこにも少なからずいるものですから、べつに驚きはしませんが、あのおじいさんは、何やらいわくありげにも見えましたが」

「いえいえ、何もいわくなどありません。変わり者が横車を押しているだけですので、先

生方はご心配しないでいただきたい」

その時、町長の脇から、小柄の七十歳前後の男がしゃしゃり出て、ダミ声で言った。

「町長よ、そう言うたもんでもないのとちがうか」

「なんじゃ、北本さんかい」

町長は露骨にいやな顔をして見せた。

「いらんことは言わんでおいてもらいたいがなあ」

「いや、そうも言っておれんわな。小野のじいさんの言うことは、ちょっとは耳を傾けんといけんで。前にも、じいさんの言うたとおりの、祟りがあったいうことを、忘れたらいけんで」

「そんなもん、迷信じゃろが」

町長は舌打ちした。

「あなた……ええと、北本さんでしたか」

佐田教授が声をかけた。

「祟りがあったというのは、どういう話ですか？　聞かせていただけませんか」

「いや、つまらんことです」

町長が慌てて言った。

「つまらんこと、あるかいな」

北本はジロリと町長を見て、その目を佐田に向けた。

「勝田の池で泳いだ者が、溺れて死んだことがあるのですよ」

「勝田の池？」

　佐田が問い返した。

「そうです、勝田の池です。いまは後鳥羽上皇御火葬塚の前のところになるが、昔は源福寺の境内じゃったところにある、丸い小さな池ですが」

「ああ、あれですか。あの濁った池」

「そうです。あれは勝田の池いうて、後鳥羽上皇さんの伝説が残っておる池です」

「ほう、どういう伝説です？」

「後鳥羽上皇さんが、池で鳴く蛙がうるそうて、眠れんいうて、歌を詠んだのです。蛙鳴く勝田の池の夕だたみ聞かましものは松風の音——いう歌です。そうしたら、蛙が鳴くのをやめた、いう伝説ですな」

「なるほど、その池で誰かが泳いだというわけですか」

「そうです。それも、小野のじいさん……さっきのじいさんですが、あのじいさんが、泳いだらいけんいう話をしたそばから、面白がって泳いだ若い者が、溺れて死んだのです。それも、みんなが見ておる目の前で」

「目の前で？……」

　佐田はもちろんだが、そばで聞いている者たちは、誰もが驚いた。

　浅見も信じられなかった。勝田の池というのは、ほんの小さな池なのである。直径がせいぜい二十メートルぐらいだろうか。池の真ん中で溺れたにしても、ものの十メートル。手を伸ばせば届きそうな距離だ。しかも、周囲に人がいて、見ている目の前で——というのは、おかしな話である。

「誰も助けなかったのですか？」

当然、佐田は非難する口調になった。

「それが、不思議なことなのですなあ」

北本老人は憮然として、言った。

「池の周囲には、若者を止めようとして追ってきた者や、単なる野次馬根性で集まった者がかれこれ十数人もおったのですが、誰もその男が溺れているとは思わなかったいうのですなあ」

「どうして、ですか？」

「それがじつに妙な話なのですが」

北本はちょっと逡巡する気配を見せた。それを捉えて、町長が「やめておけや」と、強い語調で言った。

「東京の偉い先生に、そんなあほみたいな話をするもんでない」

「いや、いいじゃありませんか」

佐田は手を上げて、笑顔で制した。

「面白そうな話ですよ、私もぜひお聞きしてみたい。どうです、浅見さん？」

「はあ、ぜひ聞きたいですね」

浅見も身を乗り出した。町長は諦めたように、そっぽを向いた。

「そしたらお話ししますがね、じつは、その男、笑いながら沈んでいったいう話なのですなあ」

「笑いながら？」

佐田は呆れて、浅見の顔を見返った。浅見は表情を変えずに、じっと北本の口元を見つめていた。

「そうなのです。笑いながらだというのです。いや、私は直接、この目で見たわけではないが、大勢が見ておって、全員がそう見えたいうのですからな。一応、信じるほかはないと思います。とにかく、若者はゲラゲラ声を立てて、ふざけておるとしか思えんような様子で、そのまま水の中に沈み、それっきり上がってこなかった……」

話しながら、その時の情景を想像したのだろう。北本はブルッと震えて、肩を竦めた。

浅見も彼の悪寒が移ったように、瞬間、全身に鳥肌が立った。

（いやな話を聞いてしまったな――）

あの旅館の大部屋で、たった独りで寝ている、自分の姿が脳裏に浮かんだ。

「それっきりって、じゃあ、上がってこなかったのですか？」

「いや、もちろん上がってきましたよ。あの池はご覧のとおり、ちっぽけな池ですからなあ。しかし、その時はすでに、若者は死んでおったのです」

「ふーん……」

佐田はうなり声を発し、周囲で話を聞いていた連中は、たがいに顔を見合わせた。

「で、死因は何だったのですか？」

浅見が訊いた。

「そらあんた、溺死に決まっておるでしょうが」

北本は、（何をばかなことを――）とでもいうように、口を尖らせて言った。

「警察の検視でそういう結論だったのですか？」

「そらそうです。ちゃんと警察も来たし、お医者さんも来ました」

「解剖はしたのでしょうか？」

「解剖？……いや、それはしておらんでしょうが。溺死した者は何人も見たことがあるけど、解剖したいう話は、聞いたためしがありません」

「そうすると、単なる溺死ではない可能性もあるわけですよね」

「溺死でない？……」

「いや、かりに溺死は溺死でも、単なる事故による溺死ではないのかもしれない――という意味です」

「単なる事故による溺死でない――いうと、何の溺死いうことです？」

「たとえば、自殺であるとか、あるいは、殺されたものであるとか、です」

「自殺？　殺された？……あほらしい。何を言うてますのか？　全員が見とる目の前で、ですぞ。なんで殺されたりしますのか。そらまあ、自殺いう可能性がぜんぜんないとは言いませんがな。しかし、笑いながら死んだいうのは、なんぼ覚悟の自殺じゃいうても、死ぬ瞬間は恐ろしいものじゃろうし、苦しいのとちがうじゃろか。それを笑って死ぬとはなあ……」

「その前に、その人、何が目的で池に入ったのですか？」

「だから、小野のじいさんのせいじゃと言うとるのです。小野のじいさんが、何やら、この池には後鳥羽上皇の呪いが籠められておるので、ここで泳いだ者は必ず死ぬと、そう言うたらしい。それを聞いて、かえって若者が調子に乗りおったのじゃろな。そんなら、おれが泳いでみせる言うて、それでドボンと……つまりは、じいさんがけしかけたいう結果になってしもうたということです」

「なるほど……」

だいたい、その時の状況は飲み込めた。

「あの、さっきの小野さんというおじいさんは、神職さんですか？」

「ん？　ああ、まあ昔はそうだったですが……よう分かりましたなあ。ただのボケたじいさんにしか見えんと思うが」

「そうでしょうか。あのおじいさんの眼光の鋭さはふつうじゃありませんよ。何か、われわれには見えない物事を見ることができるような目をしておられます」

「はあ……」

北本老人は疑わしい目で浅見を見た。ひょっとすると、この若い男も、小野のじいさん同様、多少頭がおかしいのではないか――とでも思ったのかもしれない。

「しかし、神主いうても、昔はまあ、神社ともいえんような小さな社の堂守みたいなことをしとったいうだけで、いまはただの、独り暮らしのじいさんいうたほうがぴったしじゃけどなあ」

「どういう神社だったのですか？」

「小野篁いう人を祀った社ですよ」

「小野篁というと、あの参議篁のことですか？　和田の原八十島かけての……」

浅見は意外な名前を聞いて、驚いた。

5

参議小野篁は、浅見が言ったように、百人一首の中の「和田の原八十島かけて漕ぎ出ぬと人には告げよあまの釣舟」の歌で知られた、平安時代前期の学者であり歌人であった人物である。

その小野篁が、やはり隠岐に流されていたことがあるというのだ。

「知らんかったのですか」

北本は呆れたという顔になった。隠岐に学術調査で来るぐらいの人間なら、その程度のことは知っていて当然――という気がしているにちがいない。

「はあ、先生方はご存じでしょうが、僕はそういう知識はまるでだめな男です」

浅見は悪びれず、頭を下げた。

「それやったら言いますがな、そもそも、和田の原――の歌は、小野篁が美保関から隠岐へ向かう途中、舟の中で京の人に詠んでやった歌じゃいうことです。そうでしたな、先生？」

北本は「先生」の知識がどの程度のものかを試すつもりなのか、質問の鉾先を、不遜にも佐田教授に向けた。

「そのとおりです」

佐田はニコニコ笑って頷き、浅見に向けて言った。

「小野篁は、嵯峨天皇の時代に副遣唐使を命じられたのだが、勅命に逆らうようなことをしたため、天皇の勘気をこうむり、隠岐の海士に流されたのですよ。この人は後鳥羽上皇とちがって、流されているあいだ、島の中をあちこちと動き回ったので、島の到るところに小野篁の遺跡があります。篁は歌人だが、仏像を彫るのが巧みで、現在もいくつか小野篁作と伝えられる像が、この隠岐に残っているはずだが、そうでしたね、北本さん」

「はい、おっしゃるとおりです。さすがに先生は何でもご存じじゃなあ。ただ先生、これはご存じない思いますがな。小野篁は、作ったのは仏像ばかりでなく、何人か子を成したという説もあるということです。じつは、最前の小野のじいさんは、小野篁の子孫じゃいうておる人物ですよ」

「ははは、それはいい。いや、ほんとうにそうかもしれませんぞ」

佐田は鷹揚に言って、ニヤニヤ笑っているけれど、町長や役場の職員は、当惑したような、面白くなさそうな、仏頂面がほとんどだった。

「それでまあ、自分の家の敷地の中に、古い神社みたいなのがありまして、そこの神主に収まっておったいうことです。篁さんは、やがて隠岐から都へ戻って、出世したいうもんで、戦争中、兵隊がこの島におった時分は、武運長久を祈る将校や兵隊が仰山、参拝に来よったこともあったけど、いまは訪れる人もおらんもんじゃから、すっかり寂れてしもうておりますがな。そういうわけで、ご覧になったように、あのじいさんはちょっと変わった、神がかりみたいなところがありましてなあ。それも、歳とともにだんだんひどくなるきみがあるのです」

小野老人に対して、好意的らしい北本も、最後には苦笑いを浮かべて、言った。

「小野さんが池で泳いだら祟りがあると言った理由ですが、それについては、小野さんは何かおっしゃっていたのでしょうか？」

浅見は訊いた。

「じゃから、後鳥羽上皇の祟りいうことですがな」

また分かりきったことを訊く——と、北本は非難する目で浅見を見た。どうも、小野老人ばかりでなく、この人もいくぶんトンチンカンなところがあるらしい。それもこれも、小野篁、後鳥羽上皇以来、さまざまな伝説・史実が入り混じって、島の人間にはどれが真実なのか、虚構なのか、わけが分からなくなっているせいなのだろうか。

会の終わり近くなって、もう一人の老人が現れた。こっちのほうは町長はある程度、予測していたフシがある。その時間が近づくと、時計を見てはソワソワしている様子が見受けられた。

「あ、お見えになりました」

秘書が町長に囁いた。付近の役場職員がいっせいにドアの方角に視線を送り、機転のきいた者は、いち早く迎えに走り寄った。

町長もいそいそと、揉み手をせんばかりに出迎えた。

老人は長身痩軀、イギリス紳士を思わせる。悠揚迫らぬ足の運びで、ホールの中央に歩んでくる。濃いグレーと紺の細かい綾織りの布を使ったスーツは、生地も仕立ても、たぶん英国製にちがいない。

「これはどうも、わざわざのお越し、恐縮であります。よもやお越しいただけないのではと思っておりました」

町長はさっきの小野老人に対するのとでは、雲泥の差を見せて、しきりに頭を低くしている。

「いや、わざわざというわけではありませんよ。こちらに帰るついでがあってのことですから、気にしないで結構です」

老人は決して尊大ではない、柔らかな喋り方をした。

「ご紹介申し上げます」

町長は掌を翻すようにして、老人の注意を、調査隊のメンバーに向けた。

「こちらが、今回の発掘調査のために、東京からおいでいただいた先生方で……」

町長は佐田教授から始めて、長野博士、石出助手、浅見、徳安カメラマンの順序で紹介した。

老人は一人一人の名前と顔を、しっかりと頭に刻み込むように、紹介のつど相手を見据え、名前に頷いた。柔和な目だが、瞳の奥に鋭いものがあるのを、浅見は感じた。

町長は、最後に老人を紹介して言った。

「こちらは村上助九郎様です」

浅見は驚いた。村上助九郎といえば、浅見でさえその名前ぐらいは知っている。後鳥羽上皇を世話した、名家の統率者が受け継ぐ名前のはずであった。

「あ、さようですか、はじめてお目に掛かります」

佐田教授も慇懃に腰をかがめた。

「たしか、現在が第五十七代でしたか……」

「いや、わたくしで五十八代になります」

「あ、そうでしたか、それは失礼申し上げました」

「なに、ただダラダラと長いだけのことでありますよ」

老人は照れたように、目を細めた。そういう顔だけを見ると、ただの好々爺にしか見えない。しかし、全身から滲み出るような風格には、さすがに千年の歴史の重みのようなものがあった。

「ところで、今回の発掘につきましては、村上さんのほうから多大の資金援助がなされたと伺っておりますが」

佐田は謝意をこめて言っている。しかし、そのことは浅見は初耳であった。なるほど、財政の苦しい町当局だけでは、一流の学者を招くだけの力はないはずだから、そういうスポンサーがいて当然のことだ。

「なんの、ささやかな気持ちだけのもので、お恥ずかしいことです」

老人はどこまでも謙虚だ。

「ただ、先生方にお願い申しておきたいのですが、なにぶん、場所が場所でありますだけに、後鳥羽上皇様に失礼のなきよう、くれぐれもよろしくお願いしますよ」

「はあ、それはもう、充分に心得て作業するつもりです」

村上老人はそれからしばらくのあいだ、スタッフの面々に声をかけるなどして、帰って行った。

それを潮時のように、パーティーは散会した。野田係長の運転する車には、また浅見と徳安が乗った。

「さっきのあれ……勝田の池で死んだという話ですが」

浅見は野田に訊いた。

「あの小野老人の言うことは、どれほど信用できるのですか？」

「うーん……」

野田はしばらく考え込んでから、言った。

「まあ、正直言って、町長の手前、はっきりした口はきけなかったのですが、あの勝田の池の事故のことは、周りで見ておった者の話を聞いたかぎりでは、ほんま、後鳥羽上皇の祟りかなあ——という感じがしないでもないですがねえ。しかし、分かりません。そんな、祟りなんていうものがあるとは、ちょっと考えられんし」

「ほかのことはどうですか」

「ほかのことというと？」

「ほら、今度の発掘のことです。掘ったらいけんと言ってましたが」

「ああ、あれねえ……いや、あれは困ったことです。といっても、町長が言ったような、じいさんが僻み根性みたいなことで、横車を押しているというわけではありませんね。小野のじいさんは、欲も得もなく、本気で恐れておるのではないかと思いますよ。何か悪いことが起こるということを、ですね」

「悪いことが起きるのを、知っている——ということはありませんか？」

「は？……」

「つまり、漠然と恐れているのではなく、実際に何かが起こることを知っているというような、です」

「まさか……」

「でも、単に恐れているというだけにしては、あの言い方はずいぶん確信ありげでしたし、そうでもなければ、町長を殴ったりはしないと思うのですが」

「さあ、それは、あのじいさんのことだから、確信はしておるかもしれませんがね。それはじいさんの思い込みだと言ってしまえば、それまでとちがいますかねえ」

「そうでしょうかねえ」

浅見は、なんだか腑に落ちない気持ちだったが、車は旅館に到着して、話はそれっきりになった。

その夜遅く、浅見はふと目覚めた。べつに尿意を催したわけではないが、唐突な目覚めであった。

頭が妙に冴えて、闇の中の物が見えそうな気がする。遠くの音が蟻の這う足音まで聞こえそうな気がする。こういうのが、浅見のもっとも苦手とする状態だ。

目を開けば、窓の外の暗黒の風景が見えてくるだろう。ひょっとすると、妖精の囁きに惑わされるかもしれない——などと、妄想がどんどん広がる。

異常に鋭敏になっている感覚が、遥か遠くの悲鳴を聞いた。何か物が落ちるような音も一緒だった。

浅見は驚いて、ガバッと半身を起こした。じっと耳を澄ませたが、何も聞こえない。いや、波の音だけがいくつも重なりあい、かすかにザワザワと鼓膜を洗う。

浅見はふたたび布団の上に仰向けに横たわった。そうしていると、また次から次へと、さまざまな想いが湧いてくる。

パーティーから戻ると、北本老人に揶揄された悔しさもあって、浅見は隠岐の歴史についてあらためて調べてみた。そして分かったことは、隠岐は「流され人の島」であり、隠岐の歴史は流人を語ることによってのみ、鮮明に描き出せるという事実であった。

隠岐の流人は、後鳥羽上皇や後醍醐天皇によって代表されるように、高貴な身分の人が多い。同じ流刑の島である佐渡島にも順徳上皇や日蓮など、身分の高い人も配流されているけれど、その後、金山があったためもあって、下層階級やはれんち罪の罪人が多く流されてきた。その点、隠岐の流人は政治・思想犯がほとんどといってよい。

隠岐の大物流人第一号は、大津皇子に仕えた柿本躬都良である。躬都良は宮廷歌人・柿本人麿の子息だが、父親を凌ぐ神童とうたわれた歌人であり学者であった。

大津皇子が謀叛の疑いで死刑に処せられるという事件のとばっちりで、隠岐に流され、二年後に二十三歳の若さで死んだ。

その間、躬都良は島の豪族・比等那公の娘と恋をしている。その娘が後に本土に渡り、有名な八百比丘尼になった——という話に繋がってゆく。

そのほか、天平宝字年間の藤原仲麻呂の乱の際に船親王と石川朝臣永年が、孝謙天皇によって流されている。

例の村上家というのは、後鳥羽上皇の配流よりはるか以前の、そういう人々の時代から、隠岐の有力な豪族であったらしい。そういう家が、連綿として現在にまで続いているという事実は、驚くほかはない。

北本老人が言っていたように、この島には、そういう流人の高貴な血を享け継いだ家があるのかもしれない。

後鳥羽上皇が隠岐に来たのは、上皇四十二歳の年である。四十二といえば男の厄年、いまだ壮年といっていい。身近に仕える女性もいただろうし、恋もしたにちがいない。それこそ、子を成さなかったという証拠は何もないわけだ。

浅見はふと、島後の黒曜石の店で会った女性の、黒く深い瞳を思い出していた。あの女性の顔立ちといい、魅きつけるような目の表情といい、あれだって、ルーツを辿れば只者ではないのかもしれない。

黒曜石で指を切った時、反射的に指を銜え、血を吸ってくれた、あの衝撃が、突然、現実のことのように、胸の上に載せている指の先に、生々しく蘇った。

（帰りに、もう一度、あの店に寄ってみようかな──）

浅見は束の間、チミモウリョウの潜む暗闇も不気味な静寂のことも忘れて、幸福な空想の世界に心を遊ばせた。

第二章　笑う死者

1

　その夜の奇妙な笑い声を聞いた者は、菱浦の入江を囲む集落にかなり大勢いた。じつは、浅見もその一人だったのだが、彼の場合は夢うつつの中で聞いたせいか、それが笑い声であるとは思わなかった。

　夜明け。定置網を上げに菱浦港を出ようとした小型漁船三隻の八名が、港内の岸壁近くを漂流している手漕ぎ舟を発見した。

「しようねえな、どこの舟じゃい」

　舟は、港内の作業などに使う、長さ二メートル足らずの小さなもので、じきに、安木という家の所有であることが分かった。

　誰もが、もやい綱が外れて流されたものだと思った。ところが、近づいてみると、もやい綱は舟の中に落ちている。つまり、繋留中の舟が何者かによって綱を解かれ、漂流したということだ。

「いたずらかな？」

ともかく、漂流させたままで出航しては、風の向きによっては外海へ流れ出さないともかぎらない。一隻が小舟を岸壁まで曳航（えいこう）して繋（つな）いでから、港を出た。

その時はそれで済んだ。午前五時頃のことである。異変に気付いたのは、午前八時過ぎ、西ノ島の別府（べっぷ）港からの連絡船が運んできた高校生たちである。

彼らはまず、港内に浮いているおびただしい数の魚に気付いた。チヌと呼んでいる小型の黒鯛（くろだい）を含め、岸壁近くで生息する小魚ばかり、およそ数千匹が白い腹を見せて漂っていた。

この辺りの海にも、まだこんなに沢山の魚がいると知って、心強い気がする反面、なんともったいない――と誰もが思った。

「何で死んだんじゃろ」

「どこかの家で、毒物の入った水でも流したんとちがうか」

連絡船の報告を受けて、付近の漁業者が港を調べ、漁業組合を通じて、警察に届けを出した。午前十時頃から、警察と保健所、それに水産試験場とが合同で、魚の斃死（へいし）の原因が何か、調べ始めた。

魚の内臓と付近の水質を検査するのが主な方法だが、別に取り立てて毒性の物質は検出されない。

「酸素が欠乏したのかなあ？」

赤潮（あかしお）などによって、海水中の酸素が欠乏して、魚が大量に斃死するケースは、瀬戸内海のような閉鎖状の海域で、しかも養殖事業などで水質汚濁が進んでいるような場合には、珍しくない。しかし、隠岐のように、絶海の中の孤島みたいな海で、こういう斃死が発生したというのは、過去に聞いたことがなかった。

もっとも考えられるのは、高校生が言っていたように、家庭または商店などから、洗剤など、有毒の排水が多量に流され、海の水が一時的に汚染されたための「事故」ということだ。

「きれいな水じゃものなあ」

調査に当たった係官は、原因がさっぱり摑めず、本土では考えられないような、透明度の高い水を覗き込みながら、首をひねるばかりであった。

ところが、午後に入ってまもなく、係官の一人が、防波堤の港口近くの水中、三メートルほどのところを、人間が沈み漂っているのを発見し、大騒ぎになった。すぐに駐在巡査が駆けつけ、町の人間が協力して引き上げてみると、沈んでいたのは、あの小野老人であった。

西ノ島の浦郷警察署から、応援の一隊がやってくるまで、それからさらに、約一時間を要した。

小野老人はかなりの水を飲んだ形跡があり、医師の診断によらなくても、死因は溺死であることははっきりしていた。老人が泳げたかどうか、誰も知らない。かりに泳げたとしても、若い頃ならともかく、八十歳の老人である。体力が伴わないで溺死したことは当然、考えられた。

不審なのは、いったいなぜ海に落ちたのか――ということだ。事故か自殺か、それとも――と、昨夜のパーティーに参加した人々は、老人の死を知った瞬間、町長の殴られたシーンを脳裏に浮かべた。

「まさか、殺されたんではないじゃろな」

町の人々は、意味ありげな視線を交わして、口ぐちに噂しあった。当の町長は、死体が発見された頃には、東京へ向かう飛行機の中にいた。

警察は当然、その「事件」のことを聞いて回った。どう考えても、衆人環視のまっただ中で殴られた町長に、動機のあることは否定できない。もっとも、いやしくも町長ともあろう者が、その程度のことでカッとなって殺人を犯すものかどうか、それは疑問だ。

小野老人の死亡推定時刻は午前一時から三時頃と見られた。その結果、警察はその時間帯に港周辺で、不審な人物を見なかったかどうか、聞き込みを続けた。その結果、「その頃、どこからともなく、けったいな笑い声のようなものが聞こえた」という証言が、いくつも飛び出してきた。

「笑い声？……」

聞き込みの刑事は大抵が二人ひと組で動く。その二人がたがいに顔を見合わせて、眉をひそめた。

捜査員が三々五々、駐在所に戻ってくると、そのつど、その話題が交わされた。

「それじゃ、あれはやっぱり笑った顔だったのかな」

薄気味悪そうに、肩をすぼめる者が多かった。なぜかというと、小野老人は水から引き上げられた時、まるで笑っているように——皺だらけの顔を歪めていたからである。

その時は誰も笑顔だとは思わなかった。むしろ苦悶の表情なのかな——と考えた。しかし、そのうちに、捜査員の一人が、「なんだか笑った顔みたいだな」と言ったことから、そういえば——ということになってきた。

聞き込みの結果は、その感想を裏づけたことになる。

「小野のじいさんは、笑いながら死んだ」

警察から出た噂は、たちまち町中に広がった。

もちろん、警察の人間も町の人間も、去年の夏、勝田の池で男が笑いながら死んだ、あの奇怪な「事件」のことを忘れてはいない。老人の死はその再現であることを連想させた。

もっとも、その話は、島根県警から飛んできた捜査一課の広山という主任警部には、一笑に付された。

「ばかばかしい、警察がそんなくだらん説に振り回されてどうするんじゃね。第一、この顔は苦しがっている顔じゃないか」

たしかに、冷静な目で見ればそうかもしれない——という気にはなる。顔中を皺だらけにして、歯茎を剝き出しにした顔は、見ようによっては苦悶の表情にも、ばか笑いの顔にも見えるのだ。

「苦笑というくらいだから、苦悶と笑顔とは紙一重なのかな」

そういう結論めいたことを言って、納得(なっとく)する者もいた。

小野老人の変死事件の報告は、発掘作業現場にも届いた。むろん、全員がパーティーでのハプニングを知っているわけで、それなりに衝撃的なニュースではあった。

しかし、発掘現場では、それどころではない問題が発生していた。昨夜のうちに、何者かが、現場の穴の中に、さらに一部を掘り返した形跡があったのだ。

掘った土のほとんどを埋め戻しているので、素人が一見しただけでは気がつかないが、そこは専門家ぞろいである。朝、穴の脇(わき)に立ったとたん、作業員の一人が大声を上げて、仲間に「異変」を知らせた。

新しく掘られた穴の深さは、およそ一メートル程度と見られた。つまり、元の地表からだと、約二メートルばかりのところである。

単に穴を掘っただけならいいが、そこに何かが埋まっていて盗掘したものかもしれない。それがもっとも問題な点であり、調査隊員の不安でもあった。

一応、作業を中断して、善後策を講じたけれど、結局、どうすべきか名案がうかばないまま、作業を継続するほかはなかった。それに、その穴から何かが出土したという証拠は何もないのだ。

じつは、その最初の段階に、もし浅見光彦が立ち会っていれば、当然、穴の周辺の足跡などを採取するよう、提案したにちがいないのだが、生憎、浅見はその時、野田の案内で、小野篁の史蹟である「金光寺」というところを見学していた。発掘調査にはまったく関係ないのだが、町の観光行政に協力するのも、調査隊の一つの役割であることは、最初から承知の上だから、むやみに断るわけにはいかない。

金光寺というのは、海士町豊田に近い山の上にある、六社権現を祀った寺である。

小野篁はここに「都へ帰らせたまえ」と百日参籠の願をかけた。満願の夜、篁は山の頂き近くにある金光寺の山門から、五色の光が出ているのを見て、和歌を読み、地蔵菩薩に捧げた。すると地蔵菩薩が「わが姿を彫ってくれ」と言ったというのである。

その菩薩の像を彫ったものが、現在でも残っていて、金光寺の御本尊になっているという。

そういう話を、道中、聞かされて、山のてっぺん付近まで車で行き、あとは徒歩で五分ばかりを歩いた。行ってみると、大した建物ではない。堂といったほうが当たっている。ただしその近くにある展望台からの景観は、なかなかすばらしかった。

「海士町としては、この付近にもっとも力を入れて、観光客誘致の目玉にしようとしているのです」

野田係長はしきりに宣伝する。斜面を利用したアスレチックコースなど、お世辞も出ないほどのささやかな規模だが、この島としては精一杯というところらしい。

「そんなものがなくても、自然環境だけで、充分お客は来るでしょう」

浅見は正直な感想を述べた。隠岐は美しい島だ。ことに三つの島に囲まれた島前は、日本海の真ん中でありながら、海は穏やかで、海水浴には最適にちがいない。

「そうでしょうかなあ、いや、そうかもしれません。しかし、われわれ行政に携わる人間としては、ただ黙って待っているわけにはいかないのですよ。ことに、観光シーズンをはずれる秋口や春先には、なんとかお客さんを呼びたいということもありまして」

そのためにも、なんとか隠岐を宣伝してもらいたい——と、野田は熱心に浅見を口説いていた。

浅見が発掘現場に戻ったのは夕方近く。すでに新たに五十センチ平均まで掘り下げた頃であった。

じつはこういう事件があって——と、「盗掘」の話を聞いて、浅見は隊員たちが、まったく足跡などを採取していないことを知り驚いた。

「そうか、なるほど、それはしまったことをしたなあ」

浅見の指摘に、佐田教授は渋い顔をしたが、すべては後の祭り。現場一帯は掘り出された土と、それを踏みしめた大勢の足跡が入り乱れ、「盗掘」犯人の痕跡はまったく判別がつかなくなっていた。

それから浅見は、小野老人の死を聞かされた。

「えっ？　あのおじいさんが？」

浅見ももちろん、昨夜のパーティーでの出来事を想起した。

「警察はどう言っているのですか？」

「さあねえ、こっちにも刑事が来て、昨夜の様子などを聞いて行ったが、浅見さんも見たとおりのことしか、われわれは知らないわけで、はたしてあの出来事が事件に関係あるものかどうか、さっぱり分からないと答えましたよ」

佐田ばかりでなく、隊員は誰も、小野老人の事件の詳しいことを知らない様子だ。

「小野さんが死んだことと、ここの盗掘とが関係あるということはないでしょうか？」

浅見は言った。

「関係があるっていうと、どういう？」

佐田は驚いて、問い返した。

「いえ、どういうことは分かりませんが、どちらの事件も昨日の夜のあいだに起こったわけですし、ひょっとすると、同じ時間帯にここでは盗掘が、そして港では殺人が起きていた可能性もあると……」

「まさか……いや、かりにそうだとしても、二つの事件のあいだに関係はないでしょう。だって浅見さん、小野老人は殺されたわけではないのでしょうが。警察だって、たぶん事故だろうと言っていましたよ」

「死亡時刻は何時頃ですか？」

「午前一時から三時ぐらいまでのあいだだろうという話でした」

浅見はゾーッとした。

「じゃあ、もしかすると、あの時刻ですかねえ。僕は夜中に、何か知りませんが、奇妙な声を聞いたのです」

「ああ、それは笑い声じゃないのかな?」

「笑い声?……なるほど、そういえば笑い声のようでもありましたね。先生はお聞きになりませんでしたか?」

「いいや、私は聞いていませんな。長野先生もほかの人も聞いていないようですよ」

「えっ? だったら、どうしてその、笑い声のことをご存じなのですか?」

「そりゃ、あれですよ、刑事が教えてくれたのですよ。もっとも、そういう奇妙な声が聞こえなかったか――という質問の形でですけどね。港の周辺で、何人かの人が、そういう声を聞いたという話でした」

「そうですか、じゃあ、やっぱり空耳ではなかったのですか……」

浅見はふたたび、あの不気味な声が脳裏に蘇った。

2

佐治貴恵が白倉教授に連れられて、隠岐・海士町の村上家を訪れたのは、小野老人が死んだ次の日の午後のことである。

村上家は村上天皇の末裔といわれる。もっとも、それに関する明確な証拠はない。

昭和八年に編纂された『隠岐島誌』に、村上家の由緒が次のように書かれている。

村上家は海士郡海士村大字海士字森にあり、島前第一の名閥にして、承久の昔、後鳥羽院遷幸の際には、忠誠を抽んで、屢々同邸に御成あらせられ、幾多の拝領物古文書等を秘蔵せり——

また、「寛文十一年未 十一月」の日付で、江戸幕府の問い合わせに対する、村上助九郎の返書が残っていて、それには、詳しいことは分からないが、村上天皇の末裔であると伝わっていること、「往古戦乱之節、此地に蟄居いたし」云々、さらに「承久年中、後鳥羽上皇当地へ左遷の頃、村上之家系を時の亭主へ御尋被為遊に付、恐ながら、右の趣 物語、勅答申上候へば其後苅田の御所より、度々臨幸まします由——」云々、とある。

その証拠の品はかなり最近まで——少なくとも江戸末期頃までは村上家に伝わっていたらしい。

村上家は江戸初期にもっとも隆盛を極め、寛永から元禄にかけては、いわゆる千石船を数隻、京都、大坂方面まで、瀬戸内海から越後にかけての海を、わが物顔に走らせていたことが、古文書で明らかだ。

しかし、明治以前にすでに村上家は衰運に見舞われ、いまでいえば重要文化財クラスの家宝を、次々に人手に渡した。現在まで残っているのは、後鳥羽上皇御使用のお椀や蹴鞠など、数点にすぎないという。

ここまでの道程で、白倉教授はそういったことを、貴恵にぽつりぽつり話して聞かせた。

「でも、ずいぶん大きな屋敷ですよねえ」

貴恵は屋根つきの門を潜る時、声をひそめるように言って、白倉に笑われた。

「そりゃきみ、痩せても枯れても、隠岐きっての豪族の屋敷だからなあ。村上家といえば、かつての全国長者番付で『西の小結』とまでうたわれた存在だったのだよ」

「へえーっ、そうなんですか……」

「一説によると、瀬戸内海を荒らし回った村上水軍は、隠岐の豪商・村上氏のもう一つの顔だとさえいわれている」

「村上水軍ていうと、たしか因島の海賊じゃなかったですか？」

「ああ、よく知っているね。しかし、いうところの海賊かどうかは、多少、問題があるらしいがね。まあ、そっちのほうのことはともかく、隠岐の村上家が、平安時代から連綿として続く、日本の代表的名家であることは間違いないのだからね」

その名家も衰運には抵抗できなかったのか、目の前に横たわる純日本風の建築物は、むやみに大きいだけで、傷みがひどく、これで人が住めるのか——と疑いたくなる有り様であった。

玄関で「ごめんください」と白倉が大声を発したが、それに応じる声も聞こえなければ、応対する人が出てくる様子もなかった。

「誰もいないのかなあ」

なかば諦めて、白倉が「よっこらしょ」と式台に腰を下ろしかけたとたん、「どなたさまでですか？」と、髪の毛の白さからいうと、かなりの年配の老女が現れた。

ちょっと見た印象では黒無地かと思わせるのだが、よく見ると細かい紺の飛白模様が入った、なんとも不思議な生地の着物に、セピア色に近い地に、刷毛ではいたような黄土色の縦の線で変化をつけた帯を締めている。

見知らぬ客を見る目は冷たかった。

「東京から来た白倉という者です」

白倉が慌てて立って、お辞儀をしながら名前を告げると、「あ、白倉様」とすぐに分かった。

「はい、あるじよりうかがっております。そういたしますると、こちらの方があのお嬢様でございまするか」

「え？　ええ、まあ……」

白倉がバツが悪そうに、曖昧な答え方をしている。

（「あのお嬢様」とは、どういう意味かしら？——）

貴恵は不審に思った。何か、あらかじめ自分が来ることを、この家の人間には知らせてあるらしい。

「さあ、どうぞお上がりくださいまし」

老女の先導で、暗く黴くさい建物の中を、なんだか迷路でも歩くような感じで案内された。

根太が腐ってでもいるのだろうか、廊下のところどころがギシギシと音を立て、いまにも踏み抜きそうな危険を感じた。

「こちらでお待ちくださいまし」

庭に面した、広い部屋であった。書院造りの、開放部が広く、明かりがふんだんに入ってくる部屋だが、ご多分に洩れず、ここも老朽化が進み、壁といわず襖といわず、雨漏りのシミが世界地図のように広がっている。

目を外にむけると庭の手入れも悪く、萩やら雑木やらが、まるでこの家を丸ごと飲み込みそうな勢いで押し寄せていた。

「なんだか、雨月物語にでも出てきそうな、幽霊屋敷みたいですね」

老女の足音が遠のくのを待って、貴恵は囁いた。

白倉は「ははは」と遠慮がちに笑っただけで、すぐに緊張した表情に戻った。

貴恵は心の中で舌を出した。白倉の様子からすると、どうやらそういう冗談ごとを言ってはいけない場所らしい。

それにしても、ふだんは、教授会でもリーダーシップを取り、学会でも大きな顔をしているという、怖いもの知らずのような白倉にしては、珍しい緊張ぶりだ。

こういう一面もあるのねえ――と、貴恵は男の世界の複雑さを垣間見たような気分であった。

「あの、先生、さっき、あのおばあさんが、私のことを見て、妙なことを言ってましたけど、あれ、何だったんですか?」

「ん? ああ、あれかね。あれは要するに、こちらの屋敷を訪ねるについては、訪問者の素性をあらかじめ教えておかなければならないというしきたりがあって……つまり、そういうことだな」

「そうなんですか……」

貴恵は一応、納得(なっとく)したような顔をしてみせたが、かすかな疑惑は残った。老女の意味ありげな目付きは、単に、そういう事務的なものではなかったような気がする。

いったん下がった老女は、まもなくお茶と干菓子(ひがし)を運んできた。

「当家のあるじは、ただいま役場のほうへ参っておりまして、まことに恐縮ではございまするが、お約束のお時間をば、少しく遅れまするとのことでございまする」

妙な言葉遣いで詫(わ)びを言った。

「は、けっこうです」

白倉は丁寧に頭を下げた。貴恵もそれに倣(なら)った。

「また、あるじが申しまするには、お望みの古文書は別室にご用意申し上げておりますれば、ご随意にご覧いただきますようにとのことでございまする」

「そうですか、そうさせていただければありがたいですなあ」

白倉は喜んで、腰を浮かせぎみにした。

「さようでございまするか。それならば、お茶など、ごゆるりと召し上がりませ」

老女は言って、きちんと端座したまますましている。

「召し上がりませ」と言われては拒絶するわけにもいかない。左党の白倉は、砂糖をたっぷり使っているらしい干菓子を頰張って、お茶で一気に飲み干した。

「さ、それではご案内をお願いします」

まだ口の中で菓子を持て余しながら、白倉は苦しそうに言った。

建物のさらに奥へ進むと渡り廊下で結ばれた土蔵があった。「別室」とは、どうやらその土蔵のことらしい。これもまた古く、塗り壁は剝がれて黄色い土があちこち、剝き出しになっている。

ところが、渡り廊下を通って、土蔵の中に入ると、うって変わって、白木の壁と白木の床に囲まれた清楚な部屋であった。窓は小さく、採光の具合だけはあまりよくないが、白色灯を使って、室内は充分すぎるほど明るくしてある。

そこに、黒い漆塗りの、古風な卓子が置かれ、房のある紺色の紐の掛かった桐の箱が載っている。

「では、どうぞごゆるりと」

老女は入口の前まで案内して、さっさと行ってしまった。

「これが先生のおっしゃっていた古文書なんですか？」

貴恵は卓子の脇にかがみこんで、手垢で少し汚れたような、小さな桐箱を眺めた。

「うん、頼んでおいたものだと思う。中身を見るまでは、どれほどの価値があるものか分からないけれどね」

白倉は、興奮を抑えかねるように、いくぶん震えがちに言った。

「これを見れば、学問的にも重大なことが確認できるかもしれないのだよ」

白倉の様子に、ただならぬものを感じたけれど、貴恵はそれ以上、質問をする場合でないような気がして、黙っていた。

数日前、白倉に「僕と一緒に隠岐へ行ってくれないか」と持ち掛けられた時、貴恵は目を丸くした。

六十歳を越えているとはいえ、白倉は男性である。白倉についてはそういう噂はないけれど、学内では、教授と学生との「恋」がしょっちゅう囁かれる。そのことを、貴恵は反射的に連想した。

「どうかね、行ってくれるかね？」

「それは、あの……でも、私なんかお役に立てないんじゃありませんか？」

「いや、役に立つどころじゃない。佐治君なら頼り甲斐があると思っている。きみには実績もあるし」

白倉はどこまでも真顔で、邪心がありそうな様子はなかった。

「実績だなんて、何もしていませんよ」

「いや、そうでない。このあいだの『おちくぼ』の時、ああやって知らないところへどんどん飛び込んでゆく根性っていうか、馬力っていうか、ああいうのは女性としては珍しいバイタリティだよ」

「でも、結果的にはとんちんかんなことになってしまいましたもの」

「あれはきみの責任じゃないよ。それに、怪我(けが)の功名というか、思いがけない物を見てきたのだしね」

「ああ、あの絵巻ですか？　でも、あれは何だったのか、私にはよくわかりません。たぶん源氏物語かなとか、思ったんですけど、ああいう王朝絵巻(おうちょうえまき)って、ほかにもあるでしょうし、自信がないんですよね」

「しかし、きみが見たものが何だったのか、興味はあるわけだろう？」

「ええ、それはそうですけど」

「だからさ、今回の隠岐行きは、その疑問を確かめる意味もあるのだよ」

「は？……」

貴恵には白倉の言う「意味」というのが、それこそどういう意味なのか、分からなかった。

「とにかくだね、僕の頼みを聞いて、隠岐へ一緒に行って欲しいな。いや、純粋に学問的な目的だからといっても、妙な勘繰(かんぐ)りをするやつがいないわけじゃないから、こちらからは別々に出発する。もちろん宿も別さ。隠岐空港で落ち合って、隠岐の島の中でだけ、行動を共にしてもらえばいい」

白倉にそこまではっきり言われると、それでも断るというのは、あたかも自分がその

「妙な勘繰りをするヤツ」ということに思われそうだ。

それに、旅費宿泊費そのほかもろもろを、すべて白倉教授持ちという条件は、学生として魅力でないわけがない。結局、貴恵は「行きます」と答えることになった。

隠岐に着いて、空港で白倉の顔を見た時は、来てよかった——という気持ちでいっぱいだったし、島後から船で中ノ島まで渡ってくるあいだも、村上家の由緒ありげなたたずまいを眺めた時も、ずっと好奇心をウズウズさせる旅であった。

目の前の古文書だって、白倉教授がわざわざここまで来るほどのものなのだもの、多少なりとも文学の勉強をした者として、興味を抱かないはずがない。

(でも、さっきのあれはいったい、何だったのかしら?——)

玄関で迎えた老女の、意味ありげな言葉が蘇り、貴恵の胸に灯った疑惑の明かりは、暗い海の標識灯のように、心細く、チラチラと揺れた。

3

白倉は卓子の前に正座すると、うやうやしく房紐を解いた。

桐箱の蓋をゆっくりと脇へ除ける。中には紫のふくさに包まれたものが入っていた。

白倉はさらに用心深く、包みを取り出し、桐箱を傍らに除けて、卓子の真ん中に包みを置いた。

包みを広げる時の白倉の顔には、祈る者のような、敬虔な表情が浮かんでいた。

貴恵もわけが分からないまま、固唾を飲むようにして、白倉の手元を見つめていた。

ふくさの中には、さらに小さな、薄っぺらな桐の箱があった。

（なあんだ――）と貴恵は思ったが、白倉のほうは、感触で予想していたのだろう、別段、驚きもせず、その箱の蓋をそっと持ち上げた。

箱の中には、一枚の和紙に筆書きした十行ばかりの文章があった。

達筆で、変体仮名が多く、しかも草書体に近い行書だ。貴恵にはチンプンカンプン、まったく読めるものではない。ただ、真ん中あたりに「定家にゆづる」とあるのがわずかに判読できた。

「何て書いてあるのですか？」

貴恵はおそるおそる、訊いた。白倉の表情が異常にきびしかったから、そう訊くだけでも、勇気を要した。

「ん？……」

白倉は人が変わったような、冷たい視線を、ほんの一瞬、貴恵にチラッと向けて、ポケットから手帳を取り出すと、たぶんそこに書かれている内容を書き写すのだろう、忙しくペンを走らせた。

白倉の返事がもらえないので、貴恵は仕方なく、なんとか文面を判読しようと、紙片の上に目を注いだ。

「源氏」という文字が見えた。読めた——というより、何となくそう見えた——といったほうがぴったりする程度の眼力しか、貴恵にはなかった。

それでも、「源氏」とあったことで、貴恵は驚いてしまった。驚くと同時に、それを手掛かりにほかの部分もなんとか判読してみようという意欲が湧いた。

とたんに、白倉の手が動いて、桐の箱に蓋をかぶせた。

「これ、源氏物語のことについて、書いてあるのですか？」

貴恵は白倉の仕打ちに反発を感じながら、少し刺のある口調で言った。

「ああ、そうらしいね」

白倉は認めた。若い女子学生の判読力の低さを、過信していたフシがあった。しかし、いくらなんでも「源氏」の文字ぐらいは読める。それに、「源氏」については、このあいだの奇妙な体験があって、貴恵にしてみれば、漠然とではあるけれど、特別な想い入れを感じはじめていたところなのだ。

しかし、白倉の気配には、もう一度「見せてください」と言いにくいものがあった。明らかに、貴恵の目から、さっきの文章を隠しておきたい意志が感じられた。

大学で隠岐行きを口説かれた時から、ついさっきまで、白倉教授とはきわめて友好的ムードであっただけに、貴恵はなんともやり切れない不信感を覚えた。

「いまの書きつけみたいなものですけど、真ん中あたりに『定家にゆづる』というふうに書いてありましたよね」

貴恵は重ねて、言った。（ばかにしないで——）という気持ちも、自然に表れた。白倉はそれを感じたらしく、ヘエーッというように、貴恵の顔を真っ直ぐ、振り返って見た。

「そうか、きみは読めるんだねえ。いまどきの学生には珍しいな」

「それは、その程度なら読めます。だって、あの文字の部分だけは、割りと分かり易かったのですもの」

「うん、そうだったかな。そう、たしかにね、定家にゆづると書いてあったね」

白倉はいかにもわざとらしく、メモの文面を見直して、頷（うなず）いた。

「定家というのは、あの藤原定家（ふじわらのていか）なんですか？」

「たぶんそうだろうね。ほかに、後鳥羽上皇に関係する『定家』というのは、思いつかない」

「えっ？　それじゃ、いまのあれ、後鳥羽上皇の文章なんですか？」

白倉の顔に（しまった！——）という表情が露骨に現れた。それを急いで修復しながら、さり気ない口調で言った。

「いや、それは分からないが、この中ノ島は後鳥羽上皇の島だからね。たぶんそういう関係はあるだろうと思ってさ」

「もしかすると、それ、ほんとに後鳥羽上皇の真筆なんじゃありませんか？」

貴恵の言い方は、質問を通り越して「詰問」といっていい強さになっていた。

さすがに白倉も貴恵の怒りを感じないわけにはいかなくなった。難しい顔して、しばらく考えていたが、しぶしぶと言った。

「きみは見ないほうがよかったな」

「どうしてですか？」

「いや、これは危険な……見てはならない物かもしれないのだ」

「どういう意味ですか？」

「どうだろう、僕に約束してくれないかな」

「約束？」

「ああ、約束だ。ここで見たこと聞いたことを、誰にも言わないこと。それを約束してもらえれば、この文面に書かれている内容について、話してあげよう」

「そんなこと……」

貴恵は安直に言いかけて、これはそう簡単に約束できるものではない——と思った。約束は破られるためにあるというくらいだもの、いつかはきっと喋ってしまうにちがいないのだ。

「なぜ喋ってはいけないのですか？」

返事の代わりに訊いた。

「それは答えにくい問題だな……」

白倉は眉をひそめて、またしばらく考えこんでから、覚悟をきめたように言った。

「ここにある文書は、じつに驚くべき内容を秘めているのだよ。もし、これが本物だとしたら、日本文学史上……というより、あらゆる意味での歴史的定説を覆しかねない、新発見になるかもしれないのだ」

「……」

貴恵はびっくりして、口もきけずに、白倉の顔を見つめた。

「それだけなら、何も危険を感じることはないと思うだろうが、じつはそうでない理由がある」

白倉はいよいよ言いにくそうだ。

「このことを外部の人間に洩(も)らしたら、ひょっとすると……いや、かなりの確率で、きみは身の危険に脅かされるだろうな。いや、もちろん、僕だって同じことだ」

「なぜなんですか？　なぜそんなに危険なんですか？」

「だから……だから、それを言う前に、きみの約束を確かめなければならないと言っているのだ」

白倉は貴恵の目の奥を、じっと覗(のぞ)き込んだ。貴恵は息を止めて、その視線に耐えた。

「約束します」

「ほんとに？」

「ええ、ほんとです。誰にも言いません」

「どうかな……」

白倉は吐息をついた。

「古来、言葉の上での約束が守られたという事実はほとんどないにひとしいからね」

「そんな……私は守ります」

「まあいいだろう。ただし、これだけは絶対に守ってもらいたい。要するに、せめて私の目の黒いうちだけは、約束を守ってもらいたいということだ」

「………」

返事のしようがなかった。

「いいね？」

「はい」

貴恵は意を決して、はっきりと頷いた。それでも白倉には、まだ躊躇いがあった。さらにしばらく思案して、ついに言った。

「ここに書いてあるものは、たしかに、きみが言ったとおり、源氏に関する記述なんだ。つまり、源氏絵詞についてだね。もっと分かり易く言えば、源氏物語絵巻について、じつに重要なことが書いてある」

白倉は大きく息を吸い込んで、それを吐き出すのと同時に言った。

「これは、後鳥羽上皇が藤原定家に対して、秘蔵の源氏物語絵巻を与えるという、そういう意味のことを記したものだよ」

「えっ？　源氏物語絵巻を、ですか？」

貴恵は驚きの声を発した。

驚きには二つの意味があった。一つはそんなことがあったの——という、歴史的事実に対する素朴な驚きであり、もう一つはその程度のことに、「危険」をうんぬんするほどの秘密性を言う、白倉の大仰さに対する驚きである。

「そのことを」と貴恵は率直にその疑問を言った。

「どうして外部の人間に洩らすと、危険なことになるのですか？」

「分からないかな」

白倉は憂鬱そうに言った。やはり喋らないほうがよかった——というニュアンスに聞き取れた。

「後鳥羽上皇は藤原定家に『源氏物語絵巻を与える』と言っているのだよ」

「ええ、それは分かりました」

「しかも、そこに書いてある日付は、承久六年六月となっている」

「あ、そうなんですか」

「なんだ、まだ分からないらしいな」

白倉はますます気が重くなったという顔で、苦笑した。

「いいかい、承久六年というと一二二四年のことになる」

「…………」

「ところが、承久という年号は三年までしかないのだよ」

「あっ……」

「つまり、承久六年——一二二四年というと元仁元年なのだな。後鳥羽上皇は自分が政治力のあった承久の年号を、隠岐に来てもかたくなに主張していたということだ」

「なるほど、そうだったのですか」

「ところで、元仁元年六月に何があったかというと、鎌倉で北条義時が死んだ。後鳥羽上皇を滅ぼした、憎みてもあまりある朝敵が死んで、上皇は欣喜雀躍したことだろうな。そして、ふたたび京都に凱旋できる日を夢見たかもしれない。少なくとも、京都の情報を、それも信頼すべき情報を手に入れたかったにちがいない」

白倉は、まるで自分がその時の後鳥羽上皇でもあるかのように、土蔵の小さな明かり取りの窓から、遠い空を見つめた。

「そして、定家への書簡を送ろうとしたのだろう」

「定家にですか？　なぜ定家なんですか？」

「ほかに誰もいなかったはずだからね。承久の変の失敗で、かつて後鳥羽上皇の身辺にいた公卿どもは、すべて殺されるか流されるかした。そういう中で、たった一人、生き延びたのが藤原定家だった」

「そうなんですか……でも、どうして定家だけが助かったのでしょう？」

「承久の変が起きる前の年に、定家は後鳥羽上皇の勅勘を蒙って、失脚していたのだよ。その不運が、承久の変の際には、逆に幸運に繋がった」

「運がよかったんですねえ」

「ああ、まあ、そうともいえるがね。しかし、ことによると、その幸運は仕組まれたものであったかもしれない――というのが、僕の仮説なのだよ」

「仕組まれた幸運て……それはどういうことなんですか？」

「ははは、ちょっとね、こんなことを言い出したら、学会で袋叩(ふくろだた)きに合うか、その前に笑い者にされるだろうけどね」

「私は笑いません。先生のお話に、ただただびっくりしているだけですもの」

「そう言ってくれるのは、たぶんきみぐらいなものだと思うよ。僕自身、われながらアホらしい仮説だと思う時があるくらいなのだからね」

「教えてください。どういう仮説なのか」

「早い話が、後鳥羽上皇は承久の変の挙兵の前に、すでに敗北を覚悟していたのではないかと思うのだ」

「はあ……」

「あまり感心した様子じゃないな」

　白倉は笑った。

「そんなこと、ありません。ただ、歴史そのものが、よく分かってないだけです」

「まあいいよ、それがふつうの感覚だ。しかし、僕の仮説ではそうなる。しかも、敗北したあとの姿――つまり、後鳥羽上皇が隠岐へ流されるであろうということも、ちゃんと予測していたフシが見られるのだな」

「えっ？　ほんとですか？」

「ほらほら、疑いのまなこになったぞ」

「え？　ええ、だって、いくらなんでも、隠岐に流されることまで予想していたなんていうのは、信じられませんもの。ノストラダムスの大予言じゃあるまいし」

「なるほど、ノストラダムスか……そう言われれば、たしかに、それぞれ似ていないこともないかな」

「ええっ？　似ているんですか？」

「ああ、似ているね。ノストラダムスの予言は、謎めいた詩のような文章で書き綴られているだろう。後鳥羽上皇の場合には、それが和歌の形を取っている。上皇は和歌の天才だったからね。いや、和歌ばかりではない、文武両道というが、後鳥羽上皇は競馬、相撲、弓、闘鶏、蹴鞠、囲碁、双六から彫刻、建築にいたるまで、何でもやってのける大天才だった。後には承久の変という戦争までおっぱじめるのだから、すごい。ダビンチも裸足で逃げ出しそうだよ。こんな天才は日本の歴史の中で、空前絶後、後鳥羽上皇ただ一人と言っていいだろう。これほどの大天才に、予知能力があったとしても、むしろ不思議とするには当たらないのじゃないか――というのが、僕の仮説のよってきたるゆえんというわけだ」

　白倉はまるで酔ったように、体を前後に揺すりながら、喋った。

「じゃあ、ほんとうに、後鳥羽上皇は和歌に託して予言していたのですか？」

貴恵も、教授の毒気に当てられたような気分になってきた。

「ああ、予言した。そして、まさに予言は的中したというわけだね」

「その予言の和歌というのは、どういうものだったのですか？」

「こういう歌だ」

白倉はメモ用紙に、思い出しながら、一首の和歌を書いた。

4

あはれなり世をうみ渡る浦人のほのかに
ともすおきのかがり火

白倉教授はそう書いた。それから、思案しつつ、左のように単語の解説を書いた。

	（表の意味）	（裏の意味）
世――	世の中	夜
うみ――	海	倦(う)み
渡る――	渡る	海（ワタ）
浦人――	海辺の漁師	うらぶる、うらびる（心が沈む）、占う

ほのか――仄(ほの)か　　　帆
ともす――灯(とも)す　　　艫(とも)、友、伴、供
おき――沖　　　　　　　隠岐

「あっ……」

貴恵は思わず、小さく叫んだ。

「隠岐が出てきましたね」

「そう、後鳥羽上皇は隠岐を予言したのだ」

白倉は重々しい口調で言った。

「この歌は『夫木(ふぼく)和歌抄』というのに収められているのだが、なぜか、『後鳥羽院御集』にも『後鳥羽院御百首』にも、それに『新古今集』にも採られていない。明らかに、隠岐流刑以前の作品であることは確かなのだ。後鳥羽上皇は承久の変を起こす前に、すでにその結果を予測していた。この表には示さなかったが、冒頭の『あはれなり』の『あは』は『阿波(あわ)』を意味していると取れないこともない。承久の変の後の戦犯の処理の際、四国に土御門上皇が配流されたことと思い併せると、この歌の意味するところに、いっそうの不気味さを感じるね。しかし、こんなふうに敗北を予知していながら、後鳥羽上皇はその流れを止めることをしなかった。むしろ、自ら滅びへの道を転げ落ちて行ったのだね」

「どうしてそんな愚かなことをしたのでしょうか？」

「後鳥羽上皇の性格がそうだったとしか、言いようがないな。上皇は天才だけに、ほかの人間の言うことを聞く、冷静な耳を持たなかったと考えられる。デカダンの極致ということなら、後鳥羽上皇ほど徹底的に快楽を追求した天皇はないと言っていいくらいだ。三十人の一流歌人を集めて行った千五百首歌会などというものも、考えようによっては狂気の沙汰だし、泳げない者を何十人も船から落とすのを眺めて喜んだり、ネロ皇帝ばりの享楽をほしいままにしている。天皇のための侍寝職——つまり、令制に定められている『寝る役職』だけでも、皇后、妃をはじめとして十人。このほかに、女御、更衣といった周辺の女性たちがゾロゾロいて、年に二人から三人の子が生まれているというのだからすごい。そういう奔放さや自己中心主義とは逆に、相手がひとたび自分よりすぐれた知恵者だと感じると、盲目的に従ってしまうような一途なところもあった。たとえば一時期、定家の和歌に心酔したこともそうだし。開戦前夜ともいうべき時期には、石山寺座主の僧正長厳、羽黒山の法印尊長、賀茂神社の禰宜祐綱など、坊さんや神官たちの意見で決意を固めている。幕府滅すべし——の方向は動かしがたい既定方針になっていったわけだね。ところが、本来の自分の醒めた目でみれば、すでに敗戦という結末が見えている。そこで、万一のために備えて、もっとも頼り甲斐のある人物を、幕府の戦後処理にひっかからない安全地帯に残すことにしたというわけだ」

「それが定家なんですね？」

貴恵は弾んだ声で言った。

「ああそう……といっても、あくまでも僕の勝手な仮説だがね。しかし、あれほど寵愛した定家を、御歌所への出仕や、和歌御会など歌人の会合には一切、出席することまかりならぬと締め出してしまうというのは、どう考えても異常だし、そのくせ、民部卿という官職のほうは、クビにしなかったというのも腑に落ちない。要するに、当時、後鳥羽上皇につぐ知恵者であり情報通でもある藤原定家を、わざと権力の座から遠ざけ、万一の場合、幕府の追及の枠外に置こうという、深慮遠謀だったとしか考えられないね」

白倉の説明は終わったが、貴恵にはそれが正しい見方なのか、それこそ白倉自身が言うように、「勝手な仮説」でしかないのか、見当がつかなかった。

「ははは、困っているようだね」

白倉は笑った。

「いや、無理に僕の考えに同調してくれなくてもいいのだよ」

「いいえ、そうじゃないんです、私には理解できないというだけなんです。ただ、そのことと、さっきの源氏物語絵巻との関連はどうなるのか、それをまだ聞いていません」

「うん、それをこれから話すのだが、話す前に、以上のような事実関係と仮説を認識しておいてもらわなければならないのだよ」

「ええ、それは分かったつもりです」

「いいだろう。それで、問題の源氏物語絵巻のことだが、そのことはともかくとして、かりに後鳥羽上皇が、敗戦と隠岐流刑とを予測していたとしたら、いったい自分の身辺のことを、どうしただろう？」

「さあ？……」

「しようないな、きみならいったいどうする？　戦には負ける、隠岐に流されると分かっていたとしたら？」

「そうですねえ……まず、逃げますね」

「逃げるわけにはいかないさ。後鳥羽上皇は自分が戦争の推進者であり、戦争責任者なのだから」

「でしたら、せめて家族の安全を図るか……それもだめなら、財産だけでも隠します」

「そう、いうところの疎開だね。僕もそうすると思うよ。金目のもの——とくに美術品なんかを疎開させるだろうな。どういう時代でも、美術品だけが常に価値あるものでいられるのだから。そこで、あらかじめ流刑が予測される隠岐の島に、財産と美術品を疎開させたとしても、不思議はない。第二次世界大戦の際も、フランス、ドイツ、それに日本でも、重要な美術品の疎開が行われている。承久の変の際も、開戦前夜か終戦直前、おそらく大量の美術品が隠岐に送られたにちがいないのだ。その中の一つが源氏物語絵巻だった」

白倉は自分の言ったことが、女子学生に与えた効果を楽しむように、微笑を湛えた目を貴恵に注いだ。

「ほんと、すごいお話ですねえ……」

貴恵は心底、驚嘆した。「映画ってほんとに素晴らしい」と言った評論家がいるけれど、歴史ってなんて素晴らしいのだろう——と思った。どんなドラマを見るより、どんなによく出来たミステリーを読むよりも、歴史の中に隠された真相を発見するほうが、よほど面白い。

「後鳥羽上皇は隠岐に配流されたが、いずれは都にカムバックできると楽観していたのかもしれない。少なくとも、ほとぼりの冷めた頃を見計らって、定家をはじめとする、手飼いの公卿たちが、身分回復を画策してくれて、京都に戻される日がくることは信じていただろうね」

白倉は言った。

「ところが、一年経ち二年経っても、何の変化も生じない。頼りの定家からも、何の音沙汰もない。いったいどうしたのか、定家ほどの知恵者がまさかとは思うけれど、ひょっとすると、定家はあの時の勘気をまともに受け取って、怒っているのだろうか——と不安が募るばかりだっただろうな。というわけで、さしも自信まんまん人間の後鳥羽上皇も、戦後丸三年を経た『承久六年』に至って、ついに定家の意志を確かめないではいられなくなった」

「ああ、それで、後鳥羽上皇は、その源氏物語絵巻を定家にプレゼントして、定家の忠誠を打診しようとしたんですね？」

「そう、この手紙はそういう内容だと言っていいだろう。しかし、プレゼントは行われなかったのだと思う」

「なぜですか？」

「だってそうじゃないか、ここに『定家にゆづる』という書きつけが残っているということは、手紙は送られなかったのだし、つまりは絵巻も送らなかったということになるだろう」

「ああ、ほんと、そうですよね……ということは……」

「ようやく気がついたようだね」

白倉は貴恵の表情を読んで、片頬を歪めるようにして、笑った。

「えっ？　じゃあ、その源氏物語絵巻は、隠岐に残っていたのですか？」

貴恵の驚きと好奇心は、ようやく核心に辿り着いた。

「そういうことだ、源氏物語絵巻は隠岐に残っていたのだ。それも、この村上家にね」

白倉は貴恵の言葉を反復するように言って、満足そうに口を閉じた。

しばらくのあいだ、貴恵もおし黙り、虫の声と風の音をべつにすれば、呼吸や心臓の音さえ聞こえそうな静寂が流れた。

「じゃあ、その絵巻は、まだこの屋敷にあるのでしょうか？」

貴恵は土蔵の奥を覗き込むようにして、おそるおそる訊いた。

「いや、おそらくないだろうな。かつて、村上家は衰退し、疲弊のどん底に喘いだ時期があったそうだ。その時に、大量の美術品が流失したと考えられる。秘蔵の美術品というのはね、いったん、そのうちの一つでも世に現れると、古美術商をはじめ、鵜の目鷹の目のコレクターたちがどっと押し寄せてくる。そうなったら、到底、隠しておけるようなものではないのだ。いささか表現は悪いが、尻の毛まで抜かれてしまうのだよ」

実際、品の悪い表現だった。密室のような場所で、貴恵は思わず真っ赤になった。

「じゃあ、いまはその源氏物語絵巻はどこにあるのですか?」

「それは分からない。現在、所在がはっきりしている源氏物語絵巻は、『徳川本』と称するものが、名古屋の徳川美術館に絵十五段と詞十五段が。『五島本』と称するものが、五島美術館に絵四段と詞四段があるのみだ。それらですら、どういう経路で現在の場所に到ったのかは、明治期以前のこととなると、はっきりしないらしい。まして、隠岐の源氏物語絵巻が、いったいどれほどの量があって、いつ頃、売買されたのかなど、まったく分からない。もともと、こういう美術品ほど、行方や出所がはっきりしないものはないのだよ。驚異的な高額で取り引きされていながら、その事実が表面に出てくることは、まずないと言っていい。かりに売買されたことが公になる場合でも、実際の取り引き価格とは比べ物にならない小額の価格が発表されるだけだ。もちろん税金逃れがその最大の理由だがね。いったん所在が知れると、相続税という形で、何代も……いや永久に税金の対象になる。もっとも、隠しておく理由はそれだけではないのだがね。とにかく、美術品の所有者は、おしなべて秘密主義が多いということは事実だろうな。そうして、秘密を愛する者同士のあいだだけで、密かに見せ合ったり、時には交換し合ったりしている」

「そんなに税金のことが心配だというのは、いったい、源氏物語絵巻はどれくらいの値段なのですか？」

「そうだね、まあ、売ったり買ったりなどということが、現実に行われる可能性はまったくないのだから、値段などつけようがないのだろうけれど、あえて、もしかりに、現在の所有者が売りに出したとしたら、たった一枚の絵でも数億……絵巻一巻だと数十億の値段がつくだろうな。もっとも、僕の金銭感覚はずいぶんズレているから、あるいはもっと、ヒトケタ上のことを言う者だっているのかもしれないがね」

「じゃあ、もしかすると、数百億……」

貴恵は絶句した。

「ははは、そんなに驚きなさんな。単なる想像でしかないのだから。しかし、ゴッホの絵に何十億もの値がつくほどだ。源氏物語絵巻はおそらく一一一〇年から一一三〇年のあいだに、宮中の主宰によって、当時の名人たちばかりを集めて製作されたものと推定されている。そのことだけでも驚異的なものだ。しかも、そういういにしえの珠玉の名品が、度重なる戦乱や災害を乗り越えて、美しい色香を現在まで伝えているという事実には、日本の歴史そのものに匹敵する重さがあると言ってもいいだろうな」

白倉教授の顔は、そういう文化の継承者である「日本人」の一人であるという誇らしさで、輝いて見えた。

（そうなんだわ——）と貴恵も思った。

エジプトのピラミッドや中国の石窟仏とは違う、和紙に絵具で描いた、繊細で優しい、まるで日本人の心のように壊れやすく、傷つきやすい文化が、私たち日本にはあったのだわ――と思った。

その瞬間、あっ――と気付いた。

「もしかすると、あのお邸の……」

貴恵が向けた視線の先で、白倉教授の顔が笑っている。

「先生、このあいだの、あのお邸で見た源氏物語絵巻は……もしあれが源氏物語絵巻だとしたら、あれはなぜあそこにあったのでしょうか？」

「ようやくそこまできたか」

白倉は「やれやれ」と、首を左右に曲げて苦笑した。

「まさにきみが気付いたとおり、いったいあれは何だったのか？――ということになる。さっきも言ったように、現在、源氏物語絵巻は二か所にしかあり得ないのだからね。ほかに類似の品があるというのは、由々しき一大事というわけだ」

「じゃあ、あれは源氏物語絵巻なんかじゃなかったのでしょうか？」

「そう、それなら話は簡単だ。きみの幼稚な見間違えであってくれればね。しかし、話はそれだけではすまなくなったのだよ」

貴恵が「それは？」と問いかけようとした時、廊下を踏み鳴らして近づく足音が聞こえてきた。

第三章　血の字の祟り

1

足音の主は若い男であった。土蔵の入口の前に片膝と片手をつき、二人の客に礼をした。

「主人が戻りましたので、あちらにお越しください」

白倉教授は桐の箱をどうすべきか、迷っていたが、結局、文机の上に置いて、立ち上がった。

男の案内で奥まった部屋へ連れて行かれた。屋敷そのものを象徴するかのように、古く広い座敷に入った。畳数にして三十畳ほどあるだろうか。隣のやや小ぶりの部屋との境の襖も取り払ってあるから、広間のように、むやみに広く感じる。

二人が部屋に入るのとほとんど同時に、老人がやってきた。白倉とは親しい間柄とみえ、気軽そうに挨拶を交した。

「どうも、よくお越しくださった」

「お邪魔いたしております」

「町に不幸がありましてな、ちょっと顔を出すだけのつもりが長くなって、すっかりご無礼申し上げた。それで、いかがでしたかな。例の倉の中の物はご覧になりましたか？」

「はあ、拝見しましたが、驚くべきものであると思います。ご老人のおっしゃったことの裏付け資料としてはもちろん、学術的な意味からいっても、稀に見る大発見であることは間違いないと思います」

「まあまあ、そう大袈裟にお取りいただかんようお願いしますよ。あれはあくまでも、当家のうちうちのものとして、そっとしておいていただきます」

「はあ、それはお約束どおりにいたしますが、しかし、私は専門外だからよろしいようなものの、研究者からすれば、喉から手が出るほどの資料でありましょうなあ。いや、歴史資料というだけでなく、下司なことを申し上げるなら、財産的価値も大変なものです。もしもこのことを嗅ぎつけたなら、コレクターはもとより、美術商連中が殺到することはまちがいありません」

「ははは、そうなったらかないませんな。なにぶんよろしく頼みますよ」

　老人は笑って、視線を貴恵に移した。

「こちらの娘さんが、例の、あの一件のお方ですかな？」

「はあ、絵巻を見たというのが、こちらの佐治さんです」

「そうでしたか、あれを見た時には、さぞかし驚きなさったでしょうがなあ」

　老人は優しい目を貴恵に向け、口をすぼめるようにして、何度も頷いた。

「こちらが村上家五十八代のご当主、村上助九郎さんでいらっしゃる」

白倉に言われて、貴恵は精一杯、作法どおりにお辞儀をした。ストレッチ・ジーンズの膝は窮屈だが、茶道をやっている貴恵にはさほど苦にならない。

「じつはね佐治君、こちらのご老人が、きみの見た絵巻のことについて、直接お訊きしたいことがあるとおっしゃるのだよ」

「はあ……」

貴恵は困惑した。

「でも、私の記憶なんて、そんなにはっきりしたものではないですけど」

「ああ、それはそうかもしれないが、少なくとも十分や二十分は絵巻を眺めていたわけだからね、ある程度の特徴は分かると思う。現に、きみはそれが『末摘花』ではなかったかと思うと言っていたじゃないか」

「ええ、絵柄の印象からいうと、そういう感じだったことはたしかです」

「そうですか、『末摘花』がありましたか。あれは祖父がもっとも気に入っておった絵巻でしたな」

老人は感慨深げに言った。

「あれがまだ生きていましたかなあ……」

「もしそれが事実だとすれば」

白倉は老人の述懐を受けて言った。

「現在、『末摘花』は詞書だけが徳川美術館にありますから、じつに貴重な発見ということになります」

「さようですな」と老人は頷いた。

「たしか、絵巻の最初は、琴を奏でる姫君ではなかったかな。そうそう、十六夜(いざよい)の月が軒端にかかっておって、尾花など、八重むぐらが繁(しげ)って……いかがです？」

「はい、たしか、そういう絵柄でした」

急に訊かれて、貴恵はうろたえながら、しかし、はっきりその部分を想起して、答えた。

「そうでしたか、それなれば間違いなく源氏(げんじ)の絵巻ですな」

「さすがによく憶(おぼ)えておられますねえ。最後にご覧になったのは、もう何十年も前になりましょうに」

白倉が感心して言った。

「さよう、四十五、六年も前ですか。しかし先生、あれは一度見れば、永遠に忘れられんものでありますよ」

「それにしても、どういう経路であのお屋敷に渡って行ったものでしょうかねえ？」

「うん、そのこともあるが……それよりも、あれですな、いかなる手段によって、そこへ移ったかという……」

「そのとおりですね。ご当主がご存じないというのは、正当な手段によらなかったことの何よりの証拠です。だとすれば、絵巻は当然、こちらの村上家にあってしかるべきものと主張できるはずです」

「まあ、そのことはともかくとしてですな、移動の真相を知ることだけは、わしの務めとして、何とかやり終えてゆきたいと思っておるのですよ」

「真相を知れば、おのずから、絵巻の所有権の問題にも関わってくるのは必然です。不当な手段によって移動したという事実が明らかになって、村上家が正統的所有権を有していると判断されれば、何十年でも遡って、原状を回復することさえ可能かと思いますが」

「さあなあ、それはいかがなものか……そこまでせんでも、わしはよろしいと思っておりますよ。ただ、曖昧なかたちではなく、いついかなる事由によって、絵巻が移動したのかさえ詳らかになれば、それでよろしい。むしろ、そこには何巻の絵巻が現存するのか、散逸したのであれば、その所在はどこで、どのようになっているものか、そういったことさえ分かれば……ですな」

「いかがでしょう、今後の絵巻の行方の追跡に関しては、私にお任せいただくということでよろしいでしょうか」

「ああ、それはいっこうに構いません。何しろ、今度のお話を持ち込まれたのは白倉先生なのですからな。ただ……」

老人は首をかしげた。

「不思議に思えてならんのですが。その屋敷では、なぜこちらの娘さんに、そういう重要なものを見せたのか……」

「ひとつだけ考えられることは、勘違いがあったのでしょうね。つまり、佐治君の名前についてです」

　白倉は苦笑を浮かべた。

「私の名前ですか？」

「ああ、たぶんね。きみが訪問した時、先方はどのように応対した？」

「それは……まずドアのノッカーを鳴らすと、執事みたいな人が出てきて、どうぞって言ったのです」

「きみの名前も確かめないでかい？」

「いえ、それは訊かれました」

「なんて言って？」

「貴恵さん……あ、そうなんです。その時、名字でなく下の名前で呼ばれたので、おかしいなって思ったんです」

「それだよ、きみのことを『紀伊さん』だと思ったのだよ、テキは」

「でも、ファーストネームで呼ばれても、ああそういうものなのかなって思って、あまり気にはしませんでしたよ」

「きみは気にしないだろうけれど、先方にとっては重大なミスだったのだね。要するに、紀伊という名前のべつの人物が、その日来ることになっていたのだろう。きみのファーストネームなんか、先方が知っているはずはないもの」

「でも、紀伊なんて、そんな名前の人、いるんでしょうか？」

「いるんだろうね、きっと。まあ、じつに珍しい偶然だが、その人物が来る予定になっているところに、幸か不幸か、きみが行き合わせてしまったことから、悲喜劇が始まったというわけだ」

「もし、紀伊さんなんていう名前の人でしたら、電話帳を見ればすぐに分かりますよね、きっと」

「あははは、さあ、どうかな、それは」

白倉は笑って、老人と顔を見合わせた。老人も声を出さずに笑っている。

貴恵にはその笑いの意味が分からず、なんだか疎外されているようで、少しいやな気分であった。それが表情に出たのだろう、白倉は照れたように笑いを収めて言った。

「いや、じつを言うとね、『紀伊』というのは名字ではないのだよ。つまり、いうところのファミリーネームではないのだ」

「えっ、だって、先生はさっき、ファーストネームではないっておっしゃったばかりじゃありませんか」

「ああ、そう言った。ファーストネームでもファミリーネームでもないとしたら、何が残るかな？」

「えっ？　そのどちらでもないのですか？　だったら、芸名とか、ペンネームとか……」

「それだけかい？」

「あとは、ニックネームとか、それから……屋号だとか、通称だとか、そういうのもありますけど……」

「うん、だいぶ近付いてきたな」

「じゃあ、通称、ですか？」

「まあそう言ってもいいだろうね」

「通称で『紀伊』っていうのですか？」

貴恵は不思議そうな顔で、二人の年配者を見比べた。村上老人は面白そうに、貴恵が自分で解答を見つけ出すのを待っている姿勢だ。

「分からないかな。とにかく、そちらの紀伊さんに対しては、秘宝中の秘宝ともいうべき、源氏物語絵巻を開陳しようというのだよ。そうとうな大物であると考えなければならないだろう」

「ええ、そうですね、私なんかとは、ぜんぜん段違いの『紀伊』ですよね……」

貴恵は言いながら、あの時の執事風の老人のことを思い返していた。老人は「紀伊様ですね？」と言って、貴恵が「ええ」と答えるのを確認してから、建物の中に入れてくれたのだ。

紀伊様——。

「あっ……」

貴恵は驚きの声を発した。

「分かりました、それ、もしかすると『紀伊の国』の紀伊なんじゃありませんか？」

「ははは、ようやく分かったようだね。そのとおりだと思うよ。先方は紀伊徳川家と勘違いしたのだ。徳川家には宗家と水戸、尾張、紀伊の御三家がある。その中の紀伊徳川家のお使いが見えたと勘違いしたのだろうね」

「そうだったのですか……それにしても、徳川家をそんなふうに『紀伊様』というような呼び方をしているというのは、あのお屋敷そのものが、かなりの家柄なのですね？」

「まあ、そういうことは言えるかな」

「じゃあ、たとえば松平さんとか、加賀の前田家ゆかりのお屋敷とか、それとも、徳川家の重鎮だった、酒井家とか本多家とか水野家とか……」

貴恵は知っているかぎりの、徳川家ゆかりの名家を羅列してみた。

「ほう、若い人には珍しく、なかなかよく勉強しているようだね。しかし、そういう詮索はしてはならないことになっている。その屋敷には表札も出ていなかっただろう？　それが何よりも、あの屋敷の性格を物語っているといっていいのだよ。おそらく、あの屋敷は公にはひとつの会社というか、倉庫というか、とにかくそういう組織や法人として登録されているのだと思う」

「えっ？　それじゃ、あそこには誰も住んでいないのでしょうか？　そんなふうには見えませんでしたけど」

「もちろん人は住んでいるさ。しかし、区役所の住民台帳に載ってはいないだろうな。どういう人物が何人住んでいるのかといったことは、正確に把握されていないはずだ」

「さっぱり分かりませんけど、それはいったい、どういうことなんですか？　たとえば、外国の大使館みたいに、治外法権か何かがあるとか、そういうことなんでしょうか？」

「治外法権は大袈裟だが、まあ、何かの力が働いていて、あの屋敷の独自性を侵害されないような仕組みになっていることは確かだろうね」

「そんなこと、現代の日本の中であり得るのですか？」

「それはあり得るさ。日本の中には政治力や警察力の及ばない場所……聖域といっていいところはいくらでもあるじゃないか」

そう言われても、貴恵にはそれがどこなのか、まだピンとくるものがなかった。しかし、おぼろげなイメージはあるような気もする。たとえば皇族方のお屋敷がそうなのかもしれないし、それに大きな神社やお寺、宗教組織なども、みだりに警察の介入を許さない『聖域』といえるのかもしれない。あの屋敷がそういうたぐいのどれかに属しているということなのだろうか——。

「先生はあのお屋敷のことをよくご存じなのですか？」

「いや、それほど知っているわけではない。私があのお屋敷にお邪魔できたのは、たったの二度だしね。それに、そういう実績があるからといっても、この次に訪問する際には、あらためてしかるべき筋の紹介をもらわなければならないのだ」

「そんなに大変なところだったのですか。でしたら、私がお邪魔できたなんて、夢みたいな出来事だったのですね？」

「ああ、正直言って、そのとおりかもしれない。もっとも、きみが閲覧を希望した『おちくぼものがたり』の資料そのものは、それほど重要なものではなく、すでに学界にもオープンになっているものだ。曾我さんの紹介に対して、先方が気軽にOKを出したのはそのせいだったのだろう。ところが、思わぬミスが発生してしまった——というわけだね」

「じゃあ、そのミスを犯した人は、責任問題が大変なんじゃないでしょうか？」

「ああ、大変だろうな。そういう間違いが発生しないように、日頃から厳重な管理体制を布いているのだろうけれど、それでも人間のすることだ、油断や馴れから、思わぬミスが起きることもあり得るということだね」

「あのおじいさん、どうなったのかしら……」

貴恵は真面目そのもののようだった、老執事の顔を思い浮かべて、呟いた。ことによると、あの時のミスが原因で、あの老人はクビになったかもしれない。そうだとすると、ずいぶん気の毒な話だ。

「ところで、白倉先生は長野さんをご存じありませんかな？」

教授と貴恵の会話が途切れたのを見すまして、村上老人は訊いた。

「長野さんとおっしゃると？」

「美術史の長野広夫博士です」

「ああ、長野博士ならよく承知しておりますよ。私などは、美術関係のことは本職の片手間のような、ただの生かじりですが、あの先生はすごい。今回の源氏絵巻にしても、いずれは長野博士にお知恵を借りなければと思っております」

「それならば、ちょうどよろしい。いま長野博士は当地に見えておられますよ」

「ほう、そうなのですか」

「一昨日あたりから、海士町が主宰して後鳥羽上皇の史跡の発掘調査が行われておりましてな、そこに中央のスタッフとして、お招きしたようです。ほかに、考古学の佐田という先生も見えておられる」

「佐田さんですか……そちらの方面は、私はあまり詳しくないですが」

「いかがです、お会いになりますかな？」

「はあ、ぜひお会いしたいですね」

「それでは、役場のほうへ連絡して、今晩の宿での宴会に、お二人がご参加なさるよう、手筈を整えておきましょう。さっきお迎えに行った丸山にご案内させますよ」

そう言って、老人は席を立った。

2

発掘調査のほうは、天候に恵まれたこともあって、予定より速いスピードで進捗していた。一昨夜、何者かが無断で発掘したらしい形跡があって、それが多少、気掛かりではあるけれど、そこから何かが出土したという確証もない。ごく一部の土が掘り返されていたにすぎないのだから、全体としてみれば、あまりこだわる必要もないと考えられた。

発掘は本来、全体を平均的に掘り進めるのだが、無意識のうちに、一昨夜の「盗掘」の場所に重点的に興味が偏ってしまう。埋め返した土が柔らかくて、掘りやすいというせいもあった。気の早いのは、そこから何かが出るのを期待して、手掘り作業を始める者もあった。

そして、現実に、その場所から文字どおり手応(てごた)えがあったのである。

「先生、何かありました」

役場に頼まれて応援に来ている町の青年が、興奮した声を上げて、足元の穴を指差している。

「何だか、甕(かめ)みたいな感じです」

周辺にドッと人垣ができた。発掘作業の関係者ばかりでなく、現場周辺には単なる興味本位の観光客や町の野次馬のような連中も大勢いた。もっとも、そういう人々はロープの外側から、首を伸ばすようにして、覗(のぞ)き込んでいる。

「どうするかな？……」

佐田教授は穴を覗き込んで首をひねった。その部分だけ、ほかより五十センチばかりも深く掘り進んでいる。平均的に掘るという本来の法則からいうと、いささか困った問題ではあった。

「まあいいでしょう、そこ、もう少し掘ってみましょうか。ただし、破損する危険性があったなら、直ちにストップすること」

佐田は言って、以後の発掘を助手の石出と島根大学の研究室から来た学生の手に委ねるよう、青年に命じた。青年はやや不満そうな顔をしていた。

慎重な手掘りで、やがて直径三十センチほどの素焼きの甕の頭部が姿を現した。蓋がしてあったらしいのだが、それは割れて、甕の中に落ち込んでいる。おそらく上からの圧力を支えきれなかったのだろう。

佐田は蓋の破片を一つ取って、長野博士に手渡した。

「ずいぶん素朴な焼き物ですな。近世以前のものであることは間違いないでしょう」

長野はひと目見て、そう言った。佐田も同じ意見であった。周囲から歓声が沸いた。

「そこまでにしておこう」

佐田は、ちょっと冷酷に感じられる言い方で、作業を中断させた。さらに深くその部分だけを掘れば、周辺が崩壊してしまう可能性があった。

しかし、そうは言っても早く甕の中身を見たいのは人情である。佐田はとりあえず、甕の周辺を掘り進めることにした。

現金なもので、のんびりムードで掘っていた連中も、がぜんハッスルした。甕の周囲、半径二メートルばかりは、またたくうちに甕と同じ深さまで掘り進められた。

周辺には、これといった出土品も遺跡らしきものもなかった。ただ、半径二メートルの範囲からさらに離れた場所に、木炭の破片のようなものが、薄い層を成している部分があって、そこはその状態で発掘を中止した。そのために作業のエネルギーを甕の周辺に集中できたということもあった。

甕の周りに付着した泥は、素焼きの甕と見分けがつかないほどだったが、それもしだいに取り除けられ、やがて甕の全容が姿を見せてきた。

まだ三分の二程度、掘り出された状態だが、それでも、ズングリした紡錘形をしているらしいことは分かった。

徳安カメラマンは、発掘の進捗に合わせてシャッターを切っている。「甕発見」以後、フィルムはどんどん消費された。島根県のテレビ局から来たスタッフは、ビデオカメラを回している。

浅見はほとんどすることがなくて、傍観者に徹していた。しかし、発掘作業そのものには興味を惹かれた。浅見は学術的なことにはおよそ縁がないようでいて、妙につきつめてこだわるところがある。

子供の頃、日食があって、理科の野外授業として、全生徒が校庭に出て観測した。日食は進行中だったが、一時限だけで、生徒も先生も教室に引き上げた。ところが浅見だけは校庭に残り、執拗に観測を続けた。月が太陽面を横切るという事実が、ひどく感動的に思えたらしい。そして、その時期を秒単位で予測するという、人間の知恵に感動したのかもしれない。

いずれにしても、何かが微妙に変化してゆく過程を見つめつづける――という、気の短い者にはじつに退屈と思える作業が、浅見は苦にならない。海に夕日が沈んでゆく風景など、見飽きることがない。

もっとも、いまは発掘作業のほかに、浅見の興味を捉えて離さない対象物がもう一つある。小野老人の奇怪な死の真相について——である。

そっちのほうは警察が「発掘作業」を進めているのだが、その結果について、甕の中身以上に、関心があった。

昼食休憩に入って、発掘作業は中断した。浅見は役場の野田係長に頼んで、捜査本部へ連れて行ってもらうことにした。

もっとも、野田の話によると、まだ正式に捜査本部が設置された様子はないということであった。

「警察では、小野のじいさんは事故で死んだものと判断したみたいですよ。今日か遅くても明日中には、そういう結論を出すとか言ってました」

「ほんとですか？　ずいぶん早いですね」

浅見は首をひねった。

「いや、町としては、なるべく早く結論を出してもらったほうがありがたいわけです。何しろ、これからが隠岐の観光シーズンになりますのでねえ。殺人事件があったなんていうことになると、えらい迷惑なのです」

商工観光課の係長らしい発想だが、当事者にしてみれば、真剣にそう考えているにちがいない。

捜査員は菱浦港前の漁協事務所に屯して、そこを一応、「捜査本部」にしている。それにしても、「死亡事故」の割には、捜査員の数が浅見の想像していたのよりはるかに少なかった。

報道関係の人間も、あまり来ていないらしい。新聞社の腕章を巻いた男が、岸壁に出て、ひまそうに煙草を燻らしていた。

浅見は野田に浦郷署の捜査係長を紹介してもらった。滝川という警部で、四十二、三歳ぐらいのズングリした体型の男だ。

「ずいぶん小人数のように思えますが」

浅見は名刺を交換しながら、少し無遠慮な質問をしてみた。

「ああ、県警から来ておった人たちは、主任さん以外はあらかた引き上げてしまったのですよ」

滝川捜査係長はつまらなそうに言った。

「残っているのは、うちの浦郷署と島後の西郷署の連中だけですよ。それも、半分ぐらいは出払っているところです」

海士町には警察署はなく、駐在所があるだけだ。滝川の話によると、現在投入されている捜査員はすべて、西ノ島の浦郷警察署と島後の西郷町にある西郷署からやって来ているということだ。

浦郷署自体、それほど規模の大きな警察署ではなく、捜査係の人数はわずか四名である。県警のスタッフが引き上げたことや、捜査員の数が少ないのは、警察の心証が「事故死」であることを物語っている。

これで、もし殺人事件と断定されているならば、さっさと引き上げるどころか、島根県警からの応援がドッとやって来るはずだ。

「やはり、事故だったのですか？」

浅見は名刺を交換しながら、訊いた。

「ああ、そのようですよ」

滝川捜査係長は横向きに座ったまま、無愛想に答えた。こんなつまらない事件は、早いとこ片付けて、家に帰りたい——とでも言いたげな顔である。

「笑い声が聞こえたということについて、警察はあれは何だったと判断しているのでしょうか？」

浅見は訊いた。

「さあねえ、はっきりしないのだが、人間の笑い声だと言う者もいれば、何か、鳥かカエルの鳴き声を聞いたんじゃないかという話をする者もいますよ」

「あれが鳥やカエルですか？」

浅見は思わず、非難するような口調で言った。

「あれって……おたくも笑い声を聞いたクチですか？」

滝川は上目遣いに浅見を見た。いくぶん興味を覚えたらしい。

「ええ、旅館で寝ていて、あの声で目を覚ましました。しかし、あれはカエルの声や鳥の声だとは思えません」

「ふーん……」

滝川はようやく浅見に向き直って、あらためて浅見の名刺を眺めた。肩書のない名刺である。

「ふーん、東京から来たの。ええと、肩書がないが、どういう？……」

「フリーのルポライターみたいなことをしています」

「ルポライターねえ……つまりブン屋さんみたいなものか。まさかこの事件の取材のために来たわけじゃないですよね。ははは、そんなわけがないか、死んだじいさんの笑い声を聞いているんだから」

滝川はおかしそうに笑った。丸顔で、笑うと人なつこい感じがする。

「浅見さんは、後鳥羽上皇の史跡の発掘調査に同行して来られたのです」

野田が浅見のために説明してくれた。

「浅見さんの、ルポライターという職業的な耳で聞いたとなると、一般の連中が聞いたのとはわけが違うのではないですかね」

「ふーん、そういうものかなあ。どうなんです、浅見さん？」

滝川捜査係長は、一応の敬意を示して、訊いた。

「そう訊かれると、はっきりそうだとは断言できませんが……カエルや鳥の声とは思えません」

「しかし、笑いカワセミなんていうのもあるし、ホトトギスなんかも、ケケケケみたいな鳴き方をしますよ」

「あんな真夜中に鳥が鳴きますか？」

「わしはあまり詳しいことは知らないが、中には鳴く鳥もいるんじゃないかな。ヨタカなんていう鳥もいるし。どうかね野田さん、隠岐の鳥は夜中には鳴かんかね？」

「そうですねえ、私もよく知りませんが、鳴くヤツもいるかもしれませんねえ。それに、真夜中といっても、たしか三時頃じゃなかったかな。だとしたら、気の早いホトトギスなら鳴くかもしれない。百人一首に『ほととぎす鳴きつる方を眺むればただ有明の月ぞ残れる』というのがありますからね」

「それにしても、三時は早すぎますよ」

浅見は苦笑した。

「しかし、浅見さんが言うように、かりにそれが人間の笑い声だとして、事件といったいどういう関係があるのかねえ」

滝川は首をひねる。

「よしんば、あのじいさん……小野さんが笑ったのだとしても、それだけでは事件性があるということにはならんわけでしょうが、もし悲鳴だったりすれば、殺人事件ということも考えられないわけじゃないが、なにしろあんた、笑って死んだんじゃねえ……」

「それはそうです。僕も殺人事件だとは思いませんが、なぜ笑って死んだのかということは、やっぱり不思議じゃありませんか」

「不思議ねえ……」

「ええ、不思議ですよ、それは。それとも、係長さんには、小野さんが笑った理由の説明がつきますか？」

「いや、わしは分かりませんよ。実際に聞いた者でなければ、そういうけったいな声が、はたして人間の笑い声なのか、それともカエルの声なのかなんていうことはね……それに、小野さんが笑ったのだとしても、頭がおかしくなったのかもしれんじゃないですか。町の人間はそう言ってたな。あのじいさんは、少しおかしなところがあって、前の晩だかに、町長の頭をポカリとやったとか」

「ええ、それは僕も目撃しています」

「なんだ、あんた見ているんですか。それだったら……」

「しかし、小野老人の様子には、狂ったような感じはありませんでした。むしろ、やむにやまれない気持ちというか、自分の言うことがどうして分かってもらえないのかという、そういういらだちが爆発して、ついポカリとやったように思えました」

「ええと、それはたしか、発掘調査のことを言っていたのだったっけ。掘ったらいけんと言っていたという」

「そうです、発掘を中止しろという意味だったと思います」

「しかし、小野さんはその理由は言わなかったのでしょうが。なぜ掘ったらいけんのかとか、そういうことは」

「ええ、その時は言いませんでしたね。たぶん、言えない事情があったのではないでしょうか」

「言えない事情というと？」

「それは分かりません」

「ははは……」

滝川はとうとう笑い出した。

「どうも、浅見さんの話を聞いていると、さっぱり要領を得ませんねえ。すべて想像だけで物を言っているわけでしょうが。それに、東京から来たんじゃ、地元の事情に通じているとも思えないし」

「いや、事情に通じていないということでしたら、地元の人だって、そう大差はないと思いますよ。たとえば、後鳥羽上皇のことなんか、地元に住んでいるからって、僕の知識とあまり違いはないのじゃないでしょうか。それはもちろん、野田さんのように、地元の観光のことを勉強している人はべつにしての話ですが」

「いや、私だって、正直なところ、あまり詳しいわけじゃないですよ」

野田は頭を掻いた。

「いや、後鳥羽上皇だとか、そんな古い話ならそうかもしれないが、なにもそこまで古いことを持ち出すことはないでしょうが」

滝川は苦笑いを浮かべながら言った。

「では、どのへんの時代だと、地元の人のほうが消息に通じていると思いますか？」

「どのへんの時代って……」

「たとえば、江戸時代でしょうか？　それとも明治時代ですかね？」

「どうかなあ、明治時代ねえ……うーん、あまり知らないかもしれないなあ」

「でしょう？　大正時代のことだって、よほどの年寄りならともかく、僕と同じ年代の人間には遠い昔の話ですよ。ねえ、野田さん、そうじゃありませんか？」

「そうですね、そのとおりでしょう」

野田は頷（うなず）いた。

「僕は取材の仕事であちこち、地方を回っていますが、東京で面白い資料を発見して、詳しく調べようと思って、その土地へ出掛けて行くと、案外、地元の人が知らないというケースは多いものです。それはもちろん、現在の動きについては詳しいですけど、自分の生まれる前のこととなると、よほど勉強しているならともかく、ほとんど知らないのがふつうです」

「なるほど、それはそうかもしれませんな」

滝川もしぶしぶ頷いた。

「失礼ですが、警察の今度の捜査で、死んだ小野老人が『掘ったらいけん』と言っていた理由について、島の人から何か訊き出せたのでしょうか？」

「いや、それはまったくだめでした。誰に訊いても知らないの一点張りで、知っているというのは、どれも小野老人の頭がおかしいという程度のことばかりでしてね」

「小野老人自身は、島の人たちにどういう理由を言っていたのですか？」

「ですからね、頭ごなしに、掘ったらいけんと言うか、あるいは祟りがあるとか、そういったことみたいですよ」

「それ以外のことは誰からも聞けなかったのですか？」

「ああ、まあ、そういうことですな」

問い詰められたように思ったのか、人のいい滝川も、さすがにやや鼻白んだ様子を見せた。

3

島根県警の広山警部が浦郷署の署長と同じ車で到着した。部下を二名、伴っている。署長は五十がらみのおっとりした田舎おやじ然とした男だが、広山はそれとは対照的に、長身、細身の神経質そうなタイプだ。

「やあ、ご苦労さんです」

滝川捜査係長は慌てて立ち上がると、ドアまで迎えに出た。

「いやあ、暑くなってきましたねえ」

広山は上着を脱ぐと、ズボンのポケットから出したピンク色のハンカチで、額の汗を拭った。

「いかがですか、聞き込みの感触は？」

滝川は自分より歳下の広山に対して、丁寧な口のきき方をしている。階級は同じ警部だが、いずれは広山のほうが先に警視へ、さらに上へと上がってゆく可能性のあることを承知している証拠だ。

「事故ですね、あれは。小野さん宅を調べてみたが、自殺を匂わせるような書き置きのたぐいは、一切出ませんでしたよ」

「そうすると、殺人ということも考えられなかったわけですね？」

浅見が少し離れたところから、いきなり言った。滝川がびっくりして、「あんた、困るよ」と言ったが、遅かった。

「誰、おたく？」

広山が浅見を睨んだ。警察の人間でないことを、逸早く見破った目だ。

「こういう者です」

浅見はすばやく名刺を突き付けた。

「フリーのルポライターだそうですよ」

滝川が脇から注釈を加えた。

「取材ですか、まずいな」

広山は苦い顔をして手を横に振った。

「悪いが、出てもらいましょうか。あんた、野田さんも出てください」

顔見知りの野田にも、そっけない態度で言った。融通のきかない官僚的な性格らしい。

この手の人物が、浅見はもっとも嫌いだ。

外に出ると、浅見は野田に「小野さんのお宅へ行っていただけませんか」と頼んだ。

「えっ？　行くんですか？」

野田はあまり気乗りがしない顔になった。

「あまり深入りしないほうがいいと思いますがねえ」

「もし具合が悪ければ、タクシーで行きますが」

「いや、そういう意味で言っているのではなくてですね……」

野田は仕方なさそうにハンドルを握り、車をスタートさせた。

「小野のじいさんというのは、やはりここではちょっと異端でしてねえ。町長を殴ったことでも分かると思いますが、直情径行いうのか、やることが過激なのです。自分には小野篁の血が流れていて、この島を守るのは自分しかおらんというふうな思い込みがあったのでしょうかなあ。とにかく、町のやることにことごとく反対するのですわ。昨日ご案内した金光寺山を開発して、レジャーセンターを作るいう話の際なんかも、大反対でしてね。

同意を取り付けるまで、えらい苦労しました。もっとも、あそこは小野篁の遺跡がある、いわば小野家の聖地みたいなものだから、無理もないのですが。まあ、そういうわけで、町としては、厄介者のじいさんだったのですよ。道路を通すっていえば反対、港を造るといえば反対、何でも反対の急先鋒があのじいさんでしたからね。正直言って、じいさんには気の毒ですが、死んでもらって、ほっとした人も多いのとちがいますか。だからいろいろつっ突いて、余計な噂でも流れたりすると、町中が困ってしまうわけですよ」

　車を走らせながら、野田は能弁に語った。

「しかし、お聞きしたかぎりでは、いい悪いはべつにして、小野老人は気骨の人――という感じがしますが」

「ああ、それは誰もが認めるところですよ。何しろ、戦時中は軍隊にも抵抗したくらいだそうだから、信念の人ということはできるのでしょうなあ」

「軍隊に抵抗したのですか？」

「ええ、そう聞いていますよ。私が生まれる前の話ですけどね、この島が要塞になるという話があって、小野篁の遺跡がある金光寺山一帯にトーチカを造る計画だったそうです。その時も小野のじいさんが猛烈に抵抗したというのですよ」

「しかし、昔の軍隊はいまの自衛隊とちがって、市民の抵抗なんか問題にしなかったのじゃありませんか？」

「いや、ふつうはそうですがね、小野のじいさんは後鳥羽上皇のお名前を引き合いに出したのだそうですよ」

「後鳥羽上皇？」

「つまり、この島は後鳥羽上皇ゆかりの、神聖にして侵すべからざる土地であると言ってですね」

「なるほど」

「軍隊も、それに対してはだいぶ手を焼いたとかいう話です」

「それで、結局はどうなったのですか？」

「とどのつまりは司令官か何かが説得に当たって、最後にはじいさんのほうも協力したとか、そんなことだったのではないかと思います」

「それじゃ、要塞は出来たのですね？」

「いや、それが、いざ工事を始めたら、まもなく終戦になったのだそうです」

車はその金光寺山の裾をめぐって、小野家のある豊田という集落に入った。この辺りが海士町のある中ノ島の住居地域としては、もっとも東の端にあたる。

豊田の集落を金光寺山に向かって坂道を登ってゆくと、ポツンと離れたところに、背後に鳥居を背負った家があった。

「あそこですよ」

野田が指差した。

家の中から男が一人に女が二人現れて、徒歩で道を下って来る。

「やあ、こんにちは、ご苦労さんです」

野田は車を停めて、窓から挨拶した。三人とも顔馴染みらしく、ニコニコ笑いながら挨拶を返した。お参りをすませてきたというようなことを言っている。

「もう誰もおらんのかね？」

野田が訊いた。

「いや、島後から孫たちが来とって、四人ばかし残っとるで」

三人は言いながら坂を下って行った。

小野老人の家は木造の平屋で、建ててから相当な年月を経ている家だ。羽目板など、あちこち隙間があいている。お世辞にも上等とは言いがたいけれど、老人の独り暮らしにしては、家の外まわりなど、わりと小ぎれいに片付いていた。

神道の家らしく、白と空色の幔幕をめぐらせている。

「神道のお葬式というのは、どうやって拝むのですか？」

建物に入る寸前になって浅見は訊いたが、野田も知らないらしい。

「適当にお辞儀をすれば、それでいいんじゃないですか」

中に聞こえないように、早口で言った。

板戸が開けっぱなしになっている入口を入ると、ふつうの線香の香りが漂っていた。

土間のとっつきに焼香する台が設けられ、そのむこうの座敷に祭壇が飾ってあった。

なんのことはない、仏教のものと大きな差はないようだ。神仏混淆と言うか、厳密に差をつけてはいないようだ。ことによると、そういう習俗に詳しい小野老人が死んでしまって、正しい葬式の出し方を、誰も知らないということなのかもしれない。

祭壇の左手に夫婦らしき男女と、右手にはそれより少し若い男女が座って、野田がお辞儀をすると、深く頭を下げた。

野田は型どおりに焼香すると、「どうも、このたびは」ととおりいっぺんの悔やみを言った。

「役場の野田いう者です」

野田は名刺を出した。左に座っている、年長らしい男が立ってきて、焼香台の脇で名刺を受け取った。

「島後から見えたそうですなあ」

「はあ、西郷町に住んでおる、平賀(ひらが)いう者です。私の女房が小野のじいさんの孫に当たるもんで」

男が見返って言うと、妻は小さく頭を下げた。

「あとは、女房の弟と妹です」

右手に座っている二人が、こっちを見て、同じようにお辞儀を送って寄越(よこ)した。

「あっ……」

浅見は不用意に叫び声を洩(も)らした。

「あなたは黒曜石のお店の……」

「あらっ……」

若い女性もびっくりした声を発した。島後で浅見が指を怪我した、あの黒曜石の店の娘だった。浅見の指先に、彼女の唇で吸われた記憶が蘇った。

「指、なんともありませんか？」

娘が訊いた。黒い瞳をいっぱいに見開いて、浅見の指先を見つめている。

「え？　いや、べつに」

浅見はうろたえながら答えた。ほかの者たちが「へえーっ」という目で、二人を見比べている。

「この前、うちの店に来たお客さん」

娘は兄に説明し、それは全員に対する説明にもなった。

「黒曜石の破片で指を切りましてね、手当てをしてもらったのです」

浅見も彼女の説明を補足した。

「ああ、あれはよく切れますからねえ」

野田もそつなく相槌を打ってくれた。それをきっかけに、見知らぬ同士が和やかな雰囲気になってきた。

「そうだったのですか、あなたは小野さんのご親戚だったのですか。そういえばあのお店は小野貴石店でしたっけね」

浅見は親しみを込めて言い、あらためて名乗りあった。平賀の妻になっているのが京美、黒曜石の店の兄のほうが小野敬春、妹が良恵——といった。

「そうすると、浅見さんはこれの祖父をご存じなのですか」

平賀が言った。

「ええ……と言っても、お会いしたのはたった一度だけですけど」

「一度だけ……」

「しかし印象は強烈でしたよ。なにしろ、町長さんの頭をポカリとやったのですから」

「えっ？　じゃあ、その時に……」

平賀は苦笑した。直接には血の繋がりがないだけに、小野老人の死に対して、ほかの三人ほどには深刻になれないでいるのかもしれない。

「まあ、どうぞお上がりください」

平賀は時計を見て、「もうお客も来ないでしょう。よかったら、少しゆっくりして行ってやってください」と言った。

役場の仕事がある野田は困った顔をしたが、浅見は構わず上がり込んだ。

祭壇には小野老人の写真が飾ってある。だいぶ若い頃の写真だ。髪の毛もかなり白くはなっているけれど、まだ充分に残っている。

「じいさんは写真嫌いで、こんな古い写真しかなかったのです」

平賀が浅見の視線の先を見て、弁解するように言った。

しばらくお茶を飲んで、御供物の饅頭を食べてから、浅見はおもむろに切り出した。

「警察が調べに来たでしょう？」

「ああ、来ましたよ。遺書か何かないかとか言ってました。しかし、ご覧のとおりの家ですからね、ちょっと調べればすみずみまで分かってしまう。書類やら書いたものやらは、あそこに全部集めたが、遺書だとか、そういうたぐいのものは何もなかったのです」

「ほかに、何か気になるような発見はなかったのでしょうか？」

「なかったみたいですねえ。もっとも、ひっくり返して捜索したわけじゃないので、天井裏なんかに隠してあればべつですが、しかし、まさか、遺書を隠しておくわけはありませんよね」

「それはそうですね」

浅見は頷いた。

「そうすると、警察はやはり事故という結論を出すしかないわけですねえ」

「そうだと思いますよ」

「しかし平賀さん……いや、みなさんにもお訊きしたいのですが、それでは小野さんは、いったいなぜ、深夜、あんなところに出掛けて行ったと思いますか？」

「分かりません。私だけじゃなくて、この三人も思い当たることがまったくないのだそうですよ」

平賀は「なあ？」と三人に問いかけ、三人は一様に頷いた。

「こういう場所でこんなことを言うのはどうかと思うのですが、小野さんが殺されたのかもしれないということは、どなたもまったく考えていないのですね？」

浅見の言葉に、野田も含めて全員が、ギクリとしたように、顔を見合わせた。

「殺されたって……どうしてそういうことを考えるのですか？」

平賀が不愉快そうに言った。

「自殺の理由も思い浮かばない、あんなところに出掛けてゆく理由も分からない——ということなら、当然、何者かに連れ出され、殺されたという、そういう可能性についても考えていいと思うのですが」

「いや、警察も一応、祖父が誰かに恨まれていたことはないかとか、そういうことを訊いていましたけれどね、われわれには思い当たるものが何もないのですよ。それに、警察だって、いろいろ調べて、結局、事故だという結論になったのでしょうが。そしたら、やっぱり事故だと考えるしかないのとちがいますかなあ」

「だとすると、どうしても腑に落ちないのは、小野さんがなぜあの時刻にあの場所へ出掛けたか——という、その一点になりますね」

「まあ、そういうことでしょう」

「そして、その理由もまた、誰も分からないというわけですか……」

浅見は腕組みをして、黙った。気まずい空気が漂った。ずいぶん長い沈黙が続いた。

「一つ気になっていることがあるのですが」

浅見は言った。

「小野さんはこの家に、いつ頃から独りで住むようになったのですか？」

「かれこれ二十年以上になるのじゃないかなあ。どうや、違うか？」

平賀が妻に訊いた。妻は黙って、コクリと頷いた。

「二十年以上というと、あなたがまだほんの赤ちゃんの頃ですか？」

浅見は黒曜石店の娘、良恵に訊いた。良恵は少し恥じらいを見せながら、「ええ」と答えた。

「つまり、その際にあなたたちのご一家は、ご老人一人を残して、この島を出られたというわけですか？」

「………」

今度は全員が黙った。

「いまはご両親はどちらですか？」

「浅見さん、こちらのご両親は亡くなったのですよ」

浅見が重ねて訊くと、しばらく経ってから、野田が低い声で言った。

「えっ？　あ、そうだったのですか……これは失礼しました」

慌てて詫びを言いながら、ふいに閃くものがあった。

「あの、まさか、ご両親が亡くなったのは、島を出る前だった——ということはないでしょうね？」

「いいえ」

平賀が言った。

「母親が亡くなったのは最近ですが、その母親と女房たち姉弟が島を出たのは、じつは父親が亡くなった直後なのですよ」

「死因は……あの、お父さんは何で亡くなったのですか？」

「それが……」

平賀は当惑げに、妻と義弟と義妹の顔をつぎつぎに見た。

「父は事故で死んだのだそうです」

妹の良恵が怒ったような言い方で言った。

「事故……というと、どういう？」

「溺れて死んだんです。そうよね？」

良恵は兄と、それから平賀夫人に視線を向けた。

「ああ、そうらしいな」

小野敬春は口を尖らせるようにして、不愉快そうに応じた。

「その事故の時、小野さん——お祖父さんは何か言っていたのではありませんか？」

その質問は長女の京美に向けた。京美は三十歳ぐらいだろうか、だとすれば、二十年前に島を離れた時の記憶ははっきりしているにちがいない。

「祖父は、後鳥羽上皇の祟りだとか、呪いだとか、そんなことを言っていたみたいですけど……私はあまりよく憶えていません。あとで母から聞かされて、ああ、そういうことだったのかって、はっきり意味が分かったのだと思います」

「後鳥羽上皇の祟り、ですか……」

浅見は反復して呟いて、背筋がゾーッとした。

4

「もし差し支えなければ、あそこの書類、拝見できませんか？」

浅見は思い切って言い出した。浅見までが後鳥羽上皇の祟りに取り付かれたように、好奇心とも疑惑ともつかぬものに抗しきれなくなっていた。

「はあ……」

平賀は度胆（どぎも）を抜かれたような顔をした。

「そりゃ、べつに見せて悪いようなものは何もなかったですが……」

妻たち三人に、一応「どうする？」という目を向けた。

「構わないんじゃない？」

良恵が言ってくれた。京美も敬春も、いいとは言わなかったが、反対もしなかった。良恵がさっさと立って、ダンボール箱に入った「書類」を運んできた。

「それじゃ、拝見します」

浅見は一礼して、箱の中を覗（のぞ）き込んだ。

それほどの量ではなく、きちんと整理された――という感じでもなかった。手紙、書簡、大学ノート、メモといったものが、重なりあって入れてある。どれも古いものばかりで、新しく書いた――それこそ、「遺書」らしいものがないことは、ひと目で分かった。

浅見は手当たりしだいに箱から出しながら、つぎつぎに「書類」に目を通した。

手紙類については、封書はさすがに見るのを遠慮した。はがきはどれも時候の挨拶のようなものばかりで、あまり注目すべき内容は書かれていない。

警察はもちろん封書の中身を見ているわけで、それにもかかわらず「何もない」と言っているのだから、はがき同様、大した内容のものではないのかもしれない。

大学ノートがもっとも関心を惹いた。ノートの表紙には『隠岐伝説について』と書かれてある。小野老人はなかなかの勉強家だったとみえ、隠岐や海士町の史実・伝説のたぐいをまとめつつあったようだ。とくに、後鳥羽上皇と後醍醐天皇、さらには祖先である小野篁についての記述は多く、それぞれ都から流されるにいたった理由から、隠岐での出来事、そして後醍醐天皇と篁の場合には隠岐を離れるまでのことを、さまざまなエピソードにまとめて書いていた。

もちろん後鳥羽上皇に関する伝説の中には、例の「勝田の池」の伝説も入っていた。後鳥羽上皇の行宮は勝田の池のほとりにあったのだが、池の蛙の鳴く声がうるさくて眠れない。そこで「蛙鳴く勝田の池の夕だたみ聞かましものは松風の音」という歌を詠んだところ、それ以後、蛙は鳴かなくなった――という話だ。

本土から島へ渡って来る時の歌「われこそは新島守よ隠岐の海の荒き波風こころして吹け」にまつわる話もあって、どちらも唯我独尊の後鳥羽上皇らしいエピソードだ。

そのほかさまざまな伝説・史実が、細かい文字でビッシリと書かれている。

その一つに「経島の兎」という話がある。海士町の経島に住んでいた兎が、島を出て因幡の国に渡りたいと思いつき、ワニザメを騙して数を数えるという、あの話だ。ワニザメの背中を飛んで、最後の一匹のところで、じつは騙したのだ——と喋ってしまう。ワニザメは怒って、兎の皮を剝ぐ。そこに通りかかった大国主命が、兎を哀れんで、元のように直してやる——というお馴染みの説話なのだが、ここの伝説にはおまけがついている。

その後、経島には兎が住まなくなった。そして、土地の人間は経島を「経島さん」と呼んで、小さな祠を作って祀り、島にはみだりに渡らないこと、島の木を切らないことという、二つのタブーがあって、それを無視すると必ず祟りがあると言い伝えられてきた。

ところが、戦後になって、この島を立木ごと買い取った中畑という人が、島の木を伐採したところ、その夜、怪火が出て材木はすべて灰になってしまったというのである。

そんな具合に、どうも隠岐の伝説には「祟り」の話がつきまとう。

「隠岐にはずいぶんいろいろな伝説があるのですねえ」

浅見はなかば感心し、なかばうんざりしたような嘆声を発した。ノートの最初のページには、所載されてある「話」のテーマが、目次ふうに書いてあるのだが、その数は全部で百三十七もあった。

「そうですよ、隠岐は伝説の宝庫です」

野田は自慢そうに言って、脇からノートを覗(のぞ)いた。目次のタイトルを一つずつ指で押えながら、「これは知ってる、これは知らない」と言った。それによると、どうやら野田の知らない伝説も五十以上はありそうだ。

「大したもんだなあ、隠岐の昔ばなしについては、ずいぶん研究したつもりでいたが、私の知らないものがこんなにある。隠岐のことについては、やっぱり小野さんがいちばん詳しかったのとちがうかなあ」

最後には、野田も感服したらしい。

「でも、その中には『血の字の祟り』のことは書いてないんですよね」

良恵が言った。

「血の字の祟り？」

浅見は野田と顔を見合わせた。野田もその話は知らなかった様子だ。

「それは何なのですか？」

浅見は良恵に訊いた。

「祖父は『いずれ、血の字の祟りのことを話しておかにゃならん』で、会うたびごとに言っていたのです。それはただの伝説だとか昔ばなしでなく、とても重要なことみたいだったのですが、結局、話してもらえないままになってしまいました」

「お姉さんもお兄さんも聞いていらっしゃらないのですか？」

「聞いていません」

敬春が答えた。平賀夫人は黙って頷いた。

「血の字の祟り――ですか……」

どうも浅見は「祟り」というような、オドロオドロしい話は苦手だ。なにしろ、丑満刻に化け物が出るなどというのを、なかば本気で信じている臆病な男だ。

浅見に言わせれば、強盗だとか殺人だとかいう、人間のすることはたいして怖くない。相手が人間なら、することは高が知れている。どんなにひどくても、せいぜい殺される程度ですむ。そこへゆくと、幽霊だの化け物だのは、何をするか分からない。第一、どんなに厳重に鍵をかけていようと、いつのまにか部屋に入り込んでくるから恐ろしい――という論理だ。

とにかく、夜中にワープロを叩いていて、午前二時を過ぎる頃になると、どんなに夢中で仕事をしている最中でも、ゾーッとするものが背筋を走るという特異体質なのである。

（あっ、丑満刻だ――）

気がついたら、慌ててベッドに潜り込まないではいられない。

それに「血」を見るのが怖い。映画やテレビのスリラー物で、白い肌を刃物が刺して、真っ赤な血がドバッという感じで画面に散ったりすると、思わず目を背けてしまい、その先を見る気がしなくなる。

注射針が刺さっただけでも、失神しそうになる。黒曜石で指を切った時も、すぐに良恵が吸ってくれたからいいようなものの、そのまま出血が止まらなかったりしたら、おそらく卒倒していたにちがいない。

それが、「血」の上に「祟り」ときては、たまったものではない。

——血の字の祟り——

字面から想像しただけで、イメージがどんどん膨らんで、怪奇の世界に引きずりこまれそうだ。続けると「血の滴り」のようにも聞こえる。

「伝説や昔ばなしではないというと、現代のお話という意味ですかねえ？」

浅見はおそるおそる訊いた。

「たとえば、何かの犯罪にまつわることであるとか……です」

「さあ？……」

良恵は首をかしげた。彼女が大きな目を宙に向けて、そういう仕種をすると、なんとも可愛い。黒い喪服姿が、それをいっそう際立たせているのかもしれない。しかし、それに見惚れている場合ではなかった。

「お兄さんは何かご存じないですか？」

訊くと、敬春は首を横に振った。

「いや、われわれ三人の中では、妹がいちばん祖父に可愛がられていて、話もよくしていたのです。妹が知らないことは、私も姉も知りませんよ」

「しかし、ここにこんなに沢山の伝説や史実に類するものを記載しているのに、その『血の字の祟り』についてだけ欠けているというのは、どうしてでしょうかねえ？」

浅見は大学ノートを眺めた。小野老人が孫娘に語り伝えておきたいと言いながら、ノートに記述しなかった理由——そして、その内容を推測するヒントにもならないような断片的なことすら、良恵以外の誰にも話さなかった理由——それは何なのだろう？

結局、浅見の目で見ても、箱の中にある「書類」には、それこそ警察がいうところの「事件性」を思わせるような、これといった材料はまったくなかった。

当然といえば当然だが、警察が自殺でもなければ他殺でもない——と断定したのは、まんざら、根拠のないことではなかったということだ。

「警察にはその『血の字の祟り』のことは話したのですか？」

浅見はさらに、未練たらしく訊いた。

「いいえ、話していません」

「ほう、どうして？」

「どうしてって……だって、訊かれなかったのですもの。それに、そんな『祟り』だとか、そういうこと言っても、笑われるのがオチですよ」

「そうですかねえ？」

浅見にはそうとばかりは思えなかったが、しかし、良恵の言うとおりかもしれない。小野老人はむやみやたら、「祟り」を乱発しすぎているのだ。老人の話をまともに聞いていたら、たぶん隠岐の島全部が祟りで覆われているようなイメージになりかねない。

野田が腕時計を見ながらソワソワしはじめた。時刻はすでに三時を回ろうとしていた。発掘作業は四時までで終了する。役場の終業時刻も気になるにちがいない。

「浅見さん、そろそろ……」

「今夜はここにお泊まりですか？」

浅見は平賀に訊いた。

「いや、私は次の船で帰りますが、女房とあっちの二人は残ります。もし時間の都合がついたら、寄ってやってください」

平賀は言って、軽く会釈した。浅見と会って、まだ一時間ちょっとだが、（この男は頼りになる――）と見込んだらしい。

「はあ、なるべくそうさせていただきます。野田さんもいいですよね？」

「は？　ああ、まあ……」

野田も不承不承、頷いた。

第四章　仕組まれた偶然

1

その夜の会食は、ちょっとした祝賀パーティーの雰囲気に盛り上がった。甕の出土によって、発掘調査の成功がほぼ約束されたも同然になったからだ。

午後三時頃までかかって、甕は底の部分まで完全に姿を現した。素焼きの粗末な甕だけに、ところどころヒビ割れがあったり、かなり脆い状態になっているので、今日のところは、甕そのものを地上に持ち上げるところまでいかなかったが、甕の中身については調べることができた。

驚いたことに、甕にはほとんど口元まで、ギッシリと古銭が詰まっていた。古銭はすべて中国産のいわゆる「渡来銭」と呼ばれるものばかりである。日本の貨幣は「和同開珎」以後、十世紀までは「皇朝十二銭」と称されるように、十二種類の貨幣が鋳造され、流通していたのだが、九五八年に「乾元大宝」を造ったのを最後に、まったくといっていいほど使用されなくなった。

その理由は貨幣の質が劣悪だったことによるものらしい。もともと、貨幣は宮廷などではさかんに流通していたのだが、一般庶民のあいだでは、物々交換が主流を占め、せいぜい砂金や勾玉（まがたま）などが貨幣の代わりに使われていた。

十三世紀に入ると、中国から入ってくる銅貨を中心に、ふたたび貨幣の流通が見られたけれど、これもまた上流階級の世界にのみ限定されていた。

とはいえ、中国の貨幣は日本産のそれと較（くら）べるときわめて上質で、たとえば、米一石は渡来銭だと一千文で買えたが、日本の銭だと二千八百——三千文だったという。

後鳥羽上皇の時代は中国銅銭は価値の高い財産と考えられていただろう。戦費として準備し隠匿したことはあり得ることだ。

古銭をそのままにしておくと、内部圧で甕が壊れる危険性があるので、とりあえず上部の半分ほどを取り出した。さらに、盗難や破壊のおそれがあるというので、現場にテントを張って、不寝番が三人、泊まり込むことになった。

「とにかく、発掘開始早々から、こんな大発見があるとは何よりですなあ」

佐田教授は町長に祝辞を述べた。町長は東京から帰るやいなや、例の小野老人の事件で、警察の事情聴取を受けたりして、いささか気が滅入（めい）っていただけに、この夜の朗報には喜んだ。

「これで、隠岐にも観光の目玉がまた一つ増えます。ありがとうございました」

佐田、長野の両教授や浅見、徳安、石出（いしで）助手にまで握手を求め、感謝の意を表した。浅見などは、発掘作業をそっちのけで、遊んで歩いていたようなものだから、かえって恐縮してしまったほどだ。

　宴会が始まってまもなく、思いがけない客が参入した。村上助九郎老人が、T女子大学の白倉教授と美人学生を連れて現れたのである。

「やあ、しばらくです」

　長野博士がすぐに気づいて、白倉に向けて手を上げ、大きな声で言った。

「妙なところでお目にかかりますなあ」

　白倉も懐かしそうにやってきて、中腰の長野と握手を交わした。

「まったくです。村上さんのところにお邪魔したら、先生が見えておられるというので、びっくりしました」

　たがいに一別以来の消息を伝えあい、隠岐へ来た目的などについて話している。

　後鳥羽上皇の行宮（あんぐう）——源福寺（げんぷくじ）跡——の発掘調査で、古銭の入った甕が出土したという話には、白倉は驚きの色を露（あらわ）にした。

「それはすごいですねえ。すると、後鳥羽院の秘宝ということになりますか？」

「ははは、文学者はロマンチストだから、すぐそういう話にしたがる」

　長野は嬉（うれ）しそうに笑った。

「しかしまあ、確かにおっしゃるとおりかもしれませんなあ。明日の新聞なんかには、たぶん、そういう論調で書かれるでしょう」

　言って、白倉の背後にいる貴恵に視線を送った。

貴恵は白いポロシャツにベージュのキュロットスカートという、さり気ない服装だが、ほとんどが男ばかりのこの席では、ゴミ溜めに落ちた白バラほどにあでやかだ。

「お嬢さんですかな？」

「え？　ああ、いや、彼女はうちの大学の大学院生ですよ。私と女房のあいだに、こんな美人は生まれるはずがない」

白倉は笑って、貴恵を長野に紹介した。それを汐に、長野のほうも、東京から来ている四人の仲間を次々に紹介した。

「ええと、こちらの浅見さんと石出君だけが独身……いや、石出君はもうじき結婚するのだったな、そうすると、純粋のチョンガーは浅見さんだけっていうことですか」

余計なことまで付け加えた。貴恵は赤くなりながら、「よろしくお願いします」と頭を下げた。長野の話のあとだけに、なんだか「縁談をよろしく」というタイミングになったようで、浅見もバツが悪かった。

宴会には三十人近くが参加していたが、やはりなんとなく東京組の七人がひとかたまりになって、自然の成り行きのように、浅見と貴恵はとなり合わせに座っていた。

「あの、やはり大学の先生ですか？」

貴恵は無邪気に訊いた。

「えっ？　この僕がですか？」

浅見は赤くなった。

「先生だなんて、とんでもない。僕は劣等生で、自慢じゃありませんけど、三流大学を一年遅れでやっとこ出た男です。第一、そんなオジンに見えますか？」

ムキになって言うので、貴恵はおかしそうに笑い出した。

「オジンだなんて思いませんけど……でも、私よりははるかに先輩ですよ。もう三十近いんでしょう？」

「えっ？　ええ、まあ……」

いまさら「三十三歳です」とは言えなくなった。

大学の先生はお笑いだが、フリーのルポライターという職業には、貴恵はかなり興味を抱いて、いろいろ質問した。どういうところのどういう人間に取材に行くケースが多いのかとか、仕事に危険はないのか——などというのは、テレビの突撃レポーターと勘違いしている。

「僕の取材先は、観光地だとか、こういう文化的なイベントだとか、政治家や財界人の提灯持ちインタビューだとか、要するに毒にも薬にもならないような仕事が多いのです」

「そうなんですか……」

貴恵は興味が半減したような表情になった。

「いや、だからといって、ぜんぜん危険が伴わないというわけでもありませんよ」

浅見は、下手なセールスマンが、折角の客を逃しかけたように慌てて、言った。

「たとえば、謡曲の史跡めぐりの取材中に、殺人事件に出くわしたこともあるし、赤い雲を描いた絵にまつわる、恐ろしい事件に巻き込まれたこともあります」

夜店の叩き売りみたいだが、貴恵は乗ってきた。

「赤い雲の絵、ですか……」

妙に深刻そうな顔になった。もっとも、彼女がそういう表情を見せた理由を浅見は知らない。

「そうです、赤い雲の絵です。見た感じではべつにどうということのない絵に思えるのですが、その絵には重大な意味が秘められていたというわけなのですよ」

わざと恐ろしげに言った。

「そうなんですか」

貴恵は相槌を打ったものの、関心は浅見の「絵」の話から離れていることが、その遠くを見つめるような目の動きで分かった。

「佐治さんは、隠岐には何で？……」

浅見は話題を転換した。

「え？ あ、飛行機です」

「いえ、そうじゃなくて、目的です」

「ああ……」

二人は苦笑した顔を見合わせた。

「ただの遊びで来たわけじゃないのでしょう？」

「ええ、ちょっと白倉先生のお手伝いみたいなことで……」

「というと、やはり古典文学の研究か何かですか？」

「ええ、まあ……」

「隠岐にまつわる古典というと、どうしても後鳥羽上皇ということしか思い浮かばないのですが」

「まあ、それに関係したことですけど」

なんとなく話したくない気配を感じて、浅見は少しばかり白けた。とはいえ、研究過程にある学問上のことを、ペラペラ喋（しゃべ）るはずもない。

「じつは、こっちに来てから、妙な事件がありましてね」

話題がなくなったせいもあって、浅見は小野老人の「事故死」の話をした。夜中に、入江中にひびき渡るような笑い声を残して、小野老人は死んだ——という話である。

この話は、さすがに貴恵の興味を惹（ひ）いた。小野老人が、日頃から後鳥羽上皇の祟りを恐れていたこと、発掘調査を阻止しようとしていたこと、町長の頭をポカリとやったことなど、いかにも隠岐の島ならではのエピソードだ。

しかも、かつて小野老人の言葉を無視して、勝田の池に飛び込んだ若者が、やはり笑いながら溺死（できし）したという因縁めいた話は、若い女性を怯（おび）えさせるのには効果があった。もっとも、その辺りになると、話している浅見自身が怖くなってきた。

「まったく、奇怪な話ですよねえ」

「いやだわ……」

貴恵は恨めしそうな目で浅見を睨んだ。

「今夜、村上さんのお屋敷に泊めていただくのですけど、すごく大きなお部屋で、それにお手洗いが遠くて……」

肩をすくめ、全身を震わせた。

「そうですか、村上家ですか。あそこは後鳥羽上皇がずっと滞在した屋敷ですよね。そうすると、あの辺りには当然、後鳥羽上皇の怨念が漂っていたりするかもしれない」

「やめてくださいよ」

貴恵は真顔で浅見を睨んだ。顔色が白っぽくなっている。

「ははは、僕よりも臆病な人がいるのですねえ」

浅見は無邪気に喜んだ。母親の雪江にしろ、お手伝いの須美子にしろ、浅見の幽霊ぎらいを頭からばかにする。須美子の生まれ育った新潟の家などは、野中の一軒家みたいなところで、お化けが怖いなどと言っていられるような環境ではない。

「僕は、幽霊だとか、そういうものを恐れるというのは、きわめて情操豊かな人間である証拠だと思っているんです。それを、うちの女どもときたら、たったひと言『臆病』で片付けてしまうのだから、味もそっけもありゃしない。もっとも、おふくろなんかは、人間社会より幽霊社会に近い年代ですからね、そろそろ、幽霊に親しみを抱きはじめているのかもしれません」

「ひどいことを……」

貴恵は吹き出した。

「しかし、そういうおふくろも、怨霊となると恐ろしいらしいのですよ」

彼女のご機嫌が直ったと見て、浅見はまたぞろ、性懲りもなく言い出した。

「幽霊は、単に霊魂がそこに存在して形を成すのだけれど、怨霊というのは、ひとつの意志を持った霊魂だから怖い。たとえば後鳥羽上皇ですよね。上皇は十九年間、ひたすら都へ還る日を思い描き、鎌倉幕府を怨みつづけていたのだから、その怨念たるや相当なエネルギーだったはずです。歌舞伎の四谷怪談か何かの台詞に『魂魄この世にとどまりて、怨み晴らさでおくべきや』というのがあるでしょう。さしずめ、そういう世界ですね」

「もういいですったら」

貴恵は、いいかげん刺激に慣れてしまったのか、怖い顔ではなくなって、「でも、おかしいですね」といたずらっぽい目になって言った。

「何がですか？」

「だって、祟りがある祟りがあるって、さんざん人を脅かしていたその小野さんとかいうおじいさんが、後鳥羽上皇の祟りで死んでしまったのでしょう？　浅見さんも、あんまり人を怖がらせると、同じような目に遭うかもしれません」

「えっ？　いやなこと言われたなあ……」

浅見は上半身を貴恵から遠ざけるようにして、顔をしかめた。

「なんだか、そんなこと言われたら、次に死ぬのは僕みたいな気がしてきました」

「うっそ……いやだ、そんなこと言わないでくださいよ。死ぬのはそのおじいさんだけでいいですよ」

「あ、そういうことを言うと、今度は小野老人の祟りがあるかもしれない」

「意地悪……やだあ、気持ち悪い……」

貴恵は慌てて、胸の前で十字を切った。

「あ、佐治さんはクリスチャンですか？」

「いえ、そうじゃないですけど、学校がそういう学校だから、つい癖みたいになっちゃっているんです」

「ああ、そういうことですか。しかしどうかなあ、いまのお祈りで、小野老人に通じましたかねえ？」

「またそんなこと……」

貴恵は今度は両手を顔の前で、忙しくこすり合わせた。

「それでもだめです、小野さんは神道ですからね」

「意地悪、意地悪……」

貴恵は身をよじるようにして、笑った。

「どうですか、あとで小野さんのお宅にご焼香に行くのですが、一緒に罪滅ぼしに行きませんか？」

「罪滅ぼしなんて、そんな悪いことしていませんよ」

「そうですねえ、多少の悪口を言ったからって、小野さんは死んだ人ですからねえ。ま、いいですか」

「行きます」

貴恵はまるで幽霊のように恨めしそうな目で浅見を睨み、それから声を立てて笑った。

2

田舎の宴会は長い。野田に訊くと「お開きは十時過ぎでしょう」ということだ。飲む連中はいいけれど、飲まない人間は、出された料理を平らげると、あとは退屈この上もない。

浅見は約束どおり小野家を訪問しようと、野田を誘った。しかし、野田は呑んべえで、宴席のほうに大いに未練がある様子だ。

「私は酒が入っていますので、運転はできません。浅見さん一人で行って来てくれませんか。道は分かるでしょう？」

「そりゃまあ、分かりますが……」

浅見は貴恵を見返った。貴恵はすでに戸口近くに出て、待っている。急いで行って、宴会が終わる前に、急いで戻って来るつもりだ。

「はい、車の鍵です。あとで返してくださいよ」

野田はキーを渡すと、さっさと席に戻って行った。

「しようがない世話役だなあ……」

浅見は貴恵のそばまで行って、ボヤキを言った。

「商工観光課の係長が、勝手に行って来いと言うのですよ。どうします、二人だけじゃ心細いですか?」

二人だけ——というのが、自分の本意でないことを弁解している。

「そんなこと構いません。浅見さんより祟りのほうがよっぽど怖いですよ」

「ははは、それは言えてます。しかし、男子たる者、多少は怖がられるくらいのほうがいいですけどね」

浅見はジョークで応えながら、勇躍、先に立って玄関へ向かった。

車は例によって、役場の黒塗りの公用車である。大きいだけに安心感があった。それにしても島の夜道は真っ暗だ。人家が途切れると、がぜん闇と一緒に妖気のごときものが迫ってくる。

旅館のある菱浦から、岬の付け根を過ぎ、「諏訪湾」という大きな入江の奥を迂回して、西へ進む。

やがて道路は、ひときわ黒ぐろとした森に包まれる。

「ここが後鳥羽上皇御火葬塚の森です」

浅見は教えた。

「その辺に勝田の池もあるし、少し奥まったところに発掘現場があるのです」

そこには不寝番に当たっている、三人のキャンパーがいるはずだが、その気配は窺えなかった。

「東」という集落を通過し、金光寺山の北側を大きく迂回、豊田の集落に入る手前から、山へ向かって右折、すぐに細い登り坂にかかる。

木が大きな枝を広げて、星も見えなくなった。

「こんなところにも家があるんですか？」

貴恵は疑わしそうに言った。考えてみると、浅見と貴恵はついさっき、知り合ったばかりである。うっかり信じてついて来たけれど、大丈夫かしら？――という不安がほの見えた。

「大丈夫ですよ、ちゃんと人が住んでいるのです。もっとも、その人は亡くなっちゃいましたけどね」

浅見が無理に陽気に言って、カーブを切ったとたん、明かりが見えた。そこがもう小野家の庭先であった。

小野老人の三人の孫は、退屈そうにお茶を飲んでいた。姉と妹はともかく、敬春は酒は飲むだろうが、霊前でもあり、女性二人が相手とあって、どうやら酒を飲む気にもなれないらしい。

「あら、ほんとに来てくれたんですね」

小野良恵は浅見の顔を見て喜んだが、すぐに背後の貴恵に気づいて、笑いかけた顔が固くなった。

「こちら、東京から見えた佐治さんです。村上さんのお客さんですが、小野さんのお話をしたら、ぜひご焼香したいというので、お連れしました」

多少は脚色もしているけれど、まるで嘘というわけでもない。

「わざわざどうも……」

三人の孫は、それぞれに、口の中でモゴモゴとお礼の言葉を言った。

浅見が霊前にぬかずいて焼香し、祈る様子を、貴恵もそっくり真似た。それから、おもむろに顔を上げ、祭壇に飾られている小野老人の遺影を眺めて、凍りついたような顔になった。

「あ……」

口をポッカリ開けて、じっと写真を見つめた恰好のまま、貴恵は動かなくなった。

すぐには、誰も異変に気づかなかった。浅見ですら、ずいぶん長い祈りだな——と思ったくらいだ。

「あの、どうしましたか?」

まず最初に良恵が声をかけた。それでも貴恵は彫像のように動かなかった。良恵の声にほかの三人が良恵を見て、それで様子のおかしいことに気づいた。

「佐治さん、どうしたんです？」

浅見は不安になって、後ろから貴恵の肩を叩いた。

「あっ……」

ようやくわれに返って、貴恵は怯えたように浅見を見た。

「あの、この人……亡くなったのは、この人なんですか？」

指を写真に向けて、訊いた。ずいぶん失礼な仕種だが、それを顧みるゆとりも、彼女にはないらしい。

「そうですよ。その方が小野さんです」

浅見は宣言するように言って、貴恵の耳に口を寄せ、「それがどうかしましたか？」と叱咤した。

「だって、あの人、私、知って、会ったことがあるんですもの」

貴恵は幼児のように、文法を無視した言葉を並べた。

「知っているって……えっ？　ほんとに知ってるんですか？」

「ええ、一度だけお会いしました……でも、亡くなられたんですか……」

「驚いたなあ、奇遇ですねえ」

浅見はもちろんだが、小野家の三人もその奇遇には驚いた。

「そうだったのですか、祖父を知っておられたのですか、それはそれは……」

敬春も急に親しみを込めた口調になった。

「祖父もきっと喜びますよ。なにしろ、知り合いの少ないじいさんだったのですから」

「はあ……」

そう言われても、貴恵は浮かない顔だ。

「でも、亡くなられたなんて、こんなに早く……あの、まさか、あのことが原因で亡くなったのではないでしょうねえ？」

不安そうに訊いた。

「は？　あのこと、と言いますと？」

敬春が訊き返した。

「あの、あのことです。私のために、間違った、あのことです」

三人は顔を見合わせた。貴恵の言っていることが、さっぱり理解できないで、当惑している。

「もしそうだとしたら、私の責任です」

「何があったのか、われわれには分かりませんが、しかし、あれは完全に事故ですよ。警察もそう言っているのだから、気にしないでください」

「それはまあ、事故かもしれませんけど、でも、そもそもの原因を作ったのは私なんですから……それに、まぎらわしい名前にも責任があるのです」

貴恵の言っていることは、いよいよ分からない。孫たちは薄気味悪くなったのか、貴恵に向けていた視線を、いっせいに浅見に振り向けた。それこそ、このケッタイな女を連れてきた責任を、どうしてくれる——とでも言いたげな顔であった。

「佐治さん、落ち着きなさい」

浅見は窘めた。浅見自身、貴恵の様子を見ていると、頭がおかしくなりそうだ。それまでは怜悧で明るい、いかにも浅見ごのみの女性に思えていただけに、彼女の変貌ぶりには困惑しないわけにいかなかった。

「すみません、取り乱してしまって……」

貴恵はようやく自分を取り戻したのか、居ずまいを正して、三人の孫たちにお辞儀をして、浅見の斜め後ろの位置まで引き下がった。

「いったいどうしちゃったのですか?」

浅見もやや愁眉を開いた。

「小野さんをご存じなのはいいけれど、いったい何があったというのですか?」

「ですから、小野さんがもし、あのことが原因で亡くなったのだとしたら、申し訳ないと思って……それで……」

せっかく落ち着いたのに、思い出すと、また動揺が始まりそうな気配だ。

「分かった分かった」

浅見は慌てて、少し乱暴な口のきき方をした。

「それで、佐治さんは小野さんといつ会ったのですか?」

「つい最近です。五月の末ですから」

「じゃあ、その頃、隠岐に来たのですか？」

「いえ、そうじゃなくて、五反田の池田山の近くでお会いしたんです。大きなお屋敷の……」

「あら、それ、違いますよ、きっと」

ふいに良恵が声を発して、貴恵の言葉を遮った。

「ここ何年ものあいだ、祖父は隠岐から出たことはないですもの」

「？……」

貴恵も浅見も、驚いて、良恵を見た。

「違いますよ、別人ですよ、祖父じゃないですよ、その人」

良恵は念を押すように、はっきり言葉を区切って、言った。

「うっそ……」

貴恵は写真を見上げた。

「間違いじゃありません、この方ですよ」

「絶対違いますって」

二人の若い女性は、まるで敵意を剝き出しにしたように、睨みあった。

「ちょっと待ってくださいよ」

浅見は呆れて、絡みあった視線を断ち切るように、手を差し延べた。

「どういうことですか？　佐治さんはほんとうに五反田で……つまり、東京の五反田で小野さんに会ったのですか？」

「ええ、お会いしました」

「それで、小野さんは隠岐を出ていないというのは、間違いないのですね？」

「ええ、間違いありません。ねえ？」

良恵は姉と兄に同意を求めた。

「ああ、出ていないですよ」

兄は言い、姉も頷いた。

「それが本当だとすると、佐治さんが見たという人物は小野さんでなく、いわば他人の空似ということですね」

「でも……」

貴恵は不満をいっぱいに表現しようとして、言葉に詰まった。

「いや、たぶんそこまで確信があるのだから、よほど似ている人物だと思うけれど、しかし佐治さん、この写真はおそらく何年……いやもっと昔の写真なんじゃないかな？　どうですか、古い写真を使ったのではありませんか？」

浅見は小野敬春に訊いた。

「そうです、祖父は写真嫌いで、今回調べてみたら、この家に一枚の写真もなかったのです。そんな訳で、古稀のお祝いの時にいやがるのを無理に盗み撮りみたいにして撮った時のフィルムの中から、使える写真を選んで引き伸ばしたのです」

「というと、十五年ばかり前ということになりますか」

浅見は貴恵を見て、「ほら、そういうことらしいですよ」と言った。

「じゃあ、どういうことなんですか?」

貴恵はかえって混乱した。

「じゃあ、私は十五年前の小野さんにお会いしたっていうんですか?」

「困ったなあ……」

浅見は頭を抱えて苦笑いした。

「気を落ち着けて考えてくださいよ。いいですか、この写真の小野さんは、十五年前の小野さんですよ。十五年前の小野さんに、ついこのあいだの五月に会えるはずがないじゃないですか」

喋りながら、浅見はどこかで聞いたような話だ――と思ったら、落語の中にこれと似た話があった。粗忽な男が行き倒れになっている友人の死体を見て、慌てて長屋に取って返し、その友人に「お前はあそこで死んでいるぞ」と知らせる――という、例の話だ。

貴恵はそれとまったく同じような錯覚に陥っているらしい。

「でも……」

貴恵はしばらく考えてから言った。

「あそこで会った小野さんは、それじゃ、いったい誰だったのかしら?」

「それはつまり、小野さんじゃないということですよ」

浅見は根気よく説得した。

「小野さんと非常によく似た、赤の他人のご老人だったということですよ」

「信じられない……こんなにそっくりな赤の他人なんて、いるものかしら？」

「いたのでしょうね。それとも……そうだ、小野さんのお祖父さんには、ご兄弟はいないのですか？」

三人の孫に訊いた。三人はたがいに顔を見合わせ、首を横に振って、異口同音に「いません」と答えた。

「祖父には妹が二人いたのは、われわれも知っています。つまり、大叔母に当たるのですが。その二人は数年前にあいついで亡くなりました。それと弟が一人いたそうですが、大叔父のほうは、終戦の年に死んだとか聞いたことがあります」

「終戦というと、四十何年も昔のことですよね。そうすると、いくつぐらいの時に亡くなったのですか？」

「さあ……祖父とはずいぶん歳が離れていたはずだから、けっこう若かったのとちがいますかねえ。いずれにしても、私の生まれる前の、ずっと昔の話です」

「ほかには、従兄弟とか、そういう人はいないのですか？」

「いませんね。いや、どこかに血の繋がっている人がいればべつだけど、われわれの知っているかぎりでは、いませんね」

「じゃあ、やっぱり他人の空似ですか」

浅見は気の毒そうに貴恵を見た。

貴恵もようやく状況を把握できたようだが、ショックからは回復しきれていない様子だ。

気の抜けた虚ろな目で、長いこと祭壇の写真を眺めていた。

3

帰途は浅見も貴恵も気が重かった。坂道を下りきるまで、二人ともおし黙ったままでいた。

「あのことって、何があったの？」

浅見はポツリと訊いた。

「えっ？」

「あのことが原因で小野さんが亡くなったって、佐治さん、何度も言っていたけど、あのことって、どういうことだったの？」

「ああ、あれですか……」

貴恵は躊躇って、「何でもないんです」と言った。

「何でもないって……そんな言い方はひどいなあ」

浅見は少年のように口を尖らせた。

「佐治さんはずいぶん怯えて、まるでどうにかなってしまうのじゃないかって、こっちが不安になるほど混乱していましたよ。それなのに『何でもない』で片付けちゃうなんて、それはひどいなあ」

「すみません」

貴恵は助手席で身を縮ませて、小さく頭を下げた。

「何もなかったとは言いませんけど、いまは言えないんです」

「なぜですか？」

「ですから、その理由も言えないんです」

東の集落を過ぎたところで、浅見は車を止めた。貴恵は非難するような目を、チラッと浅見に向けたが、口に出しはしなかった。

「僕は、佐治さんが会った人物は、やはり小野さんだったのだと思いますよ」

「えっ？」

貴恵は驚いて、浅見から離れるように、ドアに背を押し付けた。

「いや、と言っても、さっきの小野老人じゃないですけどね」

「じゃあ、誰なんですか？」

「分からないけれど、さっきのあなたの驚きようは、ただごとではないですよ。あれは見間違えなんかではないと思ったんです」

「ええ、そうですよ。それはほんとうです。絶対に間違えっこありません」

「そうでしょう、それほどそっくりな人物がいたということですよ」

「そんなによく似た人物は、ざらにいるはずがない。つまり、小野さんと血の繋がりのある老人がいて、その人に会ったのだと思います」

「でも、小野さんにはもう兄弟も従兄弟もいないっていう話でした」

「ただし、それはあの人たちが知っているかぎりで——のことでしょう。あのお孫さんたちの知らないところに、血筋の人がいるのかもしれない。そうは思いませんか？」

「それはまあ、そうですけど……」

「そのことはともかく、僕は佐治さんがその老人に対して何をして、なぜそこまで自分の責任を感じなければならないのか、そのことのほうに興味があるんですよね。さっきのあなたは、まるでその老人を殺してしまったかのようなうろたえぶりだったのですから」

「…………」

「それが何かは言いたくないというのなら、僕もあえて問い質すことはしませんが、少なくともそれは、相手の老人が死ぬかもしれないと、あなたが不安を感じるほどのことではあるわけですよね」

「…………」

「そのことと、あなたが隠岐に来たこととのあいだに、何らかの繋がりがあるのじゃありませんか？」

貴恵は無言のままだったが、その時、かすかに彼女の呼吸が乱れるのを、浅見は敏感にキャッチした。

浅見はふたたび車を発進させた。しかしスピードは抑えたままだ。

「佐治さんが、その小野老人とそっくり――ただし十五歳ばかり若い時の小野さんですけどね。その老人と会ったのは、五反田の大きな屋敷でしたね」

浅見はハンドルを操作しながら、ゆっくり喋った。

「そこで小野さんのそっくりさんは、何か重大なミスをやらかした。佐治さんが『死ぬかもしれない』と危惧するほどのミスです。それから一か月後に、佐治さんは白倉教授と共に隠岐に来た。それはどうやら、村上助九郎さんの招きであるらしい。そして、小野老人の死にぶつかった……」

車は後鳥羽上皇御火葬塚のある森を通過しつつあった。浅見は車のスピードをいっそう緩めた。

「偶然だとしたら、じつに不思議な巡り合わせというしかありませんよねえ」

「でも、偶然ですもの」

貴恵はきっぱりと言った。その線だけは一歩も譲れない――とでも言いたげな、強い口調であった。

「なるほど」

浅見は頷いた。

「少なくとも、佐治さんにとっては、偶然という認識しかないことは分かりました」

「えっ？　それはどういう意味ですか？」

「たとえばお見合いみたいなものです」

「お見合い？」

「ええ、ほら、よくあるじゃないですか。偶然に出会ったように、お見合いを仕組まれるっていうの。そういう経験はまだありませんか？」

「ありませんよ、そんなの」

貴恵は憤然として言った。

「そんなに怒るようなことじゃないと思うけどなあ。僕なんか、しょっちゅう仕組まれてますよ。うまくいったためしがないけど」

いかにも残念そうに言った。

「じゃあ、浅見さんは私が東京で小野さんみたいなご老人と会ったことも、今度、隠岐に来たことも、みんな仕組まれたことだって言うんですか？」

「いや、全部が全部そうだとは言いませんけどね、しかし、ある部分については、佐治さんの意志ではなく、お膳立て（ぜんだて）ができていたっていうところはあると思うんです。違いますか？」

「それは……ええ、たしかにそういうところもありますけど……でも、もともとは私が願ってそうなったことだし……」

貴恵の言葉は、心の中そのままに、右に左に揺れている。

「市民が何かの事件に巻き込まれる場合、ことの始まりは、大抵その人の意志による行動が発端になっているものですよ」

浅見は評論家のように、平板な言い方をした。

「たとえば街を歩いていて、通り魔に遭遇するというのだって、歩いている状態までは、本人の意志そのものですからね。偶然というものは、そういうふうに唐突に訪れて、いつのまにか、それ自体が自分の意志だったような錯覚の中に取り込まれてしまうものです。だから、本人は、それがかつては偶然であったことすら、気づかない。自分が主体性をもって選択した道筋だと信じて、疑わないのです。しかし、考えてみると、人生なんて、ほとんどが偶然の積み重ねみたいなものと言っていいんじゃないかな。それなのに、あたかも自分の意志で生きているように思うのは、神に対する冒瀆ですよ」

貴恵は息をひそめるようにして、浅見の話を聞いている。それは明らかに、浅見の説に感じるものがある証拠だ。

「東京で佐治さんが小野さんモドキに出会ったのは、たしかに偶然だったと思いますよ。しかし、今度の隠岐への旅は偶然だと言い切れないんじゃないですか？　誰かがお膳立てしてくれた……違いますか？」

「それは……そうですけど。でも、隠岐へ行くか行かないかは、私の意志で決まることですもの」

「さあ、それはどうかなあ。佐治さんはそのお膳立てを断ることができましたか？」

「……」

「運命論的に言うと、偶然というのは神が仕組んだドラマの筋書きだと思うんです。しかし、人間の手で書かれた筋書きは、たとえ選択の自由があるように見えても、もはや偶然ではない。ひとつの方向性や目的をもって動く演技者というか、操り人形みたいなものかもしれない。ところが、そういう筋書きの中にも、偶然の発生する余地が無数にあるというのが、人生の面白いところです。たとえば、今度の旅で、あなたは僕に会った。これ自体は取るに足らない偶然かもしれないけれど、その延長線上の偶然として、小野さんの写真に出くわした。それが東京の小野さんモドキにあまりにもよく似ていた。こんなことはドラマの筋書きにはなかったことで、これこそまったくの偶然です。言い換えれば、全智全能の神が仕組んだ運命劇の筋書きかもしれない。それとも、後鳥羽上皇の怨念と、小野老人の執念が、佐治さんをこの島に呼び寄せたのかもしれませんけどね」

「そんな……」

貴恵は両手を交差させて肩を抱き、からだを震わせた。

「ははは、怖がらせて喜んでいるわけじゃないですよ。そんな悪趣味はないし、そういうことを想像すると僕だって怖いんです。だけど、こんな偶然がなぜ起きるのかなんて、そういう神だとか、怨念だとかいう、超常的な現象を信じないと、説明できないと思いませんか？　もっとも、科学者に言わせれば、もともと、すべての事象がそういう方向で動いていたのであって、一見、偶然に見える事柄だって、ちゃんと説明がつくということになるのでしょうけどね。しかし、それじゃ面白くありません」

　車はいつのまにか菱浦の旅館近くまで辿り着いていた。

「僕はいま、猛烈な好奇心に捕まっているのですよ」

　浅見は車を駐車場に入れながら、言った。

「この隠岐の島で、何かが渦を巻いているような気がしてならないのです。小野さんの死、発掘調査、あなたとの出会い……すべてが何かの発端であり、もしかすると、ドラマの終幕なのかもしれないという、そういう得体の知れない予感を感じるのですよ。ただ……殺人劇の幕開きにだけはなって欲しくないと思いますけどね」

　貴恵が驚いて見据える目の先で、浅見は車を降り、助手席側のドアを開けた。

　貴恵は浅見を避けるように身を縮めて車を出た。

　まだ宴会は続いているらしい、二階の広間の窓からはあかあかとした光りと一緒に、大きな笑い声があふれ出している。

「佐治さんがその気になったらでいいけれど、東京の小野さんモドキの出来事、話してくれませんか」

　浅見は貴恵と肩を並べて歩きながら、言った。

「ええ」

　貴恵は答えたが「その気」になることはないだろう――と心では思っている。それは以心伝心、浅見にも分かった。

「賭けましょうか」

「は？」

「いつかきっと、あなたは僕に、その話をすることになりますよ」

「まあ……」

貴恵は立ち止まり、ほんの一瞬、この図々しい男を睨みつけると、身を翻すようにして、足早に玄関に向かった。

4

浅見が言っていた「後鳥羽上皇の怨念」という言葉が、貴恵の頭から離れない。このだだっ広い屋敷中に、後鳥羽上皇の怨念や妄執が、いまもなお漂っているような気が、しだいしだいに重くのしかかってくる。

もう、とうに午前零時を回ったはずだ。虫の音や遠い潮騒、風の音などがかすかに聞こえてくる。どこかの木戸でも壊れているのだろうか、時折、ギイーッという何かが軋む音もした。

疲れているし、いつもならとっくに眠りに落ちている時刻なのに、貴恵の耳は冴えわたっていた。

こんな夜更けにトイレに行きたくなったらどうしよう――などと思う。ふだんは夜中にトイレに起きることはまずない。しかし、そういうことを気にすると、不思議に尿意を催してくるものだ。

貴恵は布団をかぶった。日中の気温はかなり高いはずだが、夕方になると海風が吹いて、急に涼しくなった。襖と障子を閉めていても、少しも蒸し暑さを感じない。

（眠ろう——）

そう思って目を閉じても、いろいろな想念が湧いてきて、闇の中であれこれ想いを巡らしてしまう。

それにしても、あの浅見という男は、余計なことを吹き込んでくれたものだ——と、少なからず恨めしかった。

この隠岐旅行が仕組まれたものみたいなことを言っていたけれど、もしそうだとしたら、それを仕組んだのは白倉教授ということになる。いったい白倉先生がどういう目的で、そんなことを仕組んだりするのよ？——と、いっそ訊いてみたかった。

しかし、浅見は貴恵が白倉教授と一緒に隠岐を訪れたことは知っているのだ。だとしたら、仕組んだ人間が白倉であることも承知の上で、あんなことを言ったということになる。

「あの人、白倉教授が何の目的で私を隠岐に連れて来たと思っているのかしら？——」

そう思って、貴恵はカーッと血が頭に昇ってくるのを覚えた。白倉は東京をべつべつに発って、隠岐空港で待ち合わせようと言った。そのことに何の疑いも抱かなかったのだが、考えてみると、なんだか後ろめたさの裏返しみたいな気もしないではない。少なくとも、浅見はそんなことを勘繰って、そう言ったのかもしれない。

(白倉先生はそんな人じゃないわ――)

貴恵は胸のうちで、ムキになってそう思った。白倉は純粋に、源氏物語絵巻の秘密を求めて隠岐に来たのだと思う。

あの奇妙な屋敷で絵巻を見た次の日、貴恵は白倉にその不思議な体験を報告しに行った。すると、白倉は異常に興奮した。ことに、屋敷の老人の狼狽(ろうばい)ぶりには興味を示した。そして、貴恵が思い出せるかぎりの絵巻の記憶を語らせ、それをノートにメモしていた。

ひょっとすると、白倉自身にも、その絵巻には何かの遠い記憶があるのではないか――とさえ、貴恵には思えるほどであった。

そう思わせるような、まるで自分と貴恵の記憶を突き合わせるような質問の仕方を、白倉はしばしばしていたのだ。

いまにして思うと、その時点で白倉は、その絵巻の正体が何か、ほぼ分かっていたのかもしれない。

だとすると、貴恵を連れて隠岐に来て、村上老人に会わせたというのは、たしかに浅見が言ったとおり「仕組まれた」筋書きだったということになる。

(それじゃ私は、白倉教授にとっては、道化みたいな役割を演じたということなのかしら?――)

ふと、どこか遠くでミシリと廊下の鳴る音がした。白倉教授の部屋の方角だと、貴恵は思った。

それはやがて、遠慮がちに歩く足音になった。古い家だけに、根太が緩んでいるのだろうか。

トイレに行くのかしら——と思ったが、足音はしだいにこっちへ近付いてくる。トイレに行くのなら、ちょっと方角違いだ。

貴恵は緊張した。教授と学生とのあいだに、さまざまな噂話が流れるのを、何度か聞いたことがある。おぞましい想像が働かないでもなかった。

ただ、白倉はすでに退職間近、いや、実際の年齢はその時期を過ぎているとも聞いた。だとすれば六十歳代なかば過ぎということになる。

(まさか——)と思う。もし怪しげな振る舞いに及んだら、白倉教授だとて容赦なんかするものか——。

足音は貴恵の部屋の前まできて、止まった。しばらく中の様子を窺っている気配があった。

「佐治君」

小さく、白倉は呼んだ。なぜか貴恵は答えなかった。身を固くして、じっと息をひそめていた。

白倉はもう一度「佐治君」と呼んだ。そして、返事がないことを確認すると、さっきよりは少し大胆な歩調で部屋の前を通り過ぎて行った。

（どこへ行くのかしら？――）

貴恵は応答しなかったことがよかったのかどうか、思い悩んだ。白倉よりも自分のほうが不純で、罪深い人間であるような気がしてならなかった。

白倉の足音は戻ってこなかった。はっきりとは分からなかったが、玄関ではなく、雨戸を閉めていない裏庭に面した廊下から外へ出て行ったらしい。家人を目覚めさせないように気を遣ったのだろうか。

それからしばらく、貴恵は白倉の帰りを待って起きていたけれど、いつのまにか眠った。幽霊の正体見たり――のような安心感があったせいかもしれない。

朝、目覚めて時計を見ると七時を過ぎたところだった。自宅では、まだ寝ている時刻だが、貴恵は起きて、夜具を片付け、障子と雨戸をいっぱいに開けた。

その音で老女がやってきた。

「お目覚めでしたか」

丁寧な言葉遣いで言う。「あらあら、お片付けなどせんでも……」と恐縮している。

彼女がいったい何者なのか、貴恵はまだはっきりとは把握していなかった。村上老人の夫人という感じでもないし、さりとて、ただのお手伝いでもなさそうだ。（お妾さんかしら？――）とも思うが、まさか確かめるわけにはいかない。

「お水屋をお使いなさったなれば、あちらの居間のほうへお出ましなさいませ」

「はい」

貴恵は畏(かしこ)まって言った。「お出まし」なんて言われると、面食らってしまう。

顔を洗って、居間へ出ると、村上老人と白倉がお茶を飲んでいた。「おはようございます」と挨拶して、ひそかに白倉の様子を窺ったが、別段、変わった印象はない。村上老人と後鳥羽上皇の史実について話していたらしく、すぐにその話を続けた。

卓子の上に道具が載っていたので、貴恵は自分でお茶を入れ、二老人のためにも新しいお茶をサービスした。

やがて老女がお膳を運んできた。旨(うま)そうな味噌汁(みそしる)の香りが天井の高い居間の中に充満した。ゆうべの不安などどこへ行ってしまったか——というような、平和でのどかな朝の気分であった。

その時、電話が鳴った。老女が出て、すぐに「白倉先生様にお電話でございまする」と呼んだ。

白倉は立って行って、部屋の隅にかがむようにして、受話器を握った。はじめはごくふつうに、「はい、白倉です」と言っていたのが、突然、「えっ？……」と大きな声で怒鳴った。貴恵が茶碗を取り落としそうになったほどの声であった。

「ほんとですか、それは？」

嚙(か)み付くように言って、それから先方の話すことに「うん、うん」と相槌を打ちながら、しだいに恐ろしい形相になってゆくのが分かった。

受話器を置いてからも、白倉はしばらくのあいだ、気息を整えるように、じっと立ちつくしていた。

「何かありましたか？」

村上老人が静かに訊いた。この老人はいついかなる際にも、悠然としていられる体質なのかもしれない。

「どうも、お騒がせしました」

白倉はおのれの狼狽を恥じるように頭を下げ、元の座に戻った。

「じつは、佐田さんが亡くなったのだそうです」

「は？……」

さすがに村上老人も驚いた。貴恵にいたっては声も出ないほどだった。

「佐田さんというと、考古学の先生？」

「そうです、さきほど、亡くなっているのが発見されたそうです」

「発見されたというと、どこで亡くなられたのですかな？」

「今回の発掘現場だそうです」

「なんと……」

村上老人の顔には、さらに驚きの色が広がった。

第五章　二番目の甕（かめ）

1

佐田は発掘調査現場の、まさに穴の中に横たわって冷たくなっていた。

最初に佐田の死体を発見したのは、発掘現場の警戒に当たって、キャンプ中だった三人の男たちである。この三人は、一人が役場の職員、ほかの二人が大学の学生であった。

この朝六時半頃、三人の内の一人、室崎（むろさき）という学生がまず目を覚まし、すぐに佐田の姿を発見した。

ひと目見た瞬間、佐田の様子はただごととは思えなかった。はっきり言って、すでに死亡しているのではないか――と直感的に思ったそうだ。

佐田は片足を穴の縁に載せ、上半身は逆様に穴の中に落ち込んでいるという、きわめて不自然な恰好で倒れていた。それだけでも充分であるのに、佐田はピクリとも動かなかった。

室崎は佐田のそばに駆け寄るより早く、仲間を叩き起こした。

三人は佐田の傍らに立ってからも、しばらくのあいだは茫然自失（ぼうぜんじしつ）の体で、まるで夢でも見ているような気分だったという。

　佐田はやはり死んでいた。すぐに付近の民家に知らせ、そこから警察に通報した。もちろん、宿泊先の旅館にも連絡した。村上家にいる白倉のもとに連絡が入ったのは、そういう一連の連絡作業の最後であった。

　異常な出来事と言うほかはなかった。

　とりあえず、地元の警察が調べたところでは、佐田の死因がまったく分からない。外傷もなければ、薬物を使用した形跡も見られない。その代わり、佐田の両手は泥で汚れていた。明らかに発掘中の甕を掘り出そうとした疑いが濃厚だった。

　さらに、警備に当たっていた三人の話を聞くと、いよいよ奇妙な事実が浮かび上がってきた。

　昨夜遅く、佐田は缶ビールを持って現場にやって来たのだそうだ。そして警備の三人の労をねぎらい、ビールを勧めた。三人は最初、遠慮したのだが、発掘のいわば責任者が勧めるのだから――と、少しずつ、やがて大胆に飲みはじめた。

　その後のことを、三人が三人とも、よく憶えていないらしい。朝になるまで、そして二人などは室崎に叩き起こされるまでは、まったくの前後不覚だった。いや、目覚めたあとも、頭が妙に重く、死体を見て大騒ぎにでもなっていなければ、しばらくはぼんやりしていたに違いないというのであった。

「こんなこと、言っていいのかどうか分かりませんが」

室崎が刑事の事情聴取の際に、ポロリと洩らした。

「じつは、佐田先生が勧めたビールの中に、睡眠薬か何かが入っていたのじゃないかと思うのです。そうでもなければ、三人全員が、先生がああいうことになっても気がつかないというはずはないと思うのですよね」

それはまもなく裏付けが取れた。三人が飲み残したビールの中身から、かなり濃度の高い薬物が検出されたのである。

状況から判断して、どうやら佐田は三人の警備の者に睡眠薬入りのビールを勧め、三人が眠り込んだところで、甕を掘り出そうとしたものらしい。その作業の最中に体に異変が起きて、救いを求めようと穴から出かかったところで急死したものと考えられた。

死因は心臓の発作であろう——ということになった。

「それにしても妙な顔じゃなあ」

検視に当たった医者が、つくづく佐田を見てから、言った。

「まるで笑っとるような顔をしとる」

そのひと言は、周辺にいた警察官たちを震え上がらせた。(またか——)と誰しもが思った。医者に言われるまでもなく、佐田の表情の不気味さには、全員が気づいていた。顔の筋肉の一本一本が弛緩(しかん)したような、だらしなく崩れた表情であった。

(笑って死によった——)

誰もがそう思った。

小野老人が死んだ時のように——そして、去年、勝田の池で若者が死んだ時のように、佐田もまた（笑って死んだ）のではないかと思った。

それはともかくとして、佐田が何をしようとしていたのか——を考えると、彼の死に対して、どのように対応すればよいのか、少なからずややこしいことになった。

佐田は明らかに「盗掘」しようとしていたのではないか——というのが、全員の偽らざる感想であった。

現場の責任者は佐田である。発掘の進捗状況に応じて、あらゆる指示を出す権利と義務を佐田が握っていた。昨日の作業中断も佐田が指示して、そうした。発掘を急ぐあまり、甕を損壊してはいけない——というのが中断の理由であった。

しかし、勘繰って考えれば、そこで中断しておいて、さらにその下の埋蔵物は自分だけで掘り出したいという目的があったのではないか——と推測できないことはない。

事実、三人の青年に睡眠薬を飲ませたことや、佐田の死体の状況がそのことを能弁に物語っていた。

佐田の手指は泥に塗れ、衣服のいたるところに泥が付着していた。ことに、ズボンの膝の辺りは、ひざまずいたように土がこびり付き、穴の底の部分にも、膝をついていたことを証明するような、繊維の模様が印されてあった。

そして、甕は本来のあるべき位置から、ほんのわずかではあるけれど、横にずれた形跡があった。

「佐田教授は何をしようとしていたのですかなあ？……」

長野博士は、そういった現場の状況を聞いて、沈痛な顔をして言った。

浅見も石出も徳安も、それに対してしばらくは声もなかった。

浅見たちも、報告と同時に現場に駆けつけたのだが、すぐにやって来た警察に追い払われた。抜け目のない浅見ですら、佐田教授の遺体の位置や倒れ方などを、入念に調べることさえできなかったほどである。

入ってくる情報は間接的なものばかりであるだけに、憶測やら不正確なものやらが混じっていて、なんとももどかしい。しかし、そういう中でも、佐田の行動の不審さは疑う余地がないように思えた。

とはいえ、あからさまにそのことを口にする者は誰もいない。警察の正式発表があるまでは、妄(みだ)りなことは言ってはならない――という、黙契(もっけい)のようなものが、それぞれのあいだに結ばれていた。

午後になって、警察のヘリコプターで遺族が到着して、お定まりとはいえ、見聞きするのも辛(つら)い愁嘆場が演じられた。

佐田の遺族――妻と、すでに嫁いでいる二人の娘たち――は、佐田が突然の発作によって病死したらしいという、警察の知らせに対して、何の疑いも抱いていない。もしかすると、発掘作業中の「殉職」とでも思ったかもしれない。

そういう遺族に向けて、じつは佐田さんは深夜、警備のものに睡眠薬を飲ませ、盗掘をしようとしていたのですよ——などと、そんな残酷なことがどうして言えよう。警察でさえ、そのことをあからさまに告げるべきかどうか、ずいぶん逡巡したらしい。

しかし、さすがに警察は、事実は事実として遺族にことの次第を話した。ただし「盗掘云々」については言わなかった。盗掘かどうかという点は、あくまでも推測の域を出ないのであって、いたずらに遺族の悲嘆を増幅させることはあるまい——というのが当局側の判断であった。

それに、かりに「盗掘」だったとしても、進行中に挫折し、実害はなかったのである。ことを荒立てて、死者にムチ打つようなことはしたくないという気持ちも働いた。

佐田の死体は遺族も付き添って松江市の病院へ運ばれ、そこで司法解剖に付されることになった。事件性はないとも考えられたのだが、一応、佐田本人が三人の男に睡眠薬を飲ませた疑いがある以上、形式だけでもそうしないことには、警察としても具合が悪かったということのようだ。

何やかやの大騒ぎで、一段落がついたのは夕刻近かった。

落ち着くと同時に、問題は、今後の発掘調査をどうするか——ということに焦点が向けられた。

「中止するほかはないだろう」という意見が大勢を占める勢いだった。

「とにかく、小野のじいさんの言ったとおり祟りがあったのだからな」

小野老人の説を最初から重視していた、例の北本が強く中止を主張した。発掘調査のいわば主宰者である海士町役場としても、発掘の事実上の指導者であった佐田教授の不慮の死という事態を迎えて、これ以上、作業を継続する意欲は喪失していた。

それでは――ということで意見が一致し、町長が締め括りの挨拶を言い出そうという、その寸前、一瞬、シーンと静まった中から、浅見光彦が声を発した。

「中止するのもいいでしょうけれど」

それほど大きな声ではなかったけれど、全員の視線が浅見に集中した。

「その前にぜひやっておくべき作業があります」

柔らかなバリトンである。浅見はふだんは静かにふつうの声で喋る男だが、出せば出る「いい声」の持ち主でもあった。

「ほう、やっておくべき作業とは何ですかな？」

町長は喋り出そうとしていたところだったので、浅見に機先を制された恰好で、やや鼻白んだ顔であった。

「あの甕の下に何があるのか、確かめてみるべきだということです」

町長は長野博士のほうを見た。佐田が亡きあとは、長野が調査の最高責任者という形になっている。

「甕の下？……」

「甕の下とは……浅見さん、どういうことですか？」

長野は憂鬱そうに訊いた。彼自身、今回の仕事はさっさと中断して、東京へ帰りたい気分になっているのだ。

「古銭が入っている甕の下に、何か埋まっているものがあると僕は思うのです。佐田先生も、じつはそれを調べようとされていたのではないでしょうか」

「ほんとですか？」

長野は疑わしそうに、言った。

「ほんとうか嘘か、とにかく確認しないままで作業を中断してしまうのは、佐田先生に対しても失礼だと思うのですが。それに、作業としてはずいぶん簡単です。あの甕をちょっと持ち上げるかずらすかすればいいだけなのですから。それから埋め戻したって、大した手間ではありません」

「うーん……」

堂々たる体軀で陽気な長野だが、根は気の弱い部分のあるタイプだ。

「どうしますかなあ」

町長の意見を求めた。

「そら、折角掘り出したものですからな、ついでと言っちゃ何だが、浅見さんの言われるとおり、ちょこっと掘ってみるくらいなら、いいのではないでしょうかなあ」

これに対しては、強い反対意見も出なかった。北本老人も黙っている。町長の言い分ではないが、「ちょこっと掘る」くらいのことなら、後鳥羽上皇様もお許しなさるじゃろ――という雰囲気であった。

日暮れ前の作業になった。もっとも、作業といっても、たしかに簡単なことだ。古銭を取り出して、すっかり軽くなった甕を、そっと持ち上げて、その下に何かあるか覗けばいいだけのことである。

作業にかかってから、わずか十分足らずのうちに、甕は持ち上がり、その下の土が取り除かれた。

「甕じゃ！……」

穴の底から、作業の最先端にいる役場の職員が歓声を上げた。

「今度のは上等な甕じゃ。うわぐすりも使うとる立派な甕じゃがな」

興奮した声に誘われて、現場周辺に散らばっていた連中が、ワーッとばかりに穴を目掛けて殺到した。

2

佐田教授の死を聞いた時から、貴恵の胸の内には白倉への疑惑が芽生えていた。疑惑は、佐田の死がどうやら心臓発作によるものらしい——と伝えられてからも、成長をやめなかった。

佐田の死亡推定時刻は深夜から未明にかけてだそうである。白倉が不審な行動をとったのも、ちょうどその時刻だった。

(あの時、白倉先生はどこへ行ったのかしら?――)

少なくとも白倉は、三十分やそこいらでは帰ってこなかった。貴恵が眠りにつくまで、一時間ぐらいは経過したと思う。村上家から後鳥羽上皇御火葬場跡までは、それほど遠くない。片道二十分もあれば、充分行ける距離だ。

(まさか――)

いくら否定しても、貴恵の疑惑はどんどん膨らむ。

どう考えても、あの時刻に白倉が屋敷を出て行くというのは、異常なのである。その行く先がはっきりしない以上、白倉への疑惑は止まることはないにちがいない。

何よりも、白倉自身が、その時間の奇妙な行動について、まったく切り出す気配がないというのがおかしい。当然、「そういえば、私はあの時間、ちょうど外へ行っていた」とでも、話し出しそうなものではないか。何もやましいことがなければ、そうするのがごくふつうだ。

ということは、つまり白倉にやましい点があるという証拠だろうか。

白倉も貴恵も、事件のことを知った直後に、一応、現場に駆けつけることは駆けつけたけれど、警察によって現場付近の立ち入りが禁止されたあとは、村上家に戻ってきてしまった。

もともと、白倉と貴恵は、佐田教授や発掘調査との直接の関係はないのだから、騒ぎに巻き込まれる義理はない。とはいえ、白倉のそういう冷たさは、貴恵には少し得心がいかなかった。少なくとも、同じ学者同士であり、昨日の夜、宴会の席に連なったばかりの間柄ではないか──という気がある。

現場からの戻り道、貴恵はさりげない口調で言ってみた。

「ゆうべ遅く、先生はどちらかへお出掛けでしたね？」

「ん？……」

白倉は顔をねじ向けたが、平気で「いや、出掛けたりしないよ」と言った。

（うっそーっ）

貴恵は驚き、心の中で叫んでしまった。

「あら、そうですか？　なんだかお出掛けになったみたいな気がしたんですけど」

「まさか……昨夜は宴会で飲み過ぎて眠くてねえ。第一、こんな真っ暗な島で、夜中に出掛けたりするものか」

白倉はまったく平然と言ってのけた。その堂々とした口振りを聞くと、貴恵のほうが間違っているような気分になってくる。

しかし、内心貴恵は、白倉が嘘をついたことで、疑惑は決定的だと思った。

白倉に対する疑惑というのは、つまりは、佐田教授殺害の疑いがあるということである。何食わぬ顔で隣を歩いている白倉が、じつは凶悪な殺人者なのかもしれないと思うと、貴恵は恐ろしくて、無意識のうちに早足になってしまう。

村上家でも、事件のことが話題になっていた。町の人が入れかわりやってきては、老女に情報を伝えていく。貴恵が小耳に挟んだところによると、警察では解剖するために、佐田の遺体を本土へ運ぶということである。病気で急死したとは断定されていないのだ――と貴恵は、ますます疑惑の虜になってゆく。

白倉は、古文書のたぐいを見せてもらうために、村上家の土蔵に入ったきり、食事どき以外は出てこない。明日は東京へ帰る予定になっている。それまでのあいだ、可能なかぎり調べものをしておきたいのだそうだ。

「きみはせいぜい遊んできなさい」

そう言われて、貴恵は昼食後しばらくして、村上家を出た。そこからは後鳥羽上皇御火葬場跡の森は指呼の距離である。惹きつけられるように、足はしぜん、そっちへ向かう。

その一角は後鳥羽上皇にまつわる史跡のメッカといっていい。御火葬場跡と勝田の池を挟んだ隣には隠岐神社がある。昭和十四年に後鳥羽上皇没後七百年を記念して造営された社殿である。

その向かい側には海士町民俗資料館があって、村上家伝来の宝物類を展示している。後鳥羽上皇御愛用の蹴毬など、配所での生活がしのばれる遺品もある。

もっとも、土蔵で見た源氏物語絵巻を定家に与えるという文書のような重要なものは、さすがに門外不出ということらしい。それに匹敵するほどの貴重品は、見当たらなかった。

資料館を出ると空は雲に覆われ、薄暗くなっていた。

貴恵は発掘現場へ近寄って行った。すでに警察の警備は解除され、ふたたび発掘作業が開始されたらしい。大勢の人が群がって、以前よりもむしろ白熱した気配が感じられるほどだ。

人々のはるか後方から、貴恵は現場の様子を窺った。

ふいに肩を叩かれた。ギクッとして振り向くと、浅見が立っていた。

「やあ、昨晩はどうも」

いつも屈託のない顔で、白い歯を見せて笑う浅見が、さすがに緊張の色を隠せない。

「どうも……」

貴恵は少し尻込みするような恰好でお辞儀をした。「このたびは……」と、あまり意味のない言葉も言った。

「どうですか、話してくれる気になりましたか？」

浅見は無表情に言った。

「いいえ」

貴恵はつれなく答えた。

「そうですか……冷たいなあ」

「冷たい？　どうしてですか？」

「だってそうでしょう、佐田先生が亡くなったというのに」

「え？　佐田先生が亡くなったことと、あのことと、何か関係あるんですか？」

「関係あると思うしかありません」

「そんな……浅見さんはあのことについて、何も知らないじゃないですか」

「知らなくても、分かります」

「どう分かるっていうんですか？」

「うーん……どうって、論理的に説明はつかないのだけれど……僕の勘を言わせてもらうと、すべてのことが、隠岐と後鳥羽上皇に収斂（しゅうれん）しているとしか思えないのですよ。何か知らないが、猛烈な吸引力をもった渦みたいなものが隠岐にあって、その渦の中心が後鳥羽上皇――っていう、そういう感触です」

浅見は腕組みをして、天空を見上げた。そうしていると宇宙から天啓でも降ってくるような澄んだ瞳（ひとみ）だった。

貴恵はその誘惑に駆られた。

（この人に、何もかも話してしまおうかしら――）

「あのォ……」

「ん？」

浅見の目が貴恵に向いた。貴恵が続けて口を開こうとした時、発掘現場で歓声が上がった。

「何か出たのかな？」

浅見の視線が群衆の方角へ向き、一歩二歩と歩き出した。

人垣の中から役場の野田係長が走り出してきた。

「浅見さん、やっぱり出ましたよ、浅見さんの言ったとおり、甕の下に、また甕がありました。それも立派なやつらしい」

「そうですか、出ましたか」

「出ました……」

野田は呼吸を整えて、「驚きましたねえ、浅見さんは千里眼みたいな能力を持っているんじゃないですか？」

「ははは、千里眼なんていりませんよ。ほんの百メートルしか離れていません」

浅見はようやく、白い歯を見せて笑った。

3

第二の甕（かめ）は青い釉（うわぐすり）で仕上げられていた。

「これはみごとだ……」

長野博士は一瞬、絶句した。

「これほどのものが、後鳥羽上皇の時代に日本で造られていたとは考えられないな。おそらくペルシャかどこか、シルクロードで運ばれてきたものだと思うが……」

いずれにしても、大変な発見であることはたしかだ。惜しいことに、甕の蓋が内部に落ち込み、縁の一部も欠損していた。そこから土が落ち込んで内容物は埋め尽くされてしまっている。

土を取り除き、蓋の破片を丁寧に拾い出してから、いよいよ甕の中身の取り出しにかかった。

甕の中身はすべて、地上に広げたビニールシートの上に並べられる。蓋の破片はもちろん、中にあった土も何かの資料になる可能性があるので、丁寧に保存された。

しかし、甕の中に落ち込んだ土の量は、想像以上のものがあった。その逆に、埋蔵品そのものは、思ったほどの内容はなかった。古びた茶碗や木製の椀（わん）、茶入れ、厨子（ずし）、銀製の鍋（なべ）らしきものなどがつぎつぎに上げられたが、案外な少なさであった。

「おかしいですね」

浅見は穴の縁近くに立って、呟（つぶや）いた。

「おかしいとは、何がです?」

長野が訊いた。

「僕は素人だからよく分かりませんが、これほど立派な甕の中に入れるにしては、なんだかガラクタみたいな品ばかりですね」

「ははは、ガラクタはよかったですな。そりゃまあ、現代人の目から見れば、取るに足らない物かもしれんが、しかし、当時は貴重な品だったのかもしれない。とくに隠岐の島なんかではね」

「それにしても……」

浅見は首をひねった。

「土の量が異常に多いと思われませんか？」

「そうねえ、たしかに多いですなあ。中身をもっと詰めてから埋めれば、蓋も壊れなかったかもしれんのにねえ。もっとも、八百年も昔の連中がやったことを、いまさらぼやいてみても始まりませんが」

長野は呑気なことを言っている。浅見はそれ以上は、この場で話すことを差し控えることにした。

作業は順調に進んで、甕の中身はすべて出しきった。あとは甕を壊さないように、穴から掘り出すばかりとなった。しかし、そのためには、さらに周辺部を広く掘り下げ、クレーンを用意しなければならない。

日は傾いて、森の中は薄暗くなってきた。

「残りは明日の作業にしましょう」

長野が宣言した。役場側は昨夜より警備の人数を増やすよう、手配した。

現場からはしだいに人々が引き上げて行った。

最後まで残った長野と一緒に、浅見は表の通りまで歩きながら、小声で言った。

「さっき言わなかったのですが、どうでしょうか、あの甕の中身ですが、実際はもっと沢山の品が埋めてあったのじゃないでしょうか？」

「はあ？　どういう意味です？」

長野が怪訝(けげん)そうに訊(き)いた。

「あんなに立派な甕なのに、ガラガラの状態で埋めるというのは、もったいない話だと思ったのです。上の粗末な甕には古銭がぎっしり詰まっていたのですから、今度の甕にだって、当然、もっといっぱいに詰まっていていいはずです」

「そうねえ、それはまあそのとおりだが、しかし現実に埋まってなかったのだから……」

「それなんですが、甕の中の土をご覧になって、何か感じませんでしたか？」

「いいや？」

「あの土、周辺の土とそっくりでしたよ」

「そらそうでしょう、もともと周囲の土が落ち込んだのだから」

「そうかもしれませんが、それにしても、あまりにもそっくりすぎると思いませんか？元は同じでも、甕の中に落ちて何百年も経っていれば、外の土と多少は変化するのじゃないでしょうか？」

「ふーん……」

長野は立ち止まって、浅見の顔をしげしげと眺めた。

「そうだとして、浅見さんは、だから何だと言いたいのですか？」

「つまり、あの甕の中には、本来はもっと沢山の文物が詰まっていたのではないかということです」

「はあ……」

長野の反応はじつに鈍い。学者という人種は、専門分野での頭の回転はきわめてよく、関連する文献類などの連想は際限なく広がってゆくのだが、いったん自分の守備範囲外のこととなると、類推するスピードが極端に落ちるらしい。

「本来はもっと沢山の品が詰まっていたはずだというのですか？」

「そうです」

「それじゃ、その品々はどうなったのですかな？」

「盗まれたのです」

「なるほど、つまり盗掘ですな。それは考えられんこともないが……」

「いえ、先生が盗掘とおっしゃるのは、いわゆる古墳の盗掘とか、そういう過去のことをおっしゃっているのだと思いますが、そうではなくてですね、盗まれたのは、つい昨日の夜のことではないかと思うのですよ」

「昨日の夜……」

長野はいよいよ、浅見の思考にはついてゆけない――という顔になった。

「昨夜はあんた、佐田さんが亡くなったじゃないですか」

「ええ、佐田先生は亡くなりましたが、盗掘がなかったという証拠にはなりません」

「うーん……すると、佐田さんはすでに何かを掘り出して、どこかに隠したとか……そういう意味ですか？」

「それも考えられます。一度……あるいは何度か掘り出した物をどこかへ運び、最後に現場に戻った時、発作に襲われたということですね。しかし、それだけでなく、佐田先生以外にも盗掘の犯人がいたということだって、ありうるのじゃないでしょうか？」

「何ですと？……」

夕焼けで少し赤く染まっていた長野の顔が、黒っぽくなった。

「それはあんた、どういう意味で言っておるのです？」

「つまり、佐田先生のほかにも盗掘犯人がいた可能性があるということです」

浅見は繰り返して言った。

長野は周囲を見回した。近くには誰もいない。二人は発掘現場と駐車場の中間あたりを歩きつつあった。数人がキャンプの設営にかかっているほかは、ほとんどの者は、すでに車のある場所まで行って、二人の来るのを待っている。

「浅見さん、あんたの言ってることは、由々しき大事ですぞ」

長野は緊張した声で言った。

「たとえば、それは、この私を犯人呼ばわりしていると受け取れないこともないじゃありませんか」

「はは……」

浅見は頷いた。

「たしかに、おっしゃるとおりですね」

「なにっ？……」

「あ、いや、失礼。だからといって、僕は何も、先生が盗掘の犯人だなんて言ってるわけじゃありません。ただ、その可能性があるというのは事実だという意味です。その意味からいえば、この僕にだって資格はありますし、それより何より、警備に当たっていた三人だって、それぞれが有資格者です。要するに、あの時間、この島にいた人間のほとんど全部が共犯者でありうる資格を有していたわけです」

「なんと……」

長野は呆れて、「ばかばかしい」と捨て台詞を残すと、大股で歩きだした。

「まあ、待ってください」

浅見は追いすがった。

「かりに僕の考えが当たっているとすると、あの甕の豪華さから見て、かなり重要な文化財が盗まれた可能性があるわけです。たとえば……いや、僕の貧困な知識では、後鳥羽上皇の時代にタイムカプセルに詰めるほどの高級品は何なのか、ぜんぜん思いつきませんけれど。どうですか、あの時代の美術品とか、そういう先生のご専門の分野で、非常に財産価値の高いものというと、どういうものが考えられますか？」

長野の早足と並んで歩きながら喋るので、息が切れた。だが、浅見のその努力は報われた。長野は「美術品」という言葉を聞いたとたん、足を停めた。

「なるほど、そういうことだったのか……」

浅見の顔を見つめながら、呟くように言った。

「は？……」

今度は浅見が怪訝な顔になった。

「つまり、浅見さんは美術品が埋蔵されていた可能性があると言いたいわけですか」

長野の態度が変化した。

「いや、分かりませんよ、もちろん想像でしかないのですから。しかし後鳥羽上皇ほどの人物が、あんなガラクタみたいなものばかりを埋めておくとは考えられないと思うんですよね。もし、あの甕の中のものが、後鳥羽上皇の死後埋められた……つまり、後鳥羽上皇の遺品であったとしても、もう少しましなものを埋めたと思うのです。いや、埋めてあったはずです。その証拠に、現実に盗掘が行われたじゃありませんか」

「盗掘があったと仮定しての話ですな」

長野は釘（くぎ）を刺すように言ったが、さっきまでの硬直した拒否反応よりは、はるかに柔軟な口調だった。ある程度は浅見の説を認めたということなのだろう。

その変容は、むしろ浅見にとっては意外なほど唐突なものであった。「美術品」という言葉が、長野の心を開くキーワードの働きをしたのだ――と浅見は思った。明らかに、その言葉を聞いた瞬間、長野は抑えがたい共感とともに、浅見の強引な論調を理解しはじめたらしいのだ。

「美術品が……」と浅見は狡賢（ずるがしこ）い狐（きつね）が、人の好い熊（くま）を騙（だま）すような口振りになった。

「……埋められていた可能性は、やはりあるのでしょうねえ？」

「ああ、それはあるでしょうな。当時は宮廷など、ごく一部でしか貨幣は流通していなかったから、とくに美術品の価値は不変のものとして珍重されたことが考えられます。時代が変化しても、その価値は下落しないという美術品の特性がある。そういうことを万事よく心得ていた後鳥羽上皇が、あらかじめ美術品の隠匿(いんとく)を行っていた可能性がある——という説を唱える人もいましてね」

「やはりそうですか。でしたら、間違いありませんよ」

浅見が意気込んだ時、車のほうから呼ぶ声が聞こえた。

「さあ、行きましょうか」

長野は歩きだした。浅見は慌てて追随しながら、なおも執拗(しつよう)に言った。

「先生、この話ですが、あとでもう少し詳しく聞かせていただけませんか」

「そうですな……」

長野は十歩ほど歩いてから、答えた。

「じゃあ、食事のあとにでも、私の部屋に来ますか」

「ええ、そうさせていただきます」

「しかし、浅見さん、あんた面白い人ですなあ」

「は？　どうしてですか？」

「いや、考古学者でも文学者でもないのに、いろいろなことをよく考えるものだと思いましてね」

長野は「ははは」と力のない笑い方をした。

4

夢中で話し込んでいたらしい。いつのまにか日が落ちて、空には星が瞬きはじめた。

最後の車が一台だけ残っていた。車の脇には例によって野田が退屈そうに立っていた。

それはいいけれど、彼と並んで、北本老人が背を丸めるようにして佇んでいたのは意外だった。

「あんたら、いつまで掘り返しますの？」

長野と浅見が車に近付くと、北本は憂鬱そうな声で言った。

「あ、こんばんは」

浅見は陽気に挨拶した。北本も仕方なさそうに頭を下げた。

「いや、北本さんがですね、ええかげんで発掘調査をやめんと、また祟りがあると言われるのですよ」

野田は言いながら車に入り、ハンドルを握った。長野と浅見が後部のドアを開けて乗ると、北本はさっさと助手席に乗り込んだ。

野田はいかにも迷惑そうだが、下りろとも言えないらしい。

車に乗る時、浅見はふと、忘れていたことを思い出した。

（そうだ、彼女はどうしたのだろう？――）

薄闇の中を透かしてみたが、佐治貴恵の姿はむろん見えなかった。貴恵が何か言いたげにしていた顔が目に浮かんだ。あの時、貴恵は何を言おうとしたのだろうか？　それは昨夜、小野家であった奇妙な話と関連があるのだろうか？

「そうそう、野田さん、小野老人には従兄弟だとか、小野さんより少し若い程度の、血の繋がりのある人はいないのですか？」

浅見は訊いてみた。それは、北本の憂鬱な話を封じ込める作戦でもあった。

「はあ？　何のことです？」

野田はいきなり訊かれて、面食らったような声を上げた。

「いや、昨日から野田さんに訊こうと思っていたのですが、こんな騒ぎになったものだから……」

浅見は弁解して、同じ質問を、もう一度言った。

「ああ、そういうことですか……たしか、弟が一人いたとか聞いたことがあるような気がしますけど。戦争で死んだのと違ったですかねえ」

「ああ、その弟さんは終戦の年に死んだということでした。昨夜、小野さんを訪ねた時にそう言ってましたよ」

「そうだったのですか。そのほかにも誰かおるのか、聞いたことはないですね。北本さんはどうです？」

「いや、わしもそれしか知らんな」

北本はぶっきらぼうに答えた。

「その弟さんが死んだのは、まさか隠岐でじゃないでしょうね？」

浅見は訊いた。

「いや、隠岐では死んどらんですよ。死ねば誰でも知っとるはずじゃ」

「そういえば、隠岐に軍隊が来て、要塞を造るといった時は、大変な騒ぎだったのでしょうねえ？」

「ああ、大騒ぎじゃったな。敵が上陸してくるとしたら、まずこの中ノ島じゃろいうて、全島を要塞化するいう話じゃった。何しろ、海が静かなのと、海岸線が穏やかなことというたら、中ノ島がいちばんじゃけんな。陸軍もここに目をつけたのじゃろ。ええと、たしか『ち号作戦』いうとったな」

「えっ？」

浅見はギクッとした。

「何作戦ですって？」

「『ち号』じゃよ」

「平仮名の『ち』の『ち』とは、どういう字を書くのですか？」

「『ち』の字、ですか……」

浅見が言って、しばらく待ったが、運転席の野田は何の反応も示さなかった。

「野田さん、昨夜、小野さんのお宅で聞いた『血の字の祟り』の『血』ですが、あれは平仮名の『ち』だったのじゃないですか？」

「えっ？……」

野田はようやく気がついた。

「なるほど、そう言われれば、平仮名である可能性もあったのですなあ。しかし、小野さんのお孫さんの口振りは、漢字の『血』みたいな雰囲気だったのと違いますか？」

「そうですね、あの人も錯覚しているのかもしれないな」

浅見は北本に訊いた。

「その『ち号作戦』ですが、なぜ『ち号』だったのですか？」

「さあなあ、なぜだか知らんなあ。軍隊は秘密主義で、暗号みたいなものを使いよったから、これもそういうことと違うかな」

浅見は頭の中のスクリーンに『ち』という文字を思い描いた。

『血の字の祟り』が『ちの字の祟り』であったとして、状況がどう変わるというのだろう？

浅見はしばらく『ち』の字を見つめていたが、やがて諦（あきら）めて、首を振って、文字を抹消した。

「そんなことより、あんたら、ええかげんにして、東京に帰りはったほうがよろしいですぞ」

北本がまたぞろ言いだした。

「そうですなあ、そういうことにしましょうかなあ」

長野がのんびりした声で言った。

「佐田さんも亡くなったことだし、われわれのチームは、肝心の中心人物を失ったのですからなあ。本来ならば、昨日の時点でさっさと店を畳むべきであったのです」

突然、ずいぶん後退したことを言い出したものである。浅見は呆れて、長野の横顔を睨んでしまった。

宿に戻ると、警察の連中が、まるで迎え撃つように待機していた。

「お二人に、個別に二、三、お訊きしたいことがあるのですが」

島根県警から来た広山警部が、ばか丁寧な口調で言った。これまでの経験から言うと、刑事がそんなふうに下手に出る時には、ろくなことがない。

浅見はこともあろうに、佐田教授が使っていた部屋に連れ込まれた。被疑者を尋問するためには、もっとも効果的な舞台設定ということができる。

「一昨夜はその辺で、佐田さんは横になっておられたのですなあ」

広山は佐田の布団が敷いてあったと思われる、部屋の中央に浅見を座らせ、陰に籠もった声で言った。

「その佐田さんが、いまは冷たくなってしまったわけです。まったく、人のいのちなどというのは、儚いものですなあ」

「それで、僕に何を訊きたいのですか？」

浅見は尻の辺りがムズムズしてきた。早いとこ、こんな場所からは出てしまいたい。

「まあまあ、そう急がなくてもいいでしょうが」

広山はわざとゆっくり、煙草を取り出して銜えた。しかし、なかなか火をつけようとはしない。

「浅見さんは昨夜、十二時前後、どこにおられました？」

「僕は寝てましたよ。この奥のでっかい部屋です」

「誰かと一緒でしたか？」

「いや、僕一人ですよ」

「ずっと部屋にいたのですか？」

「ええ、いましたよ。あ、一度だけトイレに行きましたけどね」

「それを証明してくれる人はいますか？」

「トイレに行ったことをですか？」

「いや、そうじゃなく、ずっと部屋にいたということをです」

「いませんよ、そんな人。一人だったって言ったじゃないですか」

「つまり、証人はいないわけですな」

「まあ、そういうことです」

「じつはですねえ……」

広山はようやく煙草に火をつけて、浅見の顔を目掛けて煙を吐き出した。

「佐田さんの死因ですが、どうやら他殺の疑いが出てきたらしいのですなあ」

「やはりそうですか」

「あまり驚いた様子じゃありませんな」

「ええ、べつにそれほど意外なことではないですからね。殺人事件である可能性も充分考えられると思っていました」

「ふーん、どうしてです？」

「どうしてという理由はありませんが、警察だってそうじゃないのですか？　他殺の疑いもあるとして、司法解剖に付したのでしょう？」

「ん？　ああ、そりゃまあ、そういうことですがね」

「それで、他殺の可能性ありとする根拠は何なのですか？」

「じつはですね」

広山はもったいぶった口調で言った。

「佐田さんの直接の死因は心不全ではあるのですがね、その原因となったのは、何らかの毒物によって神経系統が麻痺(まひ)したことによるらしいのですな」

「毒殺……ですか」

浅見は眉をひそめた。

「そうすると、あの現場で警備に当たっていた三人と、同じ薬でやられたのですか？」

「いや、それがどうも違うらしい。あの連中が服用したのは、かなり濃度の高い睡眠薬だが、それでも致死量には到っていない。かりにその薬で死亡するとしたら、相当な量を服用せにゃならんでしょう。それらしい薬物は、佐田さんの遺体からは検出されなかったのです」

「そうすると、何を飲まされたのですか？」

「それがはっきりしないのですな」

「どうしてですか？」

「毒物が検出されないのですよ」

「？……」

「つまり、佐田さんは毒ガス様の何かで殺害された疑いがあるというのですな」

「毒ガス……」

さすがの浅見も、今度こそは度胆を抜かれた。

第六章　軍隊が来たころ

1

発掘調査が中止ということになれば、東京から来たグループの四人は、もはや御用済みである。だが、警察は事件の状況がはっきりするまでは、彼らを隠岐に引き止めておくつもりのようだ。

浅見にとって、それはかえって好都合であった。たとえ帰れと言われても、事件がかたづくまでは帰る気になれないだろう。

それにしても、広山警部の事情聴取はかなり執拗(しつよう)で、単に「参考のために」などという程度のものでなく、何か予見をもって行っているのではないかと思わせるものがあった。どうやら、佐田の死が殺害されたものだとすると、犯人は東京組の四人の中にしかいないと信じているらしい。

たしかに、佐田には隠岐に知人がいないことは分かっていた。佐田と何らかの意味で利害関係がある人物といえば、差し当たり、東京から来た仲間が第一に思い浮かぶのは無理もない。

　そもそもの、調査隊のメンバーを選抜する経緯から、東京から隠岐へやって来るまでの道中でのこと、隠岐に着いてから揉め事がなかったかどうか――と、質問事項にはこと欠かない。

　それにしても、事件当夜の佐田本人の行動は奇怪そのものだったらしい。

　前述したように、警備に当たっていた三人の証言によると、佐田は酒宴に参加できない三人のための「慰問」と称して、缶ビールを持って現場を訪れた。

「先生の音頭で乾杯して、三人とも一気に飲みました」

　その時、三人が三人とも、不味いビールだと思ったらしいが、まさかそうも言えない。飲み終えてからものの十分かそこいらで、三人は睡魔に襲われ、夜明けまでまったく目覚めることがなかった。

「先生が自分で缶ビールのプルトップを開けてくれて、三人に手渡す前に、『後鳥羽上皇の霊に黙禱しよう』と言って黙禱したんです。それから『一応、恰好だけですが』と言って挨拶みたいな演説みたいなことを始めるもんで、なんだか変だとは思ったのです。考えてみると、あの時に睡眠薬を入れて、ビールに溶けるまで時間を置いたのですね」

　連中の証言を聞くかぎり、佐田が「盗掘」を目的として、彼らに睡眠薬を飲ませたことは事実のようだ。

　その佐田が殺害された――しかも、毒ガス様の毒物によって――というのである。浅見はそういう知識はからきしだめだが、なぜ毒ガス様のものかというと、液体で服用した場合には当然起こるはずの、消化器のびらんなどが見られないためである。

もっとも、毒ガスといっても、外部に症状が現れないということはない。イラン・イラク戦争でイラク側が使用した毒ガスの被害者は、皮膚に著しい炎症の痕が見られた。今回の場合、ガス状の毒物を使用したのだとしても、おそらく、強力な麻酔ガスのようなものではなかったか――ということのようだ。

もしそうだとすると、犯人はよほど周到な殺害計画を練った上で犯行に及んだとしか考えられない。

当然のことながら、警察は佐田の「仲間」である四人を調べる一方で、警備係の三人に対して充分な事情聴取を行った。その結果として、三人が共謀するような関係にはないことが明らかになっている。

第一、毒物がどのような種類のものであるにせよ、三人のうちの誰一人として、そういう毒物を入手できるような条件を持っているとは考えられない。

その点はしかし、東京組も同様だ。動機も実行の方法も、見当のつけようがない。そもそも、佐田自身が何をやろうとしていたのかさえ、警察ははっきりとは分かっていないのであった。

第二の甕の中身について、浅見が長野博士に話した推測は、浅見も長野も、むろん警察には黙っている。

警察の事情聴取がえんえんと続いたために、その夜の食事はかなり遅くなった。とくに浅見の場合は長かったらしい。人相はともかく、服装やルポライターなどという怪しげな職業から、警察はあまりいい心証は抱かなかったのだろう。

食事は部屋で、独りきりでする羽目になった。コロモが夕立にあったようにグチャッとした天麩羅（てんぷら）をおかずに、味けない食事をすませ、浅見は長野の部屋を訪れた。ドアをノックして「浅見です」と声をかけたが、応答はなかった。

風呂に行ったのかもしれないと思い、部屋に戻り、しばらく間を置いてから、帳場に電話して、長野の部屋に繋いでくれるよう頼んだ。しかし長野は留守であった。

「先ほど、どこぞへお出掛けのようでしたけど」

「どこへ行ったか、行き先は言わなかったのですか？」

「はあ、ちょっと出てくる言わはっただけですが」

浅見は漠然とした不安感に襲われた。時計を見ると午後九時を回っている。こんな時刻にどこへ行くというのだろう？

「服装は？　何を着て行ったのですか？」

「はあ、洋服でしたけど」

女将（おかみ）の話によると、食事の時、長野は浴衣姿だったそうだ。だとすると、わざわざ洋服に着替えて出掛けたということか。

浅見の脳裏には、発掘調査の現場が思い浮かんだ。そこには今夜も警備の青年が三人、泊まり込んでいるはずだ。昨夜の轍（てつ）を踏まないように、三人には何びとといえども現場に近付けないように――という指示が与えられてある。

それを承知の上で、長野がよもや、彼らのところへ行くとは考えられない。

カーテンのないガラス窓から夜の風景を透かして見る。ほとんどが闇一色の中に、街灯や民家の明かりが、ひどく頼りなげに瞬いている。

浅見はぼんやり佇みながら、東京を発ってからの出来事を思い返していた。五人の「調査隊員」が隠岐空港に着き、中ノ島に渡ってきたあたりまでは、みんな元気よく、陽気な仲間であった。

それがわずか四日後のいま、リーダーの佐田を失い、警察の監視下に置かれているような惨憺たるありさまである。

（いったい、何がどうなったのか？――）

さすがの浅見も、事態の把握ができなかった。

浅見が今回の「発掘調査」に関わったのは、例によって『旅と歴史』編集長の藤田からの依頼によるものである。

「隠岐で後鳥羽上皇の遺跡の発掘調査があるんだけどさ、浅見ちゃん、行かない？」

そういう切り出し方もいつもどおりだった。

「景色はいいし、旨いものが食えるよ。ギャラは安いけどさ」

それもまた、藤田の慣用句だ。調査隊員として、同行取材をしてくればいいというのである。ただし、学術的な目的だけではなく、海士町としては観光資源として考えているから、多少は提灯持ちの記事にするように――という話であった。抜け目のない藤田のことだから、タイアップ広告か何か、それなりのメリットがあるにちがいない。

それはともかく、浅見は後鳥羽上皇伝説そのものに興味があったから、たとえギャラが安かろうが、大嫌いな飛行機に乗ろうが、話を聞いた瞬間から参加するつもりになっていた。

佐田教授はこういう発掘調査では名の通った人物であることや、長野博士が美術史の権威であることは、その時はじめて知った。

佐田の研究室にいる石出助手とカメラの徳安とは、羽田空港に集合した際に会った。浅見にとって、グループ仲間の四人がすべて初対面という旅行になった。しかし、四人が四人とも気のおけない感じの連中で、道中は楽しかったし、いくら思い返してみても、こういう事件が発生しそうな予感は、まったくなかった。

しかし、事件は現実のこととして起きたのである。

佐田は深夜、発掘現場へ行き、警備の三人に睡眠薬を飲ませ、そして――死んだ。

「そして――」のあとに何があったのか、何をしようとしたのかは、もはや推測する以外にはないけれど、佐田が無目的でそういう行為をするはずもないから、やはり盗掘が目的だったと考えるほかはなさそうだ。

そこまではいい。そこまでは状況的に、間違っているとも思えない。だが、その先にいったい何が起きたのか？　殺人事件だとしても、誰が何のために、どうやって佐田を殺したのかが、さっぱり見えてこない。

「麻酔ガス」というのは、浅見がこれまで付き合ってきた事件群の中には、もちろんなかった「凶器」である。それがどういう使い方をするものか、またどういう容器に入っているものかも想像すらつかない。まさか、殺虫剤のスプレーみたいに、シュッコロとやるわけではあるまい。

浅見は、以前、ある事件で知恵を借りたことのある、科学捜査研究所の技官に電話してみた。「強力な麻酔ガス」についての知識を得るためである。

「何の話ですか？」

挨拶（あいさつ）もそこそこに、いきなり「麻酔ガスについて聞きたいのですが」と言うと、先方は驚いた。

浅見のほうも、あまり詳しいことは話せない事情がある。警察庁刑事局長である兄・陽一郎の立場上、弟たる者、警察の捜査に首を突っ込んでいるなどとは、言ってはいけないことになっているのだ。

「一般的な話としてですが……」

浅見は苦しい説明をした。

「そうですなあ、一般的な麻酔ガスといえばいわゆる笑気ガスがポピュラーですが」

「笑気ガスですか……」

浅見はギョッとした。頭の中で、「笑」という文字がクローズアップしてきた。

「その笑気ガスというやつで、死ぬこともあるのですか？」

「いや、笑気ガスそのものは、それほど毒性の強いものではありませんから、ガスを吸ったくらいでは死ぬようなことはないと思いますよ」

「しかし、よく病院などで笑気ガスの事故で、死亡者が出ているのではありませんか？」

「ああ、あれは大抵、酸欠が直接の原因です。つまり、笑気ガスによる麻酔は、ガスと酸素を混ぜたものを、被術者に吸わせるのですが、どうかして、医者や看護婦がボンベの栓を誤って、ガスのほうを閉めるべきところを、酸素の栓を閉めてしまうことがあるのです。それによって患者は酸欠状態に陥って死亡するわけで……」

「じゃあ、笑気ガスをスプレーみたいなもので吹き付けても、死ぬようなことはないのですね？」

「まあ、絶対にないかどうか、実験してみたことがないので分かりませんがね、たぶん死なないと思いますよ」

「笑気ガスという名前ですが、これはやはり、吸うと笑い出すところからつけたのでしょうか？」

「さあ……私も詳しくは知りませんが、顔の筋肉が麻痺して、だらしない顔になるところからそう言うのか、あるいは、ガスを吸った時、気分が妙に高揚して、実際に笑い出すためかもしれません」

「えっ？　それじゃ、やっぱり笑い出すことがあるのですね？」

「まあ、そうですね」

「その笑気ガスに、何か混合して、毒性の強いガスをつくることは可能ですか？」

「驚きましたねえ、そういう毒ガスを作って、犯罪でも企てようというのですか？」

「え？　まさか……」

「ははは、それは冗談ですが、しかし、たとえそういう毒物の製造が可能であり、かつ私がその方法を知っていたとしても、その知識を教えるはずはありませんよ。いくら浅見さんでも、それは絶対に無理です。ことに昨今のように過激派が跋扈（ばっこ）しているような状況下では、神経質にならざるを得ないわけでしてねえ」

「それは分かります。僕が知りたいのは、笑気ガスと何かを混合して、笑いながら死ねるような毒ガスが出来るかどうかということだけなのです」

「うーん……弱りましたねえ。私自身、専門家ではありませんからねえ……しかしまあ、論理的には可能かもしれない、とだけ申し上げておきましょうかねえ」

　それだけ聞けば充分だった。

「笑気ガスか……」

　浅見は受話器を置いたあと、独り言を呟（つぶや）いた。

　菱浦（ひしうら）港で溺死（できし）した小野老人も、そしてその前に、勝田（かつた）の池で衆人環視の中で溺死した青年も、「笑いながら死んだ」のである。そのことと「笑気ガス」とが重なりあって見えた。もっとも、だからといって、その二つがどう結びつくのか、これまた謎（なぞ）である。笑気ガスであれ、あるいはそれと似たような何かであれ、とにかく毒物や劇薬である以上、どこかから調達しなければならない。医者や科学者ならともかく、小野老人や佐田教授がそういうものに縁があるとは思えない。第一、勝田の池で死んだ青年に「笑気ガス」を吸わせることなど、手品でもないかぎり、出来るはずがない。

（それとも――）と浅見は思った。

（ひょっとすると、この島に漂っている後鳥羽上皇の怨念が、あたかも笑気ガスのごとくに、冒瀆者を襲うのではないか――）

ばかげた妄想だが、そうとでも考えないと説明がつかない。

中ノ島全体がそうではないのだろうけれど、言い伝えによると怨念が根強く残る場所では、祟りがあって、人も死に、木も生えないそうだ。

発掘現場一帯の土地では、杉が育たないそうだし、それに、経島というところでは、兎の怨念か何かで、材木にするつもりの松が一夜のうちに灰になったという話もある。

そういう「祟り」のある場所は、いったいいくつあるのだろう？

浅見はふと思いつくことがあった。

帳場へ行って、小野老人の家の電話番号を訊いた。

「さあなあ、あそこの家には電話はないのとちがいますか？」

女将はそう言った。念のために電話局に問い合わせたが、やはり女将の言うとおりだった。

「女将さんは知らないかな」

浅見は訊いてみた。

「あそこの息子さん、二十年ばかり前に、溺れて死んだとかいう話だけど」

「ああ、信継さんでしょう。私らより五つ歳上でしたけど、気の毒なことでした」

「その溺死した場所だけど、どこだったのですか？」

「宇受賀の瀬のところですよ」

「宇受賀の瀬？」

「はい、この中ノ島のいちばん北のはずれにある岬の沖あたりでした」

浅見は部屋にとって返して、二万五千分の一の地図を持って来た。

「宇受賀」は集落の名でもあった。その北にある港が「宇受賀漁港」。その西側に突き出た岬の沖が「宇受賀の瀬」と呼ばれているらしい。

「潮の早いところで、漁師もめったに近寄らんのじゃけど、小野さんの息子さんは、何をしに行ったもんやろかねえ……その日にかぎって、独りで宇受賀の瀬に行ったのじゃそうですよ。たまたま、観光客の人が岬で見とったのやけど、小野さんの息子さんは、崖の下の岩場で素潜りをしとって、急に笑い出したかと思うたら、あっというまに溺れてしもうたいう話でした」

「えっ？　笑って死んだのですか？」

浅見は思わず大声を出した。女将は怯えたように、身を竦めた。

2

（また出た——）と浅見は背筋がゾクッときた。

「その話ははじめて聞いたけど、それじゃ、このあいだ小野老人が死んだ時の話と、そっくりですねえ」

「ああ、小野さんもほんまに笑って死んだのやったら、よう似た話ですなあ」

「いや、たぶん笑って死んだのだろうということですよ」

「そう言うてますけど、どないかしら、誰も見ておった者はおらんし」

「なるほど……」

女将（おかみ）は警察なんかより、よっぽど冷静だ。風聞ぐらいでは信用しないらしい。

「その、小野さんの息子さんが死んだのを目撃したという観光客ですが、どういう人物か知りませんか」

「はあ、よう知ってますけど」

「えっ？　知っているんですか？」

「ええ、知ってます。松江で鉄工会社をしてはる社長さんです」

「そうですか……しかし、二十年前の事件なんでしょう？　よく憶えているなあ」

「そうかて、うちのお客さんですもの。毎年、釣りに見えるお客さんです」

「あ、そうなんですか。それじゃ、いまでもその人に会えば、直接話を聞くことができますね」

女将は自分の話では信用できないのか——と、やや不満げだ。そのくらい確かな話であるということなのだろう。

浅見はあらためて地図を広げた。宇受賀岬は北側の外海に面した海岸線の部分は断崖絶壁が連なっているらしい。そして岬の先端から付け根にかけて、海の中に、胡麻を散らしたように三十数個の岩礁がある。

それにしても、見れば見るほど、中ノ島は凹凸の多い島である。しかもほとんどの海岸線が断崖状を形成している。これでも、隠岐四島の中では、もっとも穏やかな海岸に恵まれた島だという。つまりは「とりつくしま」の多い島であるために、太平洋戦争末期には、敵軍の上陸があることを想定し、要塞を建設しようとした。

その時の軍の要塞建設計画が「ち号作戦」だったという。

そのことを知って以来、浅見の頭の中で、どうしても「ち号作戦」と「血の字の祟り」とがオーバーラップする。もっとも、かりに「ちの字の祟り」だとして、それが何を意味するものなのかは、まるで見当もつかないことなのだけれど……。

「あのォ……お客さん方は、いつお帰りになりますの？」

女将は、地図と睨めっこをしている浅見の脇から、遠慮がちに訊いた。

「さあ？……」

浅見は首をひねった。

「いつ帰れるのかは警察しだいということになりそうですよ」

「警察しだい？」

「ええ、事件の捜査に一応の目処がつくまではいてくれという話ですから」

「それならええのですけど」

女将はほっとしたように言った。

「何やら、明日にでも帰ってしまわれるということを聞いたもんで、もし、そういうことにでもなったら、困る、言うとったところでした。何しろあんた、うちの上等のお部屋を五つも予約してもろてますのが、全部キャンセルいうようなことになってしもたら、大事ですものなあ」

「はあ……」

浅見はか細い声で相槌を打った。事件の波紋はそういうところにも及んでゆくわけだ。旅館の女将にとって、東京から来た客たちの去就は由々しき大問題なのである。

しかし、正直なことを言えば、東京の一行は、警察の許可が出しだい、隠岐を離れることになるだろう。それは明日か明後日か、女将には気の毒だけれど、いずれにしても当初の計画からは短くなることは確かだ。

「女将さんはいま幾つですか？」

浅見は慌てて、話題を変えた。

「私ですか？　いややわぁ」

女将は右手を上げてぶつ真似をして、かなり太めの大柄な体軀を、揺するようにして笑った。

「女性に歳を訊くもんやないですよ」

訊かれてどうというほどの歳ではないと思うが、いくつになっても女性である以上は、そういうものでもないらしい。思いがけない女将のつややかな仕種に出くわして、浅見のほうが赤くなった。

「いや、そういう意味でなく、終戦の年にはどこでどうしていたかと思って……」

「終戦の年も何も、私はずっとここで生まれ育ちましたよって、この家におりました。その頃も旅館をしてました。というても、その頃は古いぼろ家でしたけどな」

「それじゃ、その頃のことを少しは憶えていますか」

「それは無理ですわ。まだ三つか四つか、そのくらいでしたもん……でも、なにかその頃のことで知りたいことでもあるのですか？」

「軍隊が来たでしょう、そのことを知りたいのです」

「ああ、兵隊さんがいてはったことは、ぼんやり憶えてますよ。私んとこにも将校さんが宿泊していましたので、それで憶えているのやろか。毎朝、馬を引いた兵隊さんが迎えに来て、颯爽と出て行きはりましたけど。でも、詳しいことを知りたいのやったら、北本さんに聞きはったほうがよろしいのとちがいますか」

「ああ、やっぱりあの人がいちばん詳しいのですか」

「そうですなあ。いちばんよう知ってはったんは、小野さんのおじいさんやったけど、いまは北本さんしかおらんのじゃないかしら。私はよう知りませんけど、あの頃、若い男衆はほとんど兵隊に取られるか、本土の工場に働きに出るかして、島に残っとったんは、あまりおらなんだのやと思います。北本さんはうちにも時々見えてました」

「そうですか、北本さんですか……明日にでも、会ってみようかな」

浅見は時計を見た。すでに十時近い。朝が早い女将は眠そうな顔であった。

その時、玄関ドアが開いて、「ただいま」という声と一緒に、石出助手と徳安が入ってきた。二人とも浴衣に下駄という姿である。帳場に浅見がいるのに気づいて、バツが悪そうな顔をした。

「あ、浅見さん、もう事情聴取はすんだのですか？」

徳安が言い訳がましく、訊いた。

「ええ、ついさっき、刑事が帰って、いましがた食事を終えたところです」

浅見も二人の気持ちを察して、言った。

「そうですか、しつこいですねえ。いや、出掛けに誘おうと思ったら、まだ事情聴取をやってるみたいだったもんで、石出さんと飲みに行ったんだけど……」

「えっ？　この島にも、どこか、飲むような店があるのですか？」

「そらありますがな」

女将が脇から、呆(あき)れたように言った。

「隠岐にかて、バーもあればカラオケもありますよ。私らは行かんけど、若い人たちは夜中まで騒いでますよ」

「僕らはカラオケは歌いませんよ。佐田先生の御冥福を祈りながら、しめやかに飲んだのです」

石出は、勘違いされては困るとばかりに、几帳面(きちようめん)に言った。

「分かりますよ、分かります」

浅見は真顔で頷(うなず)いた。

「そうすると、長野先生もどこかで飲んでおられるのかなあ？」

「えっ？　先生も出掛けられたのですか？」

石出は知らなかったらしい。

「ええ、二時間ばかり前に出られたそうですよ」

「しかし、あの先生は行くかなあ、そういうところ」

「そら行かはるのとちがいますか、先生はお酒がお好きそうやし」

女将が言った。それは事実だが、六十過ぎの長野が、一人でそういう場所に飲みに出掛けるとは、浅見には思えなかった。ほかの二人も首をかしげている。

それを汐(しお)に、浅見は二人と一緒に二階へ上がった。

「浅見さん、ちょっといいですか？」

浅見の部屋の前を通る時、徳安が言った。

「今後のことなんか、話しておきたいと思うんだけど」

「そうですね、じゃ、僕の部屋でどうです。冷蔵庫にビールぐらいあるし」

「いや、あまり飲む気分じゃないですから、下からコーヒーでももらいましょうよ」

石出助手が浮かない顔で言った。部屋に入ってからも、石出は窓の外の闇を見つめたまま、しばらくぼんやりしていた。

「石出さん、そんなに深刻にならないほうがいいですよ」

徳安が気の毒そうに言った。

「彼、ショックがきつくて、参っているんですよ」

「そうでしょうねえ」

浅見も湿っぽい声になった。

「佐田先生の奥さんに、だいぶ恨まれたらしい。あなたがついていながら、こんなことになって——とです」

「そんな……石出さんの責任じゃないでしょう」

「いや、僕の責任かもしれない」

石出は力なく言って、後ろを振り向いた。

「先生があいうこと……つまり、その盗掘みたいなことをされるんじゃないかなってこと、僕はうすうす感付いていたんです」

「えっ？　そうなんですか？　いつ、どうやって？　動機は何ですか？」

「ははは、刑事みたいな訊き方をしないでくれませんか」

石出は無表情に笑って、浅見の向かい側に腰を下ろした。

「あ、失礼、びっくりしたもんで、つい……しかしそれ、ほんとですか？」

「ほんとです。だから、やりきれない」

石出は吐き捨てるように言った。

「東京を発つ前から、なんだか、いつもと少し様子が違うなって、そんな気がしていたのです。妙に深刻に考え込んだり、そうかと思うと、やけにご機嫌にはしゃいだり」

「隠岐へ来る道中は、ずいぶん陽気だったと思いますけど」

「ええ、間近になってからは、ずっと陽気な感じになっておられましたからね。つまり、いろいろ悩んでいて、出発直前の頃になって、気持ちがふっ切れたみたいなことだったのではないかと思うのですよ」

「ふっ切れたっていうと、盗掘をしようと決心が固まったっていう意味ですか？」

「そうじゃないかなって……いや、もちろんこれは、想像でしかありませんけどね。いまにして思うと、そういうことじゃなかったかという……」

石出の憂鬱（ゆううつ）を反映するように、しばらく沈黙が流れた。

「もしそうだとすると」浅見は遠慮がちに言った。

「佐田先生は、発掘する前から、何が出土するか、ある程度の予測がついていたっていうことになるのですか？」

「それなんですよねえ……」

石出は首を何度も振った。

「予測がついていたというのは、常識から言うと考えられないことですよねえ。古墳なんかを発掘する場合には、年代とか規模とかによって、だいたい、どういった物が出るか、たとえば勾玉だとか、宝剣だとか、副葬品についてはある程度は見当がつくけれど、今度の場合は後鳥羽上皇の何かかもしれないというのでしょう。考古学上の価値のあるものが出るという予測は、まるでないと考えていいと思うのです。実際、出たものといえば、中国の古銭と、第二の甕から出た、蹴毬や椀などでしょう。それはまあ、後鳥羽上皇が使った品だということになれば、多少は価値が認められるけれど、先生ほどの方が盗掘をするほどのものではないですよ。それがどうも、よく分からないのです」

「違うものがあると考えておられたのじゃないですか？」

浅見は言った。

「違うもの？」

「たとえば、美術品とか、そういう財産価値の高い品です」

「それなら話は分かりますが……しかし、そんなことは掘ってみてはじめて分かることであって、あらかじめ予測がつくとは考えられませんね」

「予測がついていたのかもしれませんよ」

「えっ？」

「佐田先生は、何かの美術品が出ることを、予測しておられたのではないかと思うのですが」

「まさか……どうしてです？」

「長野先生のことです」

「長野先生？」

「ええ、長野先生は美術史の権威ですよね。どうなんですか、単純な考古学的な発掘調査に、最初から美術史の権威を参加させるというのは、ちょっと妙な感じがしませんか。なんとなく、美術品の出土を予測しているような印象を受けますが」

「そうですねえ……」

石出は眉根を寄せた。

「そもそも、今回の調査隊員の顔触(かおぶ)れですけど、僕は『旅と歴史』という雑誌に雇われましたが、ほかの皆さんはどういう経緯で参加されたんですか？　石出さんは佐田先生のご推薦でしょうけど」

「僕も浅見さんと同じですよ」

徳安が言った。

「佐田先生はどうなんですか。たぶん、最初にこの話を持ち込まれたのが佐田先生だったと思うのですが」

「ええ、そうだと思います。そんなようなことをおっしゃってましたから」

石出は頷いた。

「問題は長野先生ですが、やはりリーダーである佐田先生の推薦でしょうねえ」

石出と徳安は顔を見合わせた。

「最初に長野先生に話が持ち込まれた可能性というのは、あり得ないですかね？」

徳安が言うと、石出は首を横に振った。

「それはないと思いますよ。どんなケースでも、最初はやはり、発掘調査のベテランのところに行くと思います」

「そうすると、長野先生を選んだのは、やはり佐田先生ということになりますか。なるほどねえ。なんだか浅見さんの話、面白そうじゃないですか」

「面白そうだなんて、そういう言い方は不謹慎ですよ」

石出は顔をしかめて、窘めた。

「それはそれとして、今後のことですが、どういうことになるのですかねえ」

徳安は不安そうに言った。

「藤田編集長は、何の土産もなしに帰って来るなと言っているのでしょう？」

「ええ、そう言ってますけどね」

浅見は藤田の強引な口調を思い出して、苦笑した。

3

『旅と歴史』の藤田には、事件直後に「佐田教授の急死」の報告はしてある。むろん病死という形だったので、藤田はそれほど驚かなかった。もっとも、藤田の場合、毎号、発行するたびに赤字が膨れ上がる、『旅と歴史』の行く先のほうが、はるかに心配だから、大抵のことでは驚かないのかもしれない。

「だけどさ、発掘調査そのものは継続するわけだよね?」

案の定、藤田はそっちのほうをまず確かめた。

「分かりませんよ。中止になる公算が強いのじゃないですかね」

「そりゃ、困るよ。何か収穫がないと、旅費だとかさ、いろいろタイアップしているしね、ギャラだって払えないよ」

「そんなこと言われたって、中止かどうかを決めるのは相手方のほうですからね。打ち切りと決まったら、われわれは帰るほかに道はないですよ」

「だめだめ、帰って来ちゃだめ。せっかく第二の甕が出たっていうんだろ、ひょっとすると第三の甕だってあるかもしれないじゃないか。いや、デッチ上げでも何でも、それらしい記事に仕立ててさ、ついでに、発掘調査隊長の佐田教授が後鳥羽上皇の祟りで横死した——なんていうドキュメンタリーにしてくれれば文句は言わないよ」

「そんな無責任なこと、書けますか」

浅見は呆れながらも、藤田の空想力もまんざらではないな——と感心した。実際の話、もしかすると、隠岐の人間の半分くらいは、佐田教授が後鳥羽上皇の祟りで死んだと思っているのかもしれないし、第三の甕というのも、藤田の思いつきとしては出色だ。

「とにかく、何でもいいから十ページ以上の読み物にしてくれなきゃ、ギャラはないものと思ってもらうからね」

それが藤田編集長の最終通告であった。

「こうなったら仕方ありませんよ」と浅見はむしろ、徳安を焚きつけるように言った。

「発掘調査の顚末を、ありのままをまとめましょうよ」

「ありのままっていうと？」

「僕は、隠岐に到着してから佐田先生が亡くなるまでの出来事を、それこそドキュメンタリータッチで書くつもりです。勝田の池の溺死事件や、小野老人の怪奇な死を絡ませれば、十ページどころか、かなりのボリュームになりますよ。写真構成でやれば、迫力満点ですね」

「そりゃまあ、迫力はあると思うけど、いいんですかねえ、そんな無茶して」

「しかし、藤田編集長の期待に応えるためには、ほかに方法はないでしょう。それとも、旅費その他、一切を引っ被りますか？　それだと僕は困るんですよね、ソアラのローンが払えなくなっちゃう」

「そりゃ、僕だって金は欲しいですけどね。しかし、石出さんはどういうことになるんですか?」

徳安は石出のほうを見返った。たぶん、外で飲みながら、そういう問題を話していたにちがいない。

「もちろん石出さんも参加してもらいましょうよ。僕には発掘作業についての専門的な知識はまるでないですからね。それに、佐田先生の人となりなど、事件の背景だとか、側面だとか、いろいろ書いて欲しいことが沢山あるし。ねえ、石出さん、どうですか?」

「それは、僕だってカラ手では帰りたくないですよ。それに、もっと根本的なことを言うと、佐田先生が亡くなって、このあと大学に戻れるのかどうか、そっちのほうも心配なんです」

石出は心身ともに滅入っている。

「それじゃ決まった。たとえ町が調査中止を決定しても、われわれのほうはこれまでの材料で、まとめ作業を継続しましょう」

「それはいいですが、長野先生は何て言われるかなあ……」

石出は弱気なことを言った。

「長野先生はまさか、そういうのには参加しないでしょうねえ」

徳安が言った。

「あたりまえですよ。それどころか、叱られるんじゃないかな」

「いいじゃないですか、叱られたって」

浅見は投げやりとも受け取られかねない、言い方をした。

「長野先生がギャラを払ってくれるというわけじゃないのですから」

しかし、この単純明快な論理が、石出と徳安のハラを決めさせた。二人とも「いいでしょう、やりましょう」と、にわかに力を得たように言った。

「そうと決まれば、取材はもう、これまでのものだけで充分すぎるほどでしょう」

徳安が言った。

「あと一日だけ警察の調査に付き合って、それで隠岐にさよならしましょうや」

「そうですね、僕のほうも、これ以上は発掘が行われないということなら、もはや隠岐にいなければいけない、必然性はなくなりました」

石出も同調した。帰心矢のごとし——といったところだ。

「そうですね……しかし僕はもう少しここにいるつもりです」

浅見は思案顔で言った。

「警察の捜査の行方がどうなるのか、そいつを見届けたいし、佐田先生が何をしようとしたのか、その結論も出してみたいのです」

「それは、だから、さっき僕が言ったように、盗掘ではないかと……」

石出は仏頂面になった。

「ええ、それはたぶん、間違いなく盗掘だったのだと思いますよ。盗掘だとしたら、掘り出された物は何で、どこへ行ってしまったのかが問題です」

「えっ？　じゃあ浅見さん、先生は何かを盗掘されていたと考えているんですか？」

「そう考えています」

「しかし、あの現場には何もなかったのじゃありませんか？」

「なかったのは、先生を殺害した犯人が運び去ったのかもしれません。あるいは、佐田先生がいったん、どこかへ運び出しておいて、甕を元どおりに埋め直そうとしていた時、襲われたことだって考えられますよ。それに、石出さんだって、さっき、佐田先生は最初から盗掘を意図していたかもしれないって言っていたじゃないですか」

「それは言いましたが、実際に何か掘り出したかどうかは……」

「いや、掘り出したのだと思いますよ」

「どうしてそんなことを？……」

「それは、現場に何も残っていなかったことが、何よりの証拠です。甕の中にもロクなものは入っていなかったし、その代わりに土が一杯詰まっていました」

「それが証拠になりますかねえ？」

「なると思いますよ。それに、長野先生もその可能性があることを認めていました」

「長野先生が？」

「ええ、僕は埋蔵品は財産価値のある美術品ではないかと推測したのですが、先生も否定されなかった」

「美術品、ですか……なるほど」

石出も頷いた。

「それは可能性ということなら、たしかにあり得るでしょうね。しかし、本当にそういう物が出たのかどうか？……」

「出たのですよ、その証拠に、あそこには何もなかったじゃないですか」

「あははは、またそれですか。浅見さんは確信しているみたいですね」

「ええ、確信していますよ。それに、石出さんだって、佐田先生が何かを盗掘しようとしていたらしい——と、確信していたのじゃないですか。その確信の上に立って、しかも現場に何も残されていなかった事実を素直に見れば、そこから導き出される結論は一つしかありません。間違いなく何か——たぶん高価な美術品が出土して、それを何者かが奪い去ったのです」

浅見は断言した。そう断言したことによって、浅見自身、それが既定の事実であるかのように思えてきた。

「長野先生も一般論としてですが、後鳥羽上皇の埋蔵品に美術品が含まれている可能性については認めておられる。ひょっとすると、その美術品がどういうものであるのか、長野先生にはうすうす察しがついているのじゃないかって、そんな気もしました」

「だったら……」と、徳安がオズオズと言った。

「犯人は長野先生である可能性もあるんじゃないですかね？」

「そうですよ、僕もそう思いましたし、先生にもそう言いました」

「えっ？　言っちゃったんですか」

「ええ、言いました。ただし、その可能性は僕にもあるし、ほかの……たとえば徳安さんにだって、石出さんにだってあることも言い添えましたけどね」

「なんだ、そういうことですか」

「しかし、美術品の価値がどれほどのものであるのかを知っている人物が、もっとも疑わしいということだと、長野先生が最大の容疑者ということになります」

「それはまあ、そうかもしれないけど……」

「それにしても、長野先生はどこへ行ったのかなあ……」

浅見はそのことがずっと気に掛かっていた。時刻はまもなく十一時になる。浅見の不安はほかの二人にも伝染して、言い合わせたように時計を見つめた。

まもなく、石出と徳安はそれぞれの部屋に引き上げて行った。浅見は部屋の隅に押しやっておいた夜具を引っ張り出して、横にはなったものの、長野のことが気になって、寝つかれない。

長野が宿を出て行ったことと、浅見が発掘現場で長野に話したことがまったく無関係だとは考えられなかった。

「美術品」という言葉を聞いた瞬間に長野が見せた反応を、浅見はまざまざと思い出すことができる。

あの時、長野は「何か」を見通したような目をした。

長野は佐田の死の真相を知っているか、あるいは、推測する材料を持っているのかもしれない。それとも、佐田が「盗掘」した物の行方について、心当たりがあるのかもしれない。

そんなことを漠然と考えながら、いつのまにか、浅見は眠りに落ちた。

翌日は朝から日ざしがあって、気温がどんどん上がった。浅見は暑さで目が覚め、布団を抜け出して窓を開けた。

お茶を運んで来た女将が「いよいよ夏が来ますなあ」と、嬉しそうに言った。隠岐は夏が一年分の稼ぎどきである。

「長野先生はどうしました?」

浅見は訊いた。

「昨夜はとうとう、帰られませんでしたよ」

「えっ? 帰っていらっしゃらないのですか?」

浅見は急に胸騒ぎを覚えた。漠然と感じていた不安が、現実のものになる予感がしてきた。

「気づかないうちに戻られたということはないのですか? 部屋を見たんですか?」

詰るような言い方だったのだろう、女将は、チラッと浅見の顔に視線をやって布団を片付けにかかった。この部屋は全員の食事の場所にも使われる。

しばらく間を置いて、テーブルを運びながら、女将は気分を害したような口調で、言った。

「昨夜は戻っておられませんでしたよ。さっき声をおかけしたら、お返事がないもんで、お部屋の中を覗(のぞ)いてみましたけど、やっぱしお留守でした」

「それはおかしい……」

浅見は無意識のうちに立ち上がっていた。

そのとき、石出と徳安が浴衣姿のままやってきた。二人とも寝不足のはれぼったい目をしている。

「長野先生が、戻っておられないらしいのですよ」

挨拶の代わりに、浅見はいきなりそう言った。

「えっ？　ほんとですか？」

二人とも、佐田教授の死を連想したに違いない。あの時も朝の食卓に佐田が現れなかったのが事件の発端のようなことになった。

「まさか、また……じゃないでしょうね」

徳安が言った。

「まさか、同じことは繰り返さないと思いますが、しかし、ただごとじゃないことは確かです。とにかく急いで食事をして、捜しにかかりましょう」

「参ったなあ……」

石出はうんざりした顔でぼやいた。佐田が死んだ時のショックがいちばんきつかったのは石出である。

「警察にも連絡しますか」

「いや、まだそこまではしなくていいでしょう」

浅見は石出を制したが、内心、その必要を感じないわけではなかった。

とにかく、三人は着替えをすませ、食事にかかった。箸を使い口を動かしてはいるけれど、文字どおり味気ない朝食であった。

浅見も食が進まず、徳安だけが三杯飯を食った。

徳安が箸を置くのを待って、浅見が立ち上がろうとした時、背後の襖が開いた。

女将かと振り返った目の前に、長野博士がつっ立っていた。いつもは血色のいい顔が、そそけだったような疲労感を浮かべている。皮膚のたるみや皺が目だって、急に老け込んだように見えた。それでいて、両の目だけは妙にギラギラして、そこだけに生気が感じられる。

「やあ、おはよう」

長野は言ったが、三人は返す言葉を見失ったように、しばらく唖然とした。

「先生、いつお帰りですか？」

浅見がようやく言った。思わず非難する口調になっていた。

「ああ、いまですよ。朝帰り、朝帰り。これからひと眠りするから、しばらく起こさないでおいてください」

言うだけ言って行きかけて、「あ、そうそう」と浅見を振り向いた。

「浅見さん、昨日の話の続きだけど、あとで私の部屋でやりますか」

「はあ……」

浅見が頷くのを見てから、長野は襖を閉めた。

第七章　盗掘者

1

村上助九郎老人は、昨日の夕方の便で松江に帰って行った。村上家の人々はすべて隠岐を出て、最後まで残っていた老人も、年のうちの大半は松江の長男の家に住まいするようになっているのだそうだ。

助九郎老人がいなくなると、だだっ広い屋敷の中には、留守を守る老女と、白倉、貴恵の三人だけということになる。屈強な若い男も老人に伴われて行った。これで客がいなくなると、老女独りの暮らしになってしまうわけだ。

「おばさん独りで怖くないんですか？」

貴恵は訊いてみたが、老女はニコニコ笑って、かぶりを振った。

「なんのなんの、怖いことあらしません。このお屋敷は千年ものあいだ、守られて参りましたによって」

部分的な修復と建て替えを繰り返して、全体としては元の建物は形骸もないことになっているけれど、考えようによっては、たしかに老女の言うとおり、村上家千年の歴史が息づいている屋敷なのである。

「守られてって、何が守ってくれているんですか？」

「それはもちろん、後鳥羽上皇様の御霊でございまする」

老女はケロッとした顔で言った。冗談だとか出まかせだとか、そういうものの入り込む余地のない、空気のような実在感が彼女の口調にはあった。貴恵も笑えなかった。

死んだ小野老人がそうだったように、この島の人々は、程度の差こそあれ、後鳥羽上皇の霊魂だとか、そういう不可思議なものの存在を認めているのかもしれない——。

昨夜、貴恵は白倉に小野家で見た老人の写真の話をした。東京・五反田の屋敷で会った老人が、その写真そっくりだったと言うと、白倉は眉をひそめ、難しい表情になった。

「あまり出歩かないほうがいいな」

それが、彼女の話に対して白倉の口から出た、唯一の言葉であった。

(変なの——)と貴恵は思った。自分が村上家の土蔵で古文書に没頭しているあいだ、「せいぜい遊んできなさい」と言っていた、当の白倉の言葉とは思えなかった。

「きみは明日、東京へ帰りなさい」

白倉はしばらく間をあけて、言った。貴恵にとってそれは予定どおりのことだが、白倉自身はまだ隠岐に残るつもりのようだ。

「あの執事さんのことですけど、小野さんというおじいさんと、何か関係がある人物ではないかと思うのですけど」

貴恵は話をぶり返してみた。

「そんなことはあるまい」

白倉は脇を向いて言った。

「そういう他人の空似はいくらでもあるものだよ」

そう言われれば、そうかな——と思うしかない。貴恵の中でも気持ちは揺れているのだ。たぶん、このまま無視してしまえば、そういうこだわり自体が、いつのまにか希薄になって、ついには忘れ去られてしまうのだろう。

（だけど——）と貴恵は、いまはそのこだわりを捨てきれない。あの老人が「誤り」に気づいた時に見せた、なんとも絶望的な表情が忘れられないのだ。

（あの人、どうなったかしら？——）

そのことは、折りにふれて、貴恵の胸に浮かんでは消える。老人はたぶん、六十五、六歳から七十歳ぐらいだろう。もしあの失敗が原因になって、あの屋敷から追い出されでもしたら——などと考えてしまう。

その心配を白倉に言っても、まるで取りあってはくれない。家族や友人にも話してみたが、「あら、そうなの」程度の話題にしかならない。他人が不幸であることについては、大抵の人間が鈍感でいられるものだ。

貴恵だって、もし当事者でなければ、そんな間抜けな老人のことなど、ちっとも気にかけないかもしれない。

小野家に行って、祭壇にあの老人とそっくりの写真が飾られているのを見た時、貴恵はあたかも天罰を受けたようなショックを感じた。老人の不運や不幸に気づいていながら、何もしなかった怠慢に対して、天が怒っているような気がした。

単なる偶然とするには、あまりにもよく似ていたし、そういう偶然が起きること自体、ただごととは思えなくなっていた。

浅見という男がいみじくも言っていたように、「偶然とは、神が仕組んだドラマの筋書き」なのかもしれない。

貴恵の胸の中で、浅見のイメージがどんどん膨らんでゆく。少なくとも、老執事と小野老人は関係があるのではないか——という貴恵の疑惑を認めてくれたのは、浅見ただ一人なのだ。

——いつかきっと、あなたは僕にその話をすることになりますよ。

自信たっぷりにそう言っていた浅見の言葉が、小憎らしい反面、頼もしくさえ思えてきた。その言葉の魔力に負けてしまいそうな予感を、貴恵自身、抱きはじめていた。

朝から、貴恵は帰京の準備にかかった。昼過ぎの便で島後に渡り、飛行機に乗るつもりだ。

玄関のほうで人声がして、誰か訪ねてきたらしい——と思っていると、白倉が浮かない顔で呼びに来た。

「警察が何か話を聞きたいそうだ。一緒に来てくれ」

村上家で唯一の洋間である応接室に行くと、若い男が二人、畏まって二人を迎えた。事情聴取を始める前から、刑事たちには村上家の客に対する遠慮があるように、貴恵には思えた。

「どうも、お邪魔して恐縮です。じつは、佐田さんが亡くなった事件のことで、ちょっと参考までに、お話をお聞きしたいのです」

そういう前置きで、佐田が死んだ夜の二人の行動を訊いた。

「二人ともこの家にいましたよ」

白倉はすかさず、言った。

「どこへも行かれませんでしたか？」

「ああ、どこへも行きませんよ」

（うそ――）と貴恵は思った。あの夜、白倉はどこかへ出掛けているではないか――。心臓が高鳴るのを、刑事に聞かれはしまいかと、気が気ではなかった。

「しかし、なんだってわれわれのところなんかに、そんな事件のことで聞き込みに来るんです？」

白倉はそらぞらしく、逆に刑事に質問している。

「佐田さんが東京から見えた方なもんで、たまたま東京から来ているみなさんに、ひととおりお聞きして歩いていると、まあ、そういうわけです」

刑事はそう弁解した。たしかにその言葉どおり、刑事の事情聴取は、とおりいっぺんのれなかった。

お役目を果たしているだけで、真相を解明しようとする熱意のようなものはまるで感じら

（そんなことでは、真相究明など、到底おぼつかないんじゃないかしら？——）という、

もどかしい印象を、貴恵ですら受けた。

「あの、そうすると、佐田先生という方は、間違いなく殺されたわけなんですか？」

貴恵は訊いてみた。とたんに白倉は、余計なことを言って——という目を貴恵に向けた。

「ええ、そのようですよ」

若い刑事は真正面から貴恵を見て、眩しそうな顔になった。

「もし私が」と貴恵は言った。口の中がカラカラに乾いていた。

「その夜、どこかへ行っていたとすると、佐田先生を殺した犯人である可能性があるので

すか？」

「えっ？」

二人の刑事は驚いて顔を見合わせ、それから「あははは」と笑い出した。

「そんな冗談、言わんといてくださいよ。何事かと思ってびっくりするじゃないですか」

「でも、そうやってアリバイを調べて歩いていらっしゃるというのは、つまりそういうこ

となんでしょう？」

「え？　そりゃまあ、そうですが……だからと言って、単純にそれだけで犯人扱いするわ

けではありません」

「あ、そうなんですか」

「もちろんです」

刑事は素人のお嬢さんには困る――というように、好意的な笑顔を見せた。

「じゃあ、犯人の条件は、ほかにどういうことが必要なんですか？」

「条件？……」

二人の刑事は、また顔を見合わせた。

「佐治君、やめなさい、妙な質問をして、忙しい刑事さんを困らせるものじゃないよ」

白倉が笑いながら窘めた。刑事も救われたように笑い、それを汐に引き上げて行った。

刑事の姿を見送ると、白倉の顔から笑顔が消えた。そして、貴恵に一瞥も与えずに、自分の部屋に入った。当然、何か叱責があるものと思い、むしろそれを期待していた貴恵としては、アテがはずれた。もし何か言われたら、それを突破口に、白倉のあの夜の外出を追及してやろうと思っていた。

（それにしても、白倉先生はなぜ嘘をついたのだろう？――）

貴恵はこれまでに何度も繰り返してきたその疑問を、あらためて俎の上に載せた。

白倉があの夜、外出したことは事実なのである。どこへ何しに行こうと、そんなことは白倉本人の勝手だ。だが、その夜、たまたま佐田が殺された。

（たまたま、なのかしら？――）

それが貴恵の恐ろしい疑惑だ。白倉と佐田は直接には関係がないらしいけれど、白倉と長野、長野と佐田という、間接的な繋がりはある。いくら遠慮があるとはいえ、警察はどうしてもっと、その点を追及しないのかしら?——と、貴恵はむしろ不思議な気がした。

白倉は刑事が帰って行ったあと、まもなく土蔵に籠もった。土蔵の中の膨大な資料と首っ引きで、何かの研究に没頭している。「源氏物語絵巻」の行方を模索しているのだろうか。それとも、ほかに何かがあるのだろうか。白倉はひと言も説明してくれない。

(あの夜、外出していたとしたら——)と、貴恵はふたたび、そのことを頭に浮かべてみた。

刑事は笑って取り合わなかったけれど、外出していたこと以外に、犯人であることの必要条件は何なのだろう?——

貴恵自身に置き換えて、そのことをつきつめようとするのだが、なかなか難しいものだ。

(私が犯人だったら、どうするかしら?——)と考えて、まず夜中に屋敷を出て行く姿は空想できても、その先がさっぱり見えてこない。どこまで行っても闇のような風景ばかりである。

その闇の向こうに、後鳥羽上皇御火葬塚の森が、いっそう深い闇を包んでいるはずなのだが、その情景すら思い描けない。まして、自分がその闇に入り込み、どうやって佐田を殺害したか——などは、想像を絶する光景であった。

(推理するって、難しいことなのね——)

貴恵はつくづくそう思わないわけにいかなかった。推理小説なんて、何の気なしに読み捨てているけれど、ああいうものを考えたり書いたりする推理作家の頭は、どういう構造になっているのだろう。脳の構造がよほどひねくれているか、それとも脳細胞の一つ一つが、悪魔の血で汚されているのかもしれない。

「ちの字の祟り、か……」

貴恵は、ふっと浮かんだ連想を呟いた。小野老人が語らないまま死んでしまった『ちの字の祟り』とは、いったいどういう伝説だったのだろう？——

（あの人はどう思っているのかしら？——）

またしても、貴恵の脳裏に浅見青年の面影が浮かんだ。

小野家の人々以外では、貴恵と浅見だけが『ちの字の祟り』の話を聞いた。その話の内容は知らなくても、その知識を分かちあっているということが、なんだか、とても大切なことのように思えた。

貴恵は立ち上がった。いつでも出発できる準備は整った。出発する前に、やらなければならないことがある——と思った。

「ちょっと散歩してきます」

老女にはそう言ったが、集落の中心まで出ると、雑貨屋で電話を借りて浅見の泊まっている旅館の番号を回した。この辺りには公衆電話は見当たらないし、電話機はまだダイヤル式だった。

旅館の交換の女性がのんびりしているのか、それとも貴恵の焦る気持ちがそう思わせるのか、浅見が電話に出るまで、ずいぶん長くかかった。

「はい、浅見です」

バリトンが言った時、貴恵は感動に似た想いで、瞬間、言葉が詰まった。

2

浅見はすぐに飛んできてくれた。旅館の名前が大きく書かれたワゴン車が目の前に停まって、浅見の人なつこい顔が白い歯を見せて笑いかけてきた時も、貴恵はまた胸が詰まった。

「この車、すぐに戻さないといけないんですよ。とにかく乗ってください」

陽気に言って、助手席のドアを開けた。

「ドライブにはあまり快適な車とはいえませんけど、我慢してください」

貴恵の深刻な胸のうちとは正反対に、浅見はどこまでも陽気そのものだ。グループのリーダーである佐田が殺されたというのに、どういう性格をしているのかしら——と、貴恵は小憎らしくさえ思った。

しかし、浅見は陽気に振る舞ってはいたが、決して饒舌ではなかった。貴恵が話しかけなかったせいもあるけれど、旅館のある港の集落まで、とうとう会話のないまま走り通した。

車を旅館に返して、二人は港の岸壁まで歩いて行った。朝のうちはあんなに晴れていたのに、やはり梅雨明けは遠いらしく、いつのまにか雲が広がって、海は澱んだような色を見せていた。

港は小さく、連絡船が着く時を除けば、閑散としている。岸壁に人の姿はなく、漁船もほとんど出払っている。波ひとつない入江の深碧に、貴恵の白いつば広の帽子とブラウスが、まぶしく映える。

「私、今日の午後、東京へ帰ります」

貴恵は怒ったような口調で言った。

「そうですか……寂しくなるなあ」

浅見は残念そうに言った。

「じゃあ、浅見さんはまだいらっしゃるんですか？」

「ええ、もう少し決着がつくまではいるつもりです」

「決着っていうと、発掘調査は中止するんじゃなかったのですか？」

「いや、発掘は中止ですよ。僕は事件のほうに関心があるのです」

「ああ、そうですよね、佐田先生が亡くなられたのに、ほっぽって帰るわけにはいきませんよね」

「いや、佐田先生の事件だけじゃなくて、小野老人が死んだ事件や、勝田の池で若者が死んだ事件、それから……いろいろ面白いことがいっぱいです」

「面白いだなんて……」

貴恵は非難する目で浅見を睨んだ。

「あ、いけない。どうも僕は露悪的にものを言ってしまう癖があるんです。興味深いことが多い——と言うべきでした」

浅見は貴恵に向けてお辞儀をした。そういう仕種はとても素直で、憎めないものを感じてしまう。もしこの男がセールスマンだったりしたら、何でも買って上げたくなりそうだ——と貴恵は思った。

「浅見さんには事件の真相が、多少は分かるのですか?」

「ははは、多少というのは失礼だなあ」

「あ、ごめんなさい……でも、それじゃ、沢山分かっているっていうことですか?」

「いや、そう言われると、あまり威張れたものじゃありませんけどね」

あっさり後退して、照れ臭そうに頭を掻いている。貴恵にとっては、どこまでが本音なのか、評価しようがないほど、捉えどころの難しい男だ。

「けさ、警察が来て、私と白倉先生にいろいろ訊いて行ったんです」

「そうですか」

浅見はあっさり頷いて、それで?——という目を貴恵に向けた。

「それで、佐田先生との関係だとか、その事件の夜、どこかへ出掛けなかったかとか、そういうことを訊かれました」

「なるほど……」

　まだ貴恵の話を待つ態勢だ。

「それだけです」

「それだけ？　刑事はそれだけしか訊かなかったのですか？」

「ええ」

「それじゃ、佐治さんも白倉先生もどこへも出掛けなかったと答えて、それっきり何も訊かれなかったのですか？」

「ええ」

「出掛けなかったことを立証する方法があるかとか、そういうことは？」

「いいえ、訊かれませんでしたよ」

「驚いたなあ……」

　浅見は目の前にいる貴恵が、刑事そのもののように、疑惑に満ちた目でじっと見つめた。

「そんな杜撰なことじゃ、何のための事情聴取か分からないじゃないですか。もしあなたが犯人だったら、さぞかしほっとしたことでしょう」

「そんな、犯人だなんて失礼だわ」

　言いながら、貴恵はすぐに白倉のことを思った。たしかに浅見の言うとおり、あの時、白倉はほっとしたにちがいない。

「いや、佐治さんだけじゃなくて、白倉先生についても言えることですよ」

浅見は貴恵の目の動きを読み取ったように言った。

「相手がどういう人物であっても、訊くべきことは訊かなければ、事情聴取の意味がないですよ。そうは思いませんか?」

「ええ、そうですけど……」

貴恵は仕方なさそうに頷(うなず)いて見せたが、内心では、浅見の遠慮のない明快な口振りに小気味よさを感じていた。

「それで、どうなんですか、事実は?」

浅見はおっかぶせるように、訊いた。

「もし、私が外に出ていたとして」と、貴恵はべつのことを言った。

「私が犯人であるために必要な条件はどういうことがあるんですか?」

刑事に対して言ったのと同じ質問を繰り返してみた。

「必要なのは、動機と犯意とチャンスと、それに毒物ですよ」

浅見はいともあっさり答えた。

「それだけ揃(そろ)っていれば、あなたは立派な容疑者の資格があります。いや、犯人そのものと言ってもいいかもしれない」

貴恵は思わず笑ってしまった。体中のこわばっていたものが、スーッと抜けてゆくような安堵(あんど)感があった。

「浅見さんが言うのを聞いてると、なんだか犯人であることが誇らしいみたいな気がしてきますね」

　笑いながら、言った。

「そういう条件が必要だとしたら、残念ですけど、私には資格がありません。それに白倉先生だって……」

「ほう、どうして分かるのですか？」

　すかさず浅見は訊いた。

「あなたのことはともかく、白倉先生のことまで、どうして分かります？」

「だって、白倉先生にだって、そんなにいろいろの条件を満たすことはできっこありませんもの」

「なるほど……」

　浅見は大きく頷いた。

「そうですか、あの夜、白倉先生は外出されたのですね？」

「………」

　貴恵は反射的に右手の掌で口を抑えた。

「いや、佐治さんは何も言ってませんよ。安心してください」

　浅見は笑顔になったが、笑顔の裏側では、猛烈なスピードで何かを考えていることが、貴恵にも読み取れた。

「たしかに」と浅見は思索的な視線を遠い岬の辺りに置いて、言った。

「白倉先生は犯人ではないと思います」

貴恵の口から、「ほうーっ」という、かすかな吐息が洩れた。

「その理由は二つ考えられる。一つは、あの先生に毒物を入手することができそうにないということ。それからもう一つはチャンスの問題です。佐田先生が宴会を抜け出して現場へ赴いた時間は、あらかじめ計画したり予定したりできない要素が強かったと思います。宴会の始まりの時刻が、ふだんの食事時刻より大幅に遅れていましたし、そもそも、あの日の宴会そのものが、甕が出土したことを祝っての、いわば突発事故みたいなものだったのですよね。だから、佐田先生が宴会の途中で抜け出したタイミングだって、あらかじめ計画されたものであったはずはない。まして、その佐田先生が現場へ行き、警備の三人に睡眠薬入りのビールを飲ませ、眠らせる——なんていうのは、タイムスケジュールを立てようがない、偶発性の多い展開です。そのすべてを白倉先生が予測できたとは、ちょっと考えられません」

浅見は一気に喋った。貴恵があっけに取られるほどの早口であった。

「そうですよね、白倉先生が犯人だなんていうことは、あり得ませんよね」

貴恵は、それまでのモヤモヤがサーッと晴れてゆくような気がした。

「いや、あり得ないと断定していいかどうかまでは分かりませんよ」

浅見は少し意地悪い口調になった。

「僕が言っているのは、もし、いまの二つの条件を満たすことが可能な場合には、白倉先生を犯人だとすることもできるということなのです」

「でも、事実上、そんなことは考えられませんもの」

「そうですね、僕もそう思います」

浅見は頷いた。

「ただし、白倉先生が外出された、そのこと自体には、事件と何らかの関わりがあるのかもしれない。少なくとも、先生が隠しているのはなぜか、興味を惹かれますよねえ」

「あの……」と貴恵は消極的な抗議の目を、浅見に向けた。

「白倉先生が外出したとか、そういうこと、私は言ってませんから……」

「ははは、まだそんなことにこだわっているんですか。佐治さんもずいぶん義理堅い人ですねえ。そのぶんだと、東京で会った『小野さんの幽霊』のことなんか、まだ当分、話してはもらえそうにないのかな」

浅見はそう言って、いたずら坊主のような目で、貴恵の表情を窺った。

3

（この人には勝てない——）と貴恵は心底から思った。浅見の少年のような瞳を見ていると、彼が何の欲得も伴わない、純粋な好奇心で事件にのめり込んでいることが分かる。しかもそれを少しも隠そうとせずに、「面白い」とか「興味がある」とか、生の気持ちをそのまま口にしてしまうところが、いかにも憎めない感じだ。

「幽霊のこと……」

貴恵の唇から、ポロリとこぼれ落ちるように言葉が出た。

「……話します」

浅見は黙って、コクンと頷いた。何か言うと、貴恵の口がふたたび閉ざされてしまいそうだった。

「五反田に大きなお屋敷があって、そこで私、奇妙な体験をしたのです」

貴恵は喋りはじめた。いったん心を決めて口を開くと、あの日の不思議な出来事が、次から次へと、まるでテレビのブラウン管に映し出されるように浮かんでくる。

白倉教授以外の誰にも話さなかった——話してはいけないと思い決めていた——そういう心のタガを外し、その勢いの赴くまま、休むことなく語り続けた。

浅見は「うんうん」とか、「ふむふむ」とか、「ほう」とか、短い感嘆詞を発するほかは、質問などを挟まない。

白倉教授の紹介で曾我という人を知り、その曾我の紹介で五反田の屋敷を訪ねたこと。

執事に「紀伊様ですか?」と訊かれ、「そうです」と答えたこと（それがそもそもの間違いの元だったのだ）。

大きな柱時計が沢山ある屋敷だったこと。

執事の案内で奥まった部屋に行き、そこで第二の執事から「巻物」を見せられたこと。

巻物が、希望した『おちくぼものがたり』ではなく、奇妙な「絵巻」だったこと。

しばらく経(た)って、第二の執事が血相を変えて現れ、絵巻をひったくるようにして持ち去り、屋敷を追い出されたこと。

その不思議な体験を白倉教授に話すと、ひどく驚き、いろいろと質問されたこと。

その日から一か月ばかり経って、白倉に呼ばれ、一緒に隠岐へ行くよう、頼まれたこと。

隠岐の村上家へ行き、土蔵にあった桐箱(きりばこ)の中の紙片を見たこと。

紙片には「定家(ていか)にゆづる」と書かれてあったこと……。

「定家ですって？」

浅見はそこではじめて、驚きの声で質問を発した。

「定家というと、藤原(ふじわら)定家のことですか？」

「ええ、そうです」

「あの、新古今集の編纂(へんさん)者の？」

「ええ、百人一首の藤原定家です」

貴恵は自分の恋人の自慢でもするように、誇らしげな口調で言った。

「それで、定家に何かを譲ったとかいう、その人物は……まさか、後鳥羽上皇？」

「そうなんですって、後鳥羽上皇なんですって」

「ふーん……」

浅見は考え込みそうになって、慌(あわ)てて思い直して言った。

った。

「あ、すみません、先を続けてください」

しかし、それから先の貴恵の話は、それまでにも増していちいち驚きに満ちた内容であった。

後鳥羽上皇が敗戦を予測して、隠岐に財宝や美術品を疎開してあった——という白倉教授の仮説には、さすがの浅見も驚嘆した。

あはれなり世をうみ渡る浦人の

ほのかにともすおきのかがり火

という歌が、じつはノストラダムスばりの大予言であったのではないか——という推理にいたっては、下手なミステリー小説よりよほど面白い。

貴恵の話のあいだ中、浅見は何度も「うーん、うーん……」と呻き声を洩らした。

「それで、その源氏物語絵巻は、結局、定家にプレゼントされることなく、隠岐の村上家に遺されたにちがいないって、白倉先生はおっしゃるんです」

「なるほど、なるほど……」

浅見は貴恵の唇から言葉が出る、そのたびに、この隠岐で何があったのかが、少しずつ見えてくるような気がした。

しかし、その興奮をそのまま表すことは、なんとか抑えた。気持ちのまま、貪欲に貴恵から話を引き出そうとして、貴恵に恐怖感を与えてはならない——と思った。

「でも、明治時代以降、村上家は疲弊した時期があって、その時に美術品のほとんどが、コレクターたちの手によって運び出されたのではないか——って、そういうことらしいのですよね」

「なるほどねえ、しかし、それは財産価値としては膨大なものだったのじゃないかな」

「ええ、なんでも、もし現在売り買いされるとしたら、絵一枚で何億、絵巻一巻だったら、おそらく何百億円の値段がつくだろうっておっしゃってました」

「そうかもしれないなあ……」

浅見は溜め息をついて、しばらく考えてから、言った。

「いままでの話で、だいぶいろいろなことが分かってきたけれど、一つだけ疑問点が残っているんですが」

「?……」

貴恵は小首を傾げて、浅見の「質問」を待った。

「これは、失礼な質問かもしれないけれど」

浅見は言いにくそうに言った。

「白倉先生があなたを隠岐まで連れて来た理由ですが……」

「ああ……いやだ、変な勘繰りはしないでください」

浅見は顔を赤くして、ピョコンと頭を下げた。

「申し訳ない、謝ります」

「まあ仕方ないでしょうね、よくある話なんですから。でも私と白倉先生はただの師弟ですよ。ただ、隠岐に私を連れて来たのには、理由があったことはたしかみたいです」

「ほう、どういう？」

「白倉先生は、私を村上助九郎さんに会わせることで、絵巻の話の信憑性を証明なさったみたいなんです」

「ほう、つまり、生き証人ですか？」

「そうですね。そのあとで、助九郎老人とお会いして、私が絵巻の話をすると、老人は懐かしそうに、それは間違いなく、昔、村上家にあった絵巻に相違ないっておっしゃってました」

「昔というと、いつ頃のことですか？」

「四十五、六年前とかおっしゃってました。とにかくずいぶん昔ですよね」

「そうですね、僕が生まれる十二、三年も前ということか……」

「あら、浅見さんて、三十三、四っていうことですか？」

「あ、いけね……三十歳って言ってたんでしたっけ」

浅見は笑った。貴恵もおかしそうに笑った。ようやく打ち解けて、心の底から笑うことができた。

「なんだか、浅見さんにお話ししたら、心のモヤモヤが消えてしまったみたいです」

「そうでしょう、物言わぬは腹ふくれる心地がするもんです」

笑いながら、浅見はふと思いついた。

「そうだ……村上老人は四十五、六年前に見たと言ったのでしたね？　それっきり見てないというのは、つまり、美術品が運び出された時のことも知らないというわけですか。どうして知らなかったのだろう？……」

「戦争に行ってらしたんじゃないですか？」

「あ、そうか、戦争ですか……」

浅見は急に、茫漠とした歴史の世界に吸い込まれるような、頼りない気分になった。

日本が戦争していた時代というのは、浅見ぐらいの年代の人間にとっては、まさに歴史そのものだ。太平洋戦争、日華事変、第一次世界大戦、日露戦争、日清戦争、西南の役、戊辰戦争——と辿ってゆくと、やがて戦国時代から源平合戦まで遡っても、大して違和感はない。

ひとつひとつは、歴史上の大事件として、いかにも独立しているように見えるけれど、決してそうではない。太平洋戦争の遠因が日清・日露の戦争と繋がっているように、すべての事件は大化の改新に端を発していると言っても過言ではないかもしれない。

「戦争の頃、村上老人はいくつぐらいだったのかなあ？」

「たぶん、三十歳代の終わりぐらいじゃないのかしら？　それとも、もう少し若かったかもしれませんね」

「そうすると、村上老人の留守のあいだに、美術品は持ち去られたことになりますか。先代か、ひょっとすると、その前の代の助九郎さんの時代かな？　戦争のゴタゴタの最中にどうにかなっちゃったんでしょうね」

「もしかすると、軍隊が強引に持って行ったのかもしれませんよ。村上さんは、せめて、どういうルートで移動したのかさえ分かればいいっておっしゃってるんですよね」

「なるほど、それじゃ、かなり理不尽な方法で取り上げられた可能性もありますね。そういえば、テレビで、横山大観の絵が、戦費を捻出するために献納されたという話をやっているのを、見たことがあるな」

「じゃあ、そうやって持ち去られた美術品が、五反田のお屋敷にあったということになるのかしら？　だったらひどいですよねえ」

「うーん……しかし、そういう理不尽は戦争にはつきものなんじゃないのかな。僕のおふくろなんかも、馬鹿正直に貴金属類を全部献納したそうだから。それが愛国心の証明みたいなことだったっていうんですよ」

「ああ、その話、私も祖母から聞いたことがありますよ。そういう貴金属が日銀の金庫に眠っていたのでしょう？」

「そうだそうですね。頭のいい人間は、さっさと隠匿しちゃったんだろうなあ」

言いながら、浅見は「あっ……」と気がついた。

「そうだ、村上家の人たちは頭が悪かったのですかねえ？……」

「はあ？」

「いや、もし頭がよければ、なにも全部を献納してしまうようなことはしなかったのじゃないかと思って……」

「そうですね、しなかったかもしれませんよね」

「だったら、その美術品はどこに隠しますかね？」

浅見の瞳がキラキラ輝いて、貴恵の目に注がれた。

「あ……」

貴恵も浅見の思いつきに気づいた。

「じゃあ、あの甕の中……ですか？」

「考えられないことじゃないですよね」

「ええ、そうですよね。そうだわ、甕の中に入っていたのかもしれない……え？　でも、あの甕は後鳥羽上皇の時代に埋められたものじゃないのですか？」

「そう思われているけれど……いや、かりにそうだったとしても、村上家ではすでに、いったん掘り出して、甕の所在を知っていたのかもしれないじゃないですか。もしそうだとすると、甕の中ほどいい隠し場所は、ほかにはありませんよ。なにしろ、あそこは後鳥羽上皇の御火葬場跡ですからね、軍隊といえども……いや、軍隊ならなおさら、近付きがたい神聖な場所です」

「ほんと……そうですよね」

「問題は、佐田先生は、あらかじめそのことを知っていたかどうかですね」

「え？　佐田先生が、ですか？」

「そう、佐田先生が盗掘した目的は、その美術品だったのかもしれませんよ」

「まさか……だって、甕の中身を佐田先生がご存じだったなんて、考えられないじゃないですか」

「そうだとは思いますが……しかし、それじゃ、佐田先生は何を目的に盗掘なんかしたのだろう？　ああいう状況で盗掘するなんていうのは、かなり危険なことですよ。いくら呑気でも、警備の三人が、睡眠薬を飲まされたことにぜんぜん気づかないはずはないですからね。あとで問題になったり、まかり間違うと先生の学者としての生命は終わってしまいかねない。それだけのリスクを覚悟の上で盗掘なんていうことをやらかすんだから、逆によほどのメリットがあったのだろうし、それを確信していたに違いないですよ」

「でも、佐田先生はそんなこと――美術品が埋まっているなんていうことを、どうして知っていたのかしら？」

「さあ……それが問題ですね」

浅見は貴恵と思索的な目を見交わしてから、視線を遠くの水平線へ向けた。

佐治貴恵の話を聞いたことで、隠岐に来て以来の、いくつもの奇怪な出来事や謎が、わずかだが解明される兆しのような手応えがあった。

「謎解きの鍵は、もしかすると長野先生が握っているのかもしれない」

浅見は時計を見た。

「あの先生、そろそろ起きて来る頃かな？」

「え？　こんな時間なのに、まだ寝ていらっしゃるんですか」

「ええ、ちょっとわけありでしてね。昨夜、どこかで徹夜してたらしいのです。何か話があるっておっしゃっていたが……どうです、佐治さんも会ってみますか？」

「私が、ですか？……」

貴恵は身を固くした。

「だめですよ私なんか、怖くて……それに、午後の便で帰りますから、その支度もしなきゃいけないし」

「ははは、怖いって、長野先生に会うことがどうして怖いのですか？」

「分かりませんけど……やっぱりお会いするのはやめときます」

「そうですか、やめますか」

浅見はあっさり頷いた。

「それじゃ、また旅館の車でお送りしましょう」

二人は港に背を向けて歩きだした。

その時、貴恵は急に、浅見との別れを惜しむ想いが込み上げてきた。

第八章　美術品移動

1

浅見が貴恵を送って帰ってみると、長野はすでに起きて、旅館の前庭で軽いラジオ体操の真似ごとみたいなことをしていた。

「お早うございます」

浅見が思わず挨拶すると、「あははは」と笑った。

「お早くはないでしょう。食事を頼んだら、もうじき昼飯だから待てと言われました」

まるで屈託がない。昨夜の所業について、一点のやましさも感じていない顔だ。

「昨夜はどちらへ行かれたのですか？」

浅見も遠慮なしに訊けた。

「ああ、昨夜は町長さんの家に行ったのですよ。それから北本さんという人のところへ行きました」

「北本さん……というと、あの北本老人ですか？」

「ん？　ああ、老人といえばいえるが……そうすると、浅見さんの目から見ると、私なども老人の仲間というわけですか」

「あ、いえ、そういうわけでは……」

「ははは、まあいいでしょう。私なんかもそろそろ老境に入っていることは事実なのだから」

「それで、北本さんのところで何かあったのですか？」

「ちょっとね、調べ物があって、海士町の歴史などをね」

「では、それで朝まで……」

「そうですよ。まあ、先方は迷惑だったでしょうがね。しかし、こちらもいつまでも隠岐にいられるわけじゃなし、無理を言って朝までいさせてもらいました。北本さんも三時頃までは付き合っておられたが、最後は呆れ返って寝てしまわれた」

「そんなに長く、何を調べていらっしゃったのですか？」

「隠岐の歴史ですよ。いや、厳密にいうと、海士町の歴史というべきですがね」

「では、後鳥羽上皇の事跡とか、ですか？」

「うん、それももちろんありますが、もっと新しいことも含めてですな」

　長野はずっと体を動かしながら話していたが、最後の深呼吸を数回やって、「中へ行きましょうか」と言った。

　しかし、中断した話の続きを聞けるまで、それからしばらく間があった。長野が言っていたとおり、昼食の準備が出来たと言って、女将が全員を呼びに来たのである。

浅見たち若い連中はあまり食欲がないのに、長野はよほど空腹だったとみえて、健啖ぶりを示した。トビウオの干物程度のおかずで、三杯もお代わりして、なおも「どうしようかな」と腹の辺りをさすって迷っていたが、さすがに太り過ぎを警戒したのだろう、いかにも残念そうに箸を置いた。

「さて、浅見さん、私の部屋へ行きますか」

長野は言って、「よっこらしょ」と腰を上げた。徳安と石出は浅見と長野の顔を見比べている。何事か――と不安を感じている表情だ。

長野の部屋は東北のはずれにあって、午後になると爽やかな風が通り抜ける。

「浅見さんが言っていた美術品が埋蔵されていた可能性があるのかどうか、そのことを調べてみたのですよ」

座敷に落ち着くなり、長野はすぐにそう切り出した。

「結論として、可能性は、たしかにありましたよ」

長野はメモ帳をテーブルの上に載せた。細かい文字がびっしり書かれてある。

「資料を借り出せればよかったのだが、貸してくれませんでね。仕方がないから、必要な部分だけを抜き書きしてきました。おかげで手が痛くなりましたよ」

抜き書き――と長野は言うが、膨大な量である。

「ここをちょっと読んでごらんなさい」

長野に言われたが、むやみに漢字ばかりが並んだ文章で、浅見には読めない文字も少なくなかった。

——承久年中、後鳥羽太上天皇御遷幸之砌、勝田山源福寺隠岐院興被為在勅号候由伝承仕候、即本堂正面勅号之御額者、持明院基延卿御染筆御座候。

といった具合で、何が何やらさっぱり分からない。

「だめです、僕はどうも、こういうのはまったく苦手でして」

浅見は正直に音を上げた。

「そうですか、難しいですか？　浅見さんのような文筆をもって業となしている人なら、分かるかと思ったのだが。やはりお若い方には無理ですかなあ」

「いえ、若くなくても、こういうのを読みこなす人は、そうざらにはいないのじゃないでしょうか」

負け惜しみでなく、浅見はそう思った。

「恐縮ですが、これらの文書には何が書いてあるのか、ダイジェストして教えていただけませんか」

「そうですなあ……」

長野はしばらく考えていた。

「やむを得ませんかね。いいでしょう、それじゃ、かいつまんで申し上げるとですな、要するに、ここには隠岐——とくにこの中ノ島に関係のある文書の中から、後鳥羽上皇の御物や美術品と見られる物に関する記述をピックアップして書写してあるのです。いまあなたが読んだのは、持明院基延卿の真筆について示されている。それから、これは後水尾天皇の御製の短冊について書いてある……」

長野はつぎつぎに文化財や美術品の名称を上げてゆく。

「……これは定家卿の書ですな」

「えっ？　藤原定家の物もあるのですか？」

「ああ、そのようですな、あったらしい。現存してはいないが、そういう物があったと、記録には残っていますよ」

「定家の何があったのでしょう？」

「何かははっきりしないのだが、詞書とあるところを見ると、物語か何かの写本ではないかと思われますな。定家の筆跡はかなり特徴がありましてね、いわゆる『定家風』とよばれる独特の筆法ですが、ことさらに署名がなくても簡単に見分けがつきます。したがって、そういう記録も信憑性があると考えていいでしょう」

「それで、現存していないというのは、どういうことなのでしょうか？」

「明治維新の際に、ほとんど流出してしまったようですな。ここに……」

長野はさらにメモの先をめくった。

「主として明治元年の動乱の際のことが、かなり克明に記録されています。それによると、隠岐は松江藩、官軍、農民兵入り乱れて、大混乱だったらしい。その農民兵のことについて、概ねこんなことを書いてある。『藩士軍用方高橋某来りて島中の志士を招き、尊攘の大義を説き、之に応ぜんことを勧む。是に於いて各村庄屋年寄をはじめ、勇壮者を選び、打裂羽織、股引、脚絆を給し、賦役を与えもって之れに従わしむ。その総数四百八十人』というのだが、いかがです？」

「はあ……」

浅見は不得要領をあらわに、生返事で答えた。

「ははは、退屈の顔ですな」

長野は冷やかすような目で、ジロリと浅見を見て、言った。

「四百八十人も集めた理由ですがね、尊攘の大義などと書いてあるが、じつはこれがどうやら、後鳥羽上皇の行宮であったところの、源福寺の寺宝を守るのが主たる目的のようであったらしい――となると、少しは目が覚めますか？」

「えっ？　寺宝を守るのに、そんな大勢を集めたのですか？」

「ほらほら、興味津々という顔をする。確かに寺宝といっても、ほとんどは後鳥羽上皇時代の宝物だったと考えられるから、中にもろもろの美術品が含まれていたことは、推測にかたくないでしょうな」

「それで、宝物類はどうなったのかとか、そういうことについては、何か書いてあったのですか？」

「はっきりしたことはこれから分析せにゃなりませんがね、ひとつヒントになるかもしれん記述がありましたよ。それは、ええと……これですな。『西園寺公望は山陰道鎮撫使として山陰道に下向し、鳥取藩の先導にて二月二十八日松江に入るや、松江藩は大に謹慎の意を表し、世子直応は自ら津田まで出迎え、待遇最も慇懃を極めたり。しこうして米子に着陣せらるるや、我が隠岐に渡海せられんとする』云々……」

「西園寺公望ですか……」

「ああ、明治の元勲の一人ですな」

「西園寺公望ほどの大物が、わざわざ隠岐に渡ったというのは、やはりそういう宝物のことがあったためでしょうね」

「推測にすぎないが、まあ、そう考えてもいいでしょうな」

「そうですか、西園寺公望ですか」

西園寺公望の名前が出たとなると、貴恵が言っていた、五反田の屋敷の正体が、納得できそうな気がする。

「そうすると、その時点で、宝物は西園寺公望か、あるいは西園寺家ゆかりの家に運びこまれたと考えられますか？」

「さあねえ……それは、にわかには断じがたいですな。しかし、西園寺公の手元に一時期あった可能性は充分ある。もし宝物の移動先が西園寺家ならば、保管もしっかりしておったでしょうし、関東大震災や太平洋戦争の空襲の際にも無事だったと考えていいでしょうが。ただ……」

長野は少し眉を顰めた。

「西園寺家といえども、終戦後はかなり経済的に疲弊したはずですからな、さらに美術品の移動があった可能性は否定できない。当時は戦後成り金と言われた連中が、皇族や華族の家屋敷から家財にいたるまで、片っ端から買い叩いた。したがって、そういう連中の手を経て、とんでもないところに移動しているのかもしれませんな」

「後鳥羽上皇当時の美術品となると、現在の価値はたいへんなものでしょうね」

「まあ、それは物にもよりけりですがね。定家の真筆なんかだと、やはり何千万から、ひょっとすると億の値がつくかもしれない」

「たとえば……」

浅見はちょっと躊躇ってから、言った。

「源氏物語絵巻なんかがあった可能性はどうでしょうか？」

「えっ？　源氏絵巻ですと？　ははは、えらいものを考えましたなあ。そんなものがあればの話だが、そりゃたいへんだ、何十億か、いや、もっとかな？」

長野は夢を見るような目で宙を見ていたが、ふと気づいて、その視線を浅見に向けた。

「浅見さん、あなた、なんだって源氏物語絵巻などと思いついたのです？」

「えっ？　いえ、べつに大した理由はないのですが、ただ、源氏物語絵巻というのは、非常に貴重なものだと、聞いたことがあるもので……」

「ふーん……それは確かにそのとおりです。世に三大絵巻と称するのがありましてね、一に源氏物語絵巻、二に信貴山縁起絵巻、三に伴大納言絵詞と、これはどれを取ってもケタはずれ、国宝中の国宝ですな。かりに競売に出たとすると——そんなことはあり得ないし、値段のつけようもない代物ですがね——おそらく何百億でも買うというのが出てくるでしょうな」

「はあ……」

浅見はポカンと口を開けて頷いた。貴恵が言っていたことは嘘ではなかったのだ。長野ほどの人物が言うのだから、間違いない。

「しかしなんですなあ、後鳥羽上皇などは、まだ色鮮やかだった頃の源氏物語絵巻を見ているわけですなあ……じつに羨ましいかぎりではありませんか」

長野は、また夢見る目になっていた。

2

「かりにもし、そういった美術品が隠岐にあったとしてですね、しかも西園寺家を通じてさらに第三者に流れて行ったと仮定してですが」

浅見はなるべく感情を殺すような口調で訊いた。

「そこから先、どういうルートでどこへ流れて行ったのか——とか、そういう事を調べる

「うーん、それは難しい問題で、そのことだけを研究対象にしている学者も大勢いるほどですがね。そう、古代史の研究で有名な、成城大学の田中日佐夫氏なんかが意欲的に取り組んでいますな。彼の著作に、そのものずばり『美術品移動史』というのがあるくらいですよ。その中で源氏物語絵巻についても触れていて、たしかあれは益田鈍翁のコレクションでしたかな。鈍翁というのは、ご存じかもしれんが、男爵で戦前の財閥の大黒柱であった人物で、日本の美術品コレクターの最高峰といわれた人です。その鈍翁に関する記述の中に、明治維新の混乱期に市場に出た『蜂須賀家本源氏物語絵巻』の移動のことが書いてあったと思いますよ」

「えっ？　蜂須賀家というと、例の、豊臣秀吉に仕えた蜂須賀小六の子孫のですか？」

「そう、阿波二十五万石の大名家ですな」

「ということは、維新当時、源氏物語絵巻が蜂須賀家にあったということですか？」

「そういうことですな」

「だとすると、源氏物語絵巻が隠岐にあったなどという仮説は、まったく成り立たないことになりますね」

「いや、そう単純なものではない。なにしろ、源氏物語絵巻は全部で五十四帖・十巻とも十二巻とも言われていて、そのうちどれだけのものがどこにあったのかなど、いまだにそのルーツが判明していないし、そもそも蜂須賀家以前の所有者も判明していないのだから……そうそう、思い出したが、その『美術品移動史』という本の中に、さっき話に出た源氏物語絵巻の価値について、具体的な金額を書いてありましたな。たしか昭和三十四年のことだったと思うが、所有者が三億円で手放したという話です。現在、五島美術館に所蔵されているのがそれだが、さて、当時の三億が現在のどれくらいに相当するか……まあ、何百億というのも、あながちオーバーではないかもしれませんなあ」

美術品自体、浅見にとってはまったく縁遠い対象だっただけに、そういう美術品の移動を研究する人がいるなどということは、はじめて知った。そういう新知識を得たことはいいのだが、話題が肝心の「隠岐にあった源氏物語絵巻」から遠ざかってしまった。

「あの……」

浅見はどういう言い方でアプローチすべきか、逡巡しながら、言った。

「五反田に、美術品を数多く所蔵している大きな屋敷があると聞いたのですが、それが西園寺家と関係があるかどうか、先生はご存じありませんか？」

「五反田？　ほう、あの屋敷のことを知っているのですか。たしかにありますよ。残念ながら、私はコネがないもんで、一度も入ったことはないが。品川の御殿山には、もと鈍翁の大邸宅がありましてね、かずかずの国宝級の古美術がその屋敷で展観された時代もあったのですが、戦後、そういうムチャクチャな大財閥というのが姿を消してしまった。華族が手放す美術品を、進駐軍の連中がどんどん買って行ってしまうという騒ぎだった。源氏物語絵巻も、ほかのもろもろと一緒に十把ひとからげにして、マッカーサーが百万ドルで買うという話があったくらいです。そこで篤志家が寄り集まって日本から外国に美術品が流出するのを阻止しようということになった。その拠点となったのがあなたの言われた五反田の屋敷だと思っていいでしょう」

「そこには西園寺家の人も関わっていたのでしょうか？」

「さあ……しかし浅見さん、あなた、いやに西園寺さんにこだわるが？」

「は？　いえ、そういうわけではありませんが、隠岐にあった源氏物語絵巻は、西園寺公望が運び出した公算が強いと思っているものですから」

「ははは、どうも素人さんは単純に考えるので困るなあ。第一、隠岐に源氏物語絵巻があったかどうか、それからして分かっていないのですぞ」

「はあ、それは確かにおっしゃるとおりなのですが……」

貴恵がその屋敷で、かつて村上家に伝わっていた源氏物語絵巻を見たという、その話をするわけにはいかないので、浅見は歯痒い思いであった。

しかし、その屋敷には間違いなく源氏物語絵巻があったのである。そしてそれは、第二次世界大戦の終戦直前まで村上家にあったものと同一のものらしい。

浅見は質問を変えることにした。

「太平洋戦争の末期に、軍が絵画類を献納させたという事実はあるのでしょうか？」

「ああ、それはありましたな」

「その際、集められた美術品はどうなったのでしょう？」

のでしょうな」

「維新とか敗戦とか、そういうドサクサがあったにもかかわらず、なおも、美術品の一部が隠岐のどこかに隠されていた可能性というのは、まったくないのでしょうか？」

「まあ、常識的にいえばないと思うが、しかし、浅見さんが言っていたように、後鳥羽上皇の聖域に埋蔵するという方法なら、考えられんこともないでしょう。そう思ったがゆえに、私も徹夜までして調べる気になったのだが、はたして本当に美術品が埋蔵されていたものかどうかは、残念ながら、確認はできなかったですな」

「もしそれがあったとして、そのことを先生がご存じだったら、どうしますか？」

「ん？　どうしますかとは？」

「つまり、ご自分の手でひそかに発掘して、ご自分の私物にしたいという、そういう欲求をおぼえることはないでしょうか？」

「私が？　いや、私ならそんなことはしないですな。それどころか、せっかくこの手で発見したのだから、その事実を後世に残すべく論文を書く。そういう方向で積極的に発表するでしょうなあ」

「財産価値の高い美術品を自分の物にしようなどとは、お考えにならないのですか？」

「うーん……いや、考えませんな。だってあなた、あといくらも生きられないのに、財産なんかあったってしようがないじゃないですか。それよりも、少しでも長く、少しでも多く仕事をしておきたい。学者というのはそういうものです」

浅見は黙って頭を下げた。ひょうひょうとして、一見、真面目(まじめ)なのかふざけているのか分からないような観さえある長野が、じつは本当の意味での学究の徒であったのだ。

「ただ……」と、長野は急に苦渋に満ちた顔を見せた。

「あなたが言われるようなことを、佐田さんがなさったかどうかまでは、私には何とも申し上げようがないなあ。佐田さんも優れた学者だと思うが、人それぞれに事情がある。私だって、きれいごとを言っていられなくなる場合だって、絶対にないとは断言できませんからなあ。そう、終戦の話が出たついでなので、こういう話をするのだが、当時、ある法律家が清廉潔白を宗(むね)とするがゆえに、一切の闇物資(やみぶっし)を口にしなかったのですな。そのためにその人物は栄養失調で死んだというのです。そこまで徹底できるかと訊(き)かれれば、私など、まるで自信がない」

「では、佐田先生がそういう……」

「いや、それはたとえばのことで、佐田さんがどうのと言っておるのではないですぞ。佐田さんがそういう我欲の人だとは、考えたくありません」

「しかし、三人の張り番の人に睡眠薬を飲ませたりというあの状況からは、やはり佐田先生が盗掘をしていたことは事実だとしか考えられませんが」

「ですから、それには何か事情があってですな……いや、とにかく、隠岐へ来るまでの旅の楽しさを思うと、何もかもが夢のまた夢のような気がしてなりませんな」

長野の目に涙が浮かんだ。

浅見は「はっ」と胸を衝かれた。浅見を含めて、四人の同行者の中で、佐田の死に涙を見せたのは、これがはじめてのことであった。緊張と不安を強いられて、誰もが佐田の死を悲しむどころではなかったのだ。

「長野先生が隠岐に来るメンバーに参加されたのは、どういうきっかけだったのでしょうか？」

浅見はずっと心にあったことを訊いた。

「直接には海士の町長さんからの依頼ということになっていますがね、実際は佐田さんのご指名なのだそうですよ」

「じゃあ、佐田先生とは以前からのお知り合いだったのですか？」

「いや、そういうわけではない。お名前だけは存じておったが、お会いしたこともなかったくらいですな」

「では、どうして長野先生を？……あ、これは失礼なことを言ったかもしれません。先生の業績を佐田先生がご存じだったからだとは思いますが。それにしても、事前に何かお話があったのでしょうか？」

「いや、いきなり海士町から申し入れがあったのですよ。私をぜひということだったらしい」

「佐田先生に、その理由をお訊きになりましたか？」

「いや、訊きませんでしたよ。どうでもよいことですからな」

長野は恬淡としている。

「しかし、訊いておけばよかったかもしれない。いまとなってはなぜ私を選んだのか、知りたくても知りようがありませんからなあ」

「僕は、佐田先生は長野先生のそういうお人柄を見込まれたのではないかと思いますが」

「私の人柄？　ほう、どういう人柄なのですかな？」

「つまり、学問以外のことにはあまり拘泥しない性格であるとか、とくに、無欲なところだとかです」

「はあ、それはまあ、確かにそういうところはあるかもしれないが、そんなのは、見方を変えれば退屈きわまる人間である証明みたいなものですからなあ。それに第一、そんなことを、はたして佐田さんがご承知だったかどうか。なにしろあなた、一度もお会いしたことのない同士ですぞ」

「問題はそこですね」

浅見は表情を引き締めて、言った。

「やはり、佐田先生がああいうことになったあの事件と、長野先生をメンバーに選ばれたこととのあいだには、何か繫がりがあると考えるべきだと思います」

「ふーん……そうすると、私が事件に関係があるとでも？　いや、警察もそういう観点からか、とにかくしつこく事情聴取をしましたよ。言葉つきは丁寧だが、警察もそういう観点から、ありゃなんですな、ん」

慇懃無礼というやつで、明らかに頭から疑ってかかっている態度ですな。じつにけしから

思い出すと、温厚な長野ですら腹が立ってくるものらしい。

「仕方がありませんよ、僕も含めて、東京から一緒に来た連中が、とりあえずもっとも疑わしい立場にあるのですから」

「ほう、浅見さんは若いに似合わず、なかなか理解がありますなあ」

長野は不思議そうな目で、しげしげと浅見を眺めた。

そう言われると、なんだか気持ちのどこかに、兄に対する気兼ねがはたらいているのかもしれない――と思えてくる。

「そうだ、浅見さんは警察の事情聴取に対して、佐田さんのあの行為が盗掘であるとか、そういったことは話したのですか？」

「いえ、話しませんでした」

「そう、話していませんか……うん、それでよかったのでしょうな。警察がそのことを知れば、さらにしつこく尋問されたにちがいない。それをあの連中が理解できるまで説明しようということになると、これはかなり長くなりそうですからなあ」

「しかし、いずれにしても、ある時期がくれば話さなければならなくなるとは思います」

「ん？　ある時期というと？」

「それは、佐田先生が実際に盗掘をしておられたことが判明したらという意味です」

「ふーん……浅見さんはよほど確信があるようですな。佐田さんはほんとうに何かを掘り出したと信じているのですか」

「ええ、ほとんど……少なくとも七十パーセントぐらいは信じています」

「だとすると、掘り出した物はいったいどうしたのです？」

「結局はそこに話は戻ってしまうのですが、それは事件の全体像が分かれば、しぜんに分かることだと思っています」

「ふーん、事件の全体像ねえ……」

長野は浅見の顔をじっと見つめた。古い仏像か何かを見つけて、その真贋（しんがん）を見極めようとする時に、そういう目になるのかもしれない。

「浅見さん、あなた、何者ですかな？」

「は？……」

「いや、私が承知しているあなたの職業は、たしか歴史や旅行に関するルポを書く、物書きということだったように思うが？」

「ええ、そのとおりです」

「いや、違いますな、そうでない。あなたはただの物書きではないな。いわゆるタダモノではないという、それですな。どうです、図星でしょうが、ははは……」

長野は笑って、浅見が何か反論しようとするのを封じ込めた。たとえ浅見が「タダモノ」であろうとなかろうと、そんなことはどうでもいい——という笑いであった。

3

浅見が長野の部屋から自分の部屋に戻って、何気なく窓の下を眺めていると、警察のパトカーが旅館の前に停(と)まって、広山警部と滝川(たきがわ)捜査係長ともう一人、若い刑事が下りてきた。

まもなく女将(おかみ)を先導に、三人は浅見の起居している広間にやってきた。

「申し訳ないが、東京から見えているみなさんに、もう一度だけお話を聞きたいと思いましてね」

滝川が恐縮しきったように腰をかがめて、そう言いながら部屋に入ってきた。滝川の場合は、長野の言う「慇懃無礼(いんぎんぶれい)」とは少し違うような気がする。この中年の風采(ふうさい)の上がらない警部は、本質的に人がいいのだ。

浅見の部屋に長野と徳安と石出が集まってきた。個別の事情聴取でなく、四人一緒にというのが変わっている。ひょっとすると容疑をかける対象ではなくなったことを意味するのだろうか――と浅見は思った。

「じつは、みなさんに集まっていただいたのはですね」

テーブルを挟んで、片側に警察の三人、反対側に東京組の四人が向かいあいに坐(すわ)ると、広山はやおら、もったいぶった口調で言いだした。

「警察は佐田さんは、やはり何者かによって殺害されたものと断定しました。さらに、昨日までの事情聴取および、ご家族からの話の結果を総合して分かったことは、佐田さんが経済的にかなり逼迫(ひっぱく)した状態にあったという事実です。今回の発掘調査についても、佐田さんは島根県の教育課に対して、多額の調査費用を計上させています。そのほとんどが支度金として前払いされているのですが、そういう事情について、みなさんはご存じでしたか？」

四人はたがいに顔を見交わした。いや、一人長野だけは黙然と腕組みをして動かない。

「知りませんよ、そんなこと」

石出が佐田の助手であった責任を感じるのか、四人を代表するかたちで、言った。

「僕は先生に何も聞いていませんし、そういう支度金みたいなものがあったなどということも、ぜんぜん知りませんでした」

「すると、旅費の前払いなんかも受けていないのですか？」

「受けていません」

「ほかのみなさんはどうです？」

浅見と徳安カメラマンは首を横に振った。

「長野先生はいかがです？」

広山は興味深そうに訊(き)いた。

「そういう、故人となった人の名誉を傷つけるような話はやめませんか」

長野は苦々しい顔で答えた。

「いや、そのお気持ちは分かりますがね、警察としては事実関係を知らなければならないもんで……ひとつ、ご協力をいただきたいのですがねえ」

広山はどう見ても楽しんでいるとしか思えないような言い方で、催促した。

長野はそれでもなお、しばらく躊躇（ためら）ってから、仕方なさそうに「まだ受け取ってはおりません」と言った。

「僕の場合は、たぶん雑誌社のほうから支払われることになっているはずですが」

浅見は言った。

「いや、おたくさんの場合も『旅と歴史』のほうに確認させてもらいましたがね、必ずしもそうではないらしいのですよ」

広山は抜かりのないことを誇示するように、顎（あご）を突き出した。

「島根県ならびに海士町の観光行政の、いわゆる広報予算の中から、『旅と歴史』に対して、なにがしかの取材費用を計上してあるそうです」

（あんちきしょう——）

浅見は藤田のとぼけた顔を思い浮かべた。取材費がかかっているとか何とか、恩着せがましいことを言っていたが、そういうカラクリがあったのか——。

「それでです、事情聴取を通じて分かったのですが、どうやら佐田さんは、三人の警備者に睡眠薬を飲ませ、埋蔵されている物を盗もうとしていたらしいのですな」

自分の言ったことに、四人がどう反応するかを楽しむ目で、広山はそれぞれの顔を眺めた。

「私などは、門外漢でありますから、何も知らなかったのだが、このテの埋蔵文化財というのか、出土品というのか、そういう物は、われわれが驚くほどの高価なものなのだそうですなあ。奈良県などで発掘される古墳というのですか、そういったところから出る古い物はもちろん、今回掘り出された古銭でしたか、そういう比較的新しいものであっても、かなりの値打ちがあるそうじゃないですか。だとすると、佐田さんが密かに自分の物にしようと企てたというのも、考えられないことではないのです。しかもです、佐田さんはあの日、第一の甕がある程度掘り出された状態のところで、発掘作業をストップさせているそうじゃないですか。まだ時刻は早かったし、中には、どうしてここで中断するのか、腑におちなかった人もおったようでありますなあ。そのことだけでも、佐田さんが何かよからぬことを考えたという状況証拠としては充分かと思うのですよ」

仲間うちではすでに公然の秘密のように噂されていることだから、そう聞いてもそれほど驚きもしないが、ここにいる四人の中の誰かが、警察にその話をしたのだと思うと、浅見は少し辛い気持ちだった。

「ところで、佐田さんはいったい、何を掘り出そうとしたのかということですが、その件について、どなたか心当たりはないでしょうか？」

誰も答えない。

「われわれ素人には、第一の甕の下に第二の甕があるなどというのは、まったく予想もつかないことですが、佐田さんはあらかじめ、ああいう埋蔵品というのはそういった形式になっているということを知っていたし、どのような物が埋まっているかといったことについても、ある程度は予想していたと考えられます」

広山は言って、しばらく待ったが、誰も異論を挟まない。それは広山警部にとっては、少なからず残念だったようだ。これだけの大胆な推論を開陳したのだ、もう少し驚いてくれてもよさそうなものなのに――という表情が窺えた。

「それでです」

広山はいっそう声を張り上げた。

「とにかく佐田さんは狙いどおり埋蔵品を発掘したわけです。しかし、その埋蔵品らしき物は、現場にはまったく見られない。これはどういうことであると考えます？」

広山が語尾を上げて訊いたが、今度も全員が沈黙を守った。

「分からないですかねえ。ちょっと推理を働かせれば、誰にだって分かりそうなものなのだが……まあいいでしょう。私はあの状況から判断して、何者か、共犯者が存在したものと推理したわけですよ」

それでもまだ、誰の表情にも際だった驚きの色は見られなかった。

「どうです？　共犯者が存在したと言っているのですよ」

広山は苛立って、テーブルの縁を指先で神経質そうに叩いた。

「なるほど、共犯者がいたのですかァ」

浅見はお世辞のつもりで、少し間の抜けた相槌を打った。

「そうです、共犯者がいたのです。そう仮定すれば、現場に何も残っていなかった謎が説明できる。要するに共犯者が仲間割れを起こして、佐田さんを殺害し、品物を持って逃走したというわけです」

「その共犯者というのは、誰なんですか？」

「ははは、どうもそう簡単に訊かれても困りますなあ。なんぼ日本の警察が優秀だからといっても、いきなり共犯者が分かるはずがないでしょうが。しかし、目処はあります」

「えっ？　もう犯人の目処がついているのですか？」

「まあ、おおよそは……ですな」

「誰なんですか？」

「そんなことはあんたに言うべきことではないですよ」

「それはそうかもしれませんが、しかし気になりますよ。まさかわれわれの知っている人物ではないでしょうね？」

「ふふふ、さあ、どうですかな」

広山は意味深長な含み笑いを洩らした。

「要するに、アリバイのない人物が共犯者だということでしょう？」

「ほう、浅見さん、あんたなかなかいいところを衝くじゃないですか。かなりの推理マニアのようですな」

広山は冷やかすような笑みを浮かべながらそう褒めたが、浅見はニコリともせずに、言った。

「しかし、アリバイについては、刑事さんたちがすでにさんざん事情聴取を行って、われわれにはアリバイがあることを認めているのだし、いまさらあらためて何かを訊く必要はないわけだから、警部さんがわざわざこうして全員を集めた目的は……そうか、僕たちに帰京してよろしいという挨拶をするためですね？」

「アホらしい」

広山は呆れて、吐き出すように言った。

「そう簡単におたくたち全員を捜査の対象からはずすわけがないでしょうが」

「しかし、アリバイが？……」

「いや、佐田さんが死亡したと見られる、午前一時前後のアリバイは、あんたの言うとおり確認しましたがね、佐田さんが宴会を抜け出した時刻のアリバイについては、まだ確認しておらんのです」

広山は重々しく言った。

「こうして、あらためてみなさんに集まってもらったのは、宴会の最中に誰がどういう行動を取っていたのか、ご一緒に確認の作業をやっていただきたいからです」

「そんな……僕たちはたがいに監視しあっていたわけじゃないですよ」

「いや、監視などと、堅苦しいことでなくて結構。とにかく、一人の記憶でなくてですな、話をしているうちには、誰がいつ、何をしていたのか思い出すことになると思うのですよ。たとえば、あの晩、佐田さんがいなくなったのは、何時頃か憶えている人は誰ですか？」

「僕は知りません」

浅見が真先に答えた。

「僕は八時頃に、いったん宴会を抜け出しましたからね。戻って来たのは十時過ぎだったのですが、その時にはすでに佐田先生の姿はありませんでした」

「なるほど、そのようですな。しかし、そのことは必ずしもアリバイを証明するものではないかもしれない」

「どうしてですか？」

「そうでしょうが、佐田さんがいなくなった時に、あんたもいなかったのだから、むしろ疑わしいと言えば言えるわけだ」

「しかし、僕は宴会を抜け出しているあいだ、ずっとある人と一緒でしたからね」

「ほう、誰と一緒だったのです？」

「佐治貴恵さんという女性ですが」

「ああ、彼女なら知っていますよ。なかなかの美人じゃないですか。ふーん……そうですか、彼女と一緒だったのですか。あんたもどうして、すみに置けないですなあ」

「妙な勘繰りはしないでくれませんか」

浅見は赤くなって、抗弁した。

「べつに彼女とデートに出掛けたというわけじゃないのです。小野老人のお宅にお線香を上げに行ってきただけなのです」

「さあ、どうですかな……とにかく、一応確認だけさせてもらいますよ」

広山は若い刑事に目で合図した。

「あ、彼女だったら、午後一番の便で島を離れると言ってましたから、いまごろは港か、ひょっとすると、もう船の上かもしれませんよ」

「ん?……」

広山は浅見を見返って、険しい顔になった。

「きみ、無線で船に連絡して、佐治貴恵さんを足止めするように手配しろ」

「えっ? そんな無茶な……」

浅見は絶句したが、刑事は素早く立って、パトカーへ向かった。

4

貴恵が村上家に戻ると、白倉が不愉快そうな顔で待っていた。

「どこへ行っていたんだね?」

「資料館を見てきました」

「もうそろそろ食事をしないと、出発の時間に間に合わなくなる。のんびりしていちゃいかんのじゃないか」

「大丈夫です、支度は全部すみましたから」

「それならいいが……ところで、いま車で送ってきたのは誰だい？」

「あ、ご覧になっていらっしゃったのですか？」

「ん？　ああ、たまたま玄関にいたものだからね」

白倉はバツが悪そうな顔をした。

「あの人、浅見さんという、佐田先生たちと一緒に東京から来ている調査隊のメンバーの方です」

「ふーん、浅見さんねえ……そうか、そういえば宴会の時に紹介されたかな」

白倉は首を傾げたが、それ以上はべつにどうということもないらしく、背中を向けて、老女がすでに食事の準備を整えつつある座敷へ向かった。

「あの、浅見さんていう人はちょっと変わったところのある人なんです」

貴恵は白倉の後ろを歩きながら言った。

「変わったところ？　何だね、それは」

「佐田先生は、あの発掘現場で、何か価値の高い埋蔵品を掘り出したにちがいないというのです」

「ふーん……」

白倉は一瞬、足を停めかけたように思えたが、そのまま座敷に入った。

「そういう話はとにかく、早いところ食事をすませたほうがいい」

白倉に急かされて、貴恵は仕方なく箸を持ったが、あまり食欲はなかった。

「なんだか、元気がございませんなあ」

老女は心配そうに、貴恵の顔を覗き込んだ。

「どこか、お具合でもお悪いのではございませんか？」

「いえ、大丈夫です。たぶん少し疲れぎみなのだと思います。それに、いろいろなことがあったし……」

「そうですなあ、ほんまにいろいろとございましたなあ。人が続いて亡くなって……それも妙な亡くなりようで……」

「恐縮だが、タクシーを頼んでいただけませんかな？」

白倉は老女に言った。

老女が電話をかけに行くと、白倉は小声になって、言った。

「浅見という人、佐田教授が何を発掘したと考えているって？」

「それが、もしかしたら、美術品が埋蔵してあったのではないかって、そう言ってらっしゃるのです」

「美術品？　どういう物とか、そういったことは言ってなかったのかね？」

「ええ、そこまで具体的には」

「まさかきみ」と、白倉は眉を顰めるようにして訊いた。

「あのこと……つまり、源氏物語絵巻のことについて、彼に喋ったりはしなかっただろうね？」

「ええ、もちろん話してません」

貴恵はすぐに答えたが、心臓は爆発しそうに苦しかった。

そういう貴恵の様子を、白倉はじっと見つめていたが、やがて「そうか」と呟いた。

「それならいいが、今後も滅多な人に、その話はしないほうがいい。取り返しのつかないことになるかもしれないからね。第一、村上家に迷惑がかかるといけない。いいね」

「はい」

貴恵はほっとして、頷いた。

「お車はすぐに参りまする」

老女が知らせに来て、貴恵は慌てて部屋に戻り、荷物を玄関まで運んだ。

「私も港まで送って行こう」

白倉が言い、貴恵が「いいです」と遠慮するのに構わず、やってきた車に一緒に乗った。

「時間はたっぷりあるから、安全運転でやってくれたまえ」

白倉は運転手に言った。運転手は老人で、頼まれなくてもスピードを出しそうには見えなかった。

「いろいろあったが、ずっとお天気にだけは恵まれたねえ」

白倉はしみじみした口調で言った。

「きみとこんなふうに旅をする機会など、これから先、永久にないだろうなあ。そう思うと、なんだか寂しい気分になるね」

「ほんとですね、先生のお供ができた上に、貴重な経験ができるなんて、この夏はとても幸運でした。ありがとうございました」

「ははは、お礼を言わなきゃならんのは私のほうだよ。遠路はるばる引っ張ってきて、東京にいるボーイフレンドだか恋人だか知らないが、さぞ迷惑だったのじゃないかな？」

「そんなの、いません」

「まさか、いないはずはないだろう。いや、こっちに来るまでは、目的のためにすっかり気が回らなかったが、考えてみると、申し訳ないことだったと思ってね」

「そんなことありません。ほんとにそういうの、何もないんですから」

「ふーん、ほんとかねえ。だとしたらその浅見さんとかいうの、彼なんかうってつけの男性ということになるんじゃないのかな？　なかなかハンサムだし、頭もよさそうな好青年に見えたが。彼は独身かね？」

「ええ、独身です。年齢は三十三か四だそうですけど」

「ほほう、そういうことまで話し合ったということですか」

白倉は眩しそうな目で、隣席にいる貴恵を見た。

「いやだわ、そういう意味で訊いたわけじゃないのですから」

ムキになって言ったが、貴恵は胸の奥で、何か得体の知れない生き物が「キュン」と鳴いたような気がした。

港にはずいぶん早く着いた。まだ船の姿はなく、岸壁の客の姿も疎らだった。

「先生はまだしばらく隠岐にいらっしゃるのですか？」

足元の岸壁に、タップンタップンと寄せる小さな波を眺めながら、貴恵は訊いた。

「ああ、あと四、五日はいることになるだろうな」

「何をお調べになってるんですか？」

「ん？　それはもちろん源氏物語絵巻をはじめとする、村上家の秘宝の行方について、可能なかぎり探ってみることだが」

「あの……」

貴恵は少し躊躇ってから、思いきって言った。

「村上家は頭がよかったのでしょうか？」

「ん？　村上家は頭がよかったかって……」

突拍子もない言葉に、白倉は呆れて、笑いだしそうな顔になった。

「それはいったい、何のことかね？」

「このあいだ、村上助九郎さんがおっしゃってたことで、ふと思ったのです」

「うん」

「村上さんは四十五、六年前に源氏物語絵巻を見たきりだとおっしゃってました」

「ああ、そうだったね」

「その源氏物語絵巻が五反田のお屋敷にあったということは、つまり、戦争中──というより、終戦の直前に運び出されたのだと思いますけど、それはもしかすると、軍に献納したのじゃないでしょうか？」

「ほう、きみも献納なんてことを知っていたのか」

「ええ、うちの祖母が、貴金属類を献納したという話をしていましたから」

「なるほど……そうだよ、たしかに軍に献納した可能性が強いのだが、それで？」

「それでですね、もし村上家が頭がよかったとしたら、何もかも献納してしまわずに、一部を隠匿しておいたのじゃないかって、そう思ったのですけど」

「…………」

白倉は無言で、斜めに見下ろすように、貴恵の横顔を見つめた。その顔からは笑いが消えて、その代わりに驚きの色がいっぱいに広がっていた。しかし、貴恵はそれには気づかない。

「もしそうだとしたら、いちばん安全な隠し場所は、あの後鳥羽上皇の史跡のある辺りだと思うんですよね。いくら軍隊でも……というより、軍隊ならなおさらそういう聖域には近寄らないはずですもの」

「驚いたなあ……」

白倉は嘆声を発した。

「それはきみが一人で考えついたことなのかい？」

「え？　ああ、なんとなく考えていたら、そう思えてきたのです」

「ふーん……」

「それでですね、佐田先生はじつはそのことをご存じだったのではないかって、そう思ったのですけど」

「まさか、そんなことはあるまい。もしかりにきみの言うような物が隠匿されていたとしてもだよ、佐田教授がそれを発見したのは、単なる偶然だろう。第一、そういう物が現実にあったかどうか、分かっていないのに、そんな空想をしてみたところではじまらないじゃないか」

「あったのだと思います」

「ははは、いやに確信ありげに言うね」

「でも……」

貴恵がさらに言葉を続けようとした時、港湾事務所の建物の中から、制服の警察官が走り出て、こっちへ向かってきた。

「失礼ですが、おたくさん、佐治さんといいませんか？」

近付きながら訊いている。

「ええ、佐治ですけど？」

「佐治貴恵さんですね？　だったらちょっと一緒に来てもらえませんか」

「え？　どこへですか？」

「菱浦の旅館までです」

「あら、だってもうそろそろ船が来る時間ですよ。行ってるひまなんかありませんよ」

「それでは、出発を延期してください」

「そんなこと……」

　貴恵が絶句したのに代わって、白倉が言った。

「きみ、そういう強引なやり方はないだろう。この人はすでに東京へ帰る予定になっているんだから」

「しかしそういう命令ですので」

「命令だか何だか知らんが、お断りする」

「それでは本官が困ります」

「あんたが困ろうが困るまいが、こっちの知ったこっちゃない。第一、いったい何のために呼び戻そうというんだね？」

「それはですね、佐田さんの事件の捜査上、必要だからです」

「ばかばかしい、佐田教授の事件に、この人がどういう関係があるというのかね。とにかく断りますよ」

「あんたに頼んでいるわけじゃないです」

「いや、私はこの人の保護者だからね、責任があるのだ」

「弱ったな」

「弱ったのはこっちだ」

「それじゃ、ちょっと電話口まで来てくれませんか、そういう事情について、県警の警部さんに説明してくださいよ」

「よし、いいだろう」

　白倉と貴恵は、巡査のあとについて建物の中に入った。

　巡査が電話して、ひととおりのことを伝え、警部の指示を仰いでいたが、そのうちに振り返って、貴恵に言った。

「おたくさんにですね、浅見という人物の言ったことを証明してもらいたいのだそうですよ」

「浅見さん？　浅見さんがどうかしたのですか？」

「佐田さんが殺された晩、浅見さんは佐治さんと一緒に、小野さんのお宅へ行ったと言っておるのですが、それが事実かどうかということです」

「ええ、それなら事実ですよ。一緒に小野さんのお宅へ行って、小野さんの写真を見て、その写真が東京の五反田のお屋敷で見たご老人とそっくりだったものですから、とっても驚いたんです。もし嘘だと思ったら、そのことを確かめてごらんになればいいと思いますけど」

「分かりました」

巡査は受話器に向かってそのことを告げている。

その時、白倉が強い力で貴恵の腕を摑(つか)んで、少し離れたところまで連れて行き、恐ろしい形相で言った。

「佐治君、きみ、五反田の屋敷の話をしているじゃないか！」

貴恵は「あっ……」と小さく叫んだ。白倉に摑まれた腕の痛さよりも、心臓に突き刺さるような言葉の痛さに震え上がった。

第九章　警部の名推理

1

部下の若い刑事が持ってきたメモを見ながら、広山警部は言った。

「浅見さん、あんた、その晩、小野さんのお宅で何を見たか言ってくれませんか」

「は？　何を見たかとは、どういう意味なのですか？」

浅見は戸惑ったように訊いた。

「ですからね、何か見たのでしょう？　それを言ってもらえばいいの」

「そりゃまあ、見ましたが……たとえば小野さんの遺族の方々でしょう。つまり、そういうことでいいのですか？」

「ほかには？」

「ほかには……祭壇だとか、遺影だとかですかねえ」

「ほう、遺影がありましたか？　誰の遺影でした？」

「そんなこと……」

浅見は呆れて、広山の顔をまじまじと見つめてしまった。

「決まっているでしょう。あなたや僕の写真を飾っておくわけがありませんよ」

「そういう、余計なことは言わんでもよろしい」

広山はニコリともせずに、「それで、誰の写真だったのです？」と言った。

「小野老人……亡くなった小野さんの写真でしたよ」

「どういう写真でした？」

「どういう……まあ、少し若い頃の写真だとか言ってました」

「それを見て、佐治貴恵さんは何か言いましたか？」

「ああ、そうそう、どこかで見たことがあるとか言ってましたねえ」

「どこかとは、どこです？」

浅見はどこまで喋っていいものか、逡巡した。例の「五反田の屋敷」のことは、伏せておくべき性質のものだ。

「たしか、東京じゃなかったかな？　そう、東京で会ったことがあるとかいう話でした」

「ふーん……」

広山はつまらなそうな顔になった。どうやらメモの内容と一致していたらしい。

「ところで、小野さんの家へ行く道というと、後鳥羽上皇御火葬塚――つまり、発掘現場の前を通って行くのでしたな」

「そうですね」

「その行き帰りに、佐田さんとは会わなかったのですか？」

「ええ、会いませんでした」

「ほかの誰とも会わなかったのですか？」

「ええ、誰とも」

「あそこに発掘中の甕があることは知っておったのでしょう？」

「もちろん知ってましたよ」

「それで、興味はなかったのですか？」

「ありましたよ」

「どういう物が埋まっているのか、見てみたいなとか、そういう気持ちは当然、あったのでしょう？」

「そりゃなかったといえば、嘘になるでしょうね」

「途中、下りて、発掘現場を覗いてみようという気にはならなかったのですか？」

「なりませんよ。だいたい、あの森の中は真っ暗ですよ。僕は臆病だから、暗いところは苦手なのです。それに、佐治さんも一緒でしたしね」

「一緒だから、暗い森の中でも怖くないのじゃないですか？」

「どういう意味ですか？」

「つまりですな、若い男と女にとっては、暗い夜道もいいものだということです」

広山は真面目くさった顔で言う。

「ははは、それじゃ、まるで僕と佐治さんが森の中でデートでもしてたみたいに聞こえるじゃないですか」

「そう、デートか、あるいはほかの目的があってか……とにかく二人で歩けば怖くないでしょうからな」

「歩きませんよ、そんなところ」

「それじゃ、訊きますが、浅見さんが宴会を抜け出したのは何時です？」

「ですから、八時頃ですよ」

「それで、戻ってきたのは？」

「十時過ぎです」

「そうすると、二時間以上も席をはずしていたということになりますか」

「まあ、そうですね」

「小野さんの家まで、片道せいぜい十分かそこいらでしょう。とすると、二時間近くも小野さんのところにいたわけですか。単なるお焼香にしては、ずいぶん長すぎるのじゃないですかなあ」

「いろいろ話もしましたからね」

「なるほど、話をねえ……どんな話をしたんです？」

「いや、僕がというより、佐治さんがです。佐治さんが、亡くなった小野老人のことを知っているという話になりましてね。もっとも、いろいろ聞いてみたら、それは他人の空似だということが分かったのですが、それで話が長くなったのです」

「ふーん……」

広山は疑わしそうに、上目遣いに浅見を見つめた。

「他人の空似の話で二時間……ですか」

言って、若い刑事に目くばせをした。刑事は心得て部屋を出て行った。またパトカーの無線で貴恵に確認を取るのだろう。

船に乗り遅れちゃうのじゃないかな——と浅見は心配だった。

「で、小野さんの家を出たのは何時だったのです？」

広山は質問を再開した。「です？」という語尾を上げる癖が、浅見はようやく鼻についてきた。

「さあねえ、時計を見ていたわけじゃないですが、十時少し前だったことはたしかだと思いますよ」

「それで、宴会の席に戻ったのは？」

「十時過ぎですよ」

浅見は根気よく答えた。警察との「付き合い」が多いから、刑事に何度も同じことを訊かれるのは、慣れっこになっている。

それにしても広山は執拗だ。この前の事情聴取の際にだって、いいかげん同じようなことを訊かれているのである。ただ、その時には小野家での詳しい状況までは突っ込んで話さなかったというだけの違いだ。

（これは、完全に僕を容疑者扱いにしているな――）と浅見は思った。

考えてみると、たしかに、佐田が宴会を抜け出して、発掘現場に行った時刻と、浅見たちが小野家を訪ねた時刻は、ほぼ符合しているわけだ。ちょっと気のきいた刑事なら、怪しむのが当然かもしれない。

広山の尋問が浅見に対してのみ集中していることに、ほかの三人は戸惑っている。警察が浅見に疑いを抱いている気配を感じるから、なおさらだ。

まさか――とは思っても、浅見が宴会を抜け出していたことは事実なのだ。疑おうと思えば疑えないことはない。疑心暗鬼というやつである。ひょっとすると、広山が四人を集めて事情聴取をしているのは、グループの結束をぶち壊す狙いがあるのかもしれない。

2

「ところで警部さん」と浅見は言った。このまま広山の独演会を聞いてはいられない――と、少し業腹な気分が頭をもたげた。

「佐田先生を殺害した毒物の種類ですが、特定できたのですか？」

「ん？……」

広山は、思ってもいなかった逆襲を受けてたじろいだ。

「たしか、毒ガス状のものであることは聞きましたが、それ以上のことは分かっていないのですか？」

「そういうことは捜査上の機密事項に属しますからな、公表できませんよ」

広山は脇を向いて、うそぶいたが、浅見は追撃の手を緩めない。

「僕の知り得た感じでは、笑気ガスに何かを混合したものではないか――と、そういうことのようですが」

「なにっ？……」

広山は目を剝いた。どうやら図星だったらしく、だとすると、警察の調べはそのあたりまでは進んでいると考えられる。

「じつはですね、過去に起きた三つの奇怪な死亡事故には、一つの共通性があることについて、僕なりに調べてみたのです」

浅見は評論家のような口調で言った。

「三つの事件――つまり、勝田の池で溺れ死んだ青年も、小野老人も、それからずっと以前に亡くなった小野さんの息子さんも、皆さん、最期の瞬間は笑いながら死んだらしいという点で共通しているのですよね」

「ちょっと待ってくれませんか」

広山は慌てて手を上げ、浅見の話をストップさせた。

「その、小野さんの息子とかいうのは、何のことです？」

「ああ、広山さんは、その事故のことはまだご存じじゃなかったのですか？　すると、警察はそういう過去のことには興味は持たないのですかねえ？」

「いや、そういうことはない。必要とあればどんな過去に溯ってでも、調べるべきことは調べますがね。あんたの言ってるのが、はたしてその必要性があったかどうかですな。その、小野さんの息子が亡くなったというのはまったく聞いておらんが、それはいったい、いつ頃の話です？」

「二十年ばかり前のことだそうですよ」

「二十年？……ははは、なんだ、そんな古い話ですか」

「お笑いになるということは、今回の事件とは関係がないと考えるわけですね？」

「そうでしょう、二十年といえばあんた、殺人の時効十五年をはるかに越えている。あんたがまだガキの頃の話でしょうが」

「古いからって、関係がないと決めつけるのはおかしいですよ。もしかすると重大な関係があるのかもしれないのですから」

「ほう、どうしてそんなことが言えるのです？」

「その息子さん――小野信継さんという方ですが、中ノ島の北側、宇受賀の瀬というところで素潜りをしていて溺れ死んだのです。ところが、目撃した人の話によると、小野さんは溺れる寸前、笑いながら水の中に没したというのですよ」

「笑いながら？」

「そうです。勝田の池の青年、小野老人、それに息子さんと、みんな笑いながら亡くなったのです。これでも関係がないと言い切れますか？」

「………」

広山はどう対応していいものか、戸惑っている。それにおっかぶせるように、浅見は言った。

「佐田先生の死については、誰も目撃者はいませんが、いま挙げた三人の死は、二つの点で共通項があります。一つは笑いながら死んだこと、もう一つは、死因がいずれも溺死であったことです」

「どうなんです？」

広山は、傍らでまったく静かにしている、浦郷署の滝川捜査係長を顧みた。

「二十年前の事件だそうですが、滝川さん、そういう死亡事故があったことは知ってましたか？」

「いや、私は知りませんなあ。念のために確認させましょう」

部下に調べてくるよう、合図した。浅見は刑事に向けて「ここの女将さんに聞くといいですよ」と助言を与えた。

「まあ、そのことはおって分かるとして」と広山は言った。

「いま話題にしているのは佐田さんの事件ですよ」

「もちろん、佐田先生の事件にも関係があることです」

「どうしてです？　本件とほかの三件とはぜんぜん状況が異なるじゃないですか」

「そうでしょうか？」

浅見は不思議そうに広山の顔を見ながら、言った。

「違うかどうかは、そう簡単に断定できないと思いますがねえ。目撃者はいませんが、もしかすると、佐田先生も亡くなる寸前に笑ったかもしれないし、死因が違うといっても、それは、あの穴の中に水がなかったから溺死できなかったというだけのことかもしれないじゃありませんか。つまり、溺死するひまもなく毒死したというべきなのです」

「溺死するひまもなく毒死……ですと？　何です？　それは？」

「ですからね、他の三人の場合には、その逆に、毒死するひまもなく溺死してしまったために、毒死の判定どころか、毒物検査もおこなわれなかったのではないか――と、そう言いたいのです」

「何のこっちゃか、あんたの言ってることはさっぱり分からんですなあ」

「僕の言いたいのは、要するに、過去の三人の『死亡事故』と佐田先生の事件とを、同じ根から起きた事件として扱うべきだということなのですよ」

広山はしばらくのあいだ、浅見の顔にじっと目を据えていた。浅見の語ったことの意味を、なんとか理解しようと、頭脳をフル回転させているように見えた。

しかし、結局は何も前向きの結論を得られずに終わったらしい。それどころか、むしろ浅見の話を、苦しまぎれの単なる詭弁としか受け取らなかったことが、広山のつぎに発した言葉ですぐに分かった。

「なるほど、佐田さんの事件がもし、その三つの事件と同じ根っこから起きたのだという前提に立てば、少なくとも二十年前の事件については、当時まだガキだったあんたは関係がない。したがって、全部の事件についてあんたはシロだ——と、こういうことを言いたいわけですな？　こりゃあ、とんだ三段論法というやつだな」

広山は肩を揺すって、声を立てずに笑っている。

「そんなことは言ってませんよ」

浅見は苦笑した。

「だって、僕はもともとシロなんだから、いまさら自己弁護する必要なんか何もないでしょう」

「シロかどうか、あんたが決めるわけじゃないですよ」

そこに、女将の話を聞いた刑事が戻ってきた。滝川と広山に耳打ちをしている。

「ふん、どうやら二十年前の事故については、あんたの言ったとおりのようですな」

広山は面白くもなさそうに言った。

「だからといって、今回の事件と関連づける証拠は何もない」

「それでは、笑いながら溺死したという共通の事実についてはどう考えるのですか？　それらすべてを関連なしと片づけてしまうつもりですか？」

「まあ、現段階ではそういうことになるでしょうな」

「驚いたなあ……」

浅見は両手を広げて、どうしようもないというジェスチャーをした。

「笑いながら溺死するなんていう、およそ珍しい共通項があっても、警察というところは無視してしまうのですかねえ。ずいぶん無神経なものですねえ」

「無神経とは何です、無神経とは……」

広山は怒鳴った。

「無神経だから無神経だと言ったのです。もしそうじゃないというのなら、調べてみたらいかがです？」

浅見の挑発(ちようはつ)的な言い方は、島根県警捜査一課警部のプライドを、著しく傷つけたにちがいない。広山の額に青筋がクッキリと浮かび上がった。

「そういうことを言うからには、あんた、笑いながら死んだという、その理由について、説明ができるのかね？　まさか後鳥羽上皇の祟(たた)りだなどと言うんじゃないでしょうな。え？　どうなんです、説明してもらいたいもんだな」

「そんなこと、分かりませんよ」

浅見は即座に言った。

「分からないから困っているんじゃないですか。しかし、こうやって問題提起はしています。警察みたいに、そういう肝心なことを無視していたんじゃ、永久に分かりっこないですけどね」

広山の額の青筋はグッと太さを増した。

3

「あんた、浅見さん」

広山は凄味をきかせた声を出した。先入観なしに聞くと、まるでヤクザだ。

「いま、あんたはどういう立場におかれているか、あまりよく理解しておらんようですなあ」

「いや、分かってますよ。四人の仲間の中で、一人僕だけが警部さんの質問攻めにあっているのですから、お褒めにあずかっているとは思えません」

「そういう軽口を叩いて、警察の心証を悪くするのは、あんたのためにはならんのですがねえ」

「いや、警察には大いに怒っていただきたいのです。ただし、僕にではなく事件に対して──真犯人に対してですがね」

「ふん、可愛くないことを言う。そういう強がりがいつまで続くかですな」

広山は冷笑した。

「それより警部さん、僕はともかく、ここにおいでの三人の方たちに、いつまでお付き合いさせておくつもりですか？　それぞれ仕事を持っておられる人です。用事がなければ、部屋のほうに引き上げていただいてもいいのじゃありませんか？」

「いいでしょう。じつは、皆さんに集まっていただいたのは、あの晩の宴会の際、それぞれの行動を確認しあうのに都合がいいと考えたためなのですが、どうやら、浅見さんについてのみ、アリバイが成立しない状況であったようですのでね、どうぞお引き取りくださって結構。ただし、勝手に宿を出ないようにしていただきたい。出掛ける時には、誰かに断ってください」

「いや、警部さん」と長野博士が言った。

「私はここにいてもいいのです。お二人のやりとりはなかなか面白いし、差し当たり、急ぎの仕事もないし、むしろ、ぜひ拝聴したいくらいなものです」

「僕もここにいますよ」

徳安カメラマンが言った。石出助手も「僕もいます」と、座り直した。

「そういうわけですから、浅見さん、それに警部さん、遠慮なく話し合いを続けてください。われわれはここで静かに控えていることにしますよ」

長野は這うようにして太った体軀を運び、柱に背中をもたせかけて、長期戦の構えに入った。浅見が理不尽な尋問に晒されないよう、監視する態勢だ。

浅見は黙って、ほんの少しだけ、三人に向かって頭を下げた。口では言い尽くせない感謝の想いが込み上げてきた。

広山は苦い顔をした。全員集合をかけた手前、いまさら「消えろ」とは言えない。浅見を晒し者にするつもりが、展開しだいでは、却って自分が道化になりかねないことになってきた。

その時、佐治貴恵への確認に行った刑事がようやく戻って来た。なんとなく浮かない顔をしている。

「なんだ、遅かったじゃないか」

広山がいくぶん八つ当たりぎみに言った。

「はあ、ちょっと手間取りまして……」

刑事は広山の耳に口を寄せて、何事かを囁いた。広山は「ふーん、そうか、仕方がないだろう」と言い、仏頂面で顎をしゃくってみせた。

刑事は部屋を出て、すぐに引き返してきた。背後に新たな「客」を連れている。

「あ、佐治さん！……」

浅見は思わず叫んだ。佐治貴恵が、青ざめた顔で刑事の後ろに従っている。

「どうしたんですか？　船の時間は過ぎているんじゃないのですか？」

叱りつけるような浅見の口調に、貴恵は悲しそうに頷いて、「ええ、船は出ました」と言った。

「佐治さんはですな、浅見さんのために証言したいと言って、船をキャンセルしたのだそうですよ」

広山が鼻の頭にしわを寄せて言った。

「嘘でしょう、警察が強引に連れてきたんじゃありませんか？」

浅見は貴恵に問い掛けた。

「いえ、違うんです、私の意志でそうしたんです」

貴恵はか細い声で言った。

「刑事さんの話をお聞きした感じですと、なんだか浅見さんに容疑が向けられているみたいだったものですから、このまま帰るわけにいかないと思ったのです」

「そんな……」

余計なことを——と言いかけて、浅見は顔に血が昇るのを感じた。たぶん赤くなっているだろうなと、人の目を気にしながら、胸の奥にはジンとするものがあった。

「ははは、美しい友情というやつですか。結構なことじゃないですか。浅見さんは警察をまるで悪者扱いしたいようだが、われわれだって、そういう友情には深い理解を示すのでありますよ。今後はひとつ、考えを改めていただきたいものですな」

広山はニタッとした笑顔で言った。この男が言うと、「美しい友情」も泥に塗れるような気がして、浅見は冷静な気分ではいられない。

「しかし、せっかくお二人が揃ったのに恐縮だが、事情聴取の都合上、佐治さんには別室でお待ちいただかにゃあなりませんなあ」

広山は口裏を合わせられることを警戒している。当然といえば当然だが、浅見にはいちいちカチンとくる。

「佐治さん、そんなに心配するようなことではないのですよ、警察は正義の味方ですからね。罪もない人間をいじめたりはしません。それに、容疑を向けられるも何も、警部さんとの話はもう、ほとんど終わったところなのです。いや、話というのはですね、あなたが東京で会った小野老人のそっくりさんのことなのですよ。それはまったく他人の空似だったという話をしたところです。それだけです、ほかには何も話すことはないのですからね」

「しかし」と、貴恵を連れてきた刑事が言った。

「佐治さんの話によると、浅見さんは、その人物は小野老人の身内の人間ではないかとか、そういうことを言っていたそうじゃないですか」

「ほう……」

広山がジロリと浅見を見た。浅見は気付かないふりを装って、ポケットからマールボロを取り出した。

「浅見さん、あんた、そういう話はぜんぜんしてくれませんでしたなあ」

「ああ、そういえばそうでしたね」

浅見は仕方なしに言って、煙草（たばこ）に火をつけた。

「あの時、いろいろと話している中で、そういう憶測だとか、たぶんこうじゃないか——といったことが出たわけで、もしかすると、小野老人の弟さんだとか、そういう人がいて、偶然、その人に会ったのかもしれないなんていう、無責任なことを言っただけですよ。しかし、小野さんのご遺族にお聞きしたところ、そういう人物はいないことが分かって、じゃあ、やっぱり他人の空似だったという結論に……」

「だけど」と、また刑事が横槍(よこやり)を入れた。

「小野さんのところでは、遺族の人がみんな、他人の空似だと言っていたのに、浅見さんは帰り道の途中、わざわざ車を停(と)めて、それは身内の人も知らない、血筋の人がいるのではないだろうかとか、そういうことを佐治さんに言っとったいうことでしたが？　そうですね、佐治さん？」

貴恵の顔を見返りながら言った。

「ほうほう、帰りに、途中で車を停めて、そういう話をしておったのでしたか……なるほど、それなら二時間かかっても不思議はないなあ」

広山は喜んだ。

対照的に、浅見は表情を曇らせた。その気配を感じるから、貴恵は困惑した顔で、視線を二人の男に交互に向けている。

「それで、途中、車を停めていた時間というのは、どれくらいだったのです？」

広山は楽しそうに訊(き)いた。

「時間というほどのことはありませんよ。ほんのちょっとだけです」

「ほんのちょっとかなにか知らんが、とにかく、佐治さんとその話をしたのは帰り道の途中なのでしょうが？」

「そうですよ」

「それからもう一度、小野さんの家に引き返したりはしなかったのでしょうな？」

「え？　ええ……」

浅見は答えながら、漠然とした不安を感じていた。広山がなぜそういう質問をするのかが、理解できなかったからである。

「浅見さん、あんた、嘘をついたねえ」

いきなり、広山が声のトーンを落とし、凄味をきかせて言った。

4

浅見はもちろんだが、貴恵もほかの仲間たちもドキッとしたにちがいない。浅見がいったいどのような嘘をついたのか、誰も思い当たる者がいないのだ。

だが、一瞬遅れて、浅見は（あっ――）と気がついた。すかさず、広山は言った。

「浅見さん、あんた、さっき、佐治さんの見た人物は他人の空似ではなく、ひょっとすると、身内の人かもしれんとか、そういった話をしたのは、帰りの車の中だったと言いましたなあ。しかし、それを言う少し前には、その事実を小野家の人たちに確かめたところ、そういう事実はないということであったとも言っておる。確かめたというのは、いつ確かめたのです？」

「……」

浅見は言葉に詰まった。何気なく喋っていたので、その矛盾にまったく気付かずに素通りしたのだ。不覚な話ではあった。

ほかの連中も（そういえば——）という目を浅見に向け、どういう弁明をするのか、固唾を飲んで見つめている。

「どうしました、浅見さん。何とか言ってくれませんかなあ」

広山はこれまで浅見の皮肉に堪えてきただけに、さぞかし小気味いいにちがいない。明らかに、今度こそは浅見を道化役に仕立て上げることができる——という顔であった。

「ははは、ほんとですねえ、矛盾してますよねえ」

浅見は笑い出した。正直言って、苦しまぎれではあったけれど、笑い飛ばすしか方法がない。

「考えてみると、小野さんのご遺族が、ほかにご老人の血筋の人は誰もいないと言っていたのに、僕はどうしても納得できなかったものだから、つい強引な憶測で物を言ってしまったのでしょうねえ。それで記憶がゴッチャになった。いや、いまでも僕は自説を曲げていませんよ。だってそうでしょう、佐治さんが東京で小野老人のそっくりさんを見たというのは、厳然たる事実なのでしょう？」

貴恵に向けて訊いた。貴恵は「ええ」と深く頷いた。浅見の目が「肯定せよ」と言っているのを感じ取った。

「あんなによく似た赤の他人なんて、考えられませんもの」

「ほら、そうでしょう。僕の言ったとおりでしょう？」

「そんなことはどうでもよろしい」

広山は冷たく言った。

「いま問題なのは、あんたが嘘（うそ）をついたという事実だ。つまりですな、あんたはその時間帯の行動について、隠蔽（いんぺい）せにゃならん部分があるというわけですな。いや、黙って聞きなさい」

浅見が不満そうに身を乗り出すのを、高飛車に抑え込んだ。

「いいかね。あんたは確かに、その晩、八時頃に宴会場を抜け出し、佐治さんと一緒に小野家へ行った。この事実は動かせないが、しかし、佐治さんを乗せる前に、佐田さんを後鳥羽上皇御火葬塚まで運んだに違いない。御火葬塚までは、歩けば往復一時間以上はかかるだろうが、車ならほんのひとっ走り、四、五分の距離だ。佐治さんには、駐車場から車を引き出してくるのに手間取ったと思わせる程度の時間があれば行って帰ってこれたでしょうな。そうしておいて、佐治さんを車に乗せて小野家へ行った。小野家を出たのは午後十時か、あるいはもう少し前かな？　そして佐治さんを宴会場まで送り届けてから、ふたたび後鳥羽上皇御火葬塚まで引き返したのですな」

「そりゃ事実とぜんぜん違いますよ」

浅見は呆（あき）れ返った。

「いいから黙って！」

広山は怒鳴った。まるで黙らないと射殺しそうな剣幕であった。

「さて、御火葬塚の前に戻ると、そこには佐田さんが待機していた。その時点では、佐田さんは、すでに発掘したブツも手にしておったのでしょう。あんたは、佐田さんとブツを車に乗せてどこかへ運んだ。いまのところ、それがどこかは分からんですがね。とにかくブツの隠し場所であることは間違いない。そして、何食わぬ顔で宴会の席に戻ってきたと、こういうわけですな」

「佐田先生はどうなったのですか？」

浅見はおそるおそる、訊いた。

「ははは、あんたがそう訊くだろうと思ったよ」

広山はでかい獲物が罠にかかった猟師のように、顔中で笑った。

「そこがあんたの仕掛けた、巧妙なトリックだな。佐田さんはどうなったか……佐田さんの死亡推定時刻は午前一時前後。その時間にはあんたには旅館でのアリバイがある。トイレか何かで何分かいなくなることはできるとしても、歩いて一時間以上はかかる現場に行ける可能性はない。そこであんたはどうやったか……」

広山は気を持たせるように言って、部屋の中を見渡した。

浅見ばかりでなく、長野以下の仲間たち、貴恵、滝川以下の刑事たち——全員の視線が広山に集中した。

「いいかね、浅見さん、あんたは佐田さんを車に乗せる際に、エーテルか何かで佐田さんを眠らせたのだろうね。そうしておいて、佐田さんをトランクの中に放り込み、車を旅館の駐車場に停めた。運転するはずの役場の人間は、宴会で酔っぱらっておるので、車を置き去りにして帰ることも、ちゃんと計算に入っておった。そして午前一時頃、あんたは駐車場まで行って、トランクの中の佐田さんを殺害した。トランクはいわば密室だから、笑気ガスを充満させ、酸欠状態を作り出すのはわけない。そうやって殺しておいて、夜明け前の、午前三時か四時、全員が寝静まった頃を見計らい、こっそり旅館を抜け出し現場の穴の中に佐田さんを放り込んだ——これがあんたの完全犯罪の筋書きだね。どうです？浅見さん」

広山の「名推理」が終わった。浅見を含めた全員が、ちょっと気を飲まれたように、広山の得意げな顔に見入っていた。

「いやあ、すばらしいですねえ」

最初に感嘆の声を上げたのは、浅見本人だった。

「なるほど、確かに警部さんのおっしゃったような方法なら、アリバイ工作は可能ですねえ。感心しました」

「そうかね、あんたも観念して、その事実を認めるのかね。それはなかなか神妙な態度というべきだろうな。検事さんや判事さんが、その殊勝さに免じて、罪一等を減じてくれるよう、捜査に携わった者として進言することを約束しよう」

「ご配慮はたいへんありがたいのですが、いま警部さんが言われたことは、事実に反するものばかりですよ。第一、問題の毒ガスですが、僕はいったい、そんなものをどこから入手したというのですか？　それをまず立証しないと、検事さんとしても立件することが難しいのじゃないかなあ」

「ふん、そんなことはこれから裏付け捜査をすればいいことだ。とにかく、言いたいことがあれば、今後は取調室の中で言ってもらうことになる。さて……」

広山は背後にいる滝川捜査係長を振り返った。

「滝川さん、この男を容疑者として連行します」

と言って立ち上がった。

「ちょっとちょっと、待ちなさい」

長野がようやく声を発した。重たい体がゴムまりのようにフワッと起き上がって、広山の行く手に立ち塞がった。

「そういうやり方はないでしょう。私は法律のことはよく知らんが、善良な市民がそんなに簡単に連行されていいはずがない」

徳安も石出もそれに貴恵までが、長野の脇に寄り添うようにして壁を作った。

「何をするんだ」

広山は憤然として言った。滝川や部下たちは、どちらかというとオロオロしている。相手が暴力団や過激派ならともかく、それこそ見るからに善良そうな人びとだから、強引に排除して進むのは気がひけるのだろう。

「邪魔をすると、あんたたちも公務執行妨害でご同行願うことになりますぞ」

広山がひとり、居丈高に張り切っている。

「ああ、結構ですな、そうしていただきましょうか」

売り言葉に買い言葉で、長野も負けずに切り返した。広山はともかく、長野博士がこんなに激しい気性の持ち主であることに、浅見は驚いた。

「先生、落ち着いてください」

浅見は広山と長野のあいだに割って入ると、懇願するように言った。

「警察に連れて行かれるからって、何も逮捕されるわけじゃないのですから、ご心配するほどのことではありません。じきに戻って来ますから、ここで待っていてください」

「しかし浅見さん、こんな理不尽な……」

「いや、お気持ちは分かります、感謝しています。しかし警部さんも職務に忠実で、熱心さのあまりですから、多少の理不尽は勘弁してやってください」

「おい、あんた、浅見さん、何を言っとるんかね」

広山は呆(あき)れて言った。

「私の代わりに謝っているつもりだろうが、警察は間違ったことはしておらんのですからな、余計なことはせんでもらいたい。とにかく浅見さんには同行してもらう。あえて妨害するならばだ、ほかの皆さんにも累が及ぶことを覚悟していただかなければならなくなりますぞ」

脅しではなく、本気でそうしかねない迫力が、広山の様子から感じ取れた。

「さあさあ、皆さんはお静かにお静かに、たぶん夕食の時間までには戻って来られると思いますが、遅くなるようだったら、どうぞお先にやっていてください」

仲間たちを宥めすかすと、浅見は「さあ、行きましょうか」と、刑事たちの先頭に立って部屋を出て行った。

5

浅見光彦に対する正式な訊問は、海士町にある警部派出所の中で行われた。訊問には広山警部自らが当たった。完全犯罪を狙ったしたたかな犯人を相手だから、部下には任せておけない——という意気込みが、広山の全身に漲った。

訊問そのものは、これまでの繰り返しであった。浅見容疑者は頑強に事実関係を否定する。嘘をつけ、正直に言えなどという、常套的な訊問では、到底、屈伏するとは思えなかった。

広山のほうも、万事が状況証拠だけに頼った推理だから、とにかく浅見を追い詰め、自供にもっていくしかないということは百も承知で、そのあたりが苦しい。

とはいえ、われながら感心するほど、広山の推理はまさに名推理といってよかった。

確かに、浅見が佐田の共犯者であったとしたら、広山の言ったような方法でアリバイ工作を行った可能性は充分ある。浅見自身も、読者も、それに作者も、浅見が犯人でも共犯者でもないことを知っているから、広山警部の言うことは間違いだと分かるけれど、事実関係を知らない者から見れば、ひょっとすると、そういう犯罪行為があったのでは？——と思いたくなるほど、充分な条件を揃えていた。

事件当夜の浅見の行動について、午後八時頃に宴会場である旅館を出たことは、ほかの仲間が証言している。また、午後十時過ぎに宴会場に戻ってきたことも疑いのない事実であった。

しかし、佐治貴恵を車に乗せたのが何時何分であったか——宴会場を出てから何分後であったか——といったことは、誰も証明できない。

刑事が事情聴取したところ、佐治貴恵にも、そこまで細かい時間の記憶はないということであった。第一、貴恵の腕時計は文字盤が小さくて、暗い照明の下では到底読めないのである。

小野家の弔問から帰ってきたのが何時何分であるのかも、したがって、貴恵ははっきりしたことが言えない。車を下りて旅館の宴会場に戻った時には、浅見は一緒ではなかったような気もするのである。たとえ一緒だったとしても、貴恵を送ったあと、浅見はすぐに車に戻ったかもしれないのだ。

当人の貴恵でさえそうなのだから、ほかの連中が、浅見が貴恵と一緒に宴会の席に戻ったかどうかなどということすら、憶えていないのも当然のことであった。

そして問題の犯行時刻──午前一時のアリバイである。

エーテルを嗅がせ、車のトランクの中で眠らせておいた佐田に、笑気ガスを仕掛けて殺害した──という方法は、まさに広山の推理中の圧巻といっていい。

しかも、役場の野田商工観光課係長が酔って、車を運転できない状態であることを、浅見はちゃんと計算にいれていたのだ──というところが、いかにもありそうなことで、小憎らしいほどの名推理であった。

野田にかぎったことでなく、あの夜は参加者全員がしたたかに酔って、誰一人として運転できるような状況ではなかったのだ。まさか、役場の職員が酔っぱらい運転をするわけにもいかない。まかり間違って、野田が運転しそうになったら、その時は浅見は制止すればいいのであって、それはまったく作為のない、ごく当然のこととして受け入れられるにちがいない。

そして死亡時刻のアリバイにまったく影響のない、午前三時から夜明け前の午前四時頃までのあいだに、車を運転して後鳥羽上皇御火葬塚前に行き、そこからは被害者を背負って現場まで行った──という推理にも無理なところはない。

(やったな、これで決まりだ──)と広山は胸の中で快哉を叫んだ。これで県警本部長賞は固い──と思った。

だがしかし──そうはいっても、広山の側にも弱点はある。何しろ広山の名推理といえども、すべてが仮説でしかないのだ。

広山は町役場から問題の車を借りてきた。トランクルームに佐田の髪の毛でも落ちていないかを調べるつもりだ。

「いずれ物証も出揃うだろう。あんたを任意同行して調べていることは、県警本部にも報告しておいた。マスコミさんも嗅ぎつけたそうだから、明日の新聞は楽しみだな」

広山はすっかり気分をよくしている。

「えっ？　マスコミに載るのですか？」

浅見は動揺した。被疑者のそういう反応が、捜査員にとっては、何より楽しい見物なのである。

「冗談じゃありませんよ。こんな無茶な捜査をやって、容疑者扱いされただけでも迷惑なのに、新聞なんかで報道されたら、みっともなくてしようがないじゃないですか」

浅見はうろたえながら言った。

「そんなことは私は知らんよ。マスコミがどうしようと、報道の自由というやつじゃないのかね？　もっとも、名前は出ないから安心しとってよろしい。まあ、東京のフリーライターA（三十三歳）ぐらいのことは出るだろうけどな」

「当たり前でしょう、そんなこと。もし新聞に名前が出たりしたら、名誉毀損で告訴しますよ」

「ははは、警察を威してどうする。それよりあんた、新聞に出るのをやけに気にしているみたいだが、そんなに怖いのかね？」

「そりゃそうですよ、未公開株をもらったとかいうのなら、まだしも大物の証明みたいなものだからいいけれど、殺人の容疑で捕まったなんていうのでは、みっともなくて街を歩けませんよ」

「そうだよなあ、家族は嘆くだろうねえ……そうそう、家族にはまだ知らせていないのかね？」

「決まってますよ」

浅見は震え上がった。母親と賢兄・陽一郎の顔が走馬灯のように頭の中を駆け巡る。

「家族とは一切、関係ありませんからね。うちの連中にこんなばかげた話を聞かせたくありませんよ」

「いや、しかし、そうは言っておれんよ。さっき、県警を通じて、東京の所轄署に依頼しておいたから、いまごろは捜査員があんたの家に出向いて、事情聴取を行っておるはずだ」

「えっ？　ほんとですか？　ひどいですよそれは……」

浅見は絶句した。

広山の目には、その慌てふためいた様子がこよなく好もしいものに映る。

「まあ、なんだな、家族を心配させんためにもだ、気持ちよく吐いてしまったらどうかね。もう逃げようがないんだから」

「ばかばかしい、いったい何を吐けっていうんですか？　それより、晩飯くらい食べさせてくれるのでしょうね？」

「なるほど、吐く前には食わなければならんというわけか。ああ、もちろんご馳走するよ。しかし、その前に出すものを出して楽になったらどうかね。腹の中がすっきりすれば、飯も旨いと思うがなあ」

「しつこい人だなあ……」

浅見はうんざりしたように身を反らせ、鉄格子の嵌まった窓に目を向けた。派出所の曇りガラスに映る外の気配は、しだいに夕景になってきている。

第十章　孤独な探偵

1

「まさか、今晩はここに泊まれなんて言わないでしょうね？」

はじめは多少、威勢のいい面もなかったわけではないのだが、浅見はすっかり疲労困憊（こんぱい）の様子になってきた。

（もうひと息だな──）と広山は逆に気が勇む。

「いや、そのまさかのほうだな。気分よく泊まっていってもらいたい」

「参ったなあ」

「参ったら自供したらどうかね」

「だから、何を言えというんです？」

「佐田さんを殺（や）ったことを、ありのままに言ってもらえば、それでいい」

「まだ言っている。ほかのことを訊（き）いてみてくれませんかねえ」

「ほかのこととは何かね？　まさかあんた、小野さんも殺（や）ったんじゃないだろうな？」

「あれ？　小野さんは事故死じゃなかったのですか？」

「ん？　いや、事故死だが、なんなら再調査してもいい。もし、あんたが殺ったということなら」

「僕が殺ったって、呆(あき)れたなあ、どうやって殺せたと言うんですか？」

「そんなことは犯人のあんたしか知らんことだろうが」

「驚いたなあ、容疑者から、今度は一気に犯人に昇格ですか。いや、僕の言っていることは、事件についての僕の推理がどういうものか、お訊きにならないのかなあと、そういうことを思って言っているのです」

「あんたの推理？　あんたが何を推理したと言うんかね？」

「ですから、事件に関してですよ」

「そりゃ、話すというのなら、もちろん聞いてやらんこともないが、しかし、それは推理ではなくて、あんたの場合には自供と言うべきだろう」

「やれやれ、どうも警察官の固定観念を覆すのはひと苦労ですねえ。結構です、そういうことを言うのなら、話しませんよ」

「ははは、まあ、そう言わんで話してみたらどうかね。どうせ苦しまぎれの言い訳だろうけどな。で、いったい、何を話すのだ？」

「一つはまず、小野老人の弟さんのことですよ」

「ああ、宇受賀(うずか)の瀬で死んだとかいう、あれかね？」

「あれは違いますよ。小野さんの息子(むすこ)さんでしょう」

「そうだったか」

「困っちゃうな、混乱してもらっちゃ」

「まあ、いいから話しなさい。その弟さんがどうしたって？」

「この人は終戦の年に亡くなったということになっているのですが、いつ、どこで亡くなったのか、誰も詳しいことは知らないし、どうやら、終戦のドサクサで、正確な記録が残っていないらしいのですよね。僕が、東京で佐治さんが見た小野老人のそっくりさんは、小野さんの血筋の人ではないかと言ったのは、この弟さんが生きている可能性があると考えたからなのです」

「ふーん、すると、あんたは、佐治さんが東京で見た、小野のじいさんのそっくりさんというのはその弟さんだと言いたいわけか」

「そのとおりです。それでですね、これは僕の提案でもあり、お願いでもあるのですが、警察はその人物を探してみるべきだと思うのです」

「何のためにかね？」

「決まっているでしょう、事件の真相解明のためにですよ」

「真相解明のために、そんなことがどう役立つというのかね？」

「分かりませんよ、そんなこと」

「なんだ、それも分からないで、ただ探せと言うのかね。それも、実在するかどうかさえ不明な相手をだ。警察はそんなにひまじゃないな」

「だったら、あえて言いますが、今度の一連の事件や事故の遠因は、終戦当時の世相というか、社会情勢と無関係ではないような気がするからです」

「終戦当時の世相？……こりゃまた、えらいことを言い出したな。なんぼ逃げ口上だといっても、そういう古い話を引っ張り出すとは、あんたもなかなかの知能犯だな」

「知能犯？　どういう意味ですか？」

「だってそうだろう、そんな時代のことを調べるとなると、えらい時間がかかるものな。つまり、それだけ死刑執行の時間が遅くなるというわけか。しかし、それもまあいいとするか。それで、終戦当時の世相と事件と、どういう関係があるというんだ？」

「それは、その小野さんの弟さんの消息が摑めれば分かることです」

「何のこっちゃ、要するにそういう言い逃れをしようというハラか」

「そうじゃありませんよ。弟さんが、きっと、今回の一連の事件の、謎解きの鍵を握っているような気がするのです」

「なんぼ鍵を握っておったところで、死んでしまっていたんでは、話にも何にもならんじゃないか」

「ですから、生死の確認をしてくださいと言っているのです。死んだのなら死んだと、証明してみせてくれませんか」

「くだらんことを言うな。そういう余計な作業をするほど、警察はひまじゃない」

「くだらないかくだるか、やってみないことには分からないじゃないですか。そりゃ、そういう調査はわれわれ民間人には不可能に近いことですが、警察がやる分には、いたって簡単な作業でしょう？」

「なるほど、あんたはまったく頭がいい男だなあ。警察の組織を使って、自分の知り得ないことを調べさせようというわけか」

「ははは、警部さんはまったくひねくれた頭の持ち主ですねえ。よくそう、次から次へと物事を曲解できるものです」

「それはもちろん、褒めてくれているのだろうな。あんたのような調子のいい男の言うことを、まともに聞くほど、私はお人好しじゃないのだ」

「やれやれ……草臥れましたよ」

浅見はついに黙った。舌戦でも負けなかった——という満足感が広山の顔をほころばせた。

その時、部下が「警部、電話です」と呼びに来た。

「捜査一課長からです」

「一課長が？ ああ、それじゃあれだ、たぶん警視庁からの返事が来たのだろう」

喜び勇む広山とは対照的に、浅見はすっかり悄気返っている。

一課長の用件は、思ったとおり、東京の所轄署に依頼しておいた、浅見光彦の身上調査の結果についてであった。

「ご苦労さん」

一課長はまず、ねぎらいの言葉をかけてくれた。日頃愛想のない一課長としては、異例のことだ。

「ありがとうございます。課長にそうおっしゃっていただくと、元気百倍です」

「そうか、元気百倍は結構なのだが、ちょっと気掛かりなことがあるもんでね」

「は？　何でしょうか？」

「きみから報告のあった被疑者のことなのだがね。まだ確保してあるのだろうな？」

「もちろんです、もっかキリキリと締め上げておる最中であります。ヤッコさん、だいぶ参ったらしく、落ちるのも時間の問題かと思っているしだいです」

「ふーん、そうか……」

せっかく景気のいい話をしているというのに、一課長の反応はいまいち乗りが悪い。憂鬱(ゆううつ)そうな声に聞こえた。

「ところで、その人物なのだが」と、その憂鬱な声が言った。

「浅見光彦という名前に間違いはないのだろうね？」

「はい、間違いありません。運転免許証を照合しました。スピード違反が一度あったきりで、ほかに前科等はありませんが」

「いや、それはどうでもいいのだが、住所は東京都北区西ヶ原(にしがはら)三丁目――番地に間違いないのだね？」

「ええ、ただいま手帳を見ますので……はい間違いありません、その住所です」

「は？　とおっしゃいますと、課長には心当たりがあるのですか？　何か凶悪な犯罪に関わっておるのでありましょうか？」

「いや、そうではない。そうではないが……じつはね、広山君、その同じ住所に警察関係者がいるのだよ、しかも同姓なのだ」

「は？　そうでありましたか、家族に警察官がおるのですか？　それはやりにくくなりましたなあ」

「いや、警察官というわけではないが……つまりだね、警察庁のおエライさんが、どうやら、きみが確保している被疑者のお身内らしいのだな」

「おエライさん……ですか？」

「ああ、警察庁刑事局長の浅見陽一郎どのが彼のお兄さんらしい」

「え？　刑事局長さんが、ですか？……」

広山はあやうく、受話器を取り落としそうになった。

2

約束どおり、浅見は夕食前には旅館に戻った。しかも捜査主任警部どの自らが部屋まで送ってくるという、丁重さである。

「やあ、皆さん、いろいろお騒がせしましたが、一件落着、今後は浅見さんにも捜査にご協力いただくことになりました」

広山警部はにこやかな笑みを湛えて、大きな声で挨拶をした。

何があったのか知らない者の目には、広山の豹変ぶりは異様に映った。たがいに顔を見交わして、首をひねるばかりだ。

「ははあ、その様子だと、皆さんもご存じなかったとみえますなあ……」

広山はむしろ得意そうに言った。

「浅見さんは雑誌のフリーライターを自称しておられるが、それは世を忍ぶ仮の姿。その実体はですな」

「警部さん、やめてくださいよ」

浅見が広山を押しとどめた。

「いや、やめませんぞ。だいたい浅見さん、あんたは人が悪い。いや、悪い人ではありませんが、人が悪い。そんならそうと、早くに言ってくれれば、本官など、恥をかかずにすんだのです」

「ですから、そのことは謝りますよ。しかし僕の気持ちも分かってください」

「もちろん分かりますよ、親の七光り——いや、兄の七光りをカサに着るのは望まないという、あんたの気持ちはよく分かります。しかしですなあ、そういう遠慮も時と場合によりけりで……」

「ちょっと待った」

長野が声をかけた。

「いったい何なのです？　兄の七光りだとかいうのは、何を隠そう、警察庁刑事局長さんなのでありますよ。ほら、ご存じかと思うが、国会のなんとか委員会などで、時どき答弁に立ったりしておいでの、あの浅見刑事局長がお兄上であると、こういうわけです」

「ほんとですか？」

長野も、ほかの三人も口を開けて浅見を見つめた。

浅見はまるで非難の目を浴びる犯罪者のように、頭を垂れ、首をすくめた。

「はあ、それは確かに、事実です」

「いや、そればかりじゃありませんぞ」と広山はいっそう声を張り上げる。

「浅見さんは知る人ぞ知る名探偵でしてね、かつて、津和野（つわの）や江津（ごうつ）など、島根県で起きた謎（なぞ）の事件を解決したりして、わが県警内部でも有名な人なのだそうですよ。それを知らなかった私は、いわばモグリみたいなものだったというわけですな、ははは……」

広山は愉快そうに笑った。浅見を容疑者よばわりしたことなど、すっかり忘れてしまったような陽気さだ。そんな調子でさんざん浅見の宣伝をしたあげく、「では今日はこれで失礼」と帰って行った。

「そうだったのか……」

広山が消えてしまうと、長野は溜め息のように言って眉をひそめた。

「そうすると浅見さん、あなたはあらかじめ、今度の事件が起きることを想定して、グループに参加していたのですか？」

「まさか……」

浅見は慌てて頭を横に振った。

「僕は正真正銘、『旅と歴史』の取材でお供したのですよ。事件に遭遇したのは、まったくの偶然です。困りますねえ、長野先生までが妙なことをおっしゃっちゃ。だいたい、僕の職業はルポライターであって、探偵なんかじゃないのですから」

「どうですかねえ、いまとなっては、それをまともに聞くわけにはいかないような気がするのだが」

「いえ、先生、それはほんとうですよ」と徳安が脇から救いの手をさしのべた。

「浅見さんは純粋に『旅と歴史』の編集長の依頼で隠岐に来たのですよ。そのことは私も編集長から聞いています」

「そうですか、それならそれでいいのだが……それで浅見さん、さっき警部が妙なことを言っていたが、あなた、これから先、警察の捜査に協力するとか」

「はあ、そういうことになりそうです」

「つまり、連中の走狗となり下がるというわけですな」

「は？……」

浅見はギクリとした。長野がそういう、悪意に満ちた言葉を吐くとは思ってもみなかった。

それは石出も徳安も貴恵も同じだったようだ。一瞬、氷のように気まずい空気が流れた。

「私は警察が嫌いな人間でしてね」

温厚で、どことなく剽軽に思えた長野が、とつじょ、人が変わったように強張った表情になっていた。

「警察もだし、軍隊も嫌いなのです。そういう組織におもねる人間も嫌いだな」

「僕は、警察におもねる気持ちはまったくありません」

浅見は背筋にうそ寒いものを感じながら、言った。もともと他人とこういう露骨なやりとりをするのが、大の苦手な男だ。

しかも、相手がついさっきまで肩を組むような、友情以上の親しみを感じていた長野である。ほとんど悲しみに似た感情で、声が震えた。

「まあいいでしょう、とにかく私はあなたと袂を分かつことにします。いろいろあったが、それなりに有意義な旅でもあったと思う。いや、どうもお世話になりました」

一礼をして、長野は部屋を出た。料理を運んできたおばさんが、廊下と部屋の境目で、びっくりして長野を見送った。

浅見は声を出すこともできなかった。声を出せば、みじめさのあまり、泣き出してしまうかもしれなかった。

その時、貴恵もスッと席を立った。

「私も、これで失礼します」

「どうしたのです？」

石出が驚いて言った。

「浅見さんがそういう人だったとは知らなかったものですから」

「えっ？　じゃあ、佐治さんも警察が嫌いなんですか？」

「いえ、そうじゃないですけど、浅見さんがそういう目的で私に優しくしてくださったのかと思うと、やっぱり……」

「ちょっと待ってくださいよ」

浅見は辛うじて言った。

「僕がどういう目的であなたとお付き合いしたと思っているのですか？」

「要するに、事件のことを調べるのに都合がいいから、私を利用なさったのでしょう」

「どうして……どうしてそんな風に考えるのですか？」

「もしそうでないというのなら、最初からご自分が探偵であることをおっしゃればいいと思いますけど」

「だから、僕は探偵なんかじゃないと言っているでしょう」

「それはもう通じませんよ。警察があんなにみごとに豹変（ひょうへん）するくらいですもの、長野先生がおっしゃったほどではないにしても、浅見さんはやっぱり警察ベッタリの人間なのだと思うしかありません。とても残念なことですけれど……」

最後は消え入るような声になった。貴恵にしても、泣きたいほどの想いなのだ。

「そうですか、やむを得ません」

浅見は憮然として言った。誤解には違いないが、警察庁のエリートを兄に持ち、現にいろいろな事件解決に協力してきた自分だ。警察ベッタリ人間と思われる要素は、確かにあるのだろう。

だからといって、それが悪いことだとは思わない。長野のように警察嫌いの人間ならともかく、貴恵にまで毛嫌いされるような、いったい何をしたというのだ――と、むしろ彼女の理不尽を恨む気持ちがあった。

徳安と石出は好意的でいてくれるらしいが、それとても素直に感謝の気持ちで受け入れることができないほど、浅見は孤独なひねくれた気分におちいっていた。

3

貴恵が村上家に戻ると、老女が心配そうな顔で出迎えてくれた。

「警察においでなされたそうでござりまするなあ。いかがなされたことかと、心配しておりました」

「すみません、ご心配をおかけして。大したことではなかったのです。それより、もうひと晩だけ泊めていただいてもよろしいのでしょうか？」

「もちろんでございまする。何をおっしゃいますことやら。さあさあ、お入りなされませ、お疲れでございましたでしょうに」

老女の先導で居間に通ると、白倉が茶を飲んでいた。

「きみも物好きなひとだな」

ポツリと言っただけで、貴恵が勝手な行動を取ったことを責める言葉は出なかった。もっとも、胸のうちではどう考えているか、貴恵には分からない。

「ご迷惑をおかけして、申し訳ありませんでした」

ともかく、両手をついて詫びた。

「いや、迷惑かどうかはこれからの推移次第だろうね」

白倉は無表情に言った。

「私が五反田のお屋敷のこと、口を辷らせたのは、取り返しがつかないミスだったのでしょうか？」

「問題は警察がはたしてきみの言葉で動くかどうかだね。あの屋敷に累が及ぶようなことになると、話は厄介だが……まあ、そこまでゆくかな？……」

老女が食事を運んできて、会話が中断した。

「例の、浅見とかいう青年はどうなったのかね？」

「べつに何ごともなかったみたいです」

「しかし、警察はかなりきびしく調べているような気配だったが？」

「ええ、でも、間違いだったとか言って、夕方には警察も引き上げました」

「ふーん、そうなのか。それじゃ、きみもとんだとばっちりだったというわけだね」

「ええ、そうみたいです」

老女の給仕で食事が始まった。貴恵は空腹のはずなのに、まったく食が進まない。浅見のことが頭から離れなかった。

なぜああいう態度を取ったのか、自分でも理解ができない。浅見に最初から底意があったとは考えたくないし、実際、考えられないような気がする。それなのに、貴恵はなかば衝動的に席を立ってきてしまった。

長野博士に引きずられた――ということはあったのかもしれない。それにしてもなんというひどい仕打ちをしたものだろう――。あの時の浅見の、悲しそうな表情が心のスクリーンに焼きついて、いつまで経っても消えそうにない。

黙々と、会話らしい会話もなしに食事がすんだ。老女が「お粗末さまでございました」と引き上げ、食後のコーヒーを飲む師弟だけが残った。

「明日、帰ります」

貴恵は言った。

「ああ、そうしたまえ」

一度、港で別れの挨拶を交わしてしまったあとだけに、二人の会話はぎごちなく、あまり進展しない。

「もし、警察があの五反田のお屋敷を調べるようなことがあると、白倉先生にもご迷惑がかかることになるのでしょうか？」

貴恵はもっとも気にかかっていることを訊いた。

「たぶんね。しかし、私より先に、直接の紹介者である曾我さんが、まずひっかかるだろうな」

「どういう形でご迷惑がかかるのでしょうか？」

「そうだなあ……考えられることは、出入り禁止というような措置が取られるだろう。その点、私などはもともと、あまり関係していないのだから、それほど大きなダメージはなくてすむ。むしろ曾我さんは、今後のこともあるし、困るのじゃないかな」

「私はどうしたらいいのでしょうか？」

「どうしようもないだろうな。きみが出てどうなるというような性質のことではないのだから。しかし、きみが見たという、その何とかいう老人……」

「小野さんです」

「ああ、その小野さんという老人によく似た執事のことだが、きみはまだ、その人物が小野老人の身内だとか何だとか、関係があると思っているのかね？」

「ええ、思っています。浅見さんが、死んだと思われている小野さんの弟さんかもしれないと言ってらしたこと、私もひょっとするとそうかもしれないって、そんな気になっているのです」

「ふーん……」

白倉は興味深そうな目で、貴恵の表情の動きをじっと見つめた。

「なるほど、きみはやはり浅見青年に心惹かれるものを感じているようだね」

「えっ？　嘘ですよ、そんなこと」

「いや、そうではないだろう。きみが浅見君のことを喋る時の顔は、じつに不可思議な表情を浮かべる。いきいきとしているかと思えば、世にも憂鬱そうになったり、心痛に耐えない——とでも言いたそうな顔にもなる」

「そんなことありませんよ、絶対に……だって、さっき、浅見さんとは喧嘩別れみたいにしてきたのですもの」

「喧嘩別れ？　それはまた穏やかじゃないなあ。どうしたというのかね？」

「あの人、私たちを騙していたのです」

「騙していた？　どういうことだい、それは？」

貴恵は喋るべきかどうか、しばらく逡巡した。白倉は根気よく貴恵の口が開かれるのを待っている。

「あの浅見という人、私立探偵みたいなことをしているのですって」

「私立探偵？」

さすがに白倉は驚いた。

「ええ、それで、警察とも親しくて、いくつかの事件を解決したとか……そういうこと、みんな隠していたのがバレてしまったんです。だから長野先生も憤慨されて、きみとは袂を分かつっておっしゃって、それで私もそうしようと思ったのです」

「ふーん、長野さんが怒ったか……なるほどね、そうだろうな」

「長野先生は警察が大嫌いなのだそうですけど、何かあったのでしょうか？」

「ああ、おそらく彼には、警察に苦い思い出があるのだろうな」

「やっぱりそうなのですか、何があったんですか？」

「ん？　いや、詳しいことは知らないがね。たぶんそうじゃないかと思う」

白倉は何かを知っていて、言わないのだと、貴恵は思った。言ってはならないような「何か」ということかもしれない。

「白倉先生と長野先生とは、同じくらいのご年齢ですか？」

何気なく訊いてみた。

「ああ、まあそういうことだろうな」

「じゃあ、ずっと以前からのお知り合いだったのですか？」

「いや、長野さんとは知り合いと言っても、それほど親しくしていたわけじゃないよ。学会なんかで、顔を見ることがある程度だ」

白倉は顔をそむけるようにして言った。

「ところで、浅見という人のことだがね。やっこさん、探偵ということなら佐田さんの事件のことを、何か解明できたのかね？」

「いいえ、いまのところではそういう感じには見えませんでしたけど。でも、警察は浅見さんのことをずいぶん信頼しているみたいな印象でした」

「過去によほどの実績があるということなのかな？」

「そうみたいです」

「だとすると、長野さんは、そういう相手を避けるために訣別したのか」

「えっ？　そうなのですか？」

「いや、そうはっきり訊かれても困るがね。しかし、いくら警察嫌いだからといって、これまで仲間だった浅見さんと、そう簡単に訣別してしまうというのは、ちょっとおかしくないかい？　まるで探偵を敬遠しているように見えるじゃないか」

「…………」

貴恵は言葉に出さなかったが、なるほどそういう考え方もあるのか——と思った。いまのいままで、どちらかといえば長野のことを善人であると思い、それとは反対側にいる浅見を、それこそ「警察の走狗」という悪い見方をしていたけれど、ちょっと視点を変えるだけで、まったく逆の見方だってできるわけだ。

「長野先生は前科があるのでしょうか？」

「前科？　おいおい、穏やかでないことを言うね」

白倉は笑った。

「でも、警察を嫌う理由があるとすれば、何かそういう過去があったせいかもしれませんもの」

「ははは、前科がなくたって、嫌いなものは嫌いだろうさ。軍隊に行ったり、苛められたことがなくても、軍隊が大嫌いの反戦主義者になれるからね」

「あ、そういえば、長野先生は軍隊も嫌いだっておっしゃってました」

「まあね、警察が嫌いなら、大抵は軍隊も嫌うものだろう。要するにそういう権力志向の連中に対してアレルギーを感じる体質ということだ」

「でも、私は戦争や軍隊は嫌いですけど、警察はそんなに嫌いというほどのことはありませんけど」

「それは経験の差だろうな。アレルゲンがなければアレルギーに罹らないのと同じだ」

何やら意味深長なことを言う。貴恵が問い返そうとした時、玄関に誰か訪う声が聞こえた。

しばらくして老女がやってきた。

「あの、また警察の方がおみえですけど」

不安そうに言った。

4

客は二人の刑事であった。三十代なかばのほうが「横井」、それよりかなり若いほうが

「三田」と名乗った。

「じつは、佐治さんにちょっとお話を聞きたいのですが」

横井刑事は目付きの鋭い、瘦せ型の男で、挨拶の時からずっと、まったく笑顔を見せないで言った。イントネーションは少し違うけれど、土地訛りのない喋り方であった。

座敷には白倉も付き添っていたが、横井は席をはずしてくれ——という態度をあからさまに示した。

「私はこの人の保護者代わりだが、私がいては具合が悪いのですかな?」

白倉は慇懃に訊いた。

「そうですね……まあいいでしょう」

横井刑事は仕方なさそうに頷いてから、言った。

「東京の五反田でしたか、佐治さんは、例の亡くなった小野さんときわめてよく似た人物に会ったという、その屋敷の住所と氏名を教えていただきたいのですがね」

(やはりそのことだったのか——)

貴恵は当惑して、白倉の顔に視線を走らせた。

白倉は反応を示さない。ここに到っては、きみの思うとおりにするしかないだろう——という顔であった。

「よく分からないのです」

貴恵は当惑した表情のまま、視線を刑事に移して、言った。

「車で連れて行かれたもんで、場所だとか、はっきりしないのですよね」

「車というと、誰の車ですか？」

「タクシーです」

「タクシーの会社名は分かりませんか？」

「さあ……分かりません」

「訪ねた相手の名前は？」

「分かりません」

「忘れてしまったのですか？」

「いえ、そうじゃなくて、最初から分からなかったのです」

「は？　相手の名前を分からずに訪ねて行ったということですか？」

「ええ」

「そんなばかなことはないでしょう。相手の住所も知らず、名前も知らずにタクシーに乗って訪ねて行くなんてことは」

「でも本当にそうだったのですから」

貴恵はムッとして言った。

「じゃあ、どうやって訪ね当てることができたのですか？」

「大きな門のあるお屋敷――ということを聞いていましたから」

「ああ、なるほど……しかし、それだけでよく分かりましたね」

「その辺にはそういうお屋敷、ほかになかったのです。それに、実際、それくらい特徴的な大きな門でした」

「そうすると、もう一度、その屋敷を訪ねようとすれば、可能なわけですね？」

「ええ、たぶん可能だと思います」

「ところで、その屋敷に行かれた目的は何だったのですか？」

「論文を書くための、文献を拝見しに行きました」

「しかし、そういう目的で訪問するというのだから、誰かの紹介とか、そういうものが必要なのじゃないですか？」

「ええ、ご紹介がありました」

「その紹介者の名前と住所を教えてくれませんか」

「はあ……」

貴恵はチラッと視線を白倉に走らせた。

（やむを得ないだろう——）と白倉の顔が物語っている。

「曾我さんとおっしゃる方です」

貴恵は曾我の住所も教えた。

「その曾我さんというのは、どういう人なのですか？」

「それは私が説明しよう」

白倉が言った。

「もともと曾我さんを佐治君に紹介したのは私なのだから」

「あ、そうでしたか。ではお願いします」

刑事はペコリと頭を下げた。

「曾我さんは学者で、古典の蒐集家（しゅうしゅうか）としても有名な方です。ことに平安期の古典に関してはよく知られています。ご自分もかなりのコレクションを持っておられるが、文献の所在についてきわめてよく通暁しておられましてね、それで、私などもときどきお世話になるのです」

「はあ、そうですか」

あまり楽しい話題ではないとみえて、横井刑事はその部分はメモも取らなかった。

「あの、警察はそのお屋敷のこと、調べるのですか？」

貴恵はおそるおそる、訊いた。

「ええ、一応ですね、そういう人物がほんとうにいるのかどうか、調べてみます」

「調べてどうするのですか？」

「それは分かりません」

刑事はあっさり言った。

「目的も分からずに調べるのかね？」

白倉がブスッとした顔で言った。

「いや、上のほうではちゃんと目的があるのかもしれませんがね、われわれはただ、その人物がいるのかどうか、いるならば、どういう名前のどういう素性であるのかを調べ、報告するだけです」

「するだけって言ったって、相手の方には迷惑をかけることになるでしょうが」

「いや、なるべく迷惑にならないようにはしますよ」

「そんなこと言っても、迷惑には違いない」

「まあ、ある程度の迷惑はかかるかもしれませんが、捜査に協力するのは市民の義務ですからね」

「それはそうかもしれんが……」

白倉は苦い顔をした。

「あの、それはもしかすると、浅見さんの差し金じゃないのですか？　さっき警察のほうに行っていた」

貴恵が思いついて訊いた。

「はあ、たぶんそうかと思いますよ。主任がその人といろいろ話していて、それから出た話ですので」

「やっぱり……」

貴恵は唇を噛んだ。浅見にその知識を与えたのが、ほかならぬ貴恵だ。その責任を感じると同時に、浅見に対する不信感を抑えることができなかった。

5

翌朝、浅見は久し振りに寝坊した。浅見の日常は午前九時起床がほとんど日課になっている。

しかしここではそうはいかなかった。なにしろ、浅見の「寝室」である大広間は、食事ごとに仲間が集まってテーブルの上からワープロを下ろし、代わりに料理が並ぶというのが生活様式だ。

眠かろうと何だろうと、真っ先に起きて、朝食の場所を提供する義務があった。寝坊どころではなかったのである。

しかし、この朝はそういうことも忘れて、こんこんと眠った。昨夜遅くまで、徳安と石出は、浅見を慰めるためにこの部屋で痛飲してくれた。

二人は「気にするな」と言ってくれたのだが、長野と貴恵に絶交宣言みたいなことをされては、お人好しの浅見といえども、かなりのダメージを受けた。

浅見の性格の最大の欠点というか弱点は、人の善意を信じてしまうことである。

浅見は生まれてからこの方、一度も他人を陥れようと画策したことがない。そんなことを考えたことすらなかった。もちろん、結果として相手を裏切るようなことになったことはある。しかし、はじめからそうしようと思ったことはないのだ。

今度のことだってそうだ。べつに長野を騙そうとか、そういうつもりで「探偵」を秘めていたわけではない。だのに、結果的にはそういう受け止め方をされても、文句のいえないことになった。

長野が怒るのも分からないではないが、かといって、それでは最初から「探偵です」と宣言すべきだったとは思えないし、そんなことをするつもりは、今後とも、金輪際、ない。浅見はいつだって、ただのしがないフリーライターでいたいのである。

それはそれとしても、貴恵にまでそっぽを向かれたのには参った。それも、思いもよらぬ誤解としか言いようがないのだ。どうしてそうなるのか、浅見にはまったく考え及ばないことであった。

浅見という男は、犯罪を前にすると、なかば神がかり的ともいえるような複雑な思考を巡らすくせに、日常生活では、ごく単純な思考パターンで行動している。こちらに悪意さえなければ、他人からも悪意を受けることはない——などというのも、まさに単純きわまる思い込みのひとつだ。

だからよく、軽い気持ちでジョークを飛ばしたりもする。悪意がないのだからいいだろう——と思っていると、とんだ誤解を生じることがある。世の中、ジョークの分かる人間ばかりとはかぎらないことを忘れているから、そういうことになる。

今度のケースもそれとよく似ている。最初から仲間を誑かすつもりなど、浅見にあるはずがない。だのに、結果としては、警察の口から暴露されたかたちになって、抜き差しならない誤解を生んでしまった。

　こういうのが、浅見にはいちばんこたえるのである。

いつになく度を過ごした飲み方をしたが、それでもなお悶々と考えることがあって、なかなか寝つかれなかった。徳安も石出も「明日は昼まで寝るぞ」と宣言していたので、起床時間を気にしなかったせいもあって、まるで目覚めることがなかった。

　旅館の女将も部屋を覗いて、浅見が熟睡しているのを見ると、そっと襖を閉めた。今朝は別の部屋に食卓を出すつもりだ。

　しかし、浅見の惰眠もそう長くは続かなかった。九時を過ぎてまもなく、広山警部が現れたのである。

　捜査主任広山警部は、一変して浅見光彦のファンになったらしい。

「浅見さん、起きた起きた」

　女将が「まだ寝かしといて上げなさい」と言うのに、構わず、騒々しい声でがなり立てながら、襖を開けた。浅見の起きるのを待つような、悠長な人間ではない。

　浅見が食事をする脇につきっきりで、むやみに煙草をふかしながら、今後の捜査についての話に熱中する。

「昨夜のうちに、刑事が佐治さんのところに行って話を聞いてきました。それによると、小野さんとそっくりよく似た人物に会ったというのは、東京・五反田の屋敷だそうです。ところが、佐治さんは、そこの住所も知らなければ、名前も知らんというのですなあ。信じられんような話ではありますが、どうもそれは事実のようです。しかし、非常に大きな門のある屋敷というのは、その近辺ではその屋敷一軒なので、すぐ分かるという話です。じつは、今日あすにも、東京へ向かおうと思っとるのですが、いかがですか、浅見さんも一緒に行ってもらえませんか?」

「僕がですか?」

浅見はトビウオの干物にかぶりつきながら、目だけを広山に向けて言った。

「僕みたいな民間人が、捜査に参加するのは具合が悪いのではありませんか?」

「ははは、いまさら何をおっしゃる。津和野の事件では警察のために大活躍したと聞いておりますぞ。いや、もちろん非公式に参加していただくことになりますがね……よろしい、それではご了承いただけたと思って、早速飛行機の手配をしましょう。刑事はJRで行かせるが、浅見さんと私は飛行機を奮発します」

「あ、いや、それでしたら、僕はJRのほうが……」

「なにをおっしゃる、遠慮はご無用です。よろしい、結構、これで決まりましたな。では出発の時刻はおってお知らせします」

勝手なことを言うだけ言うと、広山はさっさと帰って行った。出発の準備をすすめるつもりなのだろう。

浅見は突発的な話なので戸惑ったが、いずれは「五反田の屋敷」へ行って、問題の人物に会わなければならないとは思っていたところだ。

浅見より小一時間も遅れて起きてきた徳安と石出に、ひと足先に帰京する旨を伝えた。

「そうですか、帰りますか。それじゃ、われわれも明日は帰りましょうか」

徳安はつまらなそうに言った。

「長野先生はどうなさるのだろう？」

石出は気掛かりな顔をした。

あとから起きた二人も浅見も、今朝はまだ長野と会っていない。狭い旅館の中である、トイレなんかでバッタリ出くわしたら、どんな顔をすればよいのか、浅見は気になっていたところだ。

「帰るとなったら、長野先生もお誘いしたほうがいいですよね」

石出は徳安に訊いた。

「そうですね、浅見さんはともかく、われわれ二人だけでもご一緒しないと、まずいですよねえ」

徳安は浅見に気を遣いながら、言った。

「行きはよいよい帰りは……か。なんだか、寂しいことになったなあ……」

徳安が歌うように言った言葉で、三人とも沈み込んでしまった。

広山から連絡があって、浅見は午後一番の便で島後へ向かうことになった。

慌ただしい帰京だった。荷物を纏めるまもなく、正午の時報と同時ぐらいに迎えのパトカーが来た。

徳安と石出、それに女将に見送られ、玄関を出るまで、長野はとうとう顔を見せずじまいだった。そのことが、浅見には最大の心残りだった。何か不吉な前途を予感させるような、そういう別れであった。

野田商工観光課係長をはじめ、役場の人々の見送りなどはもちろんない。隠岐に着いた夜の歓迎ぶりとは対照的な、侘しい出発だ。

「なんだか護送されるみたいで、あまり気分がよくありませんね」

パトカーの後部シートに広山警部と並んで座り、浅見は軽口を叩いたが、顔の筋肉がこわばって、笑えなかった。

広山のほうは、しばらくぶりで東京へ行けるとあって、大はしゃぎにはしゃいでいる。

「名探偵どのと一緒の旅とは、じつに愉快ですなあ」

「その名探偵というのは、やめていただけませんか」

浅見はなかば本気で言った。このやりきれない孤独感は、すべてその「探偵」という言葉に起因しているのだ。そのために大切なものを失った。長野博士との友情も、それに、佐治貴恵……。

その時、浅見は（あっ——）と思った。

前方に近付く港の岸壁に、佐治貴恵が佇んでいるのが見えた。マリンブルーのTシャツ白デニムのスカート。つば広帽子を傾けて水面を見つめる姿は、いかにも寂しげだ。

「あれ、あそこにいる彼女、昨日の女性じゃないかな？」

広山が無粋な声で言った。

「ええと、佐治とか言ったか、あの彼女ですな、あれは」

「そうみたいですね」

浅見は仕方なく言った。

「へへへ、そうすると、浅見さんのお見送りというわけですか」

広山は意味ありげな目で、浅見を見た。

「よしてくださいよ。彼女とは気まずいことになってしまったのです。それも警部さんのせいなのだから」

「え？　本官のせいで、ですか？　何があったのです？」

「いや、もういいのです」

パトカーに視線を向けた貴恵の目の前で、浅見は降り立った。いやでも、二人は向かいあう恰好(かっこう)になった。

浅見はわずかに頭を下げた。

反射的に、貴恵のほうもお辞儀を返したが、直後、何か悪いことでもしたように、クルリと背を向けた。

「なるほど、お見送りというムードではないようですなあ」

浅見の脇(わき)で、広山が面白そうに言った。

岬(みさき)を回って、コバルトアロー号が接近してくるのが見えた。

第十一章　死者の住む屋敷

1

コバルトアロー号の特別客室は船首にもっとも近く、操舵室の直下にある。前部の広い窓越しに視界が広がり、ソファーやテーブルもセットされた、快適なキャビンだ。

「ふつうじゃ、われわれ風情など、乗れませんがね、たまたま空いていたもんで、入れてもらいました」

広山警部は得意そうに言った。警察庁刑事局長ドノの弟に気を遣っているにちがいない。それが分かるだけに、浅見は憂鬱でならなかった。

同じ船に佐治貴恵が乗っていることも、浅見には気掛かりだ。

煙草を買うふりを装って、浅見は一般客室へ行ってみた。コバルトアロー号は乗客定員四百名の大型クルーザーである。港にはずいぶん客がいたように思ったが、こうして船内に収まってしまうと、ほとんどガラガラといってもいいほど、空席が目立った。

貴恵は広い客室の窓際の席で、ぼんやり海を眺めていた。寂しそうな顔を見ているうちに、浅見は衝動に駆られ、あと先のことを考えずに歩み寄った。

貴恵は何気なく振り向いて、浅見に気付くと、非難と悲哀の入り交じったような、複雑な表情を見せた。

「ここ、坐っていいですか？」

浅見は言い、返事を待たずに貴恵の隣に坐った。

「誤解されたままで別れたくないのです」

浅見はいきなり言った。

貴恵は黙って、窓に視線を向けた。

「僕は弁解するのが苦手だから、いろいろ言うことはしません。ただ、これだけは言っておきたい。あなたを騙したつもりは、まったくないっていうことだけは」

「もういいんです」

貴恵はポツリと言った。

「いいって……いや、そう簡単にいいなんて言ってもらいたくないです」

「じゃあ、何て言えばいいんですか？」

「それは、つまり……いや、そんなこと、僕にも分かりませんよ。だいたい、こんなふうにあなたと再会する予定がなかったのですからね。分かっていれば、いろいろ考えておくのだったけど……」

船の針路が変わって、船窓の向こうに中ノ島が遠ざかるのが見えた。

「もういい、ですかねえ……」

浅見は島を見ながら、呟いた。

「ちっぽけなことだものなあ」

「何がですか？」

貴恵は眉をひそめて、浅見を見た。

「いや、僕があなたに誤解されたとか、それをとやかく言うとか、そういうことがです。そんなものは、歴史の流れの中にさえ入れてもらえないような、ほんの一瞬のちっぽけなエピソードでしかない」

「そういう言い方をしたら、なんでもみんな虚しいことになります」

「そう、虚しいことかもしれない。あの島を見たら、そんな気がしてきました。あの後鳥羽上皇の十九年でさえ、相当に虚しいのですからね。僕らの一日……いや、三日でも四日でも、お話にならないくらいにちっぽけで、虚しくて当り前です」

「でも、そのちっぽけな人間の、ちっぽけな一日一日が歴史を構成しているということも事実です」

貴恵が強い口調で言うので、浅見は思わず「はあ」と頷いてしまった。

「それは、私にとっては、隠岐の四日間は、これまでの人生の中でいちばん心に残る、歴史的な体験でしたもの」

「はあ……」

「たぶん、私が死ぬ時、最後に脳裏をよぎるのは、隠岐の風景だとか、隠岐で会った人たちだとか……恐ろしかったこととか、楽しかったこととか、悲しかったこと……」

ふいに、貴恵の目から涙がポロリとこぼれた。あまりにも突然のことで、浅見はうろたえてしまった。若い女性の感情の起伏の激しさにはついてゆけない。

「じつは、僕は、東京へ帰ったら、佐治さんが言っていた五反田の謎の屋敷を訪ねることになったのです」

浅見は慌てて、文字どおり取ってつけたように、話題を逸らせた。

「警察の、例の広山という警部と一緒です。あなたにまた誤解されるかもしれないけど、仕方がないのです。誰かが、そういう役割をつとめるように、この世の中、できているのですから」

浅見のやけに気張った言い方に、貴恵が「クスッ」と笑った。その拍子に涙の残りが落ちた。

「笑いごとではないですよ。人が何人も死んだ事件の、ひょっとすると発端がそこにあるのかもしれないのです」

「ほんとですか？」

貴恵は真顔になって、浅見の目を見つめ、重ねて訊いた。

「ほんとにそう思うんですか」

「ほんとにそう思います」

浅見はおうむ返しに答えた。

「じゃあ、もしかすると、私が隠岐の島に災厄を運んで来たみたいですね」

「いや、そんなことはないですよ。事件の根はもっと深いところに潜んでいるような気がします。たとえば、四十何年前の太平洋戦争だとか、あるいは明治維新だとか、承久の変だとかです」

貴恵は半分呆れたような目になった。

「そんな昔のことと、今度の事件とどう関係するのですか？」

「そもそもの原因を作ったのは後鳥羽上皇ですからね。冗談じゃなく、後鳥羽上皇の呪いが、すべての事件の背後にあるんじゃないかなあ。それと、明治維新の際に官軍が隠岐へ来たことだとか、太平洋戦争の末期に、軍隊が駐留したことだって、全部、今度の事件に何らかの繋がりをもっていますよ」

「そういえば、そうかもしれませんね」

貴恵はようやく、ふだんの口調で浅見の話に相槌を打った。浅見の少年のようなひたむきさが、彼女にも少し分かりかけている。

「もともと、白倉先生と私が隠岐に来たのも、源氏物語絵巻の謎に惹かれてのことだったのですものね」

貴恵はあらためて窓の外に視線を転じた。船はまた向きを変えていて、すでに中ノ島は見えなくなっていた。

「もうあの島に行くことは、たぶん一生、ないでしょうね」

貴恵は感傷的な声を出した。

「僕はまたすぐ来ますよ」

浅見は言った。

「あの島には、まだ解決しなければならない謎が、いっぱい残っていますからね」

「じゃあ、佐田先生の事件が解決するまで、浅見さんは隠岐にこだわるのですか？」

「いや、佐田先生の事件ばかりじゃなくて、いろいろあるのです。たとえば、小野老人が『掘ったらいけん』と言って町長さんを殴ったのはなぜかとか、勝田の池で死んだ青年や宇受賀の瀬で死んだ小野老人の息子さん、それに小野老人までが笑って死んだということの謎。小野老人が死んだ夜の盗掘は誰の犯行か、その時に掘られた物はどこへ行ってしまったのか、佐田先生が死んだ夜、第二の甕は盗掘されたのか、もし盗掘されたのなら、中身は何で、どこへ行ってしまったのか。小野さんの家で聞いた『ちの字の祟り』とは何のことか。それから……」

浅見は一つ一つを暗唱するように、ゆっくり話して、貴恵を見た。

「それから、白倉先生が夜中に出掛けたという、その時の行く先はどこで、何をしに行ったのか。そして、最後に、これらのすべてに関わる大きな謎が、佐治さん、あなたに関係しているのですよ」

「えっ？　私に？　うっそ……」

貴恵は目を丸くして、抗議の叫びを上げた。

「嘘じゃないですよ、佐治さんが五反田の屋敷で見た、小野さんのそっくりさん。その人がはたして小野老人の血縁の人かどうか、それがすべての謎を解く鍵になるはずなのですから」

「…………」

「僕はその人が小野老人の弟さんじゃないかと思っているのです。もしそうだとしたら、なぜ弟さんは死んだことになっているのか、いったい、今度の事件や後鳥羽上皇の埋蔵品と関わりがあるのかないのか、そういったことをぜひ聞きたいのです。それはもう、事件だとか警察だとか、そういうこととはぜんぜん無関係な次元の話です。それを想像するだけで、僕は気持ちが浮き立ってくる。その謎を解くためなら、何度だって隠岐にやって来るつもりですよ」

浅見は貴恵の顔に視線を置きながら、貴恵の存在を見てはいなかった。見ているものは、はるかに遠ざかりつつある中ノ島のさまざまな風景である。

岬から見た紺碧の内海、後鳥羽上皇御火葬塚、勝田池、低い山や狭い谷をくねりながら続く細道……。

2

出雲空港までは全員が飛行機で、そこから先は、広山警部と浅見だけが空路羽田へ向かい、広山の部下の三田刑事と貴恵はＪＲを利用するという。

もちろん、三田と貴恵はべつべつの車両だが、浅見はなろうことなら三田と交代したかった。

羽田にはまだ明るいうちに着いた。東京地方は雨で、気温も低かった。

「やあ、涼しいですなあ」

暑がりの広山は喜んでいる。

「これからどうしますか、まだ時間は早いし、五反田の屋敷へ行きますか？」

浅見は訊いた。

「いや、今日は仕事はやめときましょう」

広山は手を振って言った。

「三田君もいないし、たまにはのんびり、東京見物でもしたいのですよ」

「そうですか、それじゃぼくは真っ直ぐ家に帰ります」

「私は渋谷のビジネスホテルに泊まりますので、何かあったらお互いに電話で連絡しましょう」

浜松町でモノレールを下りたあと右と左に別れることになった。

「浅見さん、明日はちゃんと来てくださいよ。逃げたらあかんですぞ」

広山は心配して、しきりに繰り返した。

「逃げるはずがないでしょう」

浅見は苦笑した。逃げるどころではない、一刻も早く、あの小野老人のそっくりさんをこの目で見たいと思っているのだ。

それはともかく、やはり隠岐は遠い島であった。心身ともに疲れきって自宅に辿りつくと、雪江未亡人が怖い顔をして迎えた。

「いったい何があったのですか？」

いきなり鉄槌のように言った。

「は？　何のことでしょうか？」

「とぼけるのはおやめなさい、島根県警から問い合わせがありました。浅見光彦はそちらに住んでいますか、というご挨拶でしたよ。よっぽど、そういう人物は存じませんと答えたかったけれど……いったい何があったのですか？」

「ああ、それは何でもありません」

「何でもないはずがないでしょう。あなたと一緒に行かれた佐田教授が変死なさったではありませんか」

「ご存じでしたか」

「当たり前ですよ。東京にも新聞はありますからね」

「ははは、面白いことを言いますねえ」

「笑って誤魔化そうとしても、そうはいきませんよ。陽一郎さんも、光彦が何かやらかさなければいいが——と、心配してました」

「はあ……」

「どうなのですか、やらかしたのじゃなくって？」

「いえ、べつに大したことは……」

「大したことでなくても、何かやらかしたのね？」

「はあ、警察に協力することになりました」

「何が協力なものですか……」

雪江は慨嘆した。

母親の攻撃をなんとか凌いで、自室でひと眠りしていたら、お手伝いの須美子が呼びに来た。

「坊ちゃま、お夕食ですよ。それから、旦那さまがお帰りになって、何かお話ししたいことがあるとかおっしゃってました」

「ほんと？……」

浅見は飛び起きた。「お夕食」はどうでもよかったけれど、兄の「話したいこと」というのが気になった。

浅見家の当主である長男と、居候である次男坊が、家族全員と一緒に食事をするなどという風景は、まったく何か月ぶりだろう。

「今夜は椅子が満員だね」

兄の息子の雅人が、嬉しそうに言った。

浅見家のダイニングテーブルは、椅子が六脚である。雪江未亡人、陽一郎・和子夫婦、雅人と姉の智美、それに光彦の六人で、ちょうどテーブルがいっぱいになる。

「ねえ、叔父さんがお嫁さんもらったら、どこに坐るの？」

雅人は本気で心配する。

「ばかねえ、お嫁さんが来たら、叔父さん、ほかに住むのよ。そうでしょう？」

智美は賢いが、辛辣だ。

「ははは、いつまでもこの椅子に坐っていたいなあ」

浅見は大いに照れながら、言った。

「うん、それがいいよ、そうしようよ」

雅人も賛成してくれたが、雪江は苦々しい顔をして、「おやめなさい」と言った。

「お食事中につまらない話をするものではありません」

こういう楽しい会話の時でも、陽一郎は絶対にニヤニヤ笑ったりはしない。おそらく、国会の委員会で、与野党議員のくだらない応酬や質問に耐える訓練を積んでいるせいなのだろう。

「光彦、あとで書斎に来てくれないか、ちょっと相談したいことがある」

「はあ」

浅見は（来たな――）と思った。「相談」の内容は、いつも「教育的指導」か「注意」と相場が決まっている。

だが、今夜は必ずしもそうではなかった。確かに「注意」の部分もあったが、警察庁刑事局長は職務上の問題について、名探偵に相談をもちかけたのである。

「隠岐で妙な事件が起きているね」

書斎に入ると、陽一郎は煙草を勧めながら言った。

「兄さんも知ってましたか。その件でさっき、帰ってきて早々に、おふくろさんに叱られました」

「ははは、島根県警からきみのことで問い合わせがあったからな。しかし、気にしなくてもいい。身分の確認だけだったようだ。ところで、実際はどうなんだい？　かなり深く、事件に関わっていたのじゃないのか？」

「はあ、東京から一緒に行ったグループのメンバーというか、リーダーの教授が死にましたから、いやでも関わらざるを得なかったわけでして」

「そうらしいね。事件の概要については、だいたいのことは報告を受けた。しかし、どうもさっぱり要領を得ない。現地の警察は、ちゃんと状況を把握していないのではないかと思えるのだな。その点はどうなのだ？」

「そのとおりだと思います。佐田教授の事件もそうですが、隠岐では奇妙な変死事件が連続して起きていまして、僕はそれらの事件すべてに関連があると見ているのですが、警察はまだ、事件の本質に気付いていません。正直言って、遅れています」

「おいおい、私の勤務先の悪口は言ってもらいたくないな」

「あ、すみません。そういう意味ではないのです」

「ははは、まあいい。それで、きみの見解を聞きたいのだが」

陽一郎はすぐに真顔になって、頼もしい弟を見つめた。

「少しずつですが、全体像がおぼろげに見えてきつつあります。それで、今回、島根県警の警部の依頼もあって、東京での捜査に同行することになりました」

「ほう……」

陽一郎はチラッと茶の間のほうに視線を送った。

「その件はおふくろさんには？」

「もちろん、内緒です」

「うん、そうか」

満足そうに頷（うなず）いた。

「ところが、その捜査の相手なのですが、僕の直感では、かなり難しい相手のような気がします」

「難しいとは？」

「何か、大きな権力が働いていて、警察の力が及ばないところではないかと」

「ふーん……」

刑事局長は天井を仰いで、「それか」と言った。

「は？」

「いや、じつはね、今日、長官に呼ばれて、隠岐で起きている事件のことについて、御下問があったのだよ。そういうことはおよそ珍しい。被害者が大学の教授であるということを勘案しても、地方で起きた殺人事件に、警察庁長官が直接興味を示すというのは、異例中の異例といっていいだろう。それでだ、私もさいわい、きみの関連があったものだから、多少、情報を仕入れていたので、かなり詳しくお答えすることができた。それはよかったのだが、長官は最後にこう言われたのだよ。『なるべく早期に捜査を終結するように』とね」

「どういう意味ですか？」

浅見は眉（まゆ）を上げて、訊（き）いた。

「意味は言葉どおりさ。早く捜査を終えろということだ」

「つまり、早いところ、店仕舞（みせじま）いをしてしまえということですか？」

「そういうことだね」

兄と弟はしばらく沈黙した。

「やはりそうでしたか」

浅見は溜（た）めた息を吐き出すのと一緒に、言った。

「そういうわけで、きみの直感は当たっているのかもしれない」

陽一郎は一応そのことは認めておいてから、言った。

「当たっていることを前提にして考えてもらいたいのだが、いまきみが関わっている捜査は、早晩、終結させるようなことになるだろう。その場合、きみのことだから歯止めが効かない恐れはありはしまいかと、そのことをだね……」

「要するに、兄さんは、僕にこの事件から手を引けと言いたいのでしょう?」

「まあね」

「それは、兄さんの命令とあれば、従わないわけにはいきません」

「そういう僻(ひが)んだ言い方をするなよ」

陽一郎は苦笑した。

「私は何も、兄貴づらを押しつけようという気はないのだ。そうではなく、役所というところは、時として冷酷だからね、総攻撃をしていたはずが、いつのまにかきみだけが最前線に取り残されていた——などということになりはしないかと、それを心配するのだ」

「分かってます」

浅見は頷(うなず)いた。もしそんなことになれば、困るのは浅見ではなく、その兄の警察庁刑事局長なのだ。

「兄さんとしては、捜査の早期終結の指示をいつごろ出すつもりですか?」

「そうだな……」

陽一郎はしばらく考えて、言った。

「それはきみ次第ということにしておこうかね」

「僕次第、ですか」

「ああ、きみ次第だ」

兄弟はたがいの目を見つめあった。弟のほうが先に視線をはずした。

「分かりました。撤退の時期を過たないようにします」

「うん、そうしてくれ」

兄はドアの把手に手をかけて、大きく頷いた。

3

翌日は曇り空ながら、梅雨明けを期待させる天気になった。

浅見は五反田駅の前で広山と三田をソアラで拾った。

佐治貴恵の言っていたとおり、大きな門柱のある屋敷はすぐに分かった。屋敷は裏通りに面したところにあった。門柱には表札もなければ、郵便受けも設置されていない。檜製の扉が内側に開かれていた。

この付近は東京都内では珍しく、樹木の多い高級邸宅街である。門扉は開いていたが、浅見は車を道路に駐車した。

三人は車を出て、門内を窺った。

「まったく人の気配が感じられない」

広山は耳をすませて、呟いた。

「知らない者が見れば、この屋敷には誰も住んでいないと思うだろうなあ。ねえ浅見さん、そうじゃないですかね？」

「ほんとですね、まもなく地上げ屋の手で解体されて、跡地にマンションでも建ちそうな感じがします」

「まあ、とにかく入りますか」

広山は三田と浅見を従えるように、胸を張って、堂々とした足取りで門を入った。玉砂利が足元でザクッザクッと鳴った。

浅見は二人より少し遅れぎみに歩いて行った。昨日の兄の話があるだけに、好奇心があるのとは裏腹に、なんだか気の進まない訪問になった。

正面の植え込みをめぐると、建物の全景が見える。ペンキの剝げ落ちたポーチの柱や、観音開きの鎧窓など、いかにも歴史を感じさせるような洋館である。

ライオンの顔のノッカーをコツコツと鳴らすと、かなり時間が経ってから、ドアが細めに開き、執事らしい人物が顔を見せた。

「どなたさまでしょうか」

抑揚のない、感情の籠もらない口調で訊いた。

「警察の者ですが」

広山は手帳を出して見せた。

「はあ、警察……」

警察と聞いても何の感興も催さないらしい。まったくの無表情で訊いた。

「お約束でしょうか？」

「いや、約束はしていませんが」

「それでは、あらためて、お約束を頂戴してからお越しください」

平然と言って、ドアを閉めかけた。

「ちょ、ちょっと待ってくれませんか」

広山は呆れて、怒鳴るように言った。

「警察がいちいち約束なんかして来るわけがないでしょう」

「はあ、そうおっしゃられましても、わたくしどもは、そのように申しつかっておりますので、はい」

執事はスーッとドアを閉めた。

「なんだ、ばかにしおってから」

広山は中に聞こえるほどの声で言った。そしてもう一度、ノッカーを毀れそうになるほど叩いた。

また、おそろしく長い時間を待たせて、ドアが細めに開いた。

「どなたさまでしょうか？」

同じ執事である。どなたさまもないものだと思うが、広山は「警察です」と言った。

「約束はしてませんが、ちょっと聞きたいことがあって来たのです」

言いながら、ドアの隙間に靴の先を突っ込んだ。執事は眉をひそめた。

「困りますですな。そういう乱暴なことをなさっては」

「あんたが閉めるから悪いのです。もし門前払いを食わすようなら、公務執行妨害で現行犯逮捕しますぞ」

「ほほう……」

執事は口を丸く開け、面白そうな顔をした。

「それはそれは、威勢のおよろしいことですなあ」

「冗談を言っとる場合ではないですぞ。こっちは、わざわざ島根県から来ておるのですからな」

「ほう、島根県からおみえですか。それならご存じないのも無理がありませんね。それで、何をお訊きになりたいのでしょうか?」

「その前にここを開けてもらえませんか」

「いえ、それはなりません。そういう勝手なことをいたしましては、あたくしの首が飛びます」

「そんなオーバーな……」

広山はボヤいたが、仕方なく、ポケットから死んだ小野老人の写真を出した。

「この人がお宅にいるはずなのですがね、会わせてもらえませんか」

執事は写真をじっと見ていたが、首を横に振った。

「いえ、このような方はこちらにはおられませんですが、はい」

「そんなはずはない、ここで見たという人がいるのだから」

「それは何かのお間違いでございましょう」

「間違いじゃないですよ。とにかくですね、ここを開けて、お宅の住人を見せてくれませんかねえ」

「それはお断り申し上げます。もし、たってということでございましたなら、いかがでしょうか、一度、大崎警察署のほうにお立ち寄りになって、署長さんとご相談の上、あらためてお越しになっては」

「…………」

広山は虚を衝かれたように、浅見を振り返った。大崎署の署長に会え——というのは、どういう意味か、量りかねている。

「そうしたほうがいいと思います」

浅見は遠慮がちに進言した。この屋敷の異様な気配と、執事の妙に自信たっぷりな様子には、何かいわくがありそうな気がしてならない。

「じゃあ、そうしますかな」

広山は急にファイトを失ったように、ドアの隙間から足を引っ込めた。執事は急ぐでもなく、丁寧なお辞儀をして、ドアを閉めた。

大崎署の駐車場に車を停め、浅見だけは車に残った。

広山と三田は刑事課に顔を出し、刑事課長を通じて用向きを伝えた。島根県警からの客とあって、刑事課長は愛想がよかった。しかし、応接室に現れた署長は難しい顔をしていた。

「あの屋敷へ行きましたか」

のっけから、あまり愉快そうな声ではなかった。

「行く前に、ちょっと寄ってくれればよかったのだけどねえ」

「はあ、申し訳ありません。ごく簡単な聞き込みだけだったもので、ご挨拶をしなかったのは軽率でした」

広山は低姿勢で言った。暴力団ほどではないが、警察もけっこう、縄張り意識がある。所轄にはなるべく挨拶しておいたほうがいいのは、刑事稼業の常識の一つだ。

「あそこは難しいところでしてね」

署長はいくぶん機嫌を直したように言って、煙草を進めた。

「まあ、一種の治外法権というか、それほど大袈裟ではないが、よほどの事件でもないかぎり、警察といえどもオフリミッツみたいなところがあるのです」

「はあ、それはまた、どういうわけで？」

「うーん……それを説明するのは、ちょっといわくいいがたい部分があるもんでねえ。まあ、早い話が、皇居には滅多に入れないでしょうが。そういうことを想像してもらえばいいでしょうな」

「すると、あそこには、やんごとない人がおられるのですか？」

「やんごとないねえ……」

署長は煙たそうな目になった。広山に似つかわしくない単語が発せられたことに、微苦笑を禁じ得ない。

「まあ、そういうふうに考えてもらえればいいでしょう。いや、むしろ皇族方がいらっしゃるというわけではないが、それに匹敵するような聖域であるわけですよ。いうまでもなく、犯罪などにはまったく関係がない。だからこそ、そういう特別な配慮がなされるということでもあるのです」

「しかし、われわれの目的は、一葉の写真を見てもらうだけなのですが」

「まあ、それくらいなら問題はないと思うけどねえ……一応、わが署のほうから問い合わせしてみますかな」

署長はいったん応接室を出て、しばらく経ってから戻ってきた。

「写真を見て、多少のお話をする程度ならいいそうですよ。なんならうちの者を一人、同行させましょう」

署長の配慮で、長沢という防犯課の警部補が一人、ついて行くことになった。ソアラの客が三人になった。

「こちらは、浅見さんといって、東京を案内してくれる方です」

広山は、長沢警部補にそういう言い方で紹介した。

浅見はなるべく後部シートに坐った長沢のほうを見ないようにして、ペコリと挨拶した。浅見は警視庁管内では多少は知られた顔である。長沢がこっちの素性を知った相手でないとはかぎらない。

「あの屋敷には、三度ばかり行ったことがありますよ」

長沢警部補はそう言っている。大崎署では最古参だそうだ。この付近のことをよく知っていて、重宝がられているそうだ。

「じゃあ、ひょっとして、この顔に見憶えはありませんか？」

広山は長沢に写真を見せた。

「ああ、見たことがありますよ」

長沢はあっさり言った。

「えっ、いるんですか？」

広山は驚いた。浅見も思わず、バックミラーの中の長沢を見た。

「いると思いますがね。もっとも、最近は何か月も行ってないが……そう、最後に行ったのは一年前ぐらいになりますかねえ」

「あんちきしょう、嘘をつきおってから」

広山はぼやいた。

「誰かが、いないと言ったのですか？」

長沢は急に心配そうな顔になった。

「そうです、いないと言いおったのです」

「それじゃ、知らないんじゃないですかね。若い新米だったりしたら、知らないこともあり得るでしょう」

「いや、それがじいさんと言ってもいい年輩の男ですよ。たぶん執事みたいなやつじゃないですかなあ」

「そうですか、その人が知らないと言ったのですか……だとすると、私の見間違いかもしれませんねえ」

長沢は心細そうに言った。明らかに、あの屋敷に対する遠慮が見えている。

「いや、そんなことはないです。あれはあのじいさんが嘘をついたに決まっている」

広山は息巻いた。

浅見は長沢の苦衷に思い当たるものがあるので、複雑な気持ちだった。

今度は車を門の中に乗り入れた。広山も所轄署のバックアップがあると思っているから、威勢よくノッカーを鳴らした。

屋敷の執事は、今度は「ご苦労さまです」と慇懃に振る舞って、四人を中に入れてくれた。

ドアを入ると赤絨毯のホールで靴のまま上がる。玄関ホールは十数畳分ほどの広さがある。

執事の老人は、ホールの奥のドアを開けて「どうぞ、こちらでお待ちください」と言った。

その部屋の周囲に、何十台という数の、大きな柱時計が林立している。「時計屋の店先」という音楽があったが、これだけの時計がいっせいに時を告げるときは、さぞかし賑(にぎ)やかなことだろう。

窓際のソファーに腰を下ろして待つ。しばらくすると、さらに奥のドアから中年の紳士が現れた。

「正岡(まさおか)と申します。この屋敷の責任者でございます」

きわめて慇懃な物腰で自己紹介をした。身形(みなり)からいうと、向こうのほうがはるかに偉そうだから、客たちは恐縮した。

「早速でございますが、ご用の向きを承りましょうか」

催促されて、広山は慌てて写真を出した。

「この人がこちらのお屋敷にいるかどうか、そのことで伺ったのですが」

「はあ、拝見いたします」

正岡はしかつめらしく写真を手に取って、数秒間、じっと眺めた。

「いえ、こういう方は当屋敷にはおいでではございませんです、はい」

「以前はいたのですね？」

「いえ、以前も現在もおられません」

「そんなはずはないでしょう」

広山は呆れて、声高になった。

「は？　と申しますと、どういう意味でございましょうか？」

正岡は落ち着き払って、首をかしげるようにして反問した。

「どういう意味って……それはですね、つまり、そうでしょう？　長沢さん、ここのお宅にいたのでしょう？」

訊かれて、警部補は顔色を変えた。

「いえ、私ははっきりそうだとは……似たような人がいたように思っただけで……」

広山は不審に満ちた目で長沢を睨んだ。

しかし知らないというのを、それ以上どうすることもできない。四人はスゴスゴと屋敷を引き上げるほかはなかった。

車に乗ると、広山は非難の声を発した。

「長沢さん、あんた、確かにいるって言っとったじゃないですか」

「いえ、それはあの時はそう思ったのですが、しかし、あの人がいないというのですから、私の勘違いでしょう」

車の中はクーラーが効いていて、それほど暑くもないのに、長沢はしきりに汗を拭っている。

「どうも、妙な按配ですなあ……」

広山は不快感を露骨に示した。これで長沢が被疑者だったりすれば、得意の締め上げでゲロを吐かせるところだが、警視庁管内の警部補では、どうすることもできない。

大崎署に長沢を戻して、さてどうしよう――と思案することになった。

「あの屋敷にじいさんがいることは、間違いないですな」

広山は断定した。

「私も、ここに来るまでは、どっちか分からんような気がしとったが、長沢氏の様子を見て、こら怪しいと思うようになりましたよ。あそこには小野のじいさんのそっくりさんはおりますな。しかし、その事実をなぜ隠さなならんのか、それがけったいですなあ」

「それはたぶん、その老人が、一度は死んだ人間だからだと思いますよ」

浅見は静かに言った。

「はあ？　死んだ人間？」

広山と三田刑事は、浅見本人がまるで「死んだ人間」でもあるかのように、気味悪そうな目で、見つめた。

4

「小野老人の弟さんは、終戦の年に亡くなったということになっているのです」

浅見は言った。

「ああ、そのことは私も知っとりますがね」

広山は「それがどうした？」と言いたそうな顔である。

「もし、その弟さんが生きていたとすれば、この不可解な秘密主義も説明がつきます」

「つまり、あの屋敷におるのは、その人物や――ということですか？」

「そうです」

「しかし、なぜ死んだいうことにしたのですかね？」

「さあ、それは分かりません。想像するほかはありません」

「どう想像します？」

「現実に、死亡通知が届いて、死んだことになってしまったのでしょう。そういうケースは終戦当時、かなりあったそうです」

「しかし、生きておることが分かれば、訂正されたのとちがいますか？」

「それはそうですが、中には生きて帰っては具合の悪いケースもあったのではないでしょうか。たとえば、奥さんがすでに再婚していたとか」

「その程度のことで、自分を抹殺しますかなあ？」

「いえ、それはたとえばの話です。実際は、永久に死んだことにしておいたほうがいいというくらいに、もっと厳しい状況があったのかもしれません」

「厳しい状況？」

「死に値するような犯罪を犯していたとか、あるいは、そういう犯罪に関わったとか、それとも、大きな秘密に関係したとか……とにかく、一般人と同じように社会に出ては都合の悪い条件があったとすれば、地下に潜るしかなかったのかもしれません」

「うーん……なるほど、それはまあ、考えられんことではないですなあ……しかし、いったい何があったいうのだろう？」

「それはご本人に聞くしかないでしょうね」

「そうですなあ……よっしゃ、こうなったら意地でもそのそっくりさんを見つけ出してやるでえ」

広山は右手で左腕をピタピタ叩いた。

「えっ？　本気ですか？」

浅見より先に、部下の三田が心配そうに訊いた。

「当たり前やがな、わざわざ島根から出てきて、何も獲物がないでは、おめおめと帰れんじゃろ」

「はあ……」

「たかが、あれっぽっちの屋敷やないか、何日か張り込みをしとれば、必ず出てくるに決まっとる」

「さあ、それはどうでしょうか？」

浅見は首をひねった。

「そう簡単に現れるとは思えませんが」

「いや、ここから先は刑事の領分です。素人さんは黙っといてください」

広山がハッスルするのを、それはだめだとも言えない。それに、陽一郎が指示を発令する前なら、広山のファイトが功を奏するかもしれないのだ。

広山と三田は早速、問題の屋敷の近辺を聞き込みで歩くという。食料品店や電器屋、クリーニング店などを探れば、必ず手掛かりは摑めるだろう――と、広山は楽観的だ。

浅見は二人を五反田まで運んだあと、その足で中目黒にある防衛庁戦史部へ向かった。ここは『高千穂伝説殺人事件』の際にも、世話になっている。その時の係員が浅見を憶えていてくれた。

「今度は何です？」

高橋という、五十をいくつか過ぎてそろそろ定年が気になる年輩の職員だ。もともと出世願望の少ないタイプで、こういう人物に出会うと助かる。

「終戦当時、島根県の隠岐の島に駐屯していた軍隊のことを知りたいのです」

「ほう、隠岐の島ですか」

高橋は興味深そうな顔をした。

「どういうわけですかねえ、隠岐の軍隊のことを訊かれたのは、これで二度目です」

「は？　ほんとですか？　それはいつ頃のことですか？」

浅見は驚いて、畳みかけるように訊いた。

「いや、いつって、あんた、今日ですよ、今日。午前中というより、朝といったほうがいいかな……やっぱり、あんたと同じように、太平洋戦争末期に隠岐の中ノ島にいた軍隊のことを知りたいということでしたが……何かあったのですか？」

浅見の驚く様子を、高橋は怪訝そうな目で見つめた。

「いえ、そうではありませんが、そういう物好きな人が僕以外にもいるので驚いてしまいました。誰だろう、もしかすると知人かもしれません。名前は分かりますか？」

「もちろん分かりますよ、来訪者名簿に記入してもらっていますからね。野村という人でした。住所は確か杉並かどこかだったと思いますよ」

杉並の野村という人物に、浅見は思い当たるものがなかった。

「しかし、偶然というのはあるものなのですねえ。僕も隠岐の中ノ島のことを知りたいのですから」

さりげなく、言った。

「ふーん、それも同じというわけですか。いや何はともあれ、そういうわけですから、資料のあり場所は分かっています。すぐに出しましょう」

閲覧室に通して、ほとんど待つ間もなく、資料を運んできてくれた。

浅見が資料を広げるのを、高橋は興味深そうに眺めている。何か助言を必要とするなら応えようという態勢だ。

資料によると、終戦当時、中ノ島には中隊規模の軍隊が駐屯していたらしい。その約三分の一は現地の在郷軍人によって成っているから、あまり精強な軍隊とはいえなかったと考えられる。

そして昭和十八年八月から「ち号作戦」なるものが展開される。資料だけでは、「ち号作戦」がどのような性格のものなのか、判然としないが、現地の人間を動員して、突貫工事につぐ突貫工事で、全島を要塞化しようとしていた様子は読み取れる。

海士村家督山ヨリ金光山ニ到ル線、宇受賀ヨリ中里ヲ経テ、保々見、知々井、御波、須賀ニ到ル線ニハ散兵壕交通壕防空壕等大々的ニ施工シ各区ヨリ出夫コレヲ扶ク。金光山、東、其他要所要所ニモ築造シ、唯山ニハ兵器庫避難所モ掘リタリ。

浅見は文章を読みながら、中ノ島の四通八達した舗装道路を思い起こした。あの異常ともいえるような道路網は、ひょっとするとその当時の名残かもしれない。

防衛施設が完備したあと、中ノ島の守備隊は増強されたらしい。次のようなことが記録されていて、目を惹いた。

昭和二十年四月二十五日付ニテ柿崎高明少将中ノ島守備隊ノ司令トシテ着任ス。一個中隊規模ヲ引率。特殊任務ニ当タル。

以上がどうやら「ち号作戦」の概要であるらしい。

この中で最後の「特殊任務」というのが気になった。

「特殊任務とは何のことでしょうか？」

浅見は資料から目を離して、高橋に訊いてみた。

「さあ、何でしょうかなあ？」

高橋は首をひねるばかりで、自分の考えを述べる気はないらしい。そういう性格なのだろう。

「たとえば、細菌部隊みたいなものも特殊任務とは言いませんか？」

浅見はズバッと言ってみた。

「へっ？　細菌……」

高橋は驚いて、誰もいない閲覧室を見回した。浅見もそのへんのことは心得て言っているつもりだ。

「それはまあ、確かに、そういう言い方をするかもしれませんなあ。しかし、これがそうだとは言いませんがね」

「しかし、中隊規模の兵力に対して、少将が着任するというのは、少し奇妙な感じがしませんか？」

「ああ、なるほどねえ……」

その意見には高橋も同意した。〔柿崎少将着任〕というのが、やはり異様な感じを与える。

「そうすると、何かやはり、特殊任務があったということでしょうなあ」

当然のことを言っている。浅見の目から見るともどかしい感じだ。

「どうでしょう、たとえば、毒ガスの開発だとかですね」

「毒ガス……」

高橋はまた度胆（どぎも）を抜かれた。こういう穏和な人間ばかりが軍隊にいたら、戦争なんか起こりそうにない。

いずれにしても、太平洋戦争末期の中ノ島には「陸軍少将」を長とする守備隊が存在して、「特殊任務」についていたことだけは事実なのだ。

「敗戦後、この守備隊がどうなったか、その顚末（てんまつ）については何も書いてありませんが、それは分からないのでしょうか？」

「うーん、書いてありませんなあ。一般的にいうと、終戦時に武装解除した状況なども書いてあるものですが、記録されなかったということでしょうかねえ」

高橋はまた首をひねった。

考えてみると、「第○○部隊第○中隊」という「守備隊」の正式名称も人員数も記載されていないのだ。記録が散逸したとすると、今度は、柿崎少将着任までの記録があったというのが不可解だ。

浅見はその部分をコピーして持ち帰ることにした。

小野老人の弟がその守備隊に参加していた可能性は、かなり高い。正規の軍隊なのか、あるいは在郷軍人だったのかはともかく、小野が「特殊任務」に参画していたと仮定して考えると、彼が終戦時に姿を消す必要があったことも、ある程度、憶測できる。少なくとも、可能性として、いろいろな状況を考えることはできる。

「柿崎少将についての詳しいデータはないのでしょうか？」

浅見は最後に訊いてみた。

「ああ、それはあると思いますよ。何年か前に旧帝国陸軍関係の名簿を作成しましたからね」

高橋は資料室へ行って、名簿から柿崎高明少将の部分をコピーしてきてくれた。

柿崎高明　陸軍少将　明治三十八年東京都出身、大正十五年東京帝国大学医学部卒業、昭和二年陸軍近衛師団幹部候補トシテ任官、終戦時少将、子爵。昭和五十一年死去。

「子爵ですか」

浅見はその二文字を見つめた。

「そのようですなあ。華族の出身だったのですねえ」

「それにしても、ずいぶんあっさりした記述ですね」

「そうそう、そのことは私もおかしいと思ったのです。ふつうはもっと、どこどこ方面作戦に参加とか、戦時の部隊名なんかを記載しているのですが、こういうのは珍しいです。

たぶん、医学専攻の華族さんということで、第一線には出なかったのだと思いますがね。実際、最初の勤務も近衛師団でしょう。いわば高級将校、エリート中のエリートだったにちがいありませんなあ」

「昭和五十一年に亡くなっているのですね。オリンピックのあった年か……」

浅見は呟いた。浅見が大学に行っていた頃の記憶が脳裏をかすめた。太平洋戦争などというと、ずいぶん昔のことのようだが、いまでも戦争体験者は、その記憶をそれぞれの胸に秘めて、生きているのだ。

高橋に丁重に礼を言って、戦史部をあとにした。車に戻って、走りはじめてから、浅見はふと、柿崎少将がどこに住んで、どこで死んだのか、気になった。出身は東京と書いてあったが、死去した時の住所はどこだったのだろう？　やはり東京なのだろうか？　だとしたら、それはどこ？……

浅見は急に胸騒ぎのようなものを感じた。何かの着想を得る際の予感といっていい。

浅見は品川区役所の住民課に行って、柿崎という家が、池田山のあの屋敷の住所地になかったかどうかを調べた。

案の定、柿崎家はかつて、まさにあの屋敷の地番に相当する場所にあった。あの奇妙な屋敷は、もともとは、柿崎子爵家のものであったのだ。

柿崎家は高明の代をもって途絶えているらしい。その跡地がどうなっているのかは、区役所では分からなかった。あるいは、知っていても言えないのかもしれない。その上に警察署長までが「治外法権のようなもの——」と言っているのでは、外部の者には調べようがない。

あとは佐治貴恵があの屋敷を紹介してもらったという、「曾我」という人物に当たる以外には方法がなさそうだ。といっても、曾我がはたして教えてくれるかどうかといえば、かなり悲観的な感触である。

浅見は自宅に戻ると、あらためて隠岐・中ノ島の地図を広げた。

防衛庁戦史部でコピーしてきた記録の地名を、地図の上で照合してみた。

「ち号作戦」の概要に現れた地名のいくつかは、浅見も耳にしているし、実際に訪れた場所もある。

金光山の麓には小野家があった。

宇受賀は小野老人の息子が「溺死」した宇受賀の瀬のある集落である。

家督山というのは中ノ島の最西の岬を見下ろす山である。逆に金光山は東端に近い山だ。その二つの山を結ぶ直線上といっていいあたりに、後鳥羽上皇御火葬塚のある中里の集落がある。

宇受賀は北のはずれ。

保々見、知々井、御波、須賀——は中里より南に散在する集落であった。

(なんだ、これは?——)

漠然と、地図の上に赤ペンでマークを打ちながら、浅見はまた新しい着想が生まれる予感に襲われた。

「あっ……」

思わず声を発した。「ち号作戦」の意味が地図の上で読めた。

家督山と金光山を東西に結ぶ線を引き、宇受賀から中里へ南北の線を引き、さらに、中里から保々見、知々井、御波、須賀——と曲線を描けば、なんとそのまま「ち」と読めるのであった。

「ははは……」

浅見は独り、空気が洩れるような声で笑った。分かってみれば、なんだ——というような暗号であった。

だが、小野老人が恐れていた『ちの字の祟り』がこのことと関係しているとしたら——そう考えると、無意味なように見える「ち」の文字に不気味な意図が込められているように思えてくる。

宇受賀では小野老人の息子が死んだ。

中里では勝田池で青年が、後鳥羽上皇の遺跡で佐田教授が死んだ。

そして、小野老人が死んだ菱浦港は家督山のすぐ北にあたる。

いずれも「ち号作戦」の拠点ばかりというのには、何か意味がありはしないか？

第十二章　白倉教授の死

1

佐治貴恵は電話のむこうで「ああ」と、吐息のような声を出した。

「いま浅見さんのこと、考えていたところなんです」

「ははは、いきなり喜ばせるようなことを言わないでください」

浅見は照れて、冗談めかそうとした。

「喜ばせようとして言っているんじゃありません。ほんとに考えていました」

貴恵は怒ったような口調だ。

「ははは、そんなにムキにならないでくださいよ。僕だって、内心は嬉しくてしようがないのですから」

「あら……考えていたからって、そういう意味だとは言ってませんよ」

「なあんだ、違うんですか、がっかりさせますねえ」

「でも、必ずしも違うっていうわけではありませんけど」

「どっちなんですか？　気をもたせないでほしいなあ……まあ、それはいいとして、じっは、電話したのは、佐治さんにお願いがあるからなのです」

「あら、何ですか？」

「例の屋敷へ行って聞いたのですが、佐治さんが言っていた、小野老人のそっくりさんは、あの屋敷にはいないのだそうです」

「そうですか……じゃあ、やっぱり、あのことが原因でクビになっちゃったのかしら。だったらお気の毒なことをしちゃったわ」

「いや、それが違うのですよ。小野老人の写真を見せて訊いたのですがね、先方の言うのには、あの写真に似た人物など、現在も過去も、当屋敷にはまったくいないと言うのですよ」

「うっそ……嘘ですよそんなの。私は見たんですもの。それは確かに小野老人そのものとは違うでしょうけれど、あの写真とはほんとによく似ているんですから。いないなんて、そんなの嘘ですよ……あ、まさか違う屋敷を訪ねたのじゃないのでしょうね？」

「いや、それは間違いないと思いますよ。あの辺であういう屋敷はほかにはなさそうですからね。それと、そうそう、変わった部屋がありました。部屋の中に何十もの柱時計があるのです」

「ああ、それなら間違いありませんよ。大きな時計がズラッと並んでいて、全部正確に動いていたでしょう？」

「ええ、あれは壮観でした。たぶん、かなり昔の製品だと思うのだけど、あれだけの数の時計を蒐めるというのは、よほどの財力が必要だろうし、よほどのマニアだったのでしょうね」

「あら?」

貴恵は不思議そうに言った。

「だった……って、もう亡くなった人みたいですね」

「ああ、あの家の元の持ち主は、十何年か前に死んで、子孫は絶えてしまったらしいのですよ。柿崎という家で子爵……旧華族だそうです」

「そうなんですか」

「それに、驚いたことに、その柿崎という最後の子爵は、太平洋戦争当時、陸軍少将でしてね、しかも、なんと、隠岐の中ノ島の守備隊を指揮していたのです」

「ほんとですか?……」

貴恵は驚いた。

「なんだか、気味が悪いみたいな話ですね。そのことと、今度の一連の事件と、何か関係があるのでしょうか?」

「たぶんね」

浅見は電話のこっちで頷いた。

「もっと驚いたことがあるのです。ほら、小野さんのお宅で聞いた『ちの字の祟り』という話ね、あれの意味が分かったのですよ」

浅見は「ち号作戦」に出てくる地名が、地図に「ち」の字を描くことを発見したいきさつを話した。貴恵は「すごい！」と嘆声を発した。

「浅見さんて、頭がいいんですねえ、尊敬しちゃいます」

「ははは、参ったなあ……」

浅見はやたらに照れた。

「とにかく、これで、大きな謎のうちの一つは解けたわけですよね。あとは、小野老人がなぜ『ちの字の祟り』を恐れたか。なぜ『掘ったらいけん』としつこく言っていたかを結びつければ、あの島でいったい何があったのか、自然に見えてきます」

「えっ？　そうなんですか？」

「ええ、見えてきますよ」

「ほんとですか……その口振りだと、なんだか、浅見さんには事件の謎がもう、みんな見えてきているみたいに聞こえますけど」

「まさか……」

浅見は苦笑した。

「見えてきたのは、終戦の時、中ノ島で何があったかという、そのことだけです。それも憶測でしかないし……ただ、もしあの屋敷の小野老人のそっくりさんと会えれば、それが事実かどうか、確かめることができるのですけどね」

「会えますよ、会えるはずですよ。だって、あのお屋敷に確かにいたのですもの。警察の手で調べれば分かるはずですよ」

「その警察だって、手の届かない世界があるのですよ、日本には」

「まさか……」

「いや、実際あるのです」

浅見は厳粛な口調で言った。

「それに、あのそっくりさんが小野老人の弟だとすると、その人は終戦の年に亡くなっているのですからね。死人がヒョコヒョコ出て来て、生きている人間に会ったのが、そもそも間違いだったのです」

「じゃあ、私は間違って幽霊を見てしまったということですか？」

「そうらしいですね」

貴恵はもちろんだが、そう言った当の浅見までが背中がゾクゾクッとしてきた。

「まさか、あなたが隠岐へ行って、小野老人の、それも十数年も昔の写真を見るなどということは、幽霊としては考えもしなかったのでしょうね」

「それはそうですね、何万分の一……いえ、もっと少ない確率ですものね」

「その極小の確率で、あなたが写真を見てしまった。その写真を持って刑事が聞き込みに来た……先方はさぞかしびっくりしたでしょうね。慌てて隠蔽工作を始めたにちがいありませんよ」

「でも、その人がもし小野老人の弟さんだとしたら、戦後四十何年間も、よく知られずに生きてこれたものですね」

「これは僕の想像ですが、たぶん柿崎少将が身柄を引き受けて、世間から隔離した状態でいたのだと思います。もしかすると、名前も変えているでしょうし、何事も起きなければ、そのままずっと、幽霊のままで人生を終えるのでしょうね」

「そんな人生があるのかしら？」

「人生いろいろ――ですよ」

浅見は近頃はやりの歌の節をつけて、言ったが、貴恵は笑わなかった。

「というわけで」と浅見は言った。

「その幽霊が小野老人の弟かどうかを確かめるのは、ほとんど不可能だと思います。僕もあえて、いまさら、そういう古い亡霊みたいなものを引っ張りだす気にはなれません。ただし、終戦の時、隠岐で何があったのか、そのことだけは知りたいのですよね。そうしないと、今度の事件の結論が出ません」

「それはそうですね」

「そこで佐治さんにお願いなのです」

「え？　私に？」

「ええ、佐治さんに曾我さんを紹介してもらいたいのです」

「曾我さんを？　それは無理ですよ。だって、私だって白倉先生のご紹介で、たった一度、お訪ねしただけなんですもの」

「いや、紹介してくれなくても、どこに住んでいるのかさえ分かれば、それでもいいのです。あとは当たって砕けろですから」

「ああ、それなら……でも、私から聞いたなんて言わないでくださいね」

「言いません、絶対に」

浅見は力強く約束した。

貴恵に曾我家の場所は聞いたが、浅見にはもう一つ気になることがあった。防衛庁戦史部を訪ねて、終戦時の隠岐のことを調べて行った「野村」という人物のことだ。訪問者名簿に記載した氏名・住所は「野村勝男・東京都杉並区〇〇——」となっていた。ところが、電話帳で調べたかぎりでは、それに該当するような人物は存在しなかったのである。

しかも、その住所地には野村姓の家は一軒もないことも分かった。

つまり、「野村」という男は偽名を使って資料を調べていることはまちがいない。なぜ偽名を使う必要があったのか、それが不思議だ。浅見ですら、そういう発想はまったく起きなかったのに——である。

終戦時の隠岐の状況を調べる目的に、どのようなものが考えられるか、浅見はあれこれ思いめぐらしたが、いま自分が調べようとしている事柄以外、まったく思いつかない。だとすると、浅見とはべつに、隠岐での事件や、その背景にあるさまざまな出来事を調べつつある人物か、あるいはグループかが、もう一つ存在することになる。

その姿が見えてこないのが、浅見には不気味で、不吉な予感がしてならなかった。

2

曾我泰三の邸宅は本郷西片町にあった。貴恵からフルネームを聞いて、あとで調べて分かったことだが、曾我泰三は古書や美術品の世界では「超」がつくほどの有名人なのだそうだ。自分で「曾文館」という会社を創立し、そういう関係の出版物をつぎつぎに刊行しているという。

古典の蒐集や分類に関しては、おそらく日本一で、現在、古典文学を研究しようとすると、必ずといっていいくらい、曾我や曾文館の名前に出くわすことになる――ということも知った。

西片町の屋敷は古い洋館で、壁にびっしりと蔦が這っていた。明らかに書庫と分かるコンクリートの建物が背後に見える。

鉄格子のいかめしい門のチャイムボタンを押す時、浅見は珍しく気後れがした。

インターフォンが女性の声で、「どちらさまでしょうか？」と訊いた。

「浅見という者ですが、白倉先生のご紹介で参りました」

浅見は嘘をついた。これは彼のシナリオにはなかった、ほんの出来心である。この屋敷のいかめしさが、そういう嘘をつかせたのかもしれない。

女性の声が「しばらくお待ちください」と言って、五、六分が経った。

屋敷の玄関のドアが開いて、三十代なかばくらいの女性が現れた。白いブラウスに黒いタイトスカートという、いまどき教師にも珍しいような、地味な服装だ。

門を開けて、「どうぞ」と先に立った。玄関までは石畳だが、どういう歩き方なのか、ほとんど足音をたてない。

玄関を入ると、がっしりした、まるで用心棒を想像させるような青年がいた。ほとんど挨拶もしないような無愛想さだが、そこから先は青年が案内をしてくれた。

廊下を少し行った右側のドアを入ると、そこが応接室で、青年は浅見にソファーを勧めて、自分は脇に立ったまま、「しばらくお待ちください」と言った。

また数分間が流れた。あるいは十分を超えたかもしれない。

ふいに正面のドアが開いて、小柄な老人が現れた。赤と黒のチェックの、少し派手なスポーツシャツを着て、膝の出たブカブカのズボンを穿いている。

浅見が立って挨拶と自己紹介をしようとするのを手で制して、「曾我です、用件は？」と言った。余計なことを聞くのは、時間の無駄だ――とでも言いそうな気配だ。

「じつは、五反田の柿崎さんのお屋敷のことで、うかがいたいことがあってお邪魔しました」

「ふーん……」

曾我は上目遣いにジロリと浅見を見た。

「あんた、柿崎さんを知っているの？」

「はあ、元子爵家です」

「誰に聞いた？」

「ですから、白倉先生です」

「白倉君にね」

曾我はズボンのポケットから、皺くちゃになったマイルドセブンを出した。煙草を抜き出すと、ひどい形に曲がっている。それをそのまま口に銜えた。

脇の青年がライターを差し出そうとするのを、「いいから」と煩そうに払い除けて、マッチで火をつけた。

煙草は曲がっているが、煙は真っ直ぐ昇った。その行方を見上げてから、曾我老人は言った。

「白倉君とは、いつ会いました？」

白倉教授を「君」づけで呼んでいるということは、やはり相当の権威者なのだろう。

「先日、隠岐の島でお目に掛りました」

「そう、隠岐でね」

曾我はひと言喋ると煙草を吸い、しばらく味わうように黙って、それから煙と一緒に言葉を吐き出す。

「で、柿崎家の何を聞きたいって？」

「あのお屋敷は、いまは誰の所有になっているのでしょうか？」

「誰のもの？　それは柿崎家のものでしょうが」

「しかし、柿崎さんには跡継ぎがなかったそうではありませんか」

「なくっても、誰かが継いでおるんじゃないかな」

「門柱に表札が出ておりません」

「そりゃ、あんた、柿崎さんが住んでもいないのに、表札を出しておくわけにいかんでしょうが」

「では、いまは誰が住んでいるのですか？」

「住んではいないでしょう」

「え？　人が住んではいないのですか？」

「ああ」

「しかし、僕はあのお屋敷に上がりましたが、人はいました」

「そりゃ、住んでいるのではなく、そこに人がいたというだけのことでしょうが。会社に人がいたからって、住んでいるわけじゃないのと同じだ」

「あ、そうなんですか、あの人たちはあそこに勤めているのですか」

「そうですよ」

「そうすると、あの屋敷は一種の美術館とか、博物館とか、図書館とか、そういったたぐいと理解していいのでしょうか？」

「まあ、そういうことでしょうな」

「しかし、収蔵してあるものは、一般には公開されないのですね？」

「そうですよ」

「柿崎家にある美術品や古典のたぐいは、相当なものなのでしょうね？」

「まあ、相当と言ってもいいでしょうな」

「そういったものが、どこから持ち込まれたかとか、そういうことはご存じですか？」

「そらあんた、柿崎家に先祖代々、伝わっているものでしょうが」

「えっ？　昔からあるのですか？」

「ああ、柿崎家は平安貴族の末裔で、冷泉家と並ぶ名家でしたからな」

曾我は煙草を灰皿に押しつぶして、腰を浮かせた。

「では、そんなところですかな」

「あ、ちょっと待ってください。もう一つお聞きしたいことがあるのです」

浅見も中腰になった。

「柿崎さんが陸軍少将として、隠岐の守備隊にいた当時のことですが」

「ん？……」

曾我は眉をひそめ、またジロリと浅見を睨んだ。この若僧、どうしてそんなことを知っているのか――という顔であった。

「失礼ですが、曾我さんは、終戦の年、柿崎さんが隠岐で何をしていたのかをご存じでしょうか？」

「何をしていたって、守備隊を指揮していたって、あんた、いま言ったばかりじゃないですか」

「いえ、そうじゃなくて、本職以外にという意味です」

「そんなもの、知りませんな」

「それでは……」

浅見は最後の切り札を出す前に、思わず唾を飲み込んだ。

「柿崎さんが――というより、現在は、あの屋敷の所有者がということになりますが――源氏物語絵巻を所有していることを、ご存じですか？」

「源氏？……」

曾我の目がいっそう鋭く、鷲の目のようになった。思ったとおり、「源氏物語絵巻」は曾我の心をガッチリ捉えたようだ。

「源氏物語絵巻とは、いつの時代のものを言っているの？」

「むろん平安期のものです。徳川美術館や五島美術館にあるものと同質のものと考えられます」

「それはおかしいな、現在、所在が分かっている源氏物語絵巻は、その二か所以外にはあり得ないはずだが」

「ところが、あの屋敷で源氏物語絵巻を見たという人がいるのです」

「何者かね、それは？」

「それは言えません」

「ふん、ガセか？」

「違います、信ずべき筋と言っていいでしょう」

「しかし、そんなものが……いや、私の知らん源氏物語絵巻があるということは、到底考えられない」

「しかし、現実にあったのです」

「何かの間違いだろう。たとえば、徳川家から借りていたとか」

「はあ、そういうこともあり得るのですか？　だったらそうかもしれません」

浅見はあっさり引き下がった。それがかえって曾我を惹(ひ)きつけることは計算の上である。徳川美術館からあの屋敷に、源氏物語絵巻が貸し出されることなど、絶対にありっこないのは、曾我自身がよく知っている。

案の定、曾我の表情に苛立(いらだ)ちが見えた。

「もし、なんだな、その源氏物語絵巻がどの巻かが分かれば、信憑性(しんぴょうせい)をうんぬんできるのだがね」

「ああ、それは分かっていますよ。『末摘花(すえつむはな)』です」

「なにっ？……」

曾我は体を乗り出した。

「あんた……」

曾我が何か言いかけた時、廊下のドアが開いて、先程の女性が顔を覗かせ、曾我に合図を送った。

曾我は少し残念そうな表情を見せた。浅見の話に興味以上のものを抱いたことはまちがいない。しかし、すぐに思い直したように、女性に向けて、「うん」と頷いた。

女性の顔が引っ込むのと入れ代わりに、男が二人、現れた。

「本富士警察署の者です」

二人の男は入り口のところで挨拶すると、グルッと中の三人の品定めをして、浅見に目をつけた。

「ちょっとおたくさん、一緒に来ていただきましょうか」

「は？　僕ですか？」

浅見は（やれやれ――）と思ったが、なるべくとぼけ通すつもりだ。

「そう、おたくさんです。ええと、名前は何といいます？」

「浅見ですよ」

「免許証か何か、お持ちですか？」

「ええ、持ってます」

「ちょっと拝見」

浅見は仕方なく免許証を出して、刑事に渡した。刑事は顔写真を確認して、すぐに返して寄越した。

「じゃあ、一緒に来てください」

「なぜですか？」

「それはおたくさんがよく分かっているでしょう」

「何がですか？」

「まあ、簡単に言えば、詐欺容疑の現行犯ですな」

「詐欺？　僕がですか？」

浅見は呆れた。

「僕がいったい、何を詐欺しようとしたって言うのですか？」

「いや、それは分かりませんがね、少なくともおたくは、紹介者の名前を騙ったことは事実です」

「そんなことはありませんよ。僕は白倉先生と隠岐で会って、こちらのことを聞いたのですから」

「しかし」と、曾我が怒気を含んだ声で言った。

「あんた、白倉君に紹介してもらったと言ったのじゃないのかね？　紹介してもらったというのと、会っただけというのじゃ、えらい違いだ」

「ほらみなさい、やはり紹介者の名を騙ったのじゃないですか」

刑事は勝ち誇ったように言って、浅見の腕を摑んだ。

「とにかく署まで来てもらいましょうか」

「いや、それはあまりにも理不尽ですよ。僕はあくまでも白倉先生に紹介されたつもりで来たのです。それとも、白倉先生に問い合わせて、先生が違うとおっしゃったとでもいうのですか？」

「それがだね」

曾我はなんとも奇妙な表情になって、皮肉な目で浅見を見つめて、言った。

「そうしたいのだが、残念ながら、もはや問い合わせは不可能なのだな」

「なぜですか？　まだ隠岐にいらっしゃるかもしれませんが」

「ああ、隠岐にいることは分かっているのだがね」

「？……」

「さっき、あんたが来る寸前のことだが、知らせが入ってね、白倉君は隠岐で亡くなったそうだ」

「えっ？　なんですって⁉……」

浅見は大きな口を開けて、ソファーの背凭(せもた)れにそっくり返った。

3

想像を絶する、驚くべきことであった。あの白倉が死んだというのである。さすがの浅見も何がいったいどうなっているのか、まったく分からなくなった。

それでも気を取り直して、訊いた。

「死因は何ですか？　まさか、殺されたのではないでしょうね？」

「それが問題だがね」

曾我は冷やかな口調で言った。

「いずれにしても、私には関係のないことだ。ただし、白倉君の悲報が入った直後にあんたが来た……それも、白倉君の紹介だとかいう、怪しげな話だ。ひょっとすると、白倉君が死んだことと、あんたがここに来たこととは、何か関係があるのかもしれないと考えてね。そういうわけで警察に来てもらったのであって、悪く思わないでもらいたい」

曾我が顎をしゃくったのを合図に、刑事は今度こそは力を入れて、浅見の腕を引き上げた。

「あ、刑事さん、ちょっと待ってくれませんか」

曾我は思いついたように、言った。

「申し訳ないが、この人とちょっと話したいことがあるので、少しのあいだ二人きりにしておいてくれませんか」

「はあ……」

刑事は当惑げな顔をして、「大丈夫でしょうか？」と言った。

「ん？　ああ、大丈夫でしょう。この人は乱暴をするような人ではないですよ。矢崎、きみも出ていなさい」

曾我が青年にも命じて、追い払うような手付きをした。

応接室からみんなが出て行くのを待って、曾我は浅見の坐っているソファーに並んで腰を下ろした。

「あんた、さっき、柿崎家の源氏物語絵巻が『末摘花』だったって言っていたな」

「ええ、そう言いました。僕が見たわけじゃないですがね」

「そんなことはどうでもいいが、とにかく、それを見た者がそう言ったのだね？」

「ええ」

「それ、間違いないのかね？」

「ええ、あとで以前の所有者に、絵柄の内容について確認したところ、間違いないということだったそうです」

「以前の所有者？　それも分かっているのかね？」

「ええ、分かっています」

曾我が上体を浅見のほうに傾けたまま、動かなくなった。

長いことそうしていて、やがて「ふうーっ」と息を吐いて、言った。

「そうか、隠岐だな。隠岐で聞いてきたのだな。それであんた、白倉君と……」

何かに思い当たった様子だが、浅見はそれがどういう内容なのか、曾我の胸のうちを量りかねた。それに、突然に告げられた白倉の死のことで、頭がいっぱいであった。

（白倉はなぜ死んだのか？　病死か？　事故か？　それとも他殺なのだろうか？――）

一刻も早く白倉の死の真相を知りたいと思った。

「いや、あり得る話だな、そうか、隠岐にあったのか……」

曾我は曾我で、自分の思索の中に没頭している。老人と青年とが、一つソファーに腰掛けて、それぞれの想(おも)いに沈んでいる風景は、他人の目には判じ物にしか見えないにちがいない。

「あんた、この続きを聞かせてくれるか？」

曾我が言った。

「ええ、いいですよ。その代わり、僕の知りたいことも教えてくれますか？」

浅見は切り返すように言った。

「ん？……はは、めげない男だな」

曾我は笑って、それからポンポンと拍手(かしわで)を打った。

刑事が足早にやってきた。

本富士署に連行されて、とおりいっぺんの事情聴取を受けたが、浅見はじきに解放された。白倉が死んだといっても、遠い隠岐での出来事である。それに、事件性のある死なのかどうかも分かっていない段階では、連行すること自体、やりすぎの感が否(いな)めない。問題の「詐欺容疑」も、曾我のほうから「勘違いだった」という連絡があったらしい。

その証拠に、事情聴取のあとで、「ここを出たら、曾我さんのお宅に行ってください」と刑事が言っていた。

浅見は警察の赤電話で佐治貴恵に電話をかけた。

「たったいま聞いた情報で、たぶんまだマスコミにも流れていないと思うけど、隠岐で白倉さんが亡くなったそうです」

浅見が早口で言うと、貴恵は「えーっ」と悲鳴のような声を上げた。

「それ、ほんとに、あの、ほんとに亡くなったのですか？」

「間違いないようです」

浅見が断定的に言うと、貴恵は、「いやーっ」というような、意味不明の叫び声を発して、ふいに沈黙した。

しばらく黙っていてから、浅見は「もしもし」と呼びかけた。

「なんなの、これ、どういうことなの、やだあ、なんなの……」

貴恵がブツブツと呟きはじめた。

「佐治さん、しっかりしなさい！」

浅見は叱咤した。しかし、受話器を耳に当てていないのか、貴恵は反応がない。ただわけの分からないことを口走っている。

（あぶないな――）と浅見は不安になった。貴恵が取り乱す気持ちは分かる。浅見でさえうろたえたほどだ。

とうとう、こっちの話が届かないまま、コインが落ちて、電話が切れた。

浅見は小銭を作ってきて、またダイヤルしたが、話し中音が返ってくるばかりだ。貴恵はあのままずっと、受話器を外しっぱなしにしているのだろう。

諦めて、浅見は曾我家に電話した。「すぐうかがうつもりでしたが、急用ができましたので、あとでお邪魔します」と断りをしておいて、貴恵の家に向かった。

佐治家は東横線の都立大前の近くだという見当はついていた。住所と電話番号を頼りに、尋ね尋ね行くしかない。

カーラジオをつけっぱなしにして、ニュースが事件を報じるのを待った。

しかし、ニュースは流れたが、白倉の死については何も言わなかった。まだ整理された情報が入っていないのかもしれない。それとも、単なる病死で、ニュースにはならない程度のことなのだろうか？

訃報がマスコミに採り上げられるランクというのは、どういう基準で決定されるのだろう？――と、浅見はふと思った。

事件性のあるものを別にして、死亡記事が新聞に掲載される人物はさまざまである。大抵はもちろん、社会的にある程度の地位のある人物だったり、俳優やタレントや、場合によっては犯罪者として知名度が高い人物もニュースになったりする。

中には○○氏の母親といったものもある。そういう場合、○○氏は確かに著名であり、偉い人物かもしれないが、なぜその母親が出てくるのか、不思議に思うこともないではない。

ところで、白倉は新聞に出るのだろうか？　ラジオやテレビではどうだろう？

浅見はとりとめもない思索がどんどん広がっていった。

そのうちに、自分の母親の場合を考えてしまった。兄の陽一郎は警察庁刑事局長で、まずまず社会的な地位もあるが、その母親というだけで、ニュースになるのだろうか？――などと思った。

道中は渋滞していた。本郷から都立大学というと、東京の中心部を大陸縦断するようなものだ。

しかし、珍しく浅見はいらいらが起きなかった。貴恵のことは気になるし、白倉の死のことも気にならないはずがない。ふだんなら、当然、いらいらがつのり、渋滞に腹が立つところだのに、なぜか、気持ちは冷たく沈んでいた。

人間の死ということを考えて、気分が厳粛になっているせいかもしれない。

五時の時報が鳴って、ニュースが入った。

T女子大学教授で、王朝文学の研究で知られている白倉吉紀(よしのり)さんが、今日の午後、島根県隠岐の島の海士町(あまちよう)で亡くなりました。六十四歳でした。

白倉さんは今月初めから隠岐に滞在して、隠岐に残る後鳥羽上皇の史蹟(しせき)などを研究していましたが、今日の午後二時頃、海士町中里の山林で倒れているのを、付近に住む人が見つけ、警察に届けたものです。

警察が調べたところ、白倉さんはすでに死後十時間あまりを経過しており、死因は急性心不全とみられますが、詳しいことはまだ分かっていません。

白倉さんは……。

アナウンサーは白倉の業績などについて、ごく短く述べて、次のニュースに移っていった。

第一報だし、まだ警察の調べも完了していない時点の報道だから、はっきりしたことが分からないのはやむを得ない。

それにしても、人のいのちとは儚いものである。佐田教授にしても、白倉にしても、隠岐に着いた時には元気で、史蹟を前にして張り切っていたのだ。それがわずかのあいだに、あいついで過去の人になってしまった。

「急性心不全」とラジオは言っていた。「……とみられる」とも言った。

ということは、そうでないことも想像させる。心不全でないとしたら、何だったのだろうか？

死亡時刻については「死後十時間あまり」と言っている。発見が午後二時頃だとすると、死亡したのは未明から朝にかけてということになる。

死因には、ほんとうに事件性はないのだろうか？

死んでいたのは「山林」だそうだが、どういう場所だったのか？　なぜそんな場所へ行ったのか？

そして、最後に浅見は思った。

（まさか、笑いながら死んだのじゃないだろうな——）

その着想はしかし、しだいに膨らんで、やがて頭の中を占領しそうな勢いだ。

「中里」というのは、『ち号作戦』の中心地にあたる。そのことが大きく、重くのしかかってくる。

（またしても『ちの字の祟り』に関係がある場所なのではないだろうか？——）

いくつもの「？」が、それ自体、自然増殖でもするかのように、際限なく増えていきそうだ。

第十三章　禁忌の島

1

佐治貴恵(さじきえ)の住所は目黒(めぐろ)区柿(かき)の木坂(きざか)であった。柿の木坂といえば、東京では比較的新しい高級住宅街である。日本ではじめて「億ション」と呼ばれる豪華マンションが建ったことでも知られている。過密都市東京も、この辺りはまだ樹木も多く、セミの声があちこちで聞こえる。

その街の一角に、二百坪ばかりの敷地を塀で囲んだ、白い壁に青い瓦(かわら)屋根を載せた二階屋が佐治家であった。

木製の門扉(もんぴ)がとざされていた。門の幅は車が通れる程度の広さだが、建物までの距離は車一台分程度だろう。

浅見(あさみ)は車を道路端ギリギリのところに停(と)めておいて、門脇(もんわき)の塀についているインターフォンのボタンを押した。

「はい、どなたさまでしょうか？」

年輩らしい女性の声がした。

「浅見という者ですが、貴恵さんはいらっしゃいますか？」

「あ、浅見さん……少々お待ちください、ただいま門をお開けいたしますので」

すぐに玄関から人が出て来る気配があって、待つ間もなく門が開けられた。

貴恵に面差しが似ている中年の女性が現れた。

「貴恵の母でございます。娘からお名前はうかがっております。さ、どうぞ……」

腰をかがめるようにして、門内に誘い、浅見が入ったあと、門を閉めた。

門を入った右手に、車が停めてある。黒いベンツであった。貴恵の趣味とは思えないから、たぶん父親の車なのだろう。

「貴恵は、ついいましがた出てしまいましたけれど」

玄関のドアを開き、どうぞ――と掌を中へ向けながら、母親は言った。

「えっ、出掛けられたのですか？」

浅見は足を停めた。

「どちらへ？」

「あら、ご存じではなかったのですか？　まあ、どういうことでしょうねえ」

母親は眉をひそめて、「隠岐へ参りました」と言った。

「隠岐へ？　隠岐へ行かれたのですか？」

「ええ、そうなんですのよ。昨日の今日でございましょう。それに、時間も時間ですし、ですから、おやめなさいと申したのですけれど、どうしてもって、聞きませんの。白倉先生がああいうことに……あの、そのことはご存じですわね？」

「はあ、知っております」

「そうですか、そんなものですから、どうしても参りたかったのでしょうけれど、困った娘ですわ」

母親はほんとうに困っているようには思えない、笑顔を見せた。

「そうですか……隠岐へ行かれましたか」

浅見は時計を見た。すでに六時を過ぎようとしている。

「そうすると、夜行列車ですか。飛行機はもうないでしょうねえ」

「ええ、出雲何号だとか申しておりましたけれど」

「あの、どんなご様子でしたか？」

「は？」

「いえ、その、白倉先生の訃報をお聞きになった時は、びっくりされたと思いますが」

「ええ、それは驚いておりました……あの、ここではなんですから、どうぞ、お上がりになって……」

玄関での立ち話のようなことになってしまっていた。

「いえ、僕はここで失礼します」

浅見は遠慮ではなく、ここでのんびりしているわけにはいかない——と思った。

「では、浅見さんも隠岐へいらっしゃいますの？」

「いや……」

浅見は否定しかけて、「そうですね」と言った。

「今日はもう一軒、行かなければならないところがあるので無理ですが、明日一番の飛行機で行くことにします」

「そうですか、そうしましたら、貴恵のことをよろしくお願いいたします」

「はあ……」

浅見はいくぶん当惑ぎみに頷いた。

貴恵の口から自分のことがどのような伝わり方をしているのだろう?——と気にかかった。

佐治家を辞去して、都心を目指した。ちょうどラッシュ時にかかって、道路はどこもひどい混雑になっていた。このぶんだと、曾我家へ着くのは八時頃になるだろう。

途中、公衆電話で、広山たちが泊まっているビジネスホテルに電話を入れてみた。

「お二人ともお出掛けのようで……」

フロントはそう言っている。

だとすると、あの二人はまだ柿崎の屋敷を張っているのだろうか。ひょっとすると、白倉が死んだことを、まだ知らずにいるのかもしれない。

(白倉の死は何なのだろう?——)

思考はどうしてもそこへ向かった。

得体の知れぬ大きな渦が動いていたのが、白倉の死によって一瞬、パタッと動きを停めたような気がする。白倉はやはり、渦を動かしていた重要人物だったにちがいない。白倉の死に対する曾我の動揺ぶりが、何かしら、そのことを物語っている——と浅見は思った。曾我は隠岐に何があったのか、白倉が何を求めて隠岐へ行ったかを、漠然とながら察知したらしい。

あの老人なら、そういった事柄の本質を、すべて見透している可能性はある。

浅見にも、おぼろげながら、隠岐で起きた奇怪な出来事の全体像は見えている。貴恵に、少し冗談まじりのように言ったことが、じつは浅見の描いた事件ストーリーの概念であった。

物語は、遠く後鳥羽(ごとば)上皇の時代に溯(さかのぼ)る。すべての根源は後鳥羽上皇の気紛れから発しているのかもしれない。

あるいは、この事件そのものが、あの恐るべき才能の持ち主であった後鳥羽上皇の、怨(おん)念(ねん)と呪(のろ)いで綴(つづ)られたシナリオだったのかもしれない。

浅見は曾我家の近くまで辿(たど)り着いてから、電話をかけた。

予想したとおり、まもなく午後八時になろうとしているところだった。東京の交通渋滞は、まったく驚くべきものだ。

「浅見です、遅くなりましたが、これからお邪魔してよろしいでしょうか?」

「おう、ちょうどよかった」

曾我は、大きな声で応じた。

「白倉君の家に、見舞いに行こうと思っておったところですよ。あんたも一緒にいきませんかな」

「はあ、お供します。車ですので、お迎えに上がります」

「それはありがたい」

浅見にも願ったりだった。

曾我はすでに門の前に出て立っていた。和服に着替え、黒い絽の羽織を着ている。

「白倉先生のご家族は、隠岐へ行かれたのではないのですか？」

走り出してから、浅見は訊いた。

「ああ、それが、奥方がショックで倒れたそうでな」

曾我は沈痛な面持ちで言った。

「息子が隠岐へ行ったが、奥方と娘さんは残ったらしい」

「そうですか……お気の毒に……」

白倉家は東京の郊外、保谷市だという。都心からだと一時間あまりの距離だ。

「そうそう、あんた、浅見さんは、警察庁刑事局長さんの弟さんだそうですな」

曾我は思い出したように、苦笑いを浮かべながら言った。

「失礼だとは思ったが、調べさせてもらいましたよ。そういうことなら、警察など呼ぶのではなかった。あんたも黙っていて、人が悪いですぞ」

「はあ、しかし、僕の行動は兄とは関係ありません」

浅見は憮然として言った。

「ははは、そうね、まあ、それはそれでいいでしょう。しかし、あんたの素性がはっきりしたことで、私のほうも安心できる」

「と言われますと？」

「人品骨柄いやしからず……というやつですかな」

「は？……」

「いや、この世の中、欲と二人連れで生きているやつが多いもんでしてな。そういうテアイにかかると、文化も学問も、すべてカネに換算されてしまう。いいものを見た時の、こう、なんていうか、もう何も惜しくない、いのちもいらない――というような、身内からこみ上げてくる感動ですな。そういうものさえも、カネの尺度で測ろうとする。が、あんたにはそういういやしさが微塵もない。話していて、そのことは分かったが、なぜそう思うのか、私の判断に自信が持てなかったのですよ。しかし、浅見家のご令息なら――と合点がいった。いや、お兄上も立派だが、お父上がな」

「父をご存じなのですか？」

「知っておりますとも。あなたのお父上は、わが国の美術史上、隠れた恩人というべき方なのですぞ」

「まさか……」

「いや、お世辞でもなんでもない。戦後、日本の美術品が海外へ流出するのを、食い止めようとする活動があったのだが……」

「それが柿崎さんのお屋敷で行われたというのですね」

「そう、そのとおり。財界の錚々たるメンバーが集まって、私などはまだ、使い走りみたいなもので、末席に連なっておりました。その動きを行政側からバックアップしてくれたのが、あんたのお父上だったのですよ。美術品ばかりでなく、進駐軍に日本人の怨念の温床のごとくに思われた、能楽の保護などにも力を尽くされた。官僚にはめずらしく、文化や芸術の分かる方でしたなあ」

曾我は目を細め、感慨深げに言った。

父親が能楽界の復興に尽力したことは、吉野・天河神社にまつわる事件を通じて、浅見も知るところであった。（『天河伝説殺人事件』参照）

それにしても、偉い父親や兄に恵まれたということは、たいへんな幸運といわざるを得ない。

それはそれでありがたいのだが、わが身を振り返ると、とたんに情けない。偉い父親になれる——どころか、結婚相手すら定かではない体たらくだ。

浅見はますます、自分が矮小な存在に思えてならなかった。

2

新宿の混乱は迂回して抜けたが、青梅街道に入っても渋滞は続く。副都心の高層ビルの灯が、いつまで経ってもバックミラーから消えない。

「あんたが言ったように、五反田の例の屋敷に『源氏物語絵巻』の未発表のものがあったとすると、これは世界的な意味を持つものといわねばならない」

曾我老人はシートの上で居住いを正して、言った。

「私はにわかには信じがたい気がするのだが、いろいろ、傍証を聞くと、その可能性がないとは、必ずしも言い切れない。ことに、白倉君が隠岐へ出掛けて、何やらやっていたことか、その挙句に亡くなったことを思い合わせると、その仮説ががぜん、真実味を帯びてくる。『末摘花』は隠岐の村上家から出たものでしょうな」

「間違いないと思います」

浅見は深く頷いた。

「うん、それはあり得ることです。後鳥羽院の執念を想えば、納得もゆく。明治維新の際に、隠岐の村上家からかなりの品が出たという話は、なかば伝説のごときものとして、聞いた記憶もあります。しかし、それらの品は、現在ではすべて所在が明らかになっているというのが、定説であった。その中には末摘花はなかった。いや、詞書はあったのだが、絵巻はなかった。もし『末摘花』がいいものであるとすれば、さらに別ルートがあったか、あるいは、新たに出たものと解釈すべきなのです」

「白倉先生は、新たに出たものと考えられたのだと思います」

「そうでしょうなあ。彼が急に隠岐へ飛んだりした、いかにも唐突な動きなどを思い合わせると、そうとしか考えられない」

曾我は言った。

「ただ、あんたが言うように、五反田の柿崎屋敷にあったとしても、なぜ白倉君がその情報をキャッチしたかが、どうも分からなかった。彼には柿崎屋敷との接点がありませんからな。しかし思い出しましたよ。白倉君の教え子を一人、あの屋敷に紹介して上げたことがあるのをな。それならば、白倉君が隠岐へ出掛けて行ったタイミングともピッタリ合う。いかがです？　その『末摘花』を五反田の屋敷で見たのは、佐治貴恵という女性の研究者……そうではなかったのですかな？」

浅見は黙っていたが、否定しなかったことで、曾我の憶測を肯定したことになる。

「やはりな……」

曾我は満足そうに微笑した。

「どういう手違いであの娘さんに、そんな貴重な品を開陳したのか、事情は分からないのだが……」

「名前ですよ」

浅見は言った。

「名前？」

「ええ、貴恵という名前を、先方が勘違いしたらしいのです」

「あっ……」

曾我はすぐに気付いて、しばらく口を開けていたが、そのままの口で笑い出した。

「あははは、そうか、紀伊徳川家と間違えたというわけか」

愉快そうに笑って、「世の中には、時として、信じられないようなことが起こるものだな」と嘆声を洩らした。

「それにしても、白倉先生はなぜ、その『末摘花』が隠岐から出たものであると思われたのでしょうか？」

浅見は言った。

「うん、それだよ。しかもだね、彼が急遽、隠岐へ渡ったことを思うと、単に『末摘花』の出所を確かめるためだけに行ったとは思えない。どうも彼は、それ以外にもまだ、後鳥羽上皇の遺品が隠岐に眠っていると信じていたフシが感じられるのだがねえ。もちろん、源氏物語絵巻があるとまでは考えなかっただろうけどね」

　さすがの曾我老人にも、その謎は解けないらしい。

「これは、僕の勝手な想像でしかありませんが」

浅見は遠慮がちに言った。

「村上家の古文書から、何かヒントを得たのではないでしょうか？　後鳥羽上皇が隠岐に源氏物語絵巻を移したとすれば、全巻を運んだはずです。そのことを記した古文書があったのではないでしょうか」

「ああ、それはあり得ることだがね」

「その内の大部分は、明治維新の際に持ち出されたとしても、なお島内に残ったものがあって不思議はありません」

「いや、それはないだろうな。村上家にあったと考えられる美術品は、おそらく、根こそぎ運び出されたはずだ。美術品にむらがる連中は、蟻か蠅みたいなものだからね。そんなものがあれば、絶対に見逃さないものだよ」

「村上家以外の場所にあったとすれば、どうでしょうか？」

「うーん……それは分からないが、しかし、隠岐では村上家を除いては、そういう物がありそうな場所はないだろうね」

「あったと仮定して、それを暗示するような古文書があったのかもしれません」

「いや、それもないな。古文書があれば、白倉君以前に、誰かが……早い話、私あたりが調べているはずだからね」

「古文書以外には、何か情報源は考えられませんか？」

「うーん……思いつかないねえ」

曾我は首を振った。

「何があったにしても、隠岐の村上家に目が行ったという理由が分からないのですよ。新しい源氏物語絵巻が出たからといって、ただちに隠岐に結びつくという発想が生まれる道理がですな」

確かに曾我の言うとおりだ——と浅見も思った。

佐治貴恵から、五反田の屋敷で「妙なものを見た」という報告を受けただけでは、たとえそれが、絵柄からいって、どうやら源氏物語絵巻らしいと推量したとしても、隠岐や村上家に結びつく根拠は何もない。

新発見の源氏物語絵巻——隠岐

こういう、いわば短絡的な連想が生まれる特別な要素が、何か白倉にはあったのだろうか？

「そうだ……」

浅見は思わず、呟いた。

「ん？　何かな？」

曾我老人は聞き耳を立てた。

「あ、いえ、つまり、白倉先生にとって、隠岐とは何だったのかなあ——と思ったものですから」

「それはどういう意味かね？」

「つまり、そういう連想が生じる、何かの予備知識があったのかもしれないという意味です。それについては、僕はまったく何も知らないし、調べてもいなかったことに気がついたのです」

「なるほど……しかし、白倉君とは長年、付き合っているが、隠岐の話が出たことは一度もなかったなあ。むろん出身地は東京だし、隠岐へ行ったという話も聞いたことがありませんよ」

「えっ？　白倉先生は隠岐へ行ったことがないのですか？」

「いや、行ったことがないかどうか知りませんがね、少なくとも、私には隠岐のオの字も言ったことがない」

「そうですか……佐治さんに聞いた印象だと、白倉先生は隠岐は旧知の地のように振る舞っておられたような感じですが……」

そう言いながら、（妙だな――）と浅見は思った。

貴恵に聞いた、村上家での白倉の様子からは、初対面のような堅苦しい雰囲気はまったく伝わってこなかった。

「村上氏とは、東京かどこかで会ったことがあるのではないのかな？」

曾我が言った。

「さあ……そういう感じとも違うような印象でしたが……」

浅見は貴恵の話を通して知り得た、村上家の様子を思い描いて、首を横に振った。かりに、村上助九郎(すけくろう)とはどこかで会ったとしても、村上家の留守を守る老女とは、会うどころか、擦れ違うチャンスすらないような気がする。

「あ、そこの信号じゃないかな?」

曾我は浅見の注意を促した。

「一度、来たことがあるのだが、どうもよく分からない。さっき電話で聞いたら、東伏見(ふしみ)稲荷(いなり)のところと言っていましたよ」

右側に、夜目にもくっきりと、「東伏見稲荷大明神」と書いた大きな幟(のぼり)が立っていた。

浅見は急いでウインカーを出した。

3

交差点を曲がり、小さな坂を上がって最初の路地を左に入る——と、曾我のメモにはあった。

浅見はこの付近はまったく不案内だが、少し下町のにおいがする、静かな住宅街だ。路地を二百メートルばかり入ったところの右側が、白倉の家だった。都心ではいまどき珍しくなった平屋である。塀は低いが、内側にはささやかな植え込みがあって、建物を隠している。

この辺りは街灯も遠くかなり闇が濃かったが、訃報を聞いて駆けつけたのだろう、黒い服装の人々が、右往左往しているので、すぐに分かった。

少し離れたところに車を置いて、曾我と浅見は白倉家の門を入った。

玄関前に屯しているのは、若い学生風の女たちだった。おそらく白倉の教え子たちか、あるいは大学の助手だろう。

「曾我ですが」

曾我が名乗ると、「あっ」と小さな叫び声を発して、すぐに通してくれた。さすがに、曾我泰三の威名は轟いているらしい。

学生の知らせで、奥から年輩の紳士が現れて、「曾我先生、ご苦労さまです」と、沓脱ぎの向こうに跪いた。

「奥さんが倒れたそうだね、どうなの？」

曾我は訊いた。

「はい、軽い貧血だったとかで、現在は落ち着かれています」

紳士は「どうぞ」とスリッパを揃えた。

白倉夫人は、曾我を迎えに、リビングルームのドアの外まで出てきた。

「申し訳ありません、ご心配をおかけいたしまして」

夫人は深々と頭を下げた。彼女の後ろに従っている、白倉家の嫁か、それとも実の娘かという年頃の女性も、曾我とは顔見知りらしく、控え目にお辞儀をした。

「なんのなんの、それより、休んでなくてよろしいのですか？」

曾我夫人をいたわって、そっと背中を押すようにして、部屋に入った。

夫人は、「応接間のほうがおよろしいのでは」と恐縮したが、曾我は「ここで結構」と言った。

若い男が電話の応対に出ていて、曾我に気付いて挨拶を送って寄越した。まったく、曾我の顔は相当なもののようだ。

電話はマスコミからの問い合わせらしい。

「……心不全ということしか、まだ分かっておりません。はい……」

「たいへんですな」

曾我は夫人に慰めを言った。

「力を落とされないようにしてください」

「はい、ありがとうございます」

夫人はもう、泣くだけ泣いたのか、落ち着いて、静かに頭を下げた。

「マスコミからの問い合わせですか？」

目顔で電話を示して、訊いた。

「はあ、夕方からずっとああいう電話が鳴りっぱなしでして」

「さすが……なんといっても、ご主人は文学史の重鎮でしたからなあ」

夫人は黙って、わずかに頭を下げた。

電話の応対は続いている。

「……そうです、六十四歳です……東京都保谷市……そうです、ここの住所です……東京大学医学部から文学部に移籍して卒業しています……はいそうです、最初は医学部だったのです」

「えっ？　白倉先生は東大の医学部だったのですか？」

浅見は思わず、夫人に訊いた。

「はい、入学した時は医学部だったとか、聞いたことがあります。でも、途中でいやになって……というより、平安文学のほうをやりたいので、移籍したとか申しておりました」

浅見は夫人の声がしだいに遠のいてゆくような気分だった。

（白倉は東大医学部だったのか——）

そのことが重大な意味を持っているのだ——と思った。

「なんとなく森鷗外に似ていますな」

曾我は浅見の様子がおかしいのに気付いて、執り成すようなことを言っている。

「あの……」と、浅見は気持ちを落ち着けて、訊いた。

「白倉先生は、今度の隠岐行きの前に、何かおっしゃっていましたか？」

「何かといいますと？」

夫人は、見知らぬ青年の質問に、当惑げに訊き返した。

「たとえば、以前、隠岐に行った時のことですとか」

「いいえ、何も……あの、主人は隠岐はじめてではなかったのでしょうか？」

「あ、そうなのですか、はじめてですか。確か、戦時中、行かれたとかお聞きしたような気がしたものですから」

「はあ、戦時中ですか……それは存じませんでしたけれど……でも、戦時中とおっしゃいますと、主人はまだ学生ではなかったでしょうか？」

「そうですね、学生ですね。たとえば夏休みにいらっしゃったとか……」

「まさか……」

夫人は手を横に振って、寂しそうに笑って見せた。

「その当時、夏休みなどというものはございませんでしたでしょう。それどころか、学徒出陣のほうだったかもしれません」

「なるほど……学徒出陣ですか……」

浅見は心臓が高鳴るのを感じた。クーラーが効いているにもかかわらず、額や首筋に汗が浮くのが分かった。

「ちょっと失礼します」

浅見は曾我に目顔で合図して、廊下へ出た。曾我が合図に気付くかどうか心配だったが、浅見より一、二分遅れて、曾我も廊下に出てきた。

「どうしたのかね？　妙な様子だったが」

曾我はいくぶん非難を籠めて、言った。

「白倉先生が隠岐に土地鑑がある理由、分かりました」

「？……」

「学徒出陣です、間違いありません」

「学徒出陣で隠岐へ行ったというのかね？」

「そうです、しかも、その当時、隠岐には同じ東大医学部出身で、陸軍少将の柿崎高明氏が司令官としていたのです」

「なんだって？　そりゃ、きみ、ほんとうかね？……」

　曾我は絶句した。

「間違いありません。柿崎少将のことは防衛庁の資料室で見ましたから。ただし、白倉先生が隠岐にいたかどうかまでは、調べてみないと、はっきりしたことは言えませんが、柿崎少将が任官していた理由を考えれば、その可能性は充分あります」

「ん？　それはなぜです？」

「おそらく、柿崎少将の部隊の使命は、毒ガス兵器の開発と、それを使って隠岐の島を要塞化することにあったと思うのです。そうでなければ、医学博士の将官を、わずか中隊規模の部隊を統轄する司令官として送り込むはずがありません」

「なるほど」

「白倉先生は同じ東大医学部の後輩の誼で、柿崎少将に助手として選ばれたのではないでしょうか」

「うーん……それで彼は隠岐を知っていたというわけか」

「そうだと思います。しかし、そのことを、奥さんにも隠しておられた。隠岐にいた当時の出来事は、すべて、記憶から抹殺していたとしか思えないのです」

「なぜかな？　なぜ抹殺しなきゃならんのですかな？」

「それは……」

浅見は逡巡（しゅんじゅん）した。これから先のことは、憶測で言うべきことではないかもしれない。

「それが何か、真相は分かりませんが、少なくとも、隠岐にいた頃のことは、忘れてしまいたかったのではないでしょうか。それは、医者になることをやめてしまったことや、戦後ずっと、柿崎少将との交際を絶っておられたことからも、推測できます。もしそうでなければ、文学史が専門の白倉先生が柿崎さんの屋敷に出入りしていなかったことは、きわめて不自然です」

「なるほど、そういえば、白倉君が私を通じて、曲がりなりにもあの屋敷とコンタクトを取るようになったのは、柿崎さんが亡くなって以降のことですなあ……」

曾我は思い当たった。

「すると、隠岐ではずいぶんひどいことがあったのかもしれないな」

腕組みをして、暗い廊下の床をじっと見下ろした。

「その白倉先生が、四十年以上も固持してきたタブーを破ってまで、隠岐へ行かれたのは、よほど、やむにやまれぬ想いがつのったからなのでしょうね」

浅見は感慨を籠めて、言った。

「白倉先生は、佐治貴恵さんから柿崎屋敷の末摘花のことを聞いた時、それが隠岐にあったものの一つであることを思い出したのではないでしょうか」

喋りながら、浅見の脳裏には、見たこともない戦争当時の風景が、まるで傷だらけのモノクロ映画の断片を見るように浮かび上がってきた。

〔学徒出陣・雨中の大行進〕の風景の中に、若い日の白倉吉紀の顔があった。〔神風特別攻撃隊・出陣風景〕の中にも、日の丸の鉢巻きを締めた白倉の顔があった。

そうして、緑濃い隠岐の岬に塹壕を掘る兵士たちの中にも、白倉はいた。

白倉は研究者の着る白い服をまとい、試験管を覗いていたりもする。

末摘花というキーワードを、心の鍵穴に差し込まれた瞬間、そういう、心の奥底に封じ籠めておいた、いわば白倉にとっては忌まわしい隠岐の記憶が、一挙に甦ったにちがいない。

「白倉先生が、隠岐で源氏物語絵巻を垣間見たとしても、医学生にとって……あるいは明日のいのちさえ知れぬ時代の若者にとって、古美術を見ても、なんの感興も催さなかったにちがいありません。だから、折角めぐりあった貴重な品々のことなど、白倉先生は不幸な記憶と一緒に埋めてしまわれたのではないでしょうか」

「不幸な記憶とは、何です？」

曾我は眉を上げて、訊いた。

「さあ……これもあくまでも、憶測でしかありませんが、毒ガスを扱っていれば、当然、事故も起きるはずです。あるいは、もっとひどく、たとえば細菌部隊のように、生体実験を目的として、故意に起こした事故であったのかもしれません。いずれにしても、事故が起きて犠牲者が出たと仮定すれば、白倉先生が隠岐の時代に触れたがらなかった理由も納得できます」

曾我は黙って頷いた。

「いずれにしても、その事故というのは、白倉先生にかぎらず、その事件に関（かか）わった人間すべてが、永久に秘匿しなければならなかったようなものだったのでしょう。戦後、連合軍による戦争犯罪の追及が厳しかったことを思えば、おそらく、その『事故』の責任者が抹殺されなければ、ことは無事にはすまなかった——というほどの性質のものだったのかもしれません」

曾我は知らないのだが、浅見は「事故の責任者」という時、小野（おの）老人の弟のことを思い描いている。

五反田のあの屋敷で、佐治貴恵が会ったという老執事は、そうして「抹殺」された人物なのだろう。

柿崎少将はそういう、ある意味では〔被害者〕でもある人間の一生を保証することによって、自らの罪を贖（あがな）おうとしたのかもしれない。

「だが、その隠岐の島へ、白倉君は行ったというわけですか」

曾我老人は、文字どおり、年寄りじみた、嗄れた声で呟いた。

「そうです、曾我先生がいみじくもおっしゃった、『いいものを見た時には、何も惜しくない、いのちもいらない』という、そういう衝動的なものが、白倉先生を隠岐へ行かせたのだと思います」

浅見は静かに結論を言った。

4

自宅に戻ると、ちょうど広山警部から三度目だという電話が入っていたところだった。

「浅見さん、えらいことになったです、白倉教授が亡くなった」

「ええ、僕はたったいま、白倉先生のお宅に行ってきたところですよ」

「あ、そうですか。それでは話が早い。われわれは明日の朝いちばんで隠岐へ向かいますよ。もう張り込みどころの騒ぎではなくなってきました」

「というと、白倉先生は殺されたということですか？」

「うーん……いや、まだ解剖していませんのでね、はっきりしたことは言えんが、どうやら事件性があるらしい」

「そうですか……あ、じつは僕も明日の朝、隠岐へ行くつもりなのです」

「そうでしたか、そりゃいい、じゃあ、一緒に行きましょうや」

広山はがぜんハッスルして、なんだか事件が起きたことを嬉しがっているような感じだ。明朝、羽田空港で合流する手筈にして、電話を切った。

振り返ると、陽一郎が難しい顔をして、こっちを見ていた。

「白倉教授が亡くなったらしいね」

「ええ、そうです」

「一応、気になるので、島根県警に確認を取ってみたのだが、まだ死因その他ははっきりしないそうだ。しかし、隠岐で発生している一連の事件と考え併せ、他殺の疑いが濃厚という話だった」

「そうですか」

「どういうことなんだい？　少しは真相解明のメドはついたのかな？」

「ある程度のことは分かりました。ただ、白倉教授の死は意外な展開なのです」

「というと？」

「僕の推理した事件のストーリーには、白倉教授が殺されるというシチュエーションはなかったのです」

「おいおい、そういう言い方は少し不謹慎だぞ。私だからいいが、ほかの人間には言わないほうがいい」

「すみません」

浅見は苦笑した。兄に窘められるのも当然かもしれない。浅見はどういう悲劇的な事件に出くわしても、どこか、心の片隅で、その事件を楽しんでいるような部分がある。

「すると、きみは白倉教授は殺されないと思っていたわけか。その理由は？」

「もし今度、事件がおきたら、白倉教授自身が犯人である可能性が強いと思っていたからです」

「ふーん……」

刑事局長は名探偵の顔を正面から見た。

「それでは、白倉氏が死んで……かりに、これが殺害されたものだとすると、きみの推理はまったく振り出しに戻ってしまうというわけか」

「いいえ、必ずしもそうではありませんよ。白倉教授の死によって、推理の範囲は狭められましたからね」

「というと、犯人のめやすはあるのか？」

「ええ」

「それは……」

陽一郎は視線を逸（そ）らしながら、言った。

「例のスジに抵触（ていしょく）することはないのか」

「ははは……」

浅見はおかしそうに笑った。

「大丈夫ですよ兄さん、犯人はいま、隠岐にいる人間に限定されるのですから」

「そうか、そうか……」

陽一郎も弟の笑いに誘われるように、唇の先だけで、かすかに笑った。

羽田――出雲、出雲――隠岐と、飛行機を乗り継いで行くあいだ、浅見は睡眠薬を飲んで、ほとんど眠り続けた。恐怖心から逃れるためと同時に、広山のお喋り（しゃべ）りを封じ込める意味があった。

それでも広山は、しきりに話しかけて、浅見の安眠をしばしば妨げた。

柿崎屋敷に対する張り込みと、周辺での聞き込みは結局、完全に空振りに終わったという。

「あの屋敷はどうなっているんですかなあ。中の人間はまったく外に現れないみたいなのです。近所の連中も、どういう人間が住んでいるのか、見たことがないと言っておりました。あれは化け物屋敷とちがいますか」

「そうかもしれませんよ」

浅見は眠そうに言った。

「とにかく、死んだ人間が住んでいることは確かなのですから」

「またまた……」

広山は冗談かと思ったらしいが、浅見が真顔でいるので、白けたように黙った。

「ただ、内部の人間が出てこないというのは間違いでしょう」

浅見は言った。

「あの屋敷と接している屋敷から、出入りしているのだと思いますよ」

「えっ、ほんとうですか？……」

広山は不気味そうな顔になった。

「あの屋敷の隣というと、元総理の屋敷と、財界のエライさんの屋敷ですが」

浅見は黙って頷くと、シートに深く沈み込んで、目を閉じた。


日本海は、夏の陽射しが強く照りつけていた。隠岐は本格的な夏の賑わいが始まったらしい。

コバルトアロー号が、中ノ島の菱浦港に近づくと、岸壁の人込みの中に佐治貴恵が出迎えているのが見えた。

「あれ？ 浅見さん、あそこにおるのは佐治さんとちがいますか？」

広山は驚いて叫んだ。

「そうらしいですね」

浅見はあまり感動した様子を見せずに言った。

浅見がデッキから手を振るのを見て、貴恵はハンカチを目に当てた。

「彼女、泣いているなあ……」

広山は感にたえぬように言って、意味ありげな目を浅見に向けた。浅見は知らん顔を決め込んだ。

岸壁に下りると、浅見は貴恵に駆け寄った。貴恵のほうも、人波を掻き分けるようにして、近づいた。

「やあ、まさかあなたが港に出迎えているとは思いませんでした」

浅見は手を握らんばかりに、嬉しそうに言った。

「けさ、ここに着いてすぐ、母に電話したら、昨日、あれから浅見さんが見えて、今日のいちばんの飛行機でいらっしゃるらしいというので、たぶんこの船だと思ったものですから」

「あ、そうですか、お母さん、僕のことを言ってくださったのですか」

「ええ、折角うちにいらっしゃったのに留守にして、すみませんでした」

「なに、それはいいんですよ……それより、白倉先生はいま、どこです？」

「私が着いた時には、とっくに松江の病院へ運ばれたあとでした。解剖がすみしだい、そのまま東京へ帰るのだそうです。ですから、私が隠岐へ来たのは、無駄足みたいなことになってしまって」

「まあ仕方がありませんよ。あなたは、そうしないではいられなかったのでしょう？」

「ええ、なんだか、無性に悲しくて、じっとしていられなかったんです」

「分かりますよ……それにしても、人間のいのちなんて、儚いものですね」

広山が「浅見さん、パトカーでよければ、乗って行きませんか？」と声をかけた。

「いえ、僕らは別行動で行きます」

浅見は手を振って答えた。もうパトカーには乗りたくない。

「そうですか、それじゃあとで」

広山は浅見と貴恵の顔を交互に見てから、どちらにともなく、ペコリとお辞儀をして、行ってしまった。

浅見と貴恵はタクシーに乗って、例の旅館へ向かった。

「そうそう、長野(ながの)先生たちは、まだ隠岐にいるのですか?」

浅見は訊いた。

「ええ、いらっしゃいますよ。昨日からずーっと、警察の事情聴取で責めたてられているみたいです」

「そうですか……」

長野がどういう態度で自分を迎えるかを思うと、浅見は複雑な心境であった。

旅館に着くと、石出(いしで)助手と玄関先でバッタリ顔が合った。

「あ、浅見さん……」

石出は世にも情けない顔をした。

「戻って来てくれたんですか」

「ええ、まあ……」

彼等のために戻って来たわけではないのだが、浅見は頷いた。

「白倉先生が死んじまったんですよね」

「ええ、知ってます、それで僕も急遽、舞い戻ったのですから」

「助かりましたよ、浅見さんがいなくなってから、なんだか不安でしょうがなかったのですよね。警察は右往左往するばかりで、ちっとも頼りにならない感じでしてね。白倉先生が亡くなるなんてことは、ぜんぜん考えていなかったらしくて、もう何がなんだか分からなくなったみたいですよ」

「それは、僕だって予測していませんでしたけど」

「いや、浅見さんはきっと、こうなることが分かっていたんじゃないかって、徳安さんと話していたのです」

「まさか……」

「いや、ほんとですよ、頼みますよ」

石出はだだっ子のように、理屈にならないことを言っている。

「石出さん、とにかく、こんなところじゃ落ち着きません、中でゆっくり、何があったのか話してください」

浅見は石出を叱るような口調で言った。

「ああ、申し訳ない。いや、浅見さんの顔を見て、ほっとしたもんで……さ、入ってください」

石出は浅見の後ろに寄り添うようにしている貴恵に、ペコリとお辞儀をした。その時まで、貴恵に気付くゆとりすらなかったらしい。

石出は先に立って、二階の部屋にどんどん上がって行った。

石出と徳安の部屋に入ろうとした時、いちばん奥の部屋から、長野教授の大声が聞こえてきた。「何度同じことを言わせるんだ」と怒鳴っている。

それに続いて、ボソボソと、おそらく刑事のものらしい声が聞こえた。こっちのほうは何を言っているのか分からない。

「朝から……いや、昨日からあの調子なんですよね」

石出は嘆かわしいといった顔で言って、部屋のドアを開けた。

浅見と貴恵が石出について部屋に入ると、そこに徳安カメラマンが、ぼんやりとした顔で、畳の上に寝そべっていた。

「あっ、浅見さん……」

徳安も石出と同様、救われたように叫び、起き上がった。

「白倉先生が亡くなったのですよ」

悲痛な声で言った。

「分かってます」

浅見は大きく頷いてみせた。

「それで、これからみなさんの話を聞こうとしているのです」

「白倉先生の死は、あれは殺されたのじゃないかと思うんですよ」

石出は、いきなり核心に触れることを口走った。徳安は慌てて石出を制した。

「おいおい、石出さん、そういう過激なことを言わないほうがいいよ。警察がどこで聞いているか分かりゃしない」

「そうだ、そうですよね……」

石出は心配そうに、奥の部屋の様子を窺った。

「警察の話によると」と、徳安カメラマンが言った。ほんの端くれとはいえ、さすがにジャーナリズムの世界でメシを食っているだけのことはある。石出に較べると、徳安ははるかに落ち着いていた。

「白倉先生は、村上家から少し山側に入ったところで死んでいたのだそうです。外傷はほとんどなく、わずかに、倒れた時にできたと見られる擦り傷が、顔や手など、露出した部分にあった程度だということでした」

「新聞とテレビニュースでは、死因は心不全だとか発表してましたが」

「らしいですね。しかし、ほんとうのところは分からないみたいですよ。今日、解剖の結果が出るので、それ待ちっていったところじゃないんですか」

「発見者は誰ですか？」

「村上家の人です。なんとかいうおばあさんですよ」

浅見は貴恵を見返った。

「佐治さんは、村上さんのところへ行ったのでしょう？」

「ええ、行きました。おばあさんとも会いました」

貴恵は悲しそうに眉をひそめた。

「警察の質問責めで、だいぶ参っていたみたいですけど」

「佐治さんも事情聴取を受けたのですか？」

「ええ、白倉先生と一緒に隠岐に来ましたから、その間の事情みたいなことを、ずいぶんしつこく訊かれました」

「亡くなる前の白倉先生に、最後に会ったのは、村上家のおばあさんということになりますよね」

「それが、はっきりしないんです」

「というと？」

「長野先生かもしれないとか……」

貴恵は石出と徳安を気にした。

「そうなのですよ」

徳安が貴恵の遠慮を救うように言った。

「一昨日の晩、長野先生が白倉先生のところへ出掛けて行ったのです」

「えっ、そうなんです。それも、白倉先生が亡くなるほんの少し前らしい」

「らしい……とは、どういう意味なのですか？」

「いや、亡くなった時刻がはっきりしていませんからね。なんでも未明から朝にかけてらしいのですが、長野先生が白倉先生に会ったのは八時から十時頃のあいだだというのです」

「どこでお会いになったのですか？」

「村上家の白倉先生の部屋で、です。そうですよね？」

徳安が貴恵に確認した。

「ええ、そうだそうです」

「お二人だけで？」

「ええ、お二人だけだったそうです。もっとも、あそこのおばあさんが、ときどきお茶を出したそうですけど。でも、長野先生がお帰りになる時はうっかりしていて、いつ帰られたのか、気付かなかったのだそうです」

「気付かなかった？　なぜだろう？」

「お手洗いにでも行っていたのじゃないかしら……って、そう思いましたけど」

「なるほど……」

浅見は、奥の部屋の気配に耳を傾けた。

突然、その部屋のドアを荒々しく開ける音がして、続いて乱れた足音が廊下を踏み鳴らして近づいた。

いきなりドアが開いて、長野が真っ赤に上気した顔を見せた。

「まったく怪しからん……」

言いかけて、浅見に気付いて、表情を強張らせた。浅見が会釈するのを無視して、スッと顔をそむけると、大股に歩いて行った。

入れ代わるように、浦郷警察署の滝川捜査係長がヒョッコリ、ドアの脇から顔を覗かせた。

「あ、浅見さん、もうみえておられたのですか。そしたら、広山警部も一緒ですか？」

滝川はセールスマンのように愛想よく、言った。長野とはげしくやりあった――という印象はまるでない。警察の執拗な事情聴取が、いかに職業的に行われているかが、それだけでも分かるような、白ける顔だ。

「滝川さん、白倉先生の死因は何だったのですか？」

浅見は訊いた。滝川は部屋の中の人間たちを見て、しばらく思案していたが、どうせ分かることだ――と思ったのか、おもむろに言った。

「同じですよ、佐田教授の場合と。私は詳しいことは知らんが、神経麻痺による心不全だとか、そういうようなことのようです。神経麻痺の原因になったのは、気体状の毒物ではないか――つまり毒ガスみたいなものやないかとか言ってました」

「現場の状態は見せていただけますか？」

浅見は言った。

「そうですな……いいでしょう、ほかならぬ浅見名探偵ですからなあ」

滝川はいくぶん、おもねるように言った。

第十四章　最後に笑う者

1

　またパトカーに乗る羽目になった。現場へ向かう車には、広山警部も同行した。

　白倉が死んでいた場所は、村上家から裏山の方角に少し入った、本来なら杣道のような小径の脇であった。隠岐では、こんな小径でも、ちゃんとアスファルト舗装が施されてある。その道から藪の中に身を投げ出すような恰好で倒れていたという。

「発見者は村上家のばあさんで、朝、白倉教授が起きてこないし、どこにも見えないのを心配して、探しておったのやそうです」

　滝川が現場の説明をした。広山は説明に頷きながら、もっともらしく地面に顔をつけるようにしたり、何かを摘み上げる仕種をしたりなどしている。浅見「探偵」に対する対抗意識、剝きだしといったところだ。

　浅見はつっ立ったまま、蟬しぐれに聞き入るように、じっと動かなかった。

「現場から、何か遺留品等は発見できたのでしょうか？」

　滝川の話が終わると、浅見は訊いた。

「いや、何も出ませんでしたか？」

「掘った穴とか、そういうものもありませんでしたか？」

「穴……ですか？　いや、何も……」

妙なことを訊く——と、滝川は怪訝そうな顔をした。

白倉の顔や腕にあった擦り傷には、生活反応がないものが少なくなかった。つまり、白倉は別の場所で殺され、ここに遺棄されたというわけである。

「まあ、それが他殺の決め手になったようなもんで、まったくのところ、解剖所見でも、他殺かどうか分からないくらい、微妙なものであったそうです」

滝川は言った。

「それも佐田さんの時と同じやなあ」

広山は、神経質そうに、眉を八の字に寄せて考え込んだ。

「一昨夜、最後に会ったことが確認できたのは、長野先生だそうですね？」

浅見は訊いた。

「そうです、それもですな、村上さんの家のばあさんの話だと、かなり辛辣な言葉のやりとりをしていたのやそうです」

「口論ですか？」

「いや、そこまではっきり聞いておらんそうですがね」

「なんでも、おばあさんは、長野先生が帰られたのを、知らなかったそうですね」

「そうそう、長野教授は十時前には辞去したと言っているのですがね」

「では、そのことを証明するのは、長野教授ご本人だけというわけですか」

「そうです、したがって、長野さんに対する事情聴取を念入りに行う必要があるのですがね、どうも、あの先生は怒りっぽくてかなわんですな」

滝川は下唇を突き出して、不愉快そうに言った。

「長野先生は何を話しに行ったのですか？」

「ですからね、それを言わないのです。まったく傲慢な人だ」

「あの先生は警察が嫌いなのだそうですよ。お蔭で、僕まで嫌われました」

浅見は苦笑しながら、言った。

「浅見さんをですか？　なんと呆れたものですなあ」

広山は義憤を感じる——という顔をした。

「いくら大学教授だからといって、遠慮する必要はないです。滝川さん、今後は私がバンバンやりますよ」

「まあまあ」

浅見は広山と滝川の両警部を宥めた。

「長野先生は犯人ではないのですから、そんなにムキにならないでください」

「は？　どうしてです？　あの先生が犯人でないとは言えないでしょう。少なくとも現時点ではもっとも疑わしい人物です。第一、警察を舐めているところが怪しからん」

広山は感情的になっている。浅見の言うことなど、聞く耳を持たないだろう。それに、浅見のほうにも、これといって長野の潔白を証明する材料はなかった。一行はゾロゾロと山を下った。

「僕は村上さんのところに寄って行きます」

浅見は山を下りきったところで、捜査員たちと別れた。広山は長野を訊問(じんもん)するのだと張り切っていた。

例の老女の話を聞くつもりだったのだが、村上家には当主の助九郎老人も駆けつけていた。浅見とは調査隊の歓迎パーティーで顔を合わせているのだが、ほとんど初対面のようなもので、貴恵があらためて紹介してくれた。

「白倉先生がそういうことになるとは……」

村上老人は降って湧(わ)いたような災難に、戸惑うばかりという様子であった。

「警察は何やら、殺人事件の疑いがあると言っておるが、どういうことですかなあ。誰でもいいから、この災難を払いのけるすべを教えてもらいたいものです」

「ご心配なさらなくても、明日までには解決しますよ」

浅見はさりげない口調で言った。

「まったく、そうなってくれれば……え？　いま何と言われたかな？」

「明日までには、事件は解決すると言ったのです」

「ほんとうですか？　そんなに簡単に解決するのですか？」

「ええ、これまで起きた、いろいろな事件の謎はすべて解明されるはずです」

「ほう……いや、驚きましたな。これまで起きた事件というと、小野のじいさんが死んだ事件も含めてですかな？」

「もちろんです。佐田教授の事件も、それに、ずっと昔に起きた、小野さんの息子さんが亡くなった事件も勝田の池で青年が死んだ事件も、すべて解明されます」

「ほんとなんですか？」

貴恵までが、村上老人と並んで、疑惑に満ちた目で浅見を見つめた。

「ほんとうですよ……いや、じつを言うと、解明しないですめば、そのほうがよかったのかもしれませんけどね」

浅見は憂鬱そうに言った。

「ん？　それはまた、どういうわけですかな？」

村上老人が訊いた。

「人が罰せられるのを見るのは、あまり好きではありませんから」

「誰が罰せられるのですか？」

「それはまだ言えません」

「この島の人間ですか？」

「それは……いや、やはりまだお話ししないほうがいいでしょう」

「というと、浅見さん、あなたはすでに警察から犯人の名前を聞いておられるのか？」

「いえ、まさか、警察はそんなことはしませんよ」

「それじゃ、どうして？　なぜ犯人を知っておられるのです？」

「知っているわけではありません。まだこれから、いろいろ調べなければならないことがありますから」

「ふーん……」

村上老人は不気味なものを見るような目で、浅見をじっと睨んだ。

「そうそう、村上さんに一つだけお訊きしたいことがあるのでした」

「ん？　何です？」

「村上さんは、終戦当時はこちらにはいらっしゃらなかったのでしたね？」

「ああ、いませんでした。私が復員したのは終戦の翌年でしたよ。開戦まもなく出征しましたので、足掛け四年間、隠岐を留守にしたことになりますか」

「それじゃ、柿崎少将とはお会いになったことはないのですね」

「ああ、柿崎少将ね、会っていませんよ。そういう少将がこの家を宿舎にしていたことは、あとで家の者から聞きましたがね」

「あのおばあさんはどうなのでしょうか、終戦の頃はこちらのお屋敷にいらっしゃったのですか？」

「琴野ですか？　ああ、おりました。まだ若かったが……その頃はええと、二十七か八ぐらいじゃないのかな？　いまはあんな婆さんだが、あれでなかなかの美人でしたよ。ははは、歳を取るものですなあ」

　村上老人はおかしそうに笑ったが、時が時だということを思い出して、急いで、厳粛な顔を取り繕った。

「琴野さん……でしたか、ずっとお屋敷におられたのですか？」

「さよう、琴野は京都の没落貴族の血を引いておるという家柄の出で、あの妙な言葉つきでもお分かりのとおり、古風な女でしてな、島の人間との縁談もあるにはあったのだが、どうしてもまとまりませんで。結局この屋敷から一歩も出ないような人生になってしまいそうですな」

　村上老人は、少し気の毒そうな顔をして、言った。

「そうなのですか、縁談はあったのですか」

「そりゃあんた、縁談ぐらいありますがな。いや、そうしてやるのが、使っておる家の義務でもあるわけでしてな。したがって、むしろ、結婚してもらわんと、世間さまに申しわけが立たんようなことではあったのです」

「それなのに、なぜ結婚しなかったのでしょうか？」

「うーん……それはまあ、当人の意志によりますからなあ。それと、わしは留守で、詳しいことは知らんが、終戦間際のゴタゴタした時期だし、何やかやとあったのとちがいますかな」

「ほう……」

浅見は眠りから醒(さ)めてゆく時のように、もやもやした気分がすっきりと晴れ渡るのを感じながら、言った。

「何やかやと——というのは、具体的にいうと、どういうことなのでしょうか?」

「ん?……」

老人は「しつこい」と言いたそうな顔をしたが、浅見はそ知らぬ顔で、じっと老人の目を見つめた。

「まあ、それはあれでしょうが、そういう話が纏(まと)まるのも纏まらんのも、すべて縁というものでしょうが」

老人は視線を逸らした。

「さあ、このへんでよろしいかな、警察の事情聴取が終わって、ほっとしとったら、またいろいろ訊かれるんでは、たまりません」

「あ、申し訳ありません、つい夢中になってしまいました」

浅見は丁寧に謝った。

老人が行ってしまうと、貴恵は非難するような目で浅見を見ながら、言った。

「ずいぶん失礼なこと、訊いていらっしゃったみたいですけど」

「そうですね、ご老人は気を悪くしたでしょうね」

「ええ」

「あなたも憤(おこ)っているみたいだ」

「私はそんなことありませんけど……」

「ははは、まあいいですよ、憤られても仕方がないのですから。それじゃ、僕はこれで失礼しますが……そうそう、佐治さんに一つ、お願いしておこうかな」

「何をですか？」

「あのお婆さん……琴野さんていうんですね、いい名前だなあ……その琴野ばあさんに、白倉先生とはどうして結婚しなかったのですか——と訊いてみてくれませんか」

「えっ？……」

貴恵は驚いた。

「どういう意味ですか？　冗談で言ってるんですか？」

「いや、冗談じゃありませんよ。あなたも真面目(まじめ)な態度と真剣な顔で訊いてください」

「真面目って……だけど、そんなこと、真面目に訊けませんよ」

「いえ、それを真面目に訊いてください」

浅見はうって変わって、精一杯、怖い顔を作って言った。

貴恵は気圧(けお)されたように、ゴクンと唾(つば)を飲み込んで、頷いた。

2

浅見が旅館に戻った時、長野はまた警察の執拗な事情聴取を受けていた。今度は相手が広山警部に代わっていた。

広山にとっては、白倉が殺された事件に関しては、長野が最初の訊問相手だし、滝川が手を焼いたと聞いているから、必要以上に力が入る。

一方の長野にしてみれば、相手が新しくなったといっても、訊問内容に変わりはない。同じことを一から繰り返す馬鹿らしさに耐えなければならない。

いや、これ以上耐えることなど、長野にはできなかった。広山の訊問が始まったとたん、長野の怒号が旅館中を震撼させた。

もっとも、長野が怒ることは、広山には思うツボだったろう。むしろ、それを期待している面もあったにちがいない。人間、興奮するとつい、本音を洩らすものである。

浅見は長野の部屋の前に立って、長野と広山とのやりとりを聞いていた。べつに聞き耳を立てなくても、廊下のずっとこっちにいても、ビンビン響いてくる。

長野が怒りながら話していることによると、その夜、長野は午後八時過ぎに白倉を訪ねているらしい。昼過ぎ頃に白倉に電話したところ、白倉がその時刻を指定したと言っている。

長野は夕食をしたためてしばらく経ってから、タクシーを呼んで村上家へ行った。旅館から村上家までは、ほんの一キロばかりの距離だが、長野は歩くのが苦手だ。

その夜、村上家には白倉と老女の二人だけがいた。長野は老女の案内で白倉の部屋に通された。

白倉は机に向かって、何か調べものをしていたが、快く迎えてくれた。

それから十時近くまで、話をして、長野は引き上げた。話の内容は、主に学術的なことで、双方の研究内容について、意見を交換した。

帰る時、村上家の老女は姿が見えなかったので、挨拶をしないで、出て、旅館まで歩いて帰った。

——以上が長野の話す、その夜の白倉との会談の模様である。

「二時間ものあいだ、そんな話をしとったのですか？」

広山は失礼な質問をした。

「そんな話とは何だ！」

案の定、長野は怒った。しかし、怒りのボルテージは、浅見が期待したほどではなかった。なんだか、怒らなければ恰好がつかない——というような、いかにも芝居がかった怒り方だと思った。

広山は長野の大声にひるむ様子もなく、平板な口調で訊問を続けた。

「帰りは歩いて帰ったのですか？」

「ああ、そうですよ。天気はいいし、夜風が涼しく気持ちがいいのでね」

「だいぶ、帰りが遅くなったそうじゃありませんか」

「どうかな、時計は気にしなかったがね」

「旅館の女将は十一時を過ぎていたと言っているのですがね」

「それは女将の勘違いだろう。そんなに遅くなるわけがない」

「真っ直ぐ帰ったのですか？　どこかに寄り道しませんでしたか？」

「寄り道なんかしないよ」

「それにしては遅いですなあ、寄り道したのとちがいますか？　もう一度、白倉さんを誘い出して、裏山なんかに行ったとか」

「なにィ！……」

長野は怒鳴りかけて、言葉が詰まったらしい。

浅見のところからは、広山の言っていることは完全にはきき取れないが、長野の苛立ちと憔悴は、手に取るように分かった。このままでは、ストレスでどうにかなってしまいかねない。

浅見は、これが潮時だと思った。襖越しに「失礼します」と声をかけた。

襖が開いて、広山の部下の三田刑事が顔を出した。

「あ、浅見さん……」

三田の声に広山が振り返った。長野も真っ赤な顔をして、こっちを見た。

「ちょっと長野先生にお話ししたいことがあるのですが、お邪魔してよろしいでしょうか？」

ひどく場違いで、間抜けとしか思えないようなことを、浅見は平然と言った。

「はあ……」

広山は浅見の真意が分からないので、困った顔をしたが、浅見がそれとなく目顔で合図すると、「まあ、いいでしょう」と部屋を出てきた。

入れ代わりに部屋に入り、自分の前に座った浅見を、長野は不倶戴天(ふぐたいてん)の敵でも見るように、怖い顔で睨(にら)みつけた。

「何の用です？」

取りつく島のない、ゴツい声音である。

「先生」

浅見は小声で言った。

「大きな声をお出しにならないでください、みんな外に筒抜けです」

「ん？……」

長野はさすがに口を抑えた。

「先生が白倉先生のところに何を話しにいらっしゃったかぐらい、僕は分かっています」

浅見はズバリと言った。

「昼間のうちにアポイントメントを取って、夜の八時にわざわざお出かけになるというのですから、先生はたぶん、一大決意をもって白倉先生に会いに行かれたのでしょうね」

「ん？　ああ、まあ、そういうことですな」

不承不承、長野は認めた。

「それなのに、二時間ものあいだ、毒にも薬にもならないような……あ、いえ、先生方のご研究がそうだとは言ってませんが、とにかく、当たり前のお話をして帰っていらっしゃるわけがないのです。警察にそんな見え透いた嘘をおつきになってはだめです」

「………」

浅見の理屈に、長野は反発することができない。

「それで、何の話をされたかですが」と浅見は充分間合いを取って、言った。

「盗掘した品のことについてですね?」

「えっ?」

長野は息をのんで、浅見の顔を茫然とした目で見つめた。

「あんた……浅見さん、あんた、どうしてそれを?……」

「それは、これまでのいろいろな出来事や事件を総合して考えれば、自然に分かることですよ」

「うーん……」

長野の浅見を睨む目の鋭さが、急速に光を失っていった。

「驚きましたな……いや、浅見さん、あんたはたしかに名探偵というほかはない」

吐息と一緒に、言った。

「それは言わないでください」

浅見は苦笑した。

「いやいや、皮肉ではなく、事実を言っているだけです。私があんたを敬遠したかったのは、あんたがどうやら、真相を究明しそうな気配を感じたからです」

　長野の口調は、まるで別人のように柔らかみを帯びていた。

「そうすると、あんたも私と同じ……いや、それ以上に事件の謎を解明していたのですなあ。門外漢のあんたがそこまで……と思うと、感心せざるを得ない。まさにあんたが言ったとおり、私もまた、後鳥羽上皇御火葬塚跡の盗掘は、白倉さんの仕業としか考えられないと思ったのです」

　長野は、胸の奥に蟠っていたことを、思いきって言ってしまって、ほっとしたのか、爽快な表情になった。

「じつはですな、佐田さんが亡くなったあと、私は、今回の発掘調査を仕切っている島根県の肝煎氏と、この町の行政の人間に会って、そもそも、私をメンバーに加えた経緯はどういうことか、確かめてみたのです。ここに来るまでずっと、私は佐田教授の推薦で選ばれたものと思っておりました。ところが、じつは、私を推薦したのは、なんと、白倉教授だったというのです。まあ、この世界に詳しくない人には分かりにくいかもしれませんがね、今回の仕事に関していえば、私はあまり適任とは思えないのですよ。私の専門は平安以前、奈良時代から古墳時代にかけてなのですから。したがって、後鳥羽上皇の事跡にもそれほど詳しいわけではない。もっと優秀な研究者はいくらでもいますよ。早い話が、白倉さん自身でもよかったのです。スケジュールの関係で調整がつかなかったという理由は成り立ちませんよね。同じ時期に白倉さんは隠岐に来ているのだから」

長野は憮然とした顔を見せた。

「それにも拘らず、白倉さんはなぜ私を選んだのか――その理由が分からなかった。いや、分からないというより、不審なものを感じたのですな。それで、浅見さんが埋蔵美術品の話をしたのと思い併せると、しぜん、白倉さんが盗掘の片割れである――というふうに考えざるを得ない気がしてきました。つまり、佐田教授と共謀して、発掘作業の途中、適当な時期に美術品だけを盗もうとしたのでしょうな」

浅見は黙って、長野の推論に頷いた。

「史跡の盗掘なんて、おいそれとできやしません。しかし、学術研究の名を借りれば、白昼堂々と、しかも労働力を動員し、何日もかけて発掘することができる。まさに千載一遇のチャンスというべきです。白倉さんも佐田さんも、その誘惑に目が眩んだのでしょうかなあ……」

長野は悲しそうに顔を歪め、しばらく沈黙してから、ふいに思い出したように言った。

「しかし、もしそうだとすると、白倉さんは佐田さんを殺害した犯人ということになる。これがどうも信じられないのです。ヤクザじゃあるまいし、いくらなんでも、仲間割れをして殺した――などという、ばかなことはしないでしょうからね。そう思うと、私の推理は間違っているのかなとも思えるし……いや、いまでもね、何かの間違いであって欲しいなあと、祈りたい気持ちですよ」

「間違いではなかったのでしょう？」

浅見は気の毒そうに訊いた。

「ん？　ああ、たぶん間違っていなかったようですな」

「白倉先生がそう言いましたか？」

「はっきり認めたわけじゃないが、私の追及に動揺していたことは確かです。しかし、認めるということは、白倉さんにとっては死ぬことに等しいですからな。さすがに、私としても、そこまで彼を追い詰める気にはなれなかった。私は警察ではありませんからね」

長野は唇の端を歪め、まるで自嘲（じちょう）するように、声を立てずに笑った。

「白倉さんが死んだと聞いた時、彼を殺したのはこの私だと思った。しかし、それでよかったという気もしないではなかった。警察は殺されたと思っているようだが、白倉さんは自殺したのです。私にはそれが分かっているのだが、それを警察に言えば白倉さんを穢（けが）すことになってしまう。白倉さんはともかく、彼の家族にとっては悲劇的で致命的なスキャンダルです。私は、警察にどんなに責められようとも、この事実は黙ったまま、墓場まで引きずってゆくつもりだった。浅見さんという人物がいなければ、このまま永久に謎のままで終わるはずだったのですよ」

「それは違いますよ」

浅見は静かに言った。

「違う……とは？」

「白倉先生が自殺したということが、です。白倉先生は殺されたのです。長野先生のお話は、その部分だけが間違っています」

「なんですと？……」

長野博士は、自分の研究の成果を誹謗されたように、顔色を変えた。

浅見が自分の部屋に戻ると、広山警部が待ち構えていた。

「どうでした？　何か分かったのですか？」

「ええ、分かりましたよ」

「そうですか……そしたら、やっぱり長野氏が犯人ですか？」

「まさか……」

浅見は呆れて、笑った。

「そうではなく、長野先生がなぜあんなに頑固に抵抗しているのかが、です。昔——たぶん学生時代に警察とトラブルがあって、それ以来、警察を毛嫌いしていらっしゃるらしいことは分かるのですが、あの頑固さの理由はそれだけじゃありません。そのことが確認できたのですよ」

「何なのですか、その理由というのは？」

広山が訊いた時、電話のベルが鳴った。受話器を取ると、女将ののんびりした声が「外線からです」と言い、電話が繋がると、貴恵の甲高い声がいきなり怒鳴った。

「浅見さん、ひどいわ！」

浅見は受話器から耳を少し離して、笑った。

「ははは、彼女、怒ったでしょう」

「えっ？……」

貴恵は一瞬、絶句して、さらに憤懣（ふんまん）やるかたない——という口調で言った。

「それ、分かっていて、あんな質問をさせたのですか？　ひどい……」

「申し訳ない。いや、そうなると分かっていたわけじゃないのです。あなたの金属的な声を聞けば、怒られたことぐらい、分かりますよ」

「あら……」と、貴恵は口を抑えたような、くぐもった声になって「そんな声、出しました？」と言った。

「それで、何て言って怒りましたか？」

「それどころじゃありません。口もきいてくれなくなっちゃったんですから」

「ほう、そうですか、それは困りましたね……」

浅見は深刻そうに言って、その言葉の余韻が、まだ電話線の中に残っているようなタイミングで、また笑い出した。

3

その夜、いつもは閑散としている村上家が、集まった人々で賑わっていた。

後鳥羽上皇御火葬塚跡発掘調査の終結宣言と、白倉教授の死を悼む――という、町長の呼び掛けで、関係者が急遽、参集したというわけである。

顔触れは、「調査」が始まった日、親睦パーティーが開かれた夜と、ほとんど同じ、三十人ほどの人数であった。

もっとも、その時の主役であった佐田教授と、招かれざる客の小野老人の姿はない。

その代わりのように、制服の浦郷警察署長をはじめ、私服警察官どもの姿が数人、会場に当てられた大広間から廊下にはみ出して、屯している。

人々は誰もが、なんとなく伏目がちで、交わす会話もボソボソと、陰気くさい。

冒頭、町長が挨拶したが、「発掘調査の成功を目のあたりにしながら、佐田先生が急死されましたことは、まことに痛恨のきわみでありまして……」などと、気勢の上がらないことおびただしい。

いつも陽気な、元不動産屋の野田商工観光課係長も、広間の片隅で肩をすぼめ、人の陰に隠れるようにしている。観光の目玉になるはずの「発掘キャンペーン」が不幸な結果となって、「怨霊の島隠岐」の、オドロオドロした部分ばかりが強調された恰好であった。

浅見は野田の姿を見掛けると、近づいて、ポンと肩を叩いてやった。

「ああ、浅見さん、どうも……」

野田は浅見を見上げ、まるで疫病神に出会ったような顔をした。

「元気がないですね、どうしました?」

浅見は野田の隣に胡坐をかき、ニコニコ笑いながら、言った。

「元気もなくなりますよ」

野田は悄気きって、笑顔をつくる気にもなれないらしい。

「このあいだ、東京へ行かれたそうですね」

浅見は言った。

「え？　ええ、よう知ってますなあ、ちょっと出張してきましたが」

「それでどうでした、防衛庁の資料、参考になりましたか？」

「えっ……」

野田はギクッと腰を引いて、身構えた。

「いや、あなたのあと、偶然、僕もあそこへ行ったのですよ」

「し、しかし……どうして、それを？……」

「あ、そうそう、野田さんは偽名を使っていたのでしたっけ。だけど、だめですよ、偽名を使うのなら、もっとぜんぜん関係のない文字を使わないと。ええと、確か野田さんは、『杉並区・野村』と名乗ったのでしたね。とっさに記名を求められると、人間はつい、以前住んでいた時の住所に近いところを書いたり、なんとなく自分の名前の文字を書きたくなるものですけどね」

野田は恐怖に近い驚きの色を見せた。

「それで、野田さんが目指したものは発見できたのですか？」

「えっ……いや、べつにその、これといった目的があったわけじゃないですから」

「ははは、そうでしょうね、白倉さんの名前までは、記録に残っているはずがありませんよ」

「浅見さん、あんた……」

何者？——という言葉が喉に支えたように、野田は目を丸くして、体を硬直させた。

「野田さんが、盗掘の犯人として、白倉さんに疑いをかけ、素性を調べようとされたことや、その動機については、僕は誰にも話すつもりはありません。野田さんも黙っていたほうがいいと思いますよ。話せば、白倉先生を恐喝しようとしていたなどと疑われ、警察に取り調べられます。なにしろ、白倉先生は殺されてしまったのですからね」

声を潜めて喋っているのだが、野田はしきりに周囲を気にして、泣きそうな顔で、ペコペコ頭を下げた。それ以上は言わないで欲しい——と懇願しているのだ。

浅見は「では」と立って、警察の連中が屯する場所へ行った。その後ろ姿を、野田は不安そうに見送った。

「本日、ここにお集まりの皆さんは……」

警察署長が立って、喋りだした。破鐘のような声なので、かなりざわついていた空気が、いっぺんでシーンと静まった。

「ここ数日のあいだにこの中ノ島で連続して発生した奇怪な死亡事件について、それぞれ心を痛めておいでのことと思います。警察といたしましては、事件発生と同時に鋭意捜査を進めて参ったところでありますが、真相解明までに到らず、ついに白倉教授が殺害されるという、最悪の事態を迎えましたことは、まことに断腸の思いに堪えません。マスコミの中には、警察の無能を指摘する声まであり、捜査にあずかる人間として、まことに辛いかぎりではありました。しかしながら皆さん、ご安心ください、ここにおいでの浅見光彦氏のご尽力により、さしもの難事件も、ようやく解決されたのであります」

署長の晴れ晴れとした顔や、自信たっぷりの名調子に、会場のあちこちから驚きの囁きが流れ出た。

「ほんとうかな?」「誰が犯人なんだ?」という声も聞こえる。

「つい先程入った報告によりますと、捜査員がある場所を捜索いたしましたところ、浅見さんが指摘されたとおり、そこから国宝級とも思える美術品が発見されました」

満座がシーンと静まった。手にした煙草の灰の落ちる音が聞こえるほどだ。

突然、その静けさを破って、廊下にけたたましい破壊音が鳴り響いた。村上家の老女・琴野の手から茶碗を満載した盆が落ち、廊下に飛散したのだ。

すぐ近くにいた刑事が何人か、「あちち……」と飛び上がった。

「あっ、申し訳ございませぬ……」

琴野はうろたえて、廊下をころがる茶碗を拾い集めている。廊下はお茶びたしで、湯気を立てている。手伝いの女性が、雑巾を持って急いで駆けつけた。

その騒ぎの中で、浅見は二人の男の様子を注意深く見守っていた。

村上老人は眉をひそめ、これまでの長い歳月、ただの一度だって見せたことのない琴野の周章狼狽（ろうばい）を、じっと見つめている。

もう一人の「男」は、さり気なく立ち上がり、スーッと広間を出て行った。

浅見は署長の傍（そば）を離れた。離れ際に、「もうそのくらいでいいですよ」と言った。署長はわけも分からず、演説を中断した。


男は人目を避け、山を抜ける暗い道を遠回りして、自宅に戻った。いや、自宅の裏山から、捜査員の姿がないかどうか、建物の様子を窺（うかが）った。

建物は男が出た時の状態そのまま、真っ暗だ。虫の声がやかましいばかりで、人のいる気配はなかった。

男は化かされたような気分がして、そっと家に近づいた。暗闇の中、裏口の戸の鍵を探っている時、ふいに声がかかり、懐中電灯が手元を照らした。

「今晩は、見えますか？　北本（きたもと）さん」

男は「ギャッ」と悲鳴を上げた。

「あ、すみません、驚かすつもりはなかったのです」

青年の笑った顔が、明かりの中に浮かびあがった。

「あ、あんた、あ、浅見……さん」

「ええ、浅見です。さっき席を立たれたもので、すぐに追い掛けたのですけど、僕のほうが先になってしまいました。やっぱり、山道はたいへんでしょう」

「………」

北本老人は虚脱したように立ち竦み、浅見という、得体の知れぬ青年を見つめた。

「さて、そろそろ夜も更けてきましたから、決着をつけることにしましょうか」

浅見はドアを開き、「どうぞ」とドアボーイのようなポーズを取った。

北本は幽霊のような足取りで、家の中に入った。あちこちのスイッチを入れる役目は、すべて浅見が引き受けた。明かりが灯っても、古く、人気のない家は陰気くさい。

「ここで、ずっと一人でお住まいですか」

「ああ、そうですよ」

北本老人は投げやりな口調で言った。

「ばあさんはとっくに死によった。息子が二人いるんじゃが、島を出たきり、近頃じゃ盆暮れにも寄りつきよらん。どっちも孫どもが学校がたいへんじゃとか言いよって……ふん、本音を言えば、金のないじじいの世話なんぞ、出来んいうことじゃ」

まるで、目の前の浅見が、自分を捨てた息子ででもあるかのように、憤懣をぶつけた。

「そうですか……それじゃ、寂しいでしょう」

浅見は対照的に、静かな口調で言った。

「ん？……ああ、それはまあな……」

北本は勝手が違って、当惑げに浅見を見つめた。

「このあいだ、長野先生がこちらにお邪魔して、徹夜で調べ物をして行かれたでしょう」

「ああ、そうでしたな」

「ずいぶん、いろいろな資料があるそうですね」

「なに、大したことはないです。島の古い文献が少々ある程度ですな」

「長野先生はその時、隠岐に伝わる後鳥羽上皇ゆかりの美術品の移動について、何か手掛かりを求めておられたはずですが」

「さあ、どうですかな……いや、わしは先に寝かせてもらったので、あの先生が何をしとったか、知らんですよ」

「そうですか……まあいいでしょう。それじゃ、本題に入りましょうか」

浅見は畳の上にじかに座った。

北本も仕方なさそうに、ゆっくりと腰を下ろした。

「何を話せ、いうのです？」

「それはもちろん、白倉先生を殺さなければならなかった経緯を、です」

「あほらしい……」

北本は一笑に付そうとしたが、顔がこわばって、笑顔にはならなかった。かえって、深い皺(しわ)が頬(ほお)から顎(あご)にかけて刻まれ、いっぺんで十歳も老けたように、哀れっぽく見えた。

「僕はずっと、白倉さんが事件の中心人物であることを疑わなかったものですから」

浅見は言った。北本が喋らないのなら、自分が話すよりない——と思った。

「白倉さんが殺された時には、あまりの意外さに度胆を抜かれました。何かの間違いではないのか……自殺では……などと思ったりもしたのです。しかし、警察は、はっきり殺害されたものと断定した。それを確認した時は、ほんとうに悲しかったですね。こういう形で事件が終わることが、です。白倉さんが殺されさえしなければ、これまでの事件は、悲劇は悲劇であるにしても、救いがありました。加害者のない犯罪だったのですから」

浅見はひと息ついたが、北本は黙りこくったままだ。

「事件の発端は、終戦当時に溯るわけですか……いや、もっと源流を溯れば、後鳥羽上皇に到達しそうだけど、まあ、それはおいておくとしても、因縁とは恐ろしいものです。

僕が北本さんのことに気付いたのは、つい昨日のことなのですよ。だいぶ前、旅館の女将さんと話している時、終戦当時の話題が出ましてね、島にはほとんど、男が残らなかったという話です。その中で、北本さんだけは憶えている——と言ったのです。そのことを思い出しました。それで、もしや……と思って、村上さんと話していたら、あそこの琴野さんに縁談があった話が出た。それでピンときました。琴野さんの相手は北本さん、あなただったのですね」

浅見はなんともいえない、擽ったいような辛いような気持ちで、言った。北本は黙って目をつぶった。

「その縁談が毀れた。なぜか……戦争のせい——つまり隠岐に駐屯した軍隊のせいではないかと考えました。はじめ僕は、当時、村上家を宿舎にしていた、柿崎という少将かと思ったのですが、そうじゃなく、白倉さんだったのですね。白倉さんは学徒出陣で隠岐に来て、特殊任務についていた。おそらく気持ちも荒んでいたことでしょう。美しい琴野さんを見て、理性を失ったとしても、無理のないことかもしれません。

戦争が終わって、白倉さんは無事に東京に帰った。しかし、隠岐での出来事は白倉さんにとっては重い悔恨の記憶になりました。戦後四十数年間、白倉さんが隠岐に近寄ることさえしなかったのは、そのせいですね。

そしてこの夏、突然、村上家にやってきた大学教授が、その白倉さんだと知った時の琴野さんの驚きは、想像以上のものがあったことでしょうね。

四十数年の歳月は、いかにも長い。悔恨も怨恨も希薄になっていたはずです。もし、何も起こらなければ、北本さんも琴野さんも、苦い思い出がチラッと頭をよぎる程度で、終わっていたにちがいありません。

だが、事件が起きた。佐田教授が死に、白倉さんが盗掘した美術品を隠匿したらしい。時価、おそらく数十億円は下らないと言われる美術品を、です。

北本さんは琴野さんからその情報を聞いて、それから……」

浅見は言葉を停めた。

「じつは、それからのことが、よく分からないのです。その美術品を白倉さんから奪って、北本さんはどうするつもりだったのか――がです。しかし、いずれにしても、ああいう悲劇が起きてしまった。白倉さんをなぜ殺す必要があったのか、それも僕には分からないことです。そうして、これから先、北本さんと琴野さんはどうするつもりでいるのか、それもまったく分かりません」

話しながら、浅見は汗ばんでいた。窓を締め切ってあるせいで、たった二人の人間がいるだけでも、息苦しいほど空気が澱んで感じられる。

「理屈ではないのじゃな」

北本老人はポツリと言った。

「あの白倉がそうやって、この島の宝物を盗み出してゆくのが、許せんと思うたわけや。それが一つ。それと、やはり、あんたが言うたように、四十数年前の復讐のつもりもあったかもしれん。しかも、またぞろ、村上家に滞在して、琴野さんに仕えさせておる。それが許せんと思うた」

北本は自嘲するように、肩を揺すって笑った。

「しかし、本当の原因は……つまり、白倉が死ぬようなことになったのは、あれはもののはずみいうことじゃ。わしは白倉を脅しはしたが、殺す気はなかった。白倉が死によったんは、これのせいじゃ」

北本老人はいかにも疲れきった様子で立ち上がり、押入の襖を開けた。上半身を下の段の奥まで突っ込んで、何やらまさぐっていたかと思うと、ヒョイと振り返った。

「これよ、これ」

愉快そうに手にした物を浅見につきつけた。プロパンガスのボンベをぐんと小型にしたような形のものだ。元は、カーキ色に塗られていたらしいが、ほとんど剝げ落ちて、ところどころに塗料が残っている以外、鉛色の肌が露出している。

「ああ、毒ガスですね」

浅見はあまり興味がなさそうに言った。

「ふーん、さすがじゃな、このことも知っとったんか」

北本は目をみはった。

「ええ」と頷いて、浅見は訊いた。

「ところで、事件の夜、北本さんを手引きして、白倉さんに会わせたのは、琴野さんですね？」

北本は少し躊躇ってから、「ああ」と肯定した。

「しかし、それはわしが琴野さんに頼んだことで、あのひとには何の罪もありはせんですぞ」

「分かりますよ」

「わしが村上家に行った時、夜中じゃというのに、白倉は蔵の中におった。盗掘した宝物を眺めて、えつに入っておったのじゃな。わしが扉を開けると、白倉は慌てて隠しよった。で、わしは言うてやったのじゃ。『この隠岐の島から、まだ盗みよるか』とな。すると白倉は、鼻の先でせせら笑い、何のことか？　ととぼけよった。それで、このボンベを見せて脅したんじゃ」

北本はグッとボンベを突き出した。

「白倉はそれまで、いかにも尊大に構えて、田舎じじいが何を言うか——という顔をしとったのだが、このボンベを見たとたん、震え上がった。大きな声で『やめろ！』と叫んで、わしを押し退け、蔵から逃げ出そうとしおった。わしが押し返すと、白倉はひっくり返り、そのはずみで、ボンベが白倉の足下に落ちて、破裂したのじゃよ」

北本の顔は恐ろしげに歪んだ。

「わしは慌てて走って逃げたが、蔵の狭い出口をガスに塞がれた白倉は、そのまま絶命した……」

浅見はしばらくのあいだ、自分が毒ガスを吸って窒息したように、息をとめていた。

「さて、わしの話はこれで終わりじゃ」

北本は言った。

「そしたら、あんた、この家を出て行ったほうがええ。一緒に死にたくなければな」

「いや、僕はここにいるつもりですよ。北本さんも死ぬなんて言わないで、警察にありのままを話したほうがいいのです」

「そうもいかんじゃろ。わしが生きとったら、琴野さんも困る、村上様も困る、町長にも海士の人たちにも、隠岐の島にとっても、ええことは一つもない」

「そんなことはありませんよ。終戦当時からのことを知っている人は、もう北本さんだけしかいないのです。その歴史を伝える義務がありますよ」

「いいや、歴史なんぞは、知らずにおったほうがええちゅうこともあるんじゃ。小野のじいさんも、毒ガスみたいなものを、なんとか誰にも知られんよう始末しようとして死によった。もっとも、あのじいさんも、弟と一緒になって、毒ガス兵器の実験に協力したクチじゃ。その罰が当たって、息子までが死によった……祟りじゃなあ」

北本は肩を竦めた。

「だったら、北本さんもそんなものは使わないほうがいいですよ」

「いや、そうはいかんて。わしはここで死による。死んだあと、このボンベは海に捨ててくれ」

「ちょっと待ってください、その前に、発掘された美術品を仕舞ってある場所を教えておいてくれませんか」

「ん？　なんじゃと？　それはあんた、見つけたと言うて……」

北本は反射的に天井を見上げ、それから「ははは……」と笑い出した。

「悪い男じゃなあ、年寄りを騙しおってから……まあ仕方がない、あとでゆっくり家捜しするがええじゃろ」

北本はボンベのバルブに手をかけた。

「さ、はよう逃げ出さんかいな」

「いえ、僕は逃げませんよ」

「強情な男じゃなあ。あんた、死によるで、それでもええんか」

「ええ、構いません」

「呆(あき)れたな……しかしまあ、道連れがおったほうがええことはええな。それに、笑って死ねるいうのも悪いもんではないかもしれん。そしたら、ゆくで」

北本老人の手がバルブをひねった。シューッという音とともに、ガスが噴出した。無色透明で、しかも無臭であった。

北本は覚悟の上とはいえ、さすがに顔が青ざめていた。

浅見は——浅見は対照的に平然とした顔である。それに気付いて、北本は恥じ入るように下を向いた。

死の訪れを、じっと待つ姿勢だ。

だが、変化は起きなかった。室内の温度が下がったように感じたのは、気のせいなのだろうか？——

ふと顔を上げた北本の視線の先で、浅見光彦が笑っている。そして、さらにその先には、二人の警察官が、憂鬱そうな顔で突っ立っていた。

「やっぱり、空気では死ねませんね」

浅見は笑いながら言った。

北本は音のしなくなったボンベを、ゴロンと畳の上に転がした。

エピローグ

浅見のベッドルームである、旅館の大広間の真ん中で、四人の男がテーブルを囲み、テーブルの上の物体に視線を集めて、じっと動かない。

テーブルの上には、いくぶん色褪(いろあ)せた錦織の布が広げられ、その上に一巻の巻物が、五、六十センチほど開かれた状態で、横たわっている。

美しい王朝絵巻であった。十二単(じゅうにひとえ)の袖に顔を隠した、たおやかな姫君、御簾(みす)を通して窺(うかが)える高貴な人の姿――。みずみずしい色香さえ漂って、長い星霜が流れたことなど、まるで感じさせない。

「ああ、もう死んでもいいなあ……」

長野はうめくように言い、感極まって涙ぐんでいる。

「だめですよ先生」

浅見は微笑を浮かべて、言った。

「これから東京に戻って、この絵巻の存在を発表するのですからね、とたんに、取材陣がドッと押し寄せます。発見の経緯と解説は、すべて先生にやっていただかなければなりません。とても、死んでいるひまなんか、ありませんよ」

「うんうん……」

長野は頷き、また少し、絵巻を展げた。十三弦の琴を奏でる姫君の姿が描かれている。

「これは源氏物語の何なのでしょうか？」

石出が訊いた。

「題詞が読み取れないので、はっきりしたことはまだ言えないが、たぶん『薄雲』ではないかと思う。『薄雲』は詞書だけが前田家に所蔵されているが、絵巻のほうはなかった」

「それじゃ、すごい発見ですね」

徳安が興奮した口調で言って、三脚の上のカメラを覗き、シャッターを押した。この男にとっても、この場面は一生に一度という、大スクープなのだ。

「お邪魔しますよ」

廊下から声がかかって、襖が開き、広山警部が顔を見せた。後ろには浦郷警察署長、滝川捜査係長も従っている。

「いったい、何がどうなっているのか、私にはさっぱり分かりませんなあ」

三人の警察官はテーブルの傍に座り込み、広山が大きな声で嘆いた。

「北本の家を家宅捜索して、ガスボンベを取り替えたのはいいのですがね、ああいうことになるというのは……あれは浅見さん、あんたの読み筋どおりだったみたいですが、最初から分かっていたのですか？」

広山は見栄も外聞もかなぐり捨てて——といったところだ。

「ええ、ボンベがあの家にあったと、報告を受けた時に、ああなることは分かったつもりですよ」

「ふーん……どうも、いや、やっぱり分かりませんよ。そうすると、北本老人がすべての事件の犯人だったというわけですか？」

「すべての事件とは、どの事件のことを指しているんですか？」

「そりゃあんた、あれですよ、小野老人が死んだところからの全部の事件ですよ」

「佐田先生の事件もですか？」

「もちろん」

「それは違いますよ。北本老人の犯行ではありませんよ」

「え？　それじゃ、犯人はまだほかにいるのですか？」

「ええ、ほかにいたのです」

浅見は「いた」という過去形を使ったのだが、広山はそれには気付かなかった。

「ほかというと、何者です？」

「小野老人と佐田さんを殺害したのは、旧日本軍ですよ」

「は？……」

広山は口をポカンと開けて、ばか面になった。

「そうそう、厳密にいえば、白倉先生を殺害したのだって、旧日本陸軍かもしれません」

「どういう意味ですか？」

広山はじれったそうに言った。

「すべての被害者が、あの毒ガスのせいで死んだのですからね。陸軍があんなものを作らなければ、何も起こらず、誰も死なずにすんだのかもしれません。勝田池で死んだ青年も、宇受賀（うずか）の瀬で死んだ小野老人の息子さんも、みな、旧陸軍が捨てて行った毒ガスに触れて死んだのです。小野老人はそのことを知っていた。あの老人は旧陸軍の隠岐要塞計画の資料を見たことがあるか、あるいは手に入れたか、それとも、老人自身が計画の推進者の一人だったのでしょう。だから、毒ガスがどこに埋めてあるかを知っていたのです。

島がどんどん開発されてゆくごとに、老人は開発に反対しながら、その一方で、必死になってガスボンベを処理しつづけていたにちがいありません。

後鳥羽上皇御火葬塚跡で発掘調査を行うと発表した際、『掘ったらいけん』と言ったのは、あの場所に、後鳥羽上皇の埋蔵品を守るために埋めた毒ガスのあることを知っていて、掘れば事故が起きると警告を発していたのです。しかし作業がいよいよ始まると決まって、小野老人はひそかに発掘場所を掘り、ボンベを運び出して海へ捨てようとして、あの事故になったのでしょう。ボンベは腐食していて、ちょっとしたショックで外皮が破損し、ガスが洩れ出したのです。それは、勝田池で泳いでいた青年が、池の底に沈んでいたボンベを踏み壊し、死亡したことからも推察できますね。

だが、老人の必死の制止にも拘らず、発掘作業は進められ、その結果、佐田教授が犠牲になりました。

佐田先生は白倉先生と共謀して、埋蔵されている美術品を盗掘しようとして、第二の甕（かめ）

の中にあったもう一つのボンベを破壊し、ガスを吸って死亡しました。遅れてやってきた白倉先生はあやうく難を免れて、美術品を運び去るのと一緒に、ガスボンベを隠したのです」

「うーん……」

広山も、ほかの者たちも、それぞれの想いの中で、唸り声を発した。

「だとすると浅見さん、白倉さん以外の被害者は、事故死だったわけですか？」

広山は面白くなさそうに、訊いた。

「そうですね。ですから、さっきも言ったように、旧日本陸軍の犯罪だと言えるということですよ。しかし……」

浅見は恐ろしそうに肩をすぼめて、そのくせ笑いながら、言った。

「真犯人はすべての仕掛けの源をセットした、あの天才・後鳥羽上皇だったのかもしれません」

話し終えて、浅見が何の気なしに窓の外を見た時、漆黒の闇の中を、青白い光の玉が翔んだ。

浅見はゾーッとした。あれは人魂に違いない——と思った。白倉教授の霊魂か、佐田教授かそれとも、後鳥羽上皇の霊魂か、それとも……。

浅見はその時、隠岐の島に眠る「流され人」千年の怨念を想った。

あとがき

何かの自作解説で、僕は、プロットを用意しないで小説を書く――という、あまり自慢にもならない話を披露したことがある。それからしばらくして、大先輩である某氏から、そういうことはなるべく書かないほうがよろしいと忠告された。パーティの席上で、ゆっくり話せる状況ではなかったので、僕はとりあえず素直に拝聴したのだが、じつのところ、その時はどういう意味の忠告か分からなかった。

あとになって、いろいろな意味づけを自分なりにしてみた。

安直に、手抜きして書いているような印象を与えるのは好ましくない。

自分の創作法の秘密をバラすのは得策ではない。

何となく、頭のよさをひけらかして、生意気そうに見える。

等々――といったようなものだ。

この他いろいろ考えられるけれど、どれも当たっているようでもあり、違うようにも思える。それならば、ちゃんとご本人に真意のほどを確かめればよさそうなものなのだが、そういう、文学論的な込み入った話をするのが苦手な体質なのである。きっと、自分の莫迦さかげんをさらけ出す結果にしかならないだろう――というところまで、予測がついてしまうのである。

まったく、僕ときたひには、いまだに右も左も分からず、無我夢中で小説を書いている。衒うわけでも隠すわけでもなく、ほんとうに僕は小説作法などというものを、まるで知らない。だから、いま僕がやっている方法がふつうなのか、それとも、もっと違う方法があるのか、比較しようがないのである。

ことに推理小説の場合、プロットをきっちり構築して書くのだ——という先入観が、この僕にもかつては確かにあった。たとえばデビュー作の『死者の木霊』を書くにあたっては、それらしい作業を試みた記憶がある。

しかし、じきにその作業から手を引いた。理由は、面白くないからだ。

面白くない理由は無数にある。

第一に面倒臭い。大勢の登場人物を設定して、誰と誰がどう繋がり、誰と誰がどう結んでいる——などという作業が楽しいはずがない。さまざまな出来事を線で結んだり、伏線を用意したり、「意外な出来事」を予定したり——そうそう、意外な出来事を「予定」するということに、僕は心理的に抵抗を感じてしまう。予定した出来事なんか、意外でも何でもないではないか——などと思う。その出来事にぶつかって、主人公がそらぞらしく驚いてみせたりする嘘くささがたまらない。

だいたい、真犯人を知っていながら、わざとその周囲を避けて通るような探偵がいたりするのがいやらしくてしようがない。いくら名探偵だって、最後の最後まで犯人が分からないはずである。まして、名探偵でもなんでもない作家が、犯人を知っていてはおかしいのだ――などと屁理屈をこねる。これはジョークで言っているわけでなく、僕が書く小説のほとんどで、僕は犯人が誰なのか、知らずに書いているのである。もちろん、半分ぐらい書いたところで、だいたいの見当はついてくるけれど、中には『長崎殺人事件』のように、五分の四ぐらいまでは、まったく犯人に思い当たらないままだったことも、いくつかの作品で、現実にある。

『江田島殺人事件』（講談社刊）では、プロローグで死んだ男の腹に短剣が突き刺さっていた。この短剣がなぜ腹に突き刺さっていたのか、その理由がほとんど最後まで分からなかった。いや、浅見光彦が、ではなく、作者の僕自身が分からなかった。締切は迫ってくる。僕はもちろん、担当編集者までオロオロするうちに、話のほうはそろそろ終章にさしかかる。どうなることか――と思った瞬間、さすがは浅見名探偵である。みごとにその謎を解明してみせてくれた。僕は編集者と手を取り合って快哉を叫んだのであった。

さて、この『隠岐伝説殺人事件』も、同様のプロセスで書き進められた。『隠岐――』は『野性時代』に六回連載し、連載終了後すぐに「創刊フェア」用のノベルズとして刊行される予定で、すでに、ほかの作品とセットになった広告物も完成し、あとは上梓を待つばかり――という状態であった。ところが、最終章であるはずの第六章にいたっても、まだ終わりが見えてこない。

「さあ大変、どうしよう」と切羽詰まったあげく、妙案を思いついた。

「そうだ、いっそのこと上下巻にしよう」

かくて『隠岐——』は上下巻で発行されることになった。ただし、下巻のほうはそれからさらに六回の連載を経なければならなかったから、読者こそいい迷惑である。ミステリーの後半を、半年も待たされるなどとは、空前絶後——かと思いきや、決してそうではない。じつは、その一年前、ところも同じ角川ノベルズの『天河伝説殺人事件』で、僕はまったく同じ罪を犯している。つまり前科者である。一度ならず二度までも読者を裏切ったのだから、どうにもお詫びのしようがない。物書きの風上にも風下にも置けない男だ。

それもこれも、プロットを書かない主義の証明であって、いまさら隠しようがない。

しかし、こういうふうに手品のタネを明かしても、ほとんどの人が信じてくれないかもしれない。現に、僕の知人の九割までが頭から嘘と決めつけている。設計図もなしに家が立つはずがない——という。それでもちゃんと家が立つことを知っているのは、僕と編集者だけである。

『隠岐伝説殺人事件』の面白さは、物語りの背景に後鳥羽法皇の存在があることに負うところが大きい。法皇の事跡は、この島に漂う怨念の象徴のように、作品に深みを与えてくれた。そして「源氏物語絵巻・薄雲」という小道具を設定したのも、彩りとしては効果的だったと思う。ちなみに、そんなものは実在しないので、くれぐれもお探しにならないように願いたい。また、旧日本陸軍の要塞だとか毒ガスだとかいうものも、完全な作りばなしでしかない。隠岐の海はあくまでも澄明で美しく、魚はずば抜けて美味いのである。

こうして振り返ってみると、ずいぶんいろいろなファクターを盛り込んだことに、われながら感心する。「ち」の字の祟り——だなどと、よくもそんないい加減なことを考えつくものだと思う。そして、これらのファクターは、後鳥羽法皇の事跡以外は、すべて物語りを書き綴りながら（実際はワープロだが）生み出していったものなのだ。僕は照れ屋で口下手だが、もしそうでなければ、いまごろは希代の詐欺師として大成していたにちがいない。じつに惜しみてもあまりある。

　フィクションとはいえ、中にはもちろん、真実の部分も随所に出てくる。飛行機と船の交通事情などは、ほぼ取材の際の体験どおりだし、黒曜石の店もちゃんとモデルがある。車で案内してくれた、親切な役場の職員の方も実在する。断りなしにモデルに使い、親切を仇で返したと憤慨されているといけないので、当分、隠岐には近寄らないつもりだ。こうして、「旅情ミステリー」を書くごとに、僕は世間を狭くしているのである。

一九九〇年十一月

内田康夫

本書は平成二年十一月、角川文庫として刊行された作品を改版し、上下を合本にしたものです。

なお、本書はフィクションであり、実在のいかなる団体・個人等ともいっさい関係ありません。

隠岐伝説殺人事件

内田康夫

平成2年11月25日　初版発行
令和4年 1月25日　改版初版発行

発行者●堀内大示

発行●株式会社KADOKAWA
〒102-8177　東京都千代田区富士見2-13-3
電話　0570-002-301（ナビダイヤル）

角川文庫 23005

印刷所●株式会社暁印刷
製本所●本間製本株式会社

表紙画●和田三造

ISBN 978-4-04-112293-8　C0193

◇◇◇

角川文庫発刊に際して

角川源義

第二次世界大戦の敗北は、軍事力の敗北であった以上に、私たちの若い文化力の敗退であった。私たちの文化が戦争に対して如何に無力であり、単なるあだ花に過ぎなかったかを、私たちは身を以て体験し痛感した。西洋近代文化の摂取にとって、明治以後八十年の歳月は決して短かすぎたとは言えない。にもかかわらず、近代文化の伝統を確立し、自由な批判と柔軟な良識に富む文化層として自らを形成することに私たちは失敗して来た。そしてこれは、各層への文化の普及滲透を任務とする出版人の責任でもあった。

一九四五年以来、私たちは再び振出しに戻り、第一歩から踏み出すことを余儀なくされた。これは大きな不幸ではあるが、反面、これまでの混沌・未熟・歪曲の中にあった我が国の文化に秩序と確たる基礎を齎らすためには絶好の機会でもある。角川書店は、このような祖国の文化的危機にあたり、微力をも顧みず再建の礎石たるべき抱負と決意とをもって出発したが、ここに創立以来の念願を果すべく角川文庫を発刊する。これまで刊行されたあらゆる全集叢書文庫類の長所と短所とを検討し、古今東西の不朽の典籍を、良心的編集のもとに、廉価に、そして書架にふさわしい美本として、多くのひとびとに提供しようとする。しかし私たちは徒らに百科全書的な知識のジレッタントを作ることを目的とせず、あくまで祖国の文化に秩序と再建への道を示し、この文庫を角川書店の栄ある事業として、今後永久に継続発展せしめ、学芸と教養との殿堂として大成せんことを期したい。多くの読書子の愛情ある忠言と支持とによって、この希望と抱負とを完遂せしめられんことを願う。

一九四九年五月三日